EL CUARTETO

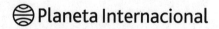

Planeta Internacional

AJA GABEL

EL CUARTETO

Traducción de Mariana Hernández

 Planeta

Diseño de portada: Grace Han
Arte de portada: Jess Phoenix
Fotografía de la autora: © Darcie Burrell

Título original: *The ensemble*

© 2018, Aja Gabel

Esta edición se publicó por acuerdo con Riverhead Books, un sello de
Penguin Publishing Group, una división de Penguin Random House LLC.

Traducido por: Mariana Hernández Cruz

Derechos reservados

© 2019, Editorial Planeta Mexicana, S.A. de C.V.
Bajo el sello editorial PLANETA M.R.
Avenida Presidente Masarik núm. 111, Piso 2
Colonia Polanco V Sección
Delegación Miguel Hidalgo
C.P. 11560, Ciudad de México
www.planetadelibros.com.mx

Primera edición en formato epub: abril de 2019
ISBN: 978-607-07-5751-8

Primera edición impresa en México: abril de 2019
ISBN: 978-607-07-5749-5

Impreso en los talleres de Litográfica Ingramex, S.A. de C.V.
Centeno núm. 162-1, colonia Granjas Esmeralda, Ciudad de México
Impreso y hecho en México — *Printed and made in Mexico*

Para la familia

La estructura del paisaje es infinitesimal,
como la estructura de la música, continua, invisible.
Incluso la lluvia tiene más costuras.
Lo que mantiene unido al paisaje,
lo que mantiene unida a la música,
es, al parecer, la fe: la fe del ojo, la fe del oído.

CHARLES WRIGHT,
«Body and Soul II»

PRIMERA PARTE

Cuarteto de cuerdas en re mayor, opus 20, núm. 4
JOSEPH HAYDN

Cuarteto de cuerdas en fa mayor, opus 96, núm. 12,
«Americano»
ANTONÍN DVOŘÁK

Cuarteto de cuerdas en fa menor, opus 95, núm. 11,
«Serioso»
LUDWIG VAN BEETHOVEN

JANA

PRIMER VIOLÍN

Mayo de 1994
San Francisco

«Es una historia de amor», había dicho el violinista famoso, y aunque Jana sabía que era así, esas palabras le daban vueltas en la cabeza cuando empezó a tocar en el escenario. Esa semana, un poco antes, el famoso violinista Fodorio había tenido un ensayo con el cuarteto, y eso era lo que había dicho al terminar un primer ensayo del «Americano» de Dvořák, aunque, según Jana, definitivamente no era una historia de amor. Sin embargo, mientras estaba ahí, en el escenario, con el cuarteto de cuerdas Van Ness en su último recital de graduación del conservatorio, durante las brillantes notas iniciales del primer movimiento, en lo único que podía pensar, en la medida en que estuviera involucrado el pensamiento, era que quizá sí se tratara de una historia de amor.

Era una carta de amor al país, según lo comprendía ella a partir de sus clases. La interpretación del campesino europeo en las canciones folklóricas estadounidenses, según Dvořák. Sin embargo, ¿cómo podía alguien pensar que fuera una historia de amor romántico? A Jana le parecía más clásico: una persona se enamora del sueño de un lugar, de la vida que podría vivir ahí, de algo que no fue pero podría ser. Se trataba del brillo en sí mismo, de esas cosas casi visibles que sobrevuelan justo por encima del pavimento caliente de la vida. Potencial, aspiración, logro. De cualquier manera, el violinista famoso que había ensayado con ellos —Fodorio, no podía decir su nombre— era una especie de imbécil, por lo menos en lo tocante a enseñar. Jana jamás se lo habría dicho a la cara,

11

pero disfrutaba el solemne placer interior de su desdén. ¿Qué sabía él? Esto era lo que ella sabía: que el «Americano» de Dvořák hablaba de la oportunidad simple de Estados Unidos, y nadie estaba más cerca de identificarse y aprovechar esa oportunidad que ella. Para cuando entró el solo de viola de Henry, tres barras más tarde, ella ya había vuelto a tomar la decisión: no, no era una historia de amor.

«Es una historia de amor» no era algo que Henry recordara de la sesión de ensayo y definitivamente no era lo que le pasaba por la mente cuando inició la garbosa melodía de la tercera barra del «Americano». En cambio, lo que se removía en su interior era lo que Fodorio había dicho al darle su tarjeta mientras guardaba su viola. «Llámame si decides que este asunto del cuarteto no es para ti —le dijo—. Puedo preparar unos cuantos recitales frente a las personas adecuadas de Nueva York. Podrías tener una estupenda carrera como solista». Henry había aceptado la tarjeta sin decir palabra, la había deslizado en el bolsillo interior de terciopelo de su estuche y no la había movido desde entonces. Sin embargo, la tarjeta emitía su vibración desde ahí. «Si decides que este asunto del cuarteto no es para ti», como si Fodorio ya hubiera resuelto que no era para él y simplemente estuviera esperando a que Henry llegara a la misma conclusión. No obstante, Henry no había decidido nada. Nunca decidía nada, tan joven como era y bendecido con el tipo de talento que tomaba por él sus decisiones de vida.

Que se tratara o no de una historia de amor no preocupaba a Daniel, ya que en esos días no tenía espacio en su vida para el romance o el amor, ni para los síntomas o efectos secundarios de cualquiera de las dos cosas. No tenía espacio porque debía practicar el doble de tiempo para ir a la par del resto del cuarteto y sus enloquecidas habilidades naturales, en especial de Henry, cuyo obsceno talento rasgaba el límite del prodigio: podía tocar borracho, ciego, enamorado o sin amor. No había espacio para el amor en la vida de Daniel cuando tenía que desempeñar empleos reales además de estudiar, haciendo turnos en un bar en el Castro, aceptando trabajos en bodas cuando podía y dando clases de chelo para chicos adinerados de Pacific Heights. «Es una historia de amor»: claro, está muy bien, pero ¿qué más?

Desde luego que es una historia de amor, pensó Brit, aunque para ella todo era una historia de amor. Esta nota y aquella otra, esta melodía alegre en contrapunto, su armonía de segundo violín, el intangible colectivo, el acuerdo que podía escucharse. Su relación con Daniel, que él había segado con frialdad unos días antes. Incluso la ausencia de amor era una historia de amor para ella. Aun este dolor, este sufrimiento era útil. Sin embargo, imaginaba que un día no necesitaría ese conocimiento, o fantaseaba con volver a vivir su vida y empezar de cero, de manera que no tuviera que saber eso, o alimentaba la idea de una Brit paralela que vivía en un mundo en el que no había necesidad de dar sentido al hecho de que un hombre se levantara y se marchara cuando estaba a punto del amor, a que la gente se levantara y se fuera, a una vida entretejida con esas pequeñas ausencias; pero se sentía triste por esa Brit paralela, una tristeza más vacía que la que en ese momento experimentaba por sí misma. Todas eran historias de amor.

Y aunque nadie lo habría admitido explícitamente, aquello —ya fuera amor u otra cosa— era completamente asunto de Jana: dependía de la manera en que ella tomara un respiro silencioso, agudo y al tiempo preciso en un ascenso antes de la primera nota, en la presión de su ataque en esa primera nota, en el espacio que dejaba entre la primera y la segunda notas, en el grado, la longitud y la resonancia del vibrato que aplicaba al mástil del violín. Definitivamente, en el comienzo de la pieza, si no es que también después, dependía de sus movimientos más diminutos. Incluso la manera como cerraba los ojos, si los cerraba, si había un temblor en sus pestañas o un gesto duro en su entrecejo; todo eso determinaba lo que estaba por venir. El trabajo de Jana como primera violinista era conducir, pero en esos días su liderazgo se había expandido más allá de lo físico. Sus decisiones corporales y tonales, una tras otra tras otra a lo largo de todo el programa de cuarenta minutos, ahora constituían un liderazgo emocional. El poder era al mismo tiempo benevolente y perverso, y Jana lo sentía perfectamente natural. Siempre había querido liderar verdaderamente un grupo, y, más aún, conducir un grupo hacia la grandeza. Tenía que ocurrir, ocurriría; que ocurriera en el futuro la definía. Y ¿en qué parte de esa narrativa de grandeza había espacio para una historia de amor? No era una historia que le hubieran contado.

Hubo una recepción en la gran antecámara de la sala de conciertos de la facultad, y el cuarteto, incómodo, estaba de pie junto al muro del fondo. Jana se tocaba la costura lateral del vestido, donde podía sentir que se secaba y endurecía el sudor de la presentación.

—No deberíamos pararnos juntos así —dijo Jana—. Parecemos idiotas.

—Creo que deberíamos permanecer juntos para que nadie me confunda con Daniel —respondió Henry, sonriendo.

—Nadie te va a confundir —murmuró Daniel—. En principio, soy quince centímetros más bajo y además… —No terminó de decir cuál era la segunda razón.

—Todavía no te vayas —dijo Brit a Jana, haciendo un gesto hacia la sala—. Ahí viene ese tipo; me da escalofríos.

Fodorio caminaba hacia ellos abotonándose el saco y sonriendo. Jana se enderezó. Era un imbécil, ya lo sabía, pero un imbécil con talento y éxito, y estas eran dos cosas a las que ella nunca daba la espalda.

—Ferrari —dijo Daniel en voz baja.

—Fodorio —lo corrigió Henry.

—¿Desde cuándo te acuerdas de los nombres? —preguntó Brit a Henry mientras Jana extendía la mano para apretar la famosa mano del famoso violinista.

—Los Van Ness —dijo con su acento pesado. ¿De dónde era? ¿De alguna parte del Mediterráneo? Jana lo había olvidado. El violinista ignoró la mano que ella le había extendido y la abrazó. Jana inhaló su esencia: moho, tabaco, mujeres. Ella le sonrió sin energía—. Veo que nuestra sesión de ensayo sirvió mucho a todos —dijo Fodorio moviéndose hacia Henry, cuya mano tomó entre las suyas.

—Ya nos estaba yendo bien desde antes —respondió Daniel.

—Está bromeando —dijo Jana y lanzó a Daniel una mirada desesperada. Habría sido muy oportuno si hubiera dejado de comportarse como imbécil en ese momento.

—¿Estoy bromeando? —dijo Fodorio guiñando un ojo. ¡Guiñando un ojo! Ahora abrazaba a Brit, que se le resistía y cuyo largo cabello rubio caía sobre sus hombros como pasta. Pasta de cabello de ángel cuando se derrama sobre el suelo de la cocina. A Jana le molestaba que nunca se lo recogiera para los conciertos; así, era lo único que el público veía en el escenario. La dotaba de una belleza accidental; cabello hermoso y dorado que crecía y crecía como si no pudiera evitarlo.

Era verdad; su recital había salido bien. Sin embargo, Jana estaba plenamente convencida de antemano de que así sería. Todos se habían preparado, se habían imbuido de las cantidades adecuadas de miedo y seguridad. Sin embargo, esa no había sido la verdadera prueba. Aunque era su presentación de graduación y aunque sus maestros estaban entre el público, calificándolos, y aunque un número selecto de buscadores de talentos y representantes de RCA y Deutsche Grammophon también habían ido a escucharlos, realmente había sido un calentamiento para la verdadera prueba: la competencia de cuartetos de cuerda de Esterhazy en las Rocosas canadienses, que tendría lugar una semana después. Si ganaban u obtenían un buen lugar ahí, sería el comienzo de una carrera de toda la vida que Jana deseaba con pasión para sí misma y para el cuarteto.

No podían darse el lujo de arruinar la oportunidad y Jana jamás permitía que esa certeza se desvaneciera en su mente.

Casualmente Fodorio —el violinista famoso, el imbécil, el que guiñaba el ojo, el solista de gira— también era uno de los jueces de la competencia de Esterhazy de ese año, hecho que Jana había advertido tácitamente pero con firmeza desde el comienzo de su residencia de una semana en el conservatorio.

Deslizó un brazo alrededor del codo de Fodorio.

—¿Podría conseguirme una copa de champaña? —preguntó.

Fodorio sonrió.

—Desde luego.

—Ah, a mí también —dijo Henry.

Jana frunció el ceño.

—No tienes edad suficiente para beber, Henry.

—Además, ve a buscártela tú mismo —continuó Daniel, dirigiéndose hacia la barra improvisada. Brit avanzó unos segundos detrás de él, como si estuviera atada a su cuerpo.

Fodorio trajo dos copas de champaña y se instaló con Jana en torno a una mesa alta. Henry había desaparecido. Fodorio comentó su ausencia y después preguntó a Jana:

—¿Dónde está tu familia, querida?

—Ah. —Ella negó con la cabeza; no quería dar explicaciones—. En Los Ángeles.

¿La ausencia había sido tan notoria?, se preguntaba Jana. ¿Había sido evidente entre el público el espacio donde su familia no estaba? Después recordó que tampoco los familiares de Daniel se habían presentado (demasiado pobres para viajar, «no son gente que viaje en avión», había dicho Daniel), ni los de Brit (cuyos padres estaban muertos), y sintió un consuelo privado.

—Su concierto fue espectacular —dijo ella, acercándose con una inclinación. Dos noches antes había asistido a la presentación de Fodorio con la Sinfónica de San Francisco, aunque por lo general no le gustaba acudir a conciertos cuando había uno suyo tan próximo. Le enlodaba las cosas; requería un espacio sonoro. Sin embargo, asistir al concierto de Fodorio había sido una decisión táctica. Y ahora sólo mentía un poco —jamás usaba la palabra *espectacu-lar*—, pero, como había dicho, la presentación había estado bien. Fodorio era el tipo de violinista que confundía su fama con el estrellato del rock, e interpretaba un concierto de Mendelssohn sintiéndose Bon Jovi en traje de gala. Jana no sabía en qué momento la había encantado Fodorio. Lo había visto desde su asiento en medio del mezanine y no quería que le gustara el concierto, aunque al final, en el último movimiento, con sus florituras agresivas y su ritmo exigente, había sucumbido a la atracción. Fodorio tenía lo suyo y sabía usarlo; el personaje que encarnaba se expandía a través de la madera tierna de su arco, sobre las cuerdas, y salía por el poste del instrumento hacia la sala de conciertos. Aunque un poco deliberada, pensaba Jana, su interpretación había sido tan magistral (y consumada con rabia) que resultaba seductora.

—Gracias —respondió él—. No me di cuenta de que estabas en el público. Debiste ir a verme detrás del escenario. Habríamos podido pasar... un buen rato.

La copa de champaña de Jana estaba vacía. Fodorio era un imán de dos caras: atractivo y repulsivo a la vez. El cabello rizado y negro descansaba encima de su cabeza de una manera que parecía azarosa, pero que con toda seguridad había sido perfectamente calculada. Mancuernillas, camisa rosa salmón, traje gris. Su contrato no le exigía asistir al recital. Había cumplido con su deber con la sesión de ensayos —«es una historia de amor»— de esa semana. ¿Por qué estaba ahí?

Alargó una mano sobre la mesa para separar los dedos de Jana de su copa vacía. Su mano era fuerte, venosa, y estaba cubierta de vellos gruesos y oscuros. Algo en la fuerza bruta de su mano atrajo a Jana, un reverso instantáneo. Qué músico, con esa mano.

—Pero, de verdad —dijo Fodorio—. Eres excelente.

—Lo sé —respondió ella—. Pero no tan excelente como Henry —dijo casi automáticamente. Siempre sentía la necesidad de reconocer el talento de Henry frente a cualquiera que la halagara, como para decir: ya sé con quién has de estar comparándome. Conozco mi estatus.

—Bueno, no —respondió Fodorio, y eso la quemó un poco por dentro. Quería más alcohol, algo más fuerte que la champaña—. Tienes una gran carrera por delante en la música de cámara. Sin embargo, podrías ser mucho mejor. —Jana separó las manos de la mesa—. No, no —dijo él—. Quise decir que *serás* mejor. Con la edad.

Jana se disculpó para buscar otra bebida, con la esperanza de que hubiera licor. ¿Qué sabía él? Bueno, mucho, concedió. Lo suficiente para que lo eligieran como juez de la competencia más prestigiosa de música clásica del mundo. Ten eso en mente, pensó, mientras llevaba dos *gin-tonics* de regreso a la mesa donde él la esperaba. El torso se le calentó de arriba abajo al verlo. También tendría eso en mente.

Hubo una oleada de otras conversaciones: el director del conservatorio la felicitó; le preguntaron por sus planes para el verano (tocar y practicar, ¿qué más?) y para el futuro (Esterhazy, ¿qué más?), el grupo (Henry hablaba cada vez más fuerte conforme bebía; Daniel y Brit sostenían una conversación acalorada e íntima en los rincones), pero Jana mantuvo a Fodorio al alcance de su vista toda la noche y se dio cuenta de que él tampoco dejó de verla. Hacia el final de la velada, y tras un vergonzoso número de bebidas —después de todo era una celebración—, Jana se escabulló afuera para fumar.

Se alejó una cuadra del conservatorio, por la colina. Sacó un cigarro de su bolsa y lo encendió, asegurándose de que nadie alrededor pudiera verla. No sabía exactamente por qué no quería que se supiera que fumaba de forma ocasional, pero lo ocultaba, y se sentía bien tener secretos con Brit, Daniel y Henry. Su madre fumaba y el olor, en especial del Pall Mall, la tranquilizaba cuando el aburrimiento le provocaba ansiedad.

Sentada en una banca, balanceó las piernas y luego regresó en la dirección por la que había venido, de manera que el conservatorio apareció ante su mirada, humilde en su oscuridad. Cuando era una niña pequeña, su madre —a quien llamaba Catherine— le prometía a menudo que la llevaría a un concierto sinfónico. Nunca lo hizo. Los boletos de la Filarmónica de Los Ángeles eran caros y Catherine decía que de cualquier manera la música clásica era aburrida. Una vez, en la preparatoria, Jana fue sola con un boleto de estudiante y le mintió a su madre sobre dónde había estado. Le dijo que había ido al cine con sus amigas a ver una película taquillera con la actriz favorita de Catherine, pues era algo que entendería. Su madre trabajaba a veces y a veces no. Jana recordaba que era mesera y que atendía el mostrador de joyería de Mervyn's (y también que la habían corrido de ahí), pero se acordaba con más claridad de los días en que regresaba a casa de la escuela y encontraba a su madre aún con su bata de seda, fumando cigarros largos y delgados en el patio trasero, practicando líneas para una audición comercial en la que no obtendría ningún papel. Una vez, a Catherine le dieron un papel de cajera en una telenovela y grabó su actuación en un casete. La cinta VHS con el título «Toma 1» en la gruesa cursiva de su madre permaneció en la mesa de centro como un arreglo de flores hasta que lo arruinó el sol y ya no pudieron reproducirlo.

Cuando Jana aplastó el cigarro bajo su zapato y se puso de pie, un escalofrío le recorrió la espalda y deseó haber llevado un abrigo. Recogió la colilla y la tiró en un bote de basura que había en la banqueta.

—Te veo. —Jana volteó hacia la voz. Fodorio estaba reclinado contra un edificio, fumándose un cigarro—. Pero no le voy a contar a nadie —dijo.

—Yo no fumo —respondió ella.

—Dije que no le iba a contar a nadie.

—Tienes el acento de una persona rica —contestó ella—. De una persona que fue a una escuela en el extranjero.

—Y ahora el descubierto soy yo —dijo.

—Ya ves —dijo Jana—. Yo también te veo. —Se recargó en la pared junto a él. El frío de mayo le causaba escalofríos en los brazos desnudos y él la envolvió con su saco.

—Oí que su grupo competirá en Esterhazy este año —comentó Fodorio.

—Los rumores son ciertos —respondió ella.

¿Iba en contra de las reglas que un participante de Esterhazy conviviera con un juez? Seguramente no. Había siete jueces y tres rondas de presentaciones. Además, ¿quién podía evitar que un músico profesional borracho fumara junto a una colega, aunque esta estuviera más borracha y no fuera exactamente profesional todavía?

—Quiero tacos —dijo él.

—Conozco un lugar —aseguró ella—. Pero tenemos que caminar.

Entraron subrepticiamente en la sala para tomar el violín de Jana. Antes de que ella lo guardara en su estuche, él se lo quitó —los dedos de ambos tocaban el brazo del instrumento— y lo examinó.

—Buen eje… —dijo, y añadió—, para una chica pobre.

Mientras Jana cubría el violín con el protector de terciopelo rojo y cerraba la caja, sintió la mano de Fodorio sobre su espalda como una advertencia y una predicción al mismo tiempo. Él sí la veía.

Mientras caminaban, Fodorio mantuvo su brazo alrededor de la cintura de Jana y ella se relajó al sentirlo. Era agradable que un hombre la tocara, aunque jamás lo admitiría. Él era ese tipo de hombre, sin embargo, mayor, más grande y más audaz que los varones que iban con ella al conservatorio y, por un momento, a Jana le pasó por la mente una imagen de Catherine, su madre, con un vestido de coctel de diseñador, abriéndole la puerta a su cita, un hombre alto que olía raro y cuya frente brillaba como plástico bajo la luz del porche. Jana recordaba haber estado sentada sobre la alfombra observando al hombre apoyado contra la puerta abierta y los pies descalzos de su madre también sobre la alfombra, apretando con nerviosismo las fibras entre sus dedos. Catherine había dejado pasar al hombre.

Jana y Fodorio caminaron tambaleantes hacia un camión de tacos que ella conocía —el cual estaba permanentemente en el estacionamiento de una gasolinera— y se sentaron a comer en la banqueta.

—¿De verdad crees que somos buenos? —preguntó Jana adoptando una actitud de incertidumbre falsa y aniñada que no le era característica. Ella pensaba que la confianza era el camino más rápido y más seguro hacia el éxito; era lo que la había llevado hasta ese punto. Eso y no perder tiempo en distracciones como hombres o amigos.

—Creo que son jóvenes —respondió él.

—No *somos* jóvenes. Henry es joven. Yo tengo veinticuatro.

—Bueno, su sonido es joven —dijo él entre bocados—, lo cual es bueno y malo. Significa que hay potencial. Pero en realidad no hay espacio para el peligro.

—¿Necesitamos más peligro? —Jana se rio con la boca llena—. Por favor.

—Bueno, es verdad. Si me lo preguntas, su sonido es un poco demasiado perfecto. De hecho, sí me lo preguntaste.

—Tenemos que ganar —declaró Jana. Era la primera vez que lo decía en voz alta, que lo admitía ante sí misma o ante cualquiera—. Tenemos que ganar.

—¿Qué harás si no ganan? ¿Qué harás si el cuarteto no funciona?

Jana suspiró. Los tacos se habían acabado. Sólo le quedaban dos cigarros y le dio uno a Fodorio.

—No sé —respondió—. ¿Dar clases? ¿Grabar un poco? ¿Entrar en una orquesta? ¿Tratar de tocar solos cuando se pueda? —Decir eso la deprimía, le sacaba el aire del cuerpo.

—Podrías tener una carrera decente como solista —dijo él.

—Me lo han dicho —contestó ella.

—Pero no es lo que quieres.

—No si hay algo mejor.

—¿Hay algo mejor? —Fodorio se quitó el cigarro de la boca y extendió los brazos—. Todo esto. Nada mejor que todo esto. Estoy fumando y comiendo tacos con una violinista guapa que casualmente es muy talentosa; ella quiere decirme cómo regresar al hotel, quizá subir, pedir servicio en la habitación porque la Sinfónica lo paga. Voy a volar a Sidney mañana, donde será ayer, hoy o algo así. ¿Qué es mejor que eso?

—¿Te hospedas en el Omni? —preguntó Jana—. Está justo ahí. No te vas a perder.

—Pero necesito que me muestres el camino —dijo Fodorio echando el humo sobre el humo de ella, su mano sobre la rodilla de Jana.

Ella observó la tierra bajo sus pies. ¿Dónde estaba Catherine esa noche? ¿Por qué pensaba en ella? El conservatorio a oscuras, la fachada, bonita pero cerrada, le recordaba su rostro. Catherine, en algún lugar de Los Ángeles, probablemente también estaba borracha. Habían pasado casi dos años desde la última vez que Jana había hablado con su madre (una ausencia perezosa; no había ningún rencor particular), pero estaba convencida de que de alguna manera metafísica sabría si Catherine estuviera muerta.

—Bueno —dijo Jana, levantándose.

Fodorio tenía una *suite* doble con batas de baño afelpadas y un jacuzzi con un cristal transparente que daba a la habitación. Hacía el amor como si sólo lo llamara *hacer el amor*, cuando en realidad lo que ella quería era lo opuesto: coger. Su cabello casi vibraba fuera de su cabeza, sus manos eran ásperas y se movían sin descanso. Su hermoso y costoso violín estaba en su estuche, visible sobre su hombro. Ella lo deseaba. Sabía que él sabía que lo deseaba, que deseaba su tipo de éxito. Ella no era particularmente bonita (alta para ser mujer, bastante delgada y plana, rostro anguloso y ligeramente olvidable) ni él particularmente atractivo (demasiado velludo, podría decirse, más bajo de lo que aparentaba). Se habían elegido uno al otro por la misma razón por la que la mayor parte de las personas lo hacen: para acercarse a alguna cualidad que no poseen de manera natural. Para Jana era su logro. Para él, bueno, Jana suponía que era el hambre que ella sentía por ese logro. En eso era infatigable y estaba exhausta, ansiosa y aburrida. Y mientras él se elevaba sobre ella, pensaba: ¿qué es lo que le falta al cuarteto? ¿Cómo podrían obtenerlo? ¿Cómo sabría cuando fuera el momento de rendirse? Finalmente, Fodorio cayó en una siesta de champaña y Jana se envolvió en una bata de baño mullida y actuó como turista en la habitación de hotel, acercándose y tocando todas las cosas suaves.

Había una maleta Vuitton prístina, un traje de baño húmedo de tamaño europeo, los mocasines que había usado sin calcetines en la clase magistral, alineados ordenadamente frente al espejo. Y ahí estaba ella en el espejo, una impostora, una chica pobre de los suburbios de Los Ángeles, una mujer cuya madre no habría comprendido lo que Fodorio hacía o era, si acaso se le hubiera ocurrido preguntar. Y ahí, en el mueble, estaba la cartera de Fodorio, piel negra con textura, ahora abierta sobre sus manos: trescientos veintisiete dólares en efectivo, cuatro tarjetas de crédito, una licencia de conducir del estado de Nueva York en la que se veía hinchado y viejo, y una foto gastada de cinco por siete centímetros de una niñita con fleco oscuro y recto, un retrato escolar de fondo turquesa que contrastaba con el suéter verde de la pequeña, que tenía una sonrisa grande y dientuda, y hoyuelos gruesos que Jana reconoció del rostro de Fodorio, un rasgo que hacía su prepotencia encantadora. Volteó la fotografía y en la parte de atrás, escrito con letras cursivas que parecían antiguas, decía «Gisella, seis». El texto era una promesa de que la vida de la niña sería tan larga y tan llena de fotografías que se requerirían recordatorios de nombre y edad.

Cuando Fodorio había ensayado con el cuarteto esa semana, había criticado la limpieza con la que habían interpretado el «Serioso» de Beethoven.

—¿Saben qué es esto? ¿Esta pieza? —preguntó Fodorio, de pie frente a ellos en el escenario. Había unos cuantos compañeros y maestros desperdigados en las butacas, en espera de una de sus famosas exageraciones.

—Sí —había dicho Jana—. Es el primer impulso de Beethoven hacia el compositor más complicado en que se convirtió después.

—Mmm, no del todo, querida. Es más bien un desorden inconsciente, como el hombre torturado que llegaría a ser más tarde. Hay una diferencia. Hay algo torturado en esta pieza, y algo que resiste a la oscuridad, ¿no? Como aquí. —Señaló un pasaje en medio del movimiento, una serie de movimientos en dieciseisavos difíciles que ella compartía con Brit—. Ustedes están tocando esto como si fueran dieciseisavos al unísono, pero no es así.

—Entonces, ¿qué son? —preguntó Brit.

—Son *agitato*, una carrera contra la otra, furiosas entre sí. Están compitiendo. Mira, déjame mostrarte —dijo Fodorio y sujetó el violín de Jana por el mástil.

Las yemas de sus dedos tocaron las de ella en ese momento, callo contra callo. Sobresaltada, Jana soltó su instrumento. Él hizo un gesto para que ella se levantara y, cuando lo hizo, Fodorio se sentó en su silla. Se acomodó en el borde, más afuera del asiento que sobre él, y observó a Brit a través de sus párpados grandes y temblorosos. Apenas con una respiración, empezó el pasaje y Brit atrapó la cuenta de manera experta. Las notas de Fodorio caían un milisegundo antes que las de Brit; sus acentos eran irregulares al caer sobre las síncopas de ella. Jana permaneció de pie a un lado, extrañamente inútil, sin aire. Él era mejor que ella, sí, desde luego, pero también era mejor con Brit, con el grupo, *su* grupo.

Ahora él estaba boca abajo, todavía desnudo, roncando ligeramente con los brazos torcidos incómodamente debajo de su cuerpo, un simple ser humano. Parecía, total y vergonzosamente, un hombre, y cuando ella trató de sacar el brazo de bajo su cuerpo, el peso lo confirmó. Sólo un hombre, un cuerpo grueso, inconsciente en una cama. Qué decepción, pensó Jana, que alguien capaz de realizar movimientos intrincados y perfecciones sónicas pudiera ser sólo un ser humano sobre un colchón de hotel. Que este conjunto de músculos, sangre e instintos formara un padre, un padre que probablemente se había olvidado de llamar a su lejana hija.

Jana liberó su brazo del cuerpo de Fodorio y él se despertó sobresaltado, apretando los puños como la caricatura de un boxeador. Ella no pudo evitar reírse; pero, como él no lo encontró gracioso, algo se entibió dentro de ella. Luego tomó una de las manos de Fodorio y estiró sus dedos uno por uno. Eran delgados, como debían ser.

Y entonces ella le mostró la foto de Gisella.

—Es su cumpleaños —dijo él—. Tiene seis.

—Tiene siete —dijo Jana.

—Ay —dijo él mientras se frotaba los ojos y se sentaba—. Sí, siete. Quise decir siete. Ay, Dios, eso me hizo parecer un padre terrible.

—Sólo lo sé porque… —Volteó la fotografía.

—La quiero —contestó él, como si tratara de convencer a Jana y después enojado por tener que convencer a alguien—. No vivo con ella, pero me encargo de ella de otras maneras. No puedo verla mucho porque tengo que viajar para satisfacer sus necesidades. Y su madre lo quiso así; ella fue la que me dio el ultimátum, ella fue la que habló de divorcio primero. Podrían haber viajado conmigo. Pero su madre tomó la decisión y qué podía hacer yo.

Continuó, pero Jana había dejado de escucharlo. Sonaba como un discurso que se hubiera repetido a sí mismo muchas veces antes: el tenor ligeramente agudo y desesperado de su voz, la dicción insistente, la cadencia rápida y despareja, como si tratara de sacarlo todo antes de que ella pudiera decir algo. De cualquier manera, a Jana no le importaba si vivía con su hija o no, si le mandaba dinero o la veía sólo en vacaciones o dos fines de semana al mes. Sin embargo, le preocupaba que esto, esta niña, esta niña de siete años, pudiera inflarlo y desinflarlo tanto. Unos momentos antes él era sólo un hombre en la cama, y ahí estaba ahora, completamente desentendido de la parte superior de su pecho que asomaba por la bata, de su cabello revuelto, del olor de su piel húmeda. Un niño puede hacer eso a una persona, una hija a un padre. Ella no lo sabía de primera mano, pero había pruebas.

Él siguió hablando y ella trató de llegar hasta su centro para encender algún interruptor, para recuperar su atención, para ser el objeto, el sujeto, el motivo, para obtener todo lo que quería, para ganar.

Para ganar.

Él no parecía creer que fueran a ganar en Esterhazy, pero Jana vio que él también tomaba decisiones como músico, comprometido en todo momento con la posibilidad de que todo podía cambiar, dependiendo de los movimientos apenas visibles pero distinguibles en el sonido del arco de un violinista o en el límite del tempo de un chelista. Sigan siendo ágiles. Permanezcan en el lugar donde todo puede derrumbarse, ¿no había sido eso lo que les dijo en la clase magistral? Ahí era donde él vivía, y aunque Jana no era así (quizás ella perteneciera a otra raza de músicos), lo comprendía. Y podía usarlo.

Así que mientras ella intentaba adentrarse en él en su imaginación, también lo tocaba en la cama; la bata se le deslizó sobre los hombros y su boca se tragó el discurso de él, y él se derritió con facilidad en ella, pasando de una chica que lo eludía a otra, como un pez.

Sin embargo, Jana lo empujó hacia abajo cuando trató de girarla y hundió sus uñas recortadas en su cuello.

—No —dijo. Lo montó y el rostro de él floreció bajo su cuerpo. Se meció cerca de su oreja y dijo—: Quiero ganar.

—Está bien —respondió él, sonriendo—. Tú ganas.

—No —dijo Jana—. Quiero que ganemos. En Esterhazy.

Él dejó de sonreír. Al arquearse la alzó. Ella mantuvo su mirada tanto tiempo como le fue posible. Vació su rostro y la habitó su ser más salvaje. Ella podía haber sido cualquiera, se sentía como cualquiera, pero también se sentía más como ella misma. Eso era lo que sabía hacer: ser la encarnación física de un acto de aspiración. Esta vez era un montón de energía frenética encima de él, una mujer que se mantenía flexible en un lugar entre un triple *forte* y un caos desbocado. En las últimas olas ella dejó escapar un gemido antes de caer sobre su cuerpo; era pequeña ahora, él volvía a ser grande. Sus cuerpos estaban fríos de sudor, sólo cuerpos que podían, de vez en cuando, hacer cosas increíbles. Ella habría podido sollozar en su cuello metálico por la simpleza de todo.

Las palabras le salieron lentamente porque tenía miedo, pero la lentitud le prestaba cierto sentido de seguridad. El tiempo siempre fue una de sus fortalezas.

—Si no nos apoyas, les voy a contar a todos que dijiste que nos ayudarías a ganar si me acostaba contigo.

Hubo una pausa, una cuenta de latidos, una respiración.

—Está bien —respondió él con las manos sobre su espalda, acariciándola como si fuera una mascota—. Está bien. De acuerdo.

Después volvió a dormirse, esta vez ruidosa y profundamente. Ella se vistió en silencio y recogió la fotografía de Gisella de la alfombra bajo la cama, donde se había deslizado, y la metió en su bolsa antes de cerrar la puerta tras de sí.

Era poco antes del amanecer en San Francisco, la hora en que la ciudad se sentía casi como una pequeña población portuaria, con las aves marinas de la mañana revoloteando en el cielo púrpura. Sin embargo, hacía frío y Jana caminó rápidamente, lamentando no haberse puesto medias. Encontró un taxi solitario en una esquina y lo abordó.

En la puerta del edificio de Henry, en el Haight, presionó el timbre hasta que él habló por el auricular. Ella respondió exactamente con el mismo tono del timbre (re bemol) y él la dejó entrar.

Subió las escaleras de dos en dos hasta llegar al tercer piso y abrió la puerta que ya estaba entreabierta. El departamento de

Henry, que le pagaban sus padres ricos de Napa —quienes también eran personas generosas, amables y cultas—, estaba frío. Bajo sus pies había partituras arrugadas que Henry había aventado al suelo, anotadas con frases de una pieza que estaba escribiendo. Alineadas por las paredes había cajas y cajas de discos de música clásica, las únicas pertenencias —además de su viola— que Henry acarreaba de una ciudad a otra. Estaba apegado a ellos de una manera que hacía que Jana sintiera ternura por él, como si se tratara de un niño que protege sus juguetes. Sin embargo, ese mismo apego también le causaba frustración. Los discos se amontonaban en su vida, nunca los desempacaba ni los organizaba y siempre tenía que buscar el correcto cuando lo necesitaba. Era sólo otra forma en que su vida era innecesariamente salvaje.

Jana se quitó los zapatos y se metió a la cama de Henry, junto a la coma familiar que formaba su cuerpo largo, y encontró el lugar cálido, perfumado, crudo. Alguien había estado ahí.

—¿Quién? —le preguntó pegándole con el codo.

—Una bailarina que tuvo unos días de descanso —dijo él contra la almohada—. ¿Tú?

—Nadie —respondió ella—. El tramoyista y yo fuimos a un club gay en el centro.

Él apretó el brazo alrededor de ella.

—Pasaste mucho tiempo con Ferrari esta noche. ¿Qué fue eso?

—Justo lo que crees.

—¿A ti también te dio su tarjeta?

Jana alzó la cabeza de la almohada y volteó hacia él.

—¿Te dio su tarjeta a *ti*?

Henry no abrió los ojos pero extendió el brazo para manotear sobre la mesita de noche, de donde tomó una tarjeta doblada con el nombre de Fodorio. Jana se sentó en la cama y la desdobló. En la parte de atrás, Fodorio había escrito: «Para tu momento de John Lennon».

—¿Tu momento de John Lennon? —dijo Jana.

—¿Qué?

—Lo que escribió en la parte de atrás. Para cuando quieras dejar la banda.

—Nadie va a dejar la banda —masculló Henry.

—Entonces, ¿por qué te la dio?

Henry abrió los ojos y se levantó.

—Porque es unególatra que quiere sentir que está ayudándome a hacer algo que todavía no sé que necesito.

Jana alisó los bordes de la tarjeta entre sus dedos.

—¿Y por qué la conservaste?

Henry la observó como si sintiera lástima por ella, pero no de una manera compasiva. Con ternura, su rostro igualaba el tono suave de ella. Después de eso, ella habría dado por zanjado el asunto y habría tirado la tarjeta al suelo sucio para dormirse. Pero entonces él le quitó la tarjeta de las manos y la rompió en cuadritos diminutos. Se metió los cuadritos a la boca, los masticó en silencio y se los tragó con un vaso de agua que tomó de la mesita de noche.

—¿Ya nos dormimos? —dijo.

—Está bien.

Cayeron en un sueño platónico, como habían hecho muchas noches antes: una revoltura de tacos, sudor, rocío. Eran amigos; Henry era como el hermano que Jana siempre había querido. Estaban emparentados en su soledad orgullosa, la obstinada *fermata* que contenían con circunspección en sus centros y que podía seguir así para siempre. Empujaban sus *fermatas* una contra la otra y se sentían cerca de la satisfacción. «¿Hay algo mejor?», le había preguntado Fodorio en relación con su vida, y ella no había respondido. No estaba segura. No estaba tan lejos de los fracasos y las decepciones regados por el suelo de su vida pero por lo menos tenía esto, la *fermata* de alguien más. Jana no soñó con nada. En cuanto a Henry, dormía con una sonrisa en el rostro y ella jamás podría haber sabido por qué.

BRIT

SEGUNDO VIOLÍN

Algo agobiaba a Brit, algo que la acosaba por encima de su tristeza más general, y era que no podía recordar haber decidido querer estar con Daniel. Eso era lo que hacía su situación actual más dolorosa y agraviante. Su vida parecía un disco viejo y rayado; su dolor trazaba círculos a su alrededor, y siempre regresaba a su falta de propósito. Estaba triste y a la vez enojada consigo misma por estar triste. Le desagradaba querer lo que no había tenido la intención de querer, tanto como el hecho de negar lo que no había querido realmente. Sentía que ya había suficientes motivos para estar triste como para añadir la lista de deseos sin cumplir a lo largo de su vida. Por ejemplo, una mano izquierda ligeramente más amplia, un mejor violín. Por ejemplo, que sus padres volvieran a estar vivos.

Brit no podía negar que se había sentido atraída hacia Daniel cuando lo conoció y sabía que él también se había sentido atraído hacia ella. Sentados a los lados opuestos de la mesa en el primer día de Contrapunto 2, se descubrieron el uno al otro advirtiéndose el uno al otro. Él tarareaba con energía nerviosa, era rápido para levantar la mano cuando se hacía una pregunta, poseía una agilidad pasmosa que traicionaba su inseguridad. Una cara aniñada de ojos grandes y nerviosos, y una nariz que no podía pasarse por alto. Ella lo había sorprendido mirándola fijamente —su rostro, sus senos, su boca (incluso su diente chueco)— cuando respondía las preguntas de los profesores sobre el patrón tonal de *Don Giovanni*. Murmuró a Jana: «Creo que ese chelista me está mirando», y Jana giró los ojos y le respondió: «No todo el mundo te mira, Brit», pero le acomodó una hebra de cabello detrás de la oreja mientras lo decía, así que no fue totalmente grosera.

Sin embargo, él sí había estado viéndola. Casi dos años después, ya formado el cuarteto y justo antes de la difícil conversación en la que todos decidieron que el cuarteto era lo que querían hacer juntos, ella se lo preguntó, en la cama, en ese momento después del coito en que uno se siente libre para decir cualquier cosa porque nada puede ser más vergonzoso o íntimo que lo que acaba de ocurrir.

—Sí —dijo Daniel—. En ese entonces te miraba todo el tiempo. Siempre pensé que eras bonita. Has de saber que eres bonita.

Brit no lo sabía. Algunas muchachas crecen sabiendo que son bonitas, usando ese conocimiento. Brit sentía que no había sido bonita hasta muy recientemente, y el cambio la hacía sentir incómoda; no estaba acostumbrada a que los hombres la miraran, a ver algo que ella apenas podía percibir. En el espejo se veía como siempre se había visto: piel pálida, venas azules casi traslúcidas; boca gruesa hacia abajo (ese diente); rasgos extrañamente espaciados (nariz demasiado estrecha, ojos grandes y separados —como los de una vaca, escuchó una vez que una chica decía con crueldad—); cabello largo, un tono soso de rubio, aburrido, exasperado de sí mismo.

—No lo sabía —dijo. Lo que quiso decir fue: «cuéntame más acerca de cómo soy bonita».

Seguían acostados boca arriba; las sábanas envolvían sus pechos, mientras ambos miraban al techo y las yemas de sus dedos se tocaban por debajo, cerca de los muslos desnudos y húmedos. Daniel fue exactamente como ella había querido que fuera: generoso, pero salvaje e incansable en la búsqueda de su satisfacción. Ella había estado bien, se imaginaba. Se había perdido, de una buena manera. Fue fría.

Sin embargo, él no le contó más sobre cómo era bonita. ¿Por qué los hombres hacían eso? ¿Se debía a que aquella afirmación no era verdad, aunque estuvieran teniendo sexo con ella? ¿O era porque en realidad creían que ella sabía que era bonita y no necesitaba que la convencieran? ¿O era porque creían que en virtud de que habían tenido sexo con ella, ella comprendería su belleza física? Lo que Daniel hizo en cambio fue balancear su muslo sobre el de ella y pasar la mano áspera sobre su abdomen, que empezó a frotar. Dijo: «Qué divertido».

—Pero no deberíamos apresurar las cosas —dijo ella, respondiendo una pregunta que él no había hecho.

—No; casual es mejor —contestó él, y pasó la mano por su torso. Después hizo una pausa—. ¿Crees que tengo algo malo y por eso las mujeres no quieren salir conmigo?

—¿No serás tú el que no quiere salir con ellas? —respondió ella sonriendo.

Daniel difícilmente podía considerarse un donjuán. Era extrañamente grande y pequeño al mismo tiempo, más bajo que el promedio y un poco robusto, desproporcionado, con un rostro curiosamente atractivo. Había algo sólido e innegable en su cuerpo; todo estaba empacado con estrechez. Algo reluciente y juguetón en la manera como se conducía, ligero y peligroso como un cardo, capaz de cortar y marcharse de repente. Sin embargo, siempre estaba rodeado de chicas, aunque nunca se quedaban el tiempo suficiente para ser importantes, y Brit sospechaba que su patrón de conquista y abandono continuaría mucho tiempo después de que la dejara ir a ella.

—¿Seríamos buena pareja? —preguntó ella e hizo una pausa para pensarlo, pero no podía conjurar una imagen de los dos juntos, hablando en una calle de la ciudad con luz de día, tomados de la mano o caminando por una montaña en alguna parte, echándose miradas el uno al otro, con los dientes brillando en el aire alpino. Quería verlo, escuchar una banda sonora, quizás algo como agua que corre sobre un cristal, violines, dieciseisavos en la punta de un arco en el borde de una cuerda cerca del puente, pero no podía. No se formaba, no se sostenía.

—No. —Él continuó acariciándola—. Seríamos… una pareja terrible.

—Tienes razón —respondió ella arqueando la espalda y entrelazando una pierna con las de él—. Estoy completamente de acuerdo contigo.

Brit creía a medias que no funcionarían juntos. Lo había pensado a menudo, cuando él observaba con escrutinio y necedad una partitura detrás de sus lentes de fondo de botella, o cuando respondía con furia una pregunta analizando cada detalle periférico antes de conformarse con algo que había estudiado, o cuando se obsesionaba con la posición correcta de cualquier cosa, de todo —como la historia, el valor y la diversidad de las apoyaturas—; el tiempo exacto que podía usar un arco de ébano antes de tener que reemplazarlo; el sabor salado del aire de San Francisco, donde ensayaban, en comparación con el aire de (la más barata) Oakland, donde él vivía, y su efecto en la madera de su chelo. Su precisión compulsiva lo hacía un amante excepcional y un compañero desastroso, un músico destacado y un amigo extenuante. Nada incuantificable podía ser lo suficientemente perfecto para él, y eso empezaba a ser claro para Brit, para quien las cosas incuantificables eran las únicas que tenían valor.

Por eso en ese momento, en la cama, después de tener sexo por primera vez, «en ese entonces te miraba todo el tiempo», ella supo que recordaría por mucho tiempo lo que él le había dicho. Después de todo, ella había tenido razón. Dos años antes había habido un reconocimiento mutuo o algo matemático pero misterioso entre ellos; se habían visto simultáneamente, algo totalmente invisible e inesperado, pero natural. Como si las moléculas de aire se hubieran teñido y hubieran brillado, eléctricas, tangibles. Le daba fe en tantas cosas: su belleza, sus instintos, la posibilidad misma. Sobre todo, la emocionante libertad de ser realmente incapaz de predecir la propia vida.

Por eso, suponía, había ocurrido lo que había ocurrido. Siguieron acostándose sin decírselo a nadie, en especial a Jana o a Henry. Era terriblemente divertido. Tocaban música, duetos tontos que no habían interpretado desde sus días con Suzuki y duetos contem-

poráneos que encontraban en la bodega de partituras. Se emborra-
chaban, buscaban videos de músicos famosos y criticaban su técnica; regresaban y adelantaban la grabación, cuadro por cuadro. Se
quedaban despiertos hasta tarde, aferrándose uno al otro entre pe-
riodos de sueño, con la emoción de la primera ráfaga de enamora-
miento, un deseo potente de conocer cada parte del cuerpo del
otro hasta agotar ese conocimiento. Se quedaban dormidos en el
futón barato de Daniel, cabeza contra pies, las piernas de uno en-
redadas en los brazos del otro, escuchando discos de Pablo Casals,
y despertaban para escuchar el ruido existencial de una aguja sin
nada que tocar. Llegaban al ensayo adormilados, llenos de secretos.

En las noches, ella encontraba en el esternón de Daniel los moretones que le dejaba el chelo y otros más ligeros que aparecían y
desaparecían en la parte interior de sus rodillas, dependiendo de
cuánto tiempo duraban los ensayos. Él pasaba los dedos entre su
cabello, le pedía que jamás se lo cambiara. En las noches, después
de ensayar, él evitaba con cautela tocar la marca rojiza que le quedaba a Brit en el hueco izquierdo del cuello, incluso con su respiración.

Sólo podía durar un tiempo determinado.

Dos días antes de su recital de graduación, después de un ensayo particularmente duro, ambos se excusaron pretextando cansancio, y Brit ofreció llevar a casa a Daniel. Ahí, ella le preparó una
cena tardía (él no sabía cocinar y en raras ocasiones salía a comer;
por lo general sólo se alimentaba de sobras) y comieron en su mesa
de soltero con un disco de Janos Starker de fondo. Ella dijo que
prefería a Heifetz y él respondió volviendo a colocar la aguja en el
comienzo del disco, insistiendo en que volviera a escucharlo, pero
no dijo exactamente por qué. Ella encendió una vela que encontró
en el baño sucio y puso servilletas de tela, que en realidad eran las
toallas suaves que usaba para limpiar la brea de su violín. Cuando
él se limpió la carbonara de la boca, la servilleta le dejó un brillo
blanco en la barbilla. Ella sonrió sin decir nada.

A diferencia de Jana y Henry, Daniel y Brit habían ido a universidades para sus licenciaturas, y debido a eso Brit se sentía ajena. Sin embargo, la conexión de Brit con él iba más lejos, pues ambos sentían que les hacía falta una familia. Él hablaba sobre su madre. Era el segundo hijo de una familia de Houston que en general no tenía amor, cuyas luchas por dinero no habían servido en modo alguno para unirlos y cuyo hijo menor peculiar y artístico sólo aumentaba la expansión cósmica que los separaba unos de otros. Su padre trabajaba con un equipo de construcción que iba de un lugar a otro; su madre limpiaba la pequeña casa en los suburbios que ellos podían pagar y ocasionalmente limpiaba las casas de otras personas, y rezaba. Se toleraban silenciosamente unos a otros, llegaban a fin de mes, se preocupaban por que Daniel fuera exitoso, pero les interesaba muy poco que fuera músico. Lo que hacía, lo hacía solo.

Brit era una verdadera huérfana, aunque ella no se describía de esa manera. Su padre había muerto de una especie común de cáncer cuando ella estaba en la universidad y su madre simplemente se rin- dió —no había otra manera de expresarlo— un año después de que Brit se mudó a San Francisco. Tampoco tenía hermanos, nadie con quien volver a casa. Brit se sentía atraída por la historia de la familia de Daniel, por el hecho de que tuviera una familia y de todos modos fuera una especie de huérfano. Él no parecía triste por ello, sino que lo daba por sentado. Podían compartir el mismo dolor, pero de diferentes maneras. Llevaban la misma herida con diferentes formas. Brit había aprendido a anhelar esa dinámica entre los dos. Ella podía ser la tela que volaba al viento; él podía ser el asta.

—Mi madre cree en el destino —dijo Daniel—. Piensa que yo era su destino y que el mío es la música.

—¿Y tú no lo crees? —preguntó Brit—. Me parece que es algo bueno en qué creer.

Daniel se encogió de hombros.

—Claro, si no quieres tener ninguna responsabilidad sobre tu vida. O ningún control. O ninguna capacidad de mejorar las cosas.

—Sin embargo, quizás es eso lo que tu madre quiere decir cuando asegura que tú eres su destino. ¿No crees que por eso la gente tiene hijos? —preguntó Brit—. ¿Para formar una familia mejor que aquella en la que crecieron?

—No —respondió Daniel demasiado rápidamente—. Imagino que podría ser una razón, pero no es una razón inteligente. En especial cuando no tienes dinero para pagar los gastos de esa familia.

Daniel siempre estaba pensando en dinero; ese era un problema. El dinero nunca estaba lejos de su mente, en raras ocasiones pagaba cosas y siempre estaba cansado, trabajando hasta tarde en un bar que no permitía que ninguno de sus compañeros visitara. Se sentía inseguro sobre la calidad de su chelo y lo expresaba siendo siempre el primero en mencionarlo.

—No sé —dijo Brit—. Nosotros no teníamos mucho dinero, pero éramos felices.

—Bueno —respondió Daniel—, hay una diferencia entre tu «no mucho dinero» y mi «no mucho dinero».

—¿De verdad?

—«¿De verdad?», dice la chica que recibió una herencia que le permitió pagar su vida aquí.

Brit enderezó los hombros. Él tenía una manera de herir rápida y superficial. Ella habría regresado todo el dinero por la pequeña casita, si con eso sus padres hubieran podido estar a su lado sólo una semana más, un concierto más. No se lo dijo.

El efecto de su crueldad se registró en el rostro de Daniel. Se inclinó hacia delante.

—Sólo quiero decir que usábamos cupones para comprar comida y mi hermano y yo dormíamos en la sala en una de las casas donde estuvimos; tuve que pedir una beca para todo, todo; esto que estoy haciendo es lo menos económico del mundo, y ninguno de ustedes tuvo que preocuparse por eso.

—Yo me preocupo por eso —dijo ella. Así era, pero no de manera tal que influyera en cualquier decisión que le pareciera imperativa. Y se preocupaba por él, por la manera como su preocupación lo endurecía en los bordes, y su determinación y sus dudas sobre sí mismo se envolvían en su obsesión por el dinero—. Me preocupa que permitas que el dinero evite que quieras algo como… tener una familia.

—De cualquier manera, no estoy seguro de querer tener hijos.

—¿Por qué no?

—¿Pero por qué? En cualquier caso, ¿por qué sería mejor? ¿Por qué traer más gente al mundo, a menos que no tengas otra opción?

Brit removió la pasta de su plato, haciendo diseños delicados y poco apetitosos. Nunca se había pensado como una de esas mujeres que querían tener hijos por sobre todas las cosas; no podía identificarse con las chicas de la universidad que escribían sobre sus bebés en la revista de la escuela —«¡El mejor regalo de Navidad que pude haber pedido!» o «¡Estamos tan enamorados del bebé Isaac!» (¿Tan pronto? ¿El amor puede ocurrir tan rápidamente?)—, y, sin embargo, aunque era una mujer moderna, no podía imaginar querer tener un hijo como algo independiente de querer tener una familia. Ser madre parecía una empresa completamente diferente de ser parte de una familia, una verdadera familia. Y eso era lo que ella quería, se dio cuenta entonces, a lo largo de la cena: volver a tener una familia.

—Siempre pensé que conocería a alguien a quien llegaría a amar tanto que ese amor se derramaría en otro ser vivo. En muchos otros seres vivos. Quiero tener un hijo como expresión de amor, supongo —dijo Brit—. Estoy diciendo que *quiero* tenerlo por sobre todas las cosas.

Se sorprendió al sentirse avergonzada de su discurso. Percibió a Daniel del otro lado de la mesa; también había dejado de comer, su copa de vino estaba vacía; ambos se hallaban al borde de lo que siguiera: irse o quedarse. Él no hizo ninguna indicación de que quisiera que ella se quedara. Ella trató de no demostrar que deseaba que él lo quisiera.

—Estoy de acuerdo, supongo —dijo Daniel—. Sería un sentimiento agradable.

—¿Crees que alguna vez sentirás eso? —preguntó Brit.

Daniel tamborileó sobre la mesa con los dedos al tiempo de Starker, que había iniciado el preludio de la tercera *suite* de chelo de Bach.

—¿Conoces esa parte de *El banquete* en que Aristófanes explica cómo los humanos se dividieron en dos, que alguien los dividió en dos?

—Zeus —dijo Brit. Conocía la historia, pero dejó que él se la contara.

—Eso, Zeus. Y que el deseo es la búsqueda de la totalidad.

Brit recordaba una mala traducción de una clase introductoria en la universidad, aunque hacía tiempo que no pensaba en ella.

—Eso me gusta.

Daniel se inclinó hacia delante.

—¿Pero no crees que es un poco reduccionista? ¿Que uno sólo puede estar completo con alguien más? ¿Qué piensas de todo lo que puede hacer uno para estar completo sin atarse a algo como un parásito? ¿Qué me dices del trabajo duro y el logro y… la armonía interna?

—¿Qué es la armonía interna? —preguntó Brit. Daniel se rio, pero ella continuó—: No, de verdad. ¿Cómo puedes encontrar la armonía en ti mismo?

Daniel dejó de reírse abruptamente. Juntó las manos sobre la mesa.

—Bueno, no sé tú; yo tengo muchos tonos. Se trata de ir de la polifonía a la armonía. Las personas son demasiado musicales, pero no lo reconocen lo suficiente.

—¿Entonces vas a estar solo para siempre porque es demasiado ofensivo para tu dignidad atarte a alguien más?

—No me estás entendiendo —dijo Daniel. Se recargó en la silla otra vez y le reveló a Brit pequeñas manchas de salsa que tenía en el pecho de la camisa donde había tocado el plato—. No se trata de atarse a alguien más. Es caber en… la construcción de otra persona.

Brit no sabía cómo decir que le parecía bien estar contenido en la construcción de alguien más sin sonar estúpida, joven, ingenua. Y de cualquier manera, aunque lo hubiera dicho, él no habría podido ver las cosas desde su perspectiva. Estaba demasiado ocupado con su martillo y su pico cincelando una posibilidad perfecta, liberando su ser ideal de la piedra.

Ella podía sentir que su rostro se volvía inexpresivo, que se le vaciaba el pecho. Era lo que había visto que ocurría al cuerpo de Daniel cuando se sentaba a tocar.

—Mira —dijo él—. Imagino que a fin de cuentas todo se reduce a la biología. Quizá sienta la necesidad biológica de tener hijos. Quizá no. Lo que digo es que eso no tiene ninguna relación con el amor; para mí no. Y definitivamente tiene que ver con el dinero, el cual, si recuerdas, no tengo.

Su naturaleza obstinada se puso de manifiesto en su negativa a responder realmente una pregunta: tenía más miedo de equivocarse que de no hacer nada. Solía hacer lo mismo en los ensayos: Jana se enfurecía porque él no estaba completamente de acuerdo ni completamente en desacuerdo con su interpretación de un pasaje. A Henry lo divertía, pero Brit a menudo entraba para calmar la situación, lo que por lo general significaba persuadir a Daniel de que le permitiera a Jana salirse con la suya. Daniel interpretaría el pasaje como resultara mejor, lo que siempre coincidía con la manera que Jana articulaba en el escenario, y su respuesta instantánea al tocar era una habilidad que habían cultivado.

—No sé —dijo Daniel—. Para mí toda esta historia sobre el amor y los hijos simplemente se parece demasiado al pensamiento mágico.

Starker se elevaba en el arco, dirigiéndose hacia el *arpeggio* de ruptura que requería una difícil posición del pulgar. Los preludios a la *suite* siempre tenían esos pasajes, *arpeggios* extáticos que expresaban plenamente el acorde mayor y después regresaban a una escala modulada antes de terminar en dignas paradas triples o acordes quebrados. Sin embargo, antes del final, esos *arpeggios* extáticos amenazaban con disolverse en el caos. Eran las partes favoritas de Brit.

Y justo detrás de su tristeza, punzaba un pensamiento: deseaba a Daniel no sólo de la manera como él la deseaba, sino como él no deseaba desear a nadie. Y ella quería que él fuera diferente, que quisiera sentir una especie de amor que temblara sobre una vida compartida, tener una jerarquía de deseos en la que el dinero no fuera esencial. Los *arpeggios* murieron. Starker había regresado a las escalas descendientes, avanzando hacia el final del primer movimiento.

—Me gusta Starker por las *suites* de Bach —dijo Daniel cambiando de tema—. Porque no se anda con tonterías. No hay estremecimientos. No es un intérprete romántico como Yo-Yo Ma. No es desordenado como Casals. No es furioso como Du Pré, quien siempre parece estar enojada. Starker es más simple. Bueno. Claro. Creo que esa era la intención de Bach. No toda esa mierda de interpretaciones. ¿Tú qué opinas?

El chelo de Daniel descansaba en su caja de plástico rígido contra la pared, junto a su cama. Ella sabía que él dejaba que su madre creyera que tocar el chelo era el camino que Dios había elegido para él. Sabía que a su padre no le interesaba mucho la música clásica. Sabía que su chelo era barato y que había pedido prestado el dinero para comprarlo. Sabía que tendría que rentar un esmoquin para la presentación, y que Jana y Henry supondrían que era suyo. Sabía que trabajaría unos cuantos turnos extra en el bar ese mes para poder pagar la renta del esmoquin. Él le sonrió desde su lado de la mesa, sin tener idea.

«Vete», dijo Brit a su tristeza. Sabía que estaba por llegar.

—¿Qué opino? —repitió ella—. Creo que prefiero a Du Pré.

—Ah —respondió él—. Claro que sí.

Brit se dio cuenta entonces de que la divergencia de sus pronunciamientos era la excusa de Daniel para no enamorarse. Siempre estaba reuniendo pruebas. Ella siempre las ignoraba. Suspiró. En realidad, pensó, tenían que haber sido capaces de predecirlo. Con repentina claridad vio la forma como él la veía. Una muchacha bastante bonita del otro lado de la mesa —la de Contrapunto 2 o la de la cena falsa, ahí, en ese momento—. Una distracción bienvenida del verdadero objetivo del éxito musical: el éxito financiero. Una muchacha que no era como él, no porque sus padres hubieran muerto, sino por el dinero que había recibido con motivo de su muerte.

—Tengo que irme —le dijo en cuanto Starker terminó la *suite*—. Y creo… Quería decirte… que deberíamos dejar de vernos.

El rostro de él se ensombreció por un momento muy breve; después se aclaró.

—¿Ah, sí?

—Sí. Es demasiado, ¿sabes? Con la competencia en puerta…

—No; tienes razón. Es demasiado riesgo de echarlo a perder.

—Demasiado peligroso.

—Sí, sí.

Brit observó fijamente su plato sucio junto al de él, las servilletas y los cuchillos sobre la mesa y los restos de salsa por todas partes. Sabía que él no limpiaría adecuadamente después de la cena, y con el último ensayo y el concierto, los platos se quedarían sucios en el fregadero por lo menos durante una semana. Daniel era desordenado; era otra de las cosas que sabía de él —su ropa se llenaba de pelusas de polvo cuando estaba en su casa, y así las llevaba de regreso a su departamento—; cuando se levantó del naufragio de la cena, le dijo adiós a ese conocimiento.

No había peligro en la vida de Daniel, no había riesgo. Y tampoco los había en la vida de Brit; pero en el caso de Daniel eso se debía a que recortaba cautelosamente su existencia en torno al peligro. Era mejor así, suponía Brit. Quizá debían guardar todo ese riesgo para el escenario. Quizás el solo hecho de ser una persona ya era lo suficientemente peligroso.

Él le puso la mano sobre la espalda y después la retiró.

—Está bien —dijo—. Te acompaño afuera.

Había cierta tranquilidad en dejar ir, pensó Brit, en especial cuando en principio uno no tenía nada. Bajaron por las estrechas escaleras del edificio ruinoso; despedían el olor de su cena, una fragancia atlética de pimienta negra y tocino que durante años a Brit le provocaría un sentimiento de decepción en las entrañas. La luz se había apagado en la recepción, como siempre. En la oscuridad, antes de que Daniel abriera la pesada puerta, ella empezó a llorar en silencio. Él no se dio cuenta hasta que se pararon bajo la luz del farol.

—Oye, Brit —dijo Daniel, pero no se acercó; tenía las manos en los bolsillos de los pantalones.

—Estoy bien —dijo ella. Sentía el pecho a punto de estallar; sus entrañas pulsaban como si tuvieran mil moretones diminutos causados por la parte trasera de un chelo. Brit se llevó la mano al esternón. No había agujeros, no había depresiones: sólo ella misma.

Eran inútiles juntos. Lo único que debía hacer era irse, subirse a su auto, conducir a casa del otro lado del puente —de cualquier manera, ¿por qué siempre era ella quien tenía que ir a su departamento en Oakland y él nunca iba al de ella?—, dormir, despertar, ensayar, hacerlo una y otra vez, y dar el concierto de su vida en Esterhazy. Sólo tenía que hacer eso. Todo sería lo mismo, y después, si ganaban la competencia, si tocaban bien, incluso podría ser mejor.

Pensó que estaba siendo estúpida. Ni siquiera debería pensar en tener hijos. Con trabajos podía pagar su departamento, y era joven y mantenía una relación secreta —una *no relación*— con el chelista de su cuarteto. Y sin embargo: la decepción, la posibilidad extinguida, ni siquiera encendida. Imaginó unos dedos que apagaban una pequeña llama una y otra vez, y el golpe de sonido en sus oídos. Parecía un microcosmos de su vida entera: el acto de apagar, el humo, la oscuridad resultante.

Brit decidió que ese verano haría un viaje a Nueva York para ver a una amiga que tocaba con la orquesta del Met. Después de que ganaran en Esterhazy. Gastaría el dinero que Daniel tanto resentía. Escucharía algunos conciertos en el Carnegie Hall y se perdería en la tienda de música de Patelson's del otro lado de la calle durante algunas horas cada tarde; llenaría una maleta extra con música y regresaría a San Francisco como si nada hubiera pasado. Le gustaba visitar esa mohosa tienda de música después de asistir a la sala de conciertos; le recordaba que participaba en un arco, mayor de lo que ella era, más viejo de lo que jamás sería. Sí, decidió, en la breve caminata a su auto, mientras Daniel la seguía con cautela. Eso iba a hacer.

Cuando subió al auto, él estaba ahí, todavía, parado a medias bajo la sombra del farol, con las manos enterradas en el abrigo, más bajo de lo que parecía de cerca. Brit vio la nariz ligeramente ganchuda que sólo se percibía de perfil, la pelusa de la barbilla como un error, los pequeños ojos oscuros, la boca inescrutable que se contraía hacia arriba cuando estaba excitado, encantado o haciéndose el listo. Sin embargo, lo que era casi más distintivo era su envergadura irregular, desproporcionada respecto de su estatura, que le daba un control ilimitado e injusto del mango de su chelo: hombros amplios, brazos que caían de las mangas, casi disculpándose pero sin disculparse realmente.

Esa noche su rostro parecía una playa desierta, una plasta inexpresiva, algo no terminado.

No obstante, Brit sintió una antigua calidez al verlo. Se había convertido ahora en la que miraba, la que siempre lo miraba a él, en busca de una señal, una mueca, un guiño, una ligera inclinación hacia ella cuando se sentía triste, o esperando una exhalación a medias sobre su cuello antes de besarla, alguna representación física de la manera en que podría entregársele. Pero él nunca cambió. «Te veía verme», debió haber dicho. ¿Habría supuesto alguna diferencia? «Y ahora, todavía, veo que no me ves».

Se marchó en su auto. No recordaba con exactitud la calidez de la mañana, sólo la sensación de que algo se le había deslizado entre las manos. La voz acechante: no quieres a Daniel, sólo quieres a alguien. La respuesta: nadie te quiere, ni siquiera Daniel. Despertó y practicó temprano en la mañana gris hasta que esa sensación también se desvaneció.

JANA

PRIMER VIOLÍN

Temía que ya fueran demasiado viejos. Que hubieran desperdiciado demasiado tiempo para llegar ahí, al comienzo de su carrera, y que ahora fuera demasiado tarde. A Jana le había tomado tiempo descubrir y aceptar que su objetivo no era una carrera de solista, sino más bien este empeño conjunto y colaborativo. A todos les había tomado tiempo, suponía. Y había estado a punto de no ocurrir.

Jana y Henry se conocieron en el Instituto de Música Curtis de Filadelfia, donde ambos habían sido excelentes solistas. Jana se sintió atraída por el crudo talento de Henry, tocar en un cuarteto con él era lo más cerca que podía estar de la fuerza de ese talento. Él había sido una luz brillante e ilimitada en el campus, más joven que todos los demás, más alto que todos los demás, mejor músico que todos los demás, y ávido por tocar en cualquier lugar y en todas partes. Tocaba con una confianza que sólo tienen los prodigios. Una vez ella presenció cómo tocó en violín a Stravinsky de primera leída estando casi totalmente ebrio, sin un error y de una manera tan hermosa que ella jamás podría conseguir en un primer intento. La idea del fracaso jamás se le había acercado. Vivía en un mundo en el que eso no existía. Jana amaba eso de él.

Ya había conocido prodigios antes, pero jamás alguien como Henry. Siempre decía que sí. ¿Quería tocar una pieza más? ¿De verdad quería hacer un trabajo en conjunto? ¿Quería salir después? ¿Quería escribir música? ¿Quería dirigir? ¿Quería probar esta nueva viola, este nuevo restaurante, esta nueva bebida? Jana no sabía qué lo hacía tan intrépido. Estaba dispuesto a cualquier cosa, con entusiasmo.

Una vez, después de haber tocado durante la noche con otros dos músicos de primer año (ninguno tan bueno como ellos), al empezar a guardar sus instrumentos Henry le preguntó a Jana sobre su vida de antes. Él suponía que sus vidas habían sido similares en lo que respectaba a la música.

—Antes sentía celos de mi hermana, Jackie —dijo él—. Ella nunca tocó nada. Ni siquiera quería. Lo que odiaba era todo lo que me perdía por estar practicando y tener lecciones dos veces a la semana; por ejemplo, no sé, ¿los eventos deportivos? Yo habría sido bueno en futbol soccer, creo. Jackie podía hacer todo eso. ¿Tú con quién estudiaste en California?

Jana mencionó el nombre del violinista ruso que sintió lástima por ella cuando Catherine llegó ebria a recogerla a una de sus clases. Le había hecho un importante descuento en el precio de las lecciones, y aun así tenía que hacerle trabajo de oficina después de cada sesión para cubrir la tarifa. Algunas veces había tenido que reducir sus clases a dos al mes cuando era lo único que podía pagar.

—Cuando era muy pequeño —comentó él—, mi mamá no iba a mis recitales. Se ponía tan nerviosa que a veces vomitaba. De verdad.

Jana sonrió y no dijo nada.

Él continuó.

—Pero ahora no le importa tanto. Me ha visto tocar demasiadas veces, así que ya no va a mis presentaciones, pero no porque se ponga nerviosa sino porque ya sabe cómo toco.

Jana no podía pensar en decir algo similar. Le incomodaba el silencio donde se suponía que debía responder.

—Mi madre nunca me ha visto tocar —dijo por fin.

La cara de Henry cambió, perdió algo de su brillo.

—No le gusta la música clásica —continuó Jana—. Además, al parecer sólo le gusta su persona. Y el vodka. Y no conozco a mi padre. Así que, de alguna manera, imagino que es bueno. No tengo a quién impresionar en el público, sólo a extraños. Y a mí misma.

Henry bajó el estuche de su viola. Estudió el rostro de Jana con una mirada de preocupación.

—Bueno, te escuché —dijo—. En el primer año. Eras buena. —Y la abrazó, extendió los largos brazos alrededor de su cuerpo rígido.

Una cosa que Jana sabía con certeza de Henry era que sólo su ternura podía equipararse con su talento. Abrazaba con todo el cuerpo, como si no tuviera miedo de que ella no le correspondiera. Abrazaba sin necesitar que le devolvieran el abrazo. Con el tiempo, ella sí le devolvió el abrazo.

Entonces nada malo le había ocurrido jamás. Eso era. Eso era lo que hacía a alguien tan intrépido.

La peculiar falta de miedo de Henry lo hacía muy popular con las mujeres, aunque Jana nunca había pensado en él de manera sexual o romántica. No tenía interés en ser una de las mujeres (siempre mayores y con menos talento) con quienes se acostaba. Lo que quería, en cambio, era que su manera de tocar se relacionara con la manera de tocar de él, que la manera de tocar de Henry la abrazara, la cambiara y la mejorara. Y aunque la popularidad de Henry en el conservatorio era enorme, no se había traducido en una amistad real. Había muchachas y había músicos, pero nadie se le entregaba en un justo medio. Nadie, con excepción de Jana.

Mientras ambos dejaban que el conservatorio los condujera hacia una carrera como solistas o en una orquesta, construyeron en privado una amistad a lo largo de horas de tocar música de cámara juntos. Los otros intérpretes que se rotaban en sus grupos lo veían como una actividad extracurricular, y siempre los abandonaban para seguir caminos más prometedores. Sin embargo, Jana y Henry continuaron siendo una pareja consistente. Ella sabía que una carrera de solista era lo más deseable y que Henry había estado preparándose para ello durante toda la vida, pero también sabía que los dos siempre habían estado más comprometidos y más decididos en términos creativos —y simplemente se divertían más— cuando tocaban en cuartetos de cuerdas.

Una noche del último año, mientras tocaban en una sofocante sala de práctica, ella sacó el tema.

—¿Y si formáramos un cuarteto, uno de verdad? —le preguntó.

Tuvo que convencer un poco a Henry. ¿Cómo podrían encontrar una persona que les gustara, ya no digamos dos, y dónde? ¿Por qué no podían seguir como estaban y practicar cuando tuvieran tiempo? Jana se había preparado para esas preguntas y había entregado su solicitud para el certificado de música de cámara del conservatorio de San Francisco. Sólo serían dos años, tres cuando mucho, y ahí conocerían gente que quisiera lo mismo que ellos, estaba segura.

—De cualquier modo, las cosas no van a seguir así —dijo Jana—. Ya sé lo que va a pasar. Tú viajarás o vivirás en el extranjero, serás famoso y estarás ocupado para siempre. Y te olvidarás de mí.

Fue entonces cuando él se decidió. Jana se dio cuenta. Ella se había mostrado vulnerable con él —o con cualquiera— muy raras veces. Pero esa era la verdad: temía que la carrera de Henry eclipsara su conexión. Y él nunca había tenido a nadie fuera de su familia que valorara su compañía por encima de su carrera potencial.

—Además —continuó Jana—, te sentirías solo.

Así que dejaron atrás los años que habían invertido y viraron en busca de un cuarteto. Conocieron a Brit y a Daniel casi de inmediato; los dos habían perdido el tiempo en universidades regulares, Indiana y Rice. Así que su comienzo como grupo fue tardío. Eso era innegable. Para Henry, el tiempo no era un gran problema. Él era joven. Sin embargo, para Jana, el compromiso oficial con el cuarteto era el comienzo de una preocupación abrasadora por quedarse sin tiempo antes de obtener el éxito; necesitaba ascender más rápido y con más ferocidad que lo normal, a la velocidad de Henry.

Eso era lo que tenía en mente la mañana de su último ensayo en San Francisco antes de la competencia, en lugar de los dieciseisavos del «Serioso» de Beethoven, que sí requerían algo de atención, y de repente se sintió ansiosa. Tenía la partitura sobre el regazo y esperaban a que Henry afinara. Esa mañana había dejado su viola bajo una ventana ligeramente abierta en su departamento y el frío había contraído las cuerdas y la madera. Él y Jana tenían oído absoluto, así que afinar podía tomar todo el tiempo del mundo hasta satisfacer sus sensibles oídos. Daniel no ocultaba que eso le parecía molesto y se negaba a sentarse; en cambio, se paseaba por la parte trasera del escenario. Jana sabía que sólo estaba furioso porque él no tenía oído absoluto.

Esa tarde tenían que volar a Canadá, y la primera ronda de presentaciones era la noche siguiente. Entonces se eliminarían cuatro de los dieciséis grupos y quedarían tres rondas por delante. «Sólo concéntrate en la primera ronda», se dijo Jana. Tocarían el Beethoven, que había estado más que decente en el recital del conservatorio la semana anterior, pero que desde entonces había empezado a sentirse débil.

Ahora estaban probando el sonido en el escenario, como si eso fuera a importar. Ya habían tocado ahí en el recital, y Esterhazy sería un escenario diferente, a miles de kilómetros de distancia. Además de todo, si Jana había aprendido algo de tocar incesantemente, era que la música de cámara se componía de un centenar de respuestas diminutas a muchos cambios también diminutos tanto en el ambiente como en el cuerpo de todos los demás. A veces se sentía momentáneamente avergonzada por lo bien que conocía la delgada mano izquierda de Brit o los delicados meniscos de las rodillas de Daniel, quizá mejor de lo que los conocía a ellos dos.

De cualquier manera, Henry tenía el clavijero apoyado sobre la rodilla y la oreja cerca de la madera, mientras Jana seguía preocupándose por sus edades. Ella y Brit tenían veinticuatro; Henry apenas veinte (un prodigio ambicioso y ansioso), y Daniel se acercaba a los treinta, y detestaba hablar de su edad. Los grupos que ganaban en la competencia Esterhazy eran más jóvenes cada año; algunos seguían en el conservatorio. Personas de diecinueve años. Y ellos habían estado ahí, esforzándose por obtener una maestría en música de cámara como si importara a alguien además de sus maestros, maestros que ya eran demasiado viejos para seguir teniéndolos.

Sin embargo, Jana había necesitado estudiar más, y ella y Henry habían necesitado encontrar a Brit y a Daniel. Aun así, Jana pensaba a menudo que habría sido más sencillo si todos se hubieran encontrado antes, si todos hubieran ido al conservatorio juntos desde un principio. Lo que Jana realmente quería no era haber estudiado más, sino que hubieran crecido más como grupo. Crecer más rápido ahora. O regresar el tiempo cinco años atrás y empezar a crecer juntos desde entonces. Si hubieran hecho más sólida su conexión antes, estarían más cómodos ahora con estos grandes conciertos. Con esta presentación, la más grande de todas.

—¿Qué te pasa? —dijo Jana.

Brit alzó la mirada con ojos alarmantemente abiertos. Había estado callada toda la mañana; apenas había hecho ruido, salvo al afinar su instrumento. Su rostro no tenía color, a excepción de una salpicadura repentinamente discernible de pecas sobre las pálidas mejillas; llevaba el cabello largo atado en un chongo. Jana se sentía molesta. No podían darse el lujo de parecer deslucidos.

Brit le respondió bruscamente:

—¿Qué te pasa *a ti*?

—¡Afinado! —anunció Henry pasándose una mano por el cabello largo. Le hizo un gesto a Daniel para que se acercara—. ¡Afinado! Perdón, chicos, se me olvidó que la mañana estaría fría. Todo bien.

—¿Podrías por favor cortarte el pelo antes del concierto? —le preguntó Jana a Henry.

—¿Por qué no me lo preguntas cinco veces más? —le respondió él—. ¿O llamas a mi mamá para que me lo recuerde?

Daniel volvió a su lugar y colocó la pica del chelo en el antideslizante. Jana se aclaró la garganta. Habían acordado repasar sólo las oberturas de cada movimiento de las tres piezas. Jana siempre había creído firmemente que uno sólo tiene una buena interpretación de cualquier pieza una vez al día, superstición que había tomado de su primer maestro, el ruso. Su profesor del conservatorio había desmentido esa idea y les había dicho que, si uno no tenía más que una buena interpretación al día, no debía ser profesional. Los hacía ensayar todo de principio a fin hasta que les quedaban los dedos en carne viva; después les decía que fueran a despejarse durante tres horas antes de volver a la sala. Sin embargo, a Jana le gustaba la cualidad misteriosa de reservar la interpretación de una pieza de principio a fin para cuando estuvieran en el escenario. Era como ocultar a la novia de las miradas del novio hasta que aquella caminara por el pasillo de la iglesia: el novio ya sabía cómo se veía ella, pero la abstinencia hacía que su aparición fuera más sagrada.

Pero una boda no era más importante que los conciertos que darían en Esterhazy.

Aunque faltaban dos días para su primera presentación en la competencia, Jana sentía que la fecha estaba muy próxima para arriesgarse a hacer un ensayo completo.

Su corazonada sobre una actitud deslucida quedó confirmada en el ensayo. Se sentía tan imbuida de esa idea que trató de no decir una palabra durante la sesión. Claramente, Brit estaba de mal humor y Daniel era solamente una base aceptable, no la voz que solía ser. Henry trató de sonreírle del otro lado de los postes, pero ella le devolvió una mueca. Pasaron un par de partes difíciles, que consiguieron suavizar, aunque despojándolas de la vida que eran capaces de aplicarles.

Al final, cuando no había nada más por tocar, Jana no pudo evitarlo, las palabras salieron de su boca como un estornudo.

—Mal ensayo.

—En realidad no fue un ensayo —dijo Brit.

—Bueno —dijo Jana—. Un ensayo podría servirnos.

—¿No dicen: «Mal ensayo, buena presentación»? —dijo Henry.

Los cuatro se observaron en una nube de silencio. Lo que acababan de hacer no tenía sentido, y ninguna superstición lograría que Jana se sintiera mejor al respecto.

El silencio se difundió como la bruma y todos se dispersaron. Mientras Jana metía el violín en su estuche de terciopelo, escuchó que Daniel cerraba su caja y salía del escenario, mientras que Henry decía a Brit algo en voz baja, tratando de hacerla reír un poco. Jana no apartó la vista de su violín. No había nada que decir. El espacio transmitía la indescriptible pero penetrante sensación de un día festivo que se pasa a solas.

Al colgarse la caja sobre el hombro, sintió la presencia de Henry a sus espaldas y se volvió para encontrarlo sonriente y alegre.

—Todo va a salir bien —dijo él, extendiendo el brazo. Ella deslizó el suyo a través de la curva del codo y caminaron hacia las piernas del telón, por el frío de la parte trasera del escenario, y salieron a la avenida Diecinueve. Afuera se había disipado la bruma y los esperaba una cálida tarde de mayo. Sin embargo, la calidez sería efímera. Siempre lo era en San Francisco.

Caminaron al norte sobre la Diecinueve hacia Noriega, donde Jana se ocultaría en su departamento en el Sunset. Henry seguiría caminando hacia el este por el parque hacia su departamento en el Haight. Le gustaba caminar. Tenía cantidades tremendas de energía y siempre parecía estar a punto de elevarse del suelo.

—¿Entonces? —dijo Jana, poniendo la mano alrededor de un cigarro para encenderlo—. ¿Alguna vez has tenido… dudas?

—¿Sobre qué? —Henry la miró sonriendo. Era muy alto, ancho de hombros y desgarbado, con cabello castaño rizado y cara elástica, nariz puntiaguda, sonrisa amplia, ojos expresivos. Había demasiado de todo en Henry: estatura, cabello, piel, dinero, optimismo, talento.

—No sé. No me hagas decirlo. —Exhaló.

—Dilo.

—¿Y si estamos haciendo lo que no debemos? ¿Y si estamos perdiendo el tiempo cuando deberíamos hacer trabajos en Alice Tully? ¿Somos felices? ¿Siquiera avanzamos hacia la felicidad? No te creeré si me dices que no lo has pensado. Simplemente, no te creeré. Serías un androide si lo dijeras.

La calle se inclinó violentamente y avanzaron más lento por la colina empinada. Henry era diferente a la mayor parte de la gente, pensó Jana; totalmente libre de responsabilidades y ansiedades pedestres, jamás sentía desagrado por sí mismo y nunca era demasiado arrogante; era exactamente tan seguro como necesitaba ser, con una fuente infinita de calidez por la música, primero, y por la gente musical después. Era lo que le encantaba de él y lo que lo hacía tan distinto de ella. Ella sabía lo que él iba a decir.

—Simplemente no pienso en eso —dijo—. Lo siento. Puedo decir lo que tú quieras, si lo prefieres. Si te hace sentir mejor.

—No me hará sentir mejor. Eres malo mintiendo.

—Despierto y pienso: carajo, tengo todo un día por delante, ¿sabes? Escribir música, tocar música, escuchar música. Comer, bailar, beber…

—… llevarte una bailarina a casa.

—Llevarme una bailarina a casa. Exactamente. Aunque ellas no comen ni beben mucho.

—Claro.

—Lo que digo es que, si pienso en todas las maneras en que pudiera ser infeliz, sería… infeliz. Además de que estaría exhausto.

—Entonces… ¿simplemente eliges no pensar en eso?

—No lo percibo como una elección. Aunque sí, supongo que lo es. Es una decisión que he tomado tantas veces que ya ni siquiera tengo que seguir tomándola.

—Todo va a salir terrible. —Jana pensó en Henry y en la bailarina con la que había estado dos noches antes. Qué sencillo era todo para él. A veces creía que se metía en la cama con él sólo para succionar por sus poros parte de ese optimismo.

Henry se soltó del brazo de Jana y la atrajo hacia él.

—No. Quizás algunas cosas.

«Como cuando nos abandones», pensó Jana, pero no lo dijo. «O como cuando ganemos en la competencia de Esterhazy porque me acosté con uno de los jueces».

—Exactamente —dijo—. No puedes saber la diferencia. ¿Entonces cuál es el caso?

—¿De qué?

—No sé. ¿De la vida?

—¿Me lo estás preguntando en serio? ¿Tenemos que ir a un hospital? ¿Te sientes suicida?

—Henry, por favor. Hablo en serio.

—No es cierto. No puede ser. No puedes tocar como tocas y no comprender el valor del… dolor.

—¿Quién dijo…? ¿Mozart o quién? «Con sencillez o de ninguna manera». ¿Y qué pasa si nada es sencillo?

—Bueno, en primera, no creo que él haya dicho eso. En segunda, si lo dijo, estaba mintiendo. Y en tercera, entendiste mal «sencillez». Creo que quien sea que lo haya dicho, se refería a la alegría, no a la facilidad. Y las cosas difíciles pueden provocar alegría. Y la alegría puede brindar la sencillez.

Se acercaban a la esquina donde iban a separarse; Jana caminaría sola las dos cuadras que faltaban hasta su departamento. Con sencillez o de ninguna manera, pensó. ¿Habría alegría en Esterhazy? ¿Podía haber alegría en el sufrimiento? Y de cualquier manera, ¿quién iba a sufrir? ¿Y por qué?

Lo que no confesó, aunque tenía muchas ganas de hacerlo: «Chantajeé a Fodorio para que nos hiciera ganar, con alegría o sin alegría». Henry no lo habría comprendido. Él no veía las cosas como ella, y no porque hubiera elegido no pensar en lo difícil que era todo, sino porque no lo necesitaba. Él nunca había tenido que hacerlo. Lo que ella había hecho era lo opuesto de la sencillez. Jamás se lo diría a nadie.

—Vamos a estar bien —dijo Henry.

—Tú siempre piensas eso —respondió Jana—. Para ti es fácil pensarlo.

—Te quiero, señorita Jana —dijo él y le dio un beso en la cabeza. Henry era de una especie diferente a los demás, pensó Jana. Debido a eso se iría. Algún día.

—Hoy no dejes tu viola debajo de la ventana, genio —dijo Jana. Él la soltó y continuó hacia el norte, mirándola con una sonrisa—. Yo también te quiero —agregó, despidiéndose con una mano de repente fría.

Para Jana era demasiado fácil describir a su madre como una alcohólica. Que hubiera una palabra para definir lo que era su madre hacía que Jana se sintiera furiosa, como si en un libro de texto de medicina o en un curso de psicología pudieran encontrarse razones (y excusas) para el comportamiento de Catherine. Su madre era alcohólica —y consumidora de píldoras y usuaria ocasional de cocaína y mentirosa patológica—, pero por lo que más sufría, le parecía a Jana, era por lo engañoso del concepto que tenía de sí misma, más que por las sustancias que consumía. Y no había nada sencillo en relación con Catherine.

Antes de que Jana naciera, su madre había hecho una escena en un comercial de detergente que había salido mucho en televisión, y después de eso no había subido mucho en el escalafón. Cuando Jana tenía diez años, su madre obtuvo un papel en una telenovela, pero a su personaje lo poseyeron los demonios y lo asesinaron después de unos cuantos meses, de modo que quedó olvidado rápidamente en la maraña de historias. Entre uno y otro trabajo de esos, Catherine era mesera, paseaba perros o vendía maquillaje en las tiendas departamentales del valle. Sin embargo, siempre estaba haciendo audiciones y, como siempre estaba haciendo audiciones, siempre había la posibilidad de que obtuviera un papel; para Catherine la posibilidad era tan buena como el potencial y le decía a Jana que sólo los verdaderos grandes tenían potencial. Jana empezó a tocar el violín de niña principalmente para no tener que tomar las clases de actuación en las que su madre quería inscribirla.

Otra de las cosas que Catherine siempre hacía era dejar que los hombres se mudaran a su casa. Jana vio una sucesión de varones cargando cajas a su departamento y después sacándolas, uno tras otro; a veces sus cosas salían en bolsas de basura y no en cajas; algunos estaban enojados y azotaban la puerta tras de sí cuando se marchaban, y otros dejaban cosas atrás, como incómodos sillones de piel, una colección de pañuelos o consolas de juegos. Sin embargo, no todos eran tan malos; uno se había quedado un tiempo: Billy, quien todos los jueves tocaba el violín irlandés con una banda en el Red Rose Pub, donde a veces trabajaba su madre. Billy tenía una barba que lo hacía parecer sucio y aceptaba trabajos de albañilería siempre que podía. Trató de hacer que Jana tocara el violín al estilo irlandés, pero ella no quería o no podía tocar con tanta ligereza, y cuando su maestro ruso la acogió bajo su ala, se habría muerto si le hubiera dicho que había aprendido una melodía de oído.

Jana recordaba que a Billy le gustaban las películas de guerra porque había estado en combate y cuando se estrenó *Pelotón* llevó a Jana a verla. Ella tenía dieciséis y fue la primera película para adultos que vio en el cine. Catherine se negó a acompañarlos, pues estaba en una de sus depresiones tras una serie de malas audiciones.

En el frío del cine, Billy le dio un codazo a Jana y murmuró:

—Este tipo es mi favorito: Willem Dafoe.

El personaje de Willem Dafoe moría poco después. Todos sus hombres lo observaban desde un helicóptero mientras le disparaban por la espalda. Él no dejaba de tratar de levantarse y correr, pero los otros tampoco cesaban de dispararle. Inundaba la escena la música del *Adagio para cuerdas* de Samuel Barber, que Jana había tocado como primer violín en una orquesta de cámara dos años antes. Se preguntaba qué grabación sería, y estaba ligeramente molesta por la imagen violenta que la acompañaba. Sin embargo, cuando miró a Billy, la luz de la pantalla se reflejó en su rostro y pudo ver que lloraba. Lágrimas silenciosas y masculinas, pero que con toda seguridad dejarían marcas de plata sobre sus mejillas. Él no lo había visto venir, ni siquiera con la inundación musical. Qué tonto, pensó Jana, pero con generosidad.

—Ay, Dios, qué película, ¿no? —dijo Billy en el camino de regreso.

Probablemente unos días después, Catherine estaba en casa, feliz porque había recibido una llamada para una audición y una propina muy grande en el restaurante. Billy tocó la puerta de la habitación de Jana y asomó la cabeza. Ella estaba retirando la brea de su violín.

—Oye, ¿la puedes tocar? ¿La canción de *Pelotón*?

—¿La de Barber?

—Claro, esa.

Jana asintió.

—La puedo tocar desde hace años.

Billy se sentó en el suelo cerca de la puerta, justo a la entrada de la habitación.

—¿La tocarías tocas ahora?

Jana rebuscó entre sus partituras.

—Va a sonar extraña sin todas las demás partes.

La tocó de todos modos. Requería una entonación prístina, pero no era tan difícil con su oído absoluto. Cuando había descansos en la música, se detenía y Billy no se movía ni hablaba. Finalmente llegó a la elevación climática en la cuerda mi, la escala elevada que acompañaba la muerte de Willem Dafoe; al terminar alzó la mirada y vio a su madre de pie junto a Billy. Sostenía dos bebidas transparentes, una en cada mano.

—Amor, fue hermoso. Triste y hermoso —dijo Catherine, inclinándose para entregarle una bebida a Billy.

—Salió en la película que vimos juntos —añadió él.

—No recuerdo que hubieran ido a ver una película juntos —contestó Catherine frunciendo el ceño.

Nadie dijo nada porque, claro, no se acordaba. Catherine pateó distraídamente el marco de la puerta con el tacón.

—Bueno, no importa. Quizás algún día Jana pueda tocar en las películas. Ya sabes que de ahí viene su nombre, ¿no? ¿De Jana Leigh? Como Janet Leigh. Janet Leigh es tan bonita. Como Jana. ¿No hice una niña bonita?

Catherine le había puesto *Psicosis* a Jana cuando tenía once años, demasiado chica. A su madre le encantaba esa película, y siempre se asustaba y se envolvía en las cobijas, incluso a veces en broma llamaba «Norman Bates» a su extraño vecino. «Amor, como tu nombre», decía siempre Catherine cuando la veían. Jana nunca le confesó a su madre que no le gustaba llamarse como una mujer que era conocida porque la apuñalaban en la tina, ni que odiaba la música aguda que acompañaba la escena del asesinato. ¿No podía haber sido Tippi? ¿Grace? ¿Kelly? ¿O alguien de algo con una banda sonora más digna?

Sin embargo, Billy no respondió porque seguía escuchando la música. Jana creía que había sido alrededor de esa época cuando Billy dejó de escuchar por completo la charla sin sentido de su madre, razón por la cual ella finalmente lo echó de la casa. Y no es que Billy fuera un santo —ni siquiera se despidió de Jana—, pero Jana pensaba en él al recordar el momento en que decidió dejar su casa, ir al conservatorio y no mirar atrás. Pensó en la pasarela de hombres que se habían enamorado de Catherine y que después se habían desenamorado de ella, al ver lo miope y medicada que estaba, o en los hombres que no habían amado a su madre de ninguna manera, los hombres que bebían incluso más que ella y rompían lámparas, sartenes y rejas, y en cómo ella, Jana, no quería volver a estar otra vez cerca de esos hombres que necesitaban demasiado o que no necesitaban lo suficiente. Cuando pensaba en Billy, siempre lo recordaba sentado en la alfombra de su habitación, escuchándola tocar, mientras Catherine daba vueltas por encima de él, cómo parecía perdido pero alineado con Jana, no como un padre (ella nunca se sintió así con nadie) sino como un hermano, como si dijera: «Oye, podríamos estar emparentados porque los dos comprendemos cuán especial y exquisita es la música». Sin embargo, Billy jamás habría utilizado esa palabra, «exquisita», y Jana tampoco, hasta que se fue dos años más tarde, y después en realidad nunca pensaba en Billy salvo cuando escuchaba el concierto de Barber, lo cual, ahora que era una profesional seria, no ocurría tan a menudo. Se consideraba de mal gusto, en especial después de *Pelotón*; luego de esa tarde, Jana jamás volvió a interpretarlo.

De regreso en su departamento, Jana se preparó algo y comió de pie junto a la estufa. Mientras masticaba, limpió con un a esponja nueva las moronas que había alrededor de la hornilla. Nada le había parecido jamás tan solitario, aunque ya antes había pasado muchos días exactamente así. Días como ese eran la estructura atómica que conformaba su vida. No comía ni bebía con la voracidad que Henry había mencionado. Se alimentaba de pasta de caja y ensaladas que compraba preparadas y bebía agua mineral. Se sentía nerviosa e inútil cuando no estaba practicando o escuchando música, de suerte que en su vida no musical había aprendido a hacer que sus movimientos fueran pequeños y silenciosos, a disminuir la culpa y mitigar la inquietud en su cabeza. Pero ¿por qué ahora, de repente, se le revelaba la patética inercia de su vida? Nada había cambiado.

No era Fodorio. Ella no estaba, a diferencia de lo que pensaba de Brit, ávida de la atención de los hombres. Estaba hambrienta por comenzar su vida profesional. ¿Era tan terrible que hubiera hecho algo tal vez contrario a las reglas, a cambio de un empujón en Esterhazy? ¿Qué era una pequeña caída moral en el camino a la grandeza? Podía pasar tiempo convenciéndose de que había creado una conexión con Fodorio, ver en su caprichosa paternidad una réplica del espacio vacío que tenía en su interior. Ella lo había dejado hablar, no había ridiculizado sus decisiones, no lo había molestado con las de ella. Lo había ayudado a estar temporalmente menos solo. Lo había perdonado por sus errores. Le había proporcionado un servicio. Entonces, ¿por qué era tan malo que él le proporcionara algo a ella?

No se lo diría al grupo. Jamás, decidió. Brit no tenía la misma ambición que ella y no lo comprendería. Daniel se pondría furioso con ella, aunque en realidad estaría enojado consigo mismo por no ser lo suficientemente bueno para ganar la competencia de manera irrefutable. Henry pensaría que era tonta, que no necesitaban ayuda para ganar, y tendría razón, pero sólo para él: él podía ganar solo. Juntos, no estaba segura. Y necesitaba estarlo.

Este era el final de algo, pensaba mientras observaba a la distancia la torre Coit por la pequeña ventana cuadrada que había sobre el fregadero. El fin de la escuela, de su periodo de estudiante, de su periodo de prueba. El periodo en el que podían fracasar. Se habían engañado pensando que no era lo mismo que el conservatorio porque obtendrían el grado de maestría, pero era simplemente una extensión, una manera de justificar que no eran tan buenos. Sin embargo, esa semana no habría ninguna protección y el vértigo de ese pensamiento atravesaba el cuerpo de Jana.

¿Y cómo sería el fracaso? La ausencia de invitaciones para tocar, de ofrecimientos de dirección, de residencias posteriores al conservatorio. Una abundancia de años perdidos, de grados obtenidos, de horas de ensayo registradas. Conformarse con dar clases particulares a estudiantes que en el mejor de los casos serían lo suficientemente buenos de una manera extracurricular (tratándose de un futuro doctor), o aferrarse a un trabajo al frente de una banda en una preparatoria, o (si era un fracaso afortunado) esforzarse en la parte posterior de la sección de violines de una orquesta regional regular. En cualquier escenario, se trataría de una gradual indiferencia por haber disuelto un cuarteto cuya unión dependía de que otras personas quisieran estar unidas.

Jana no había invitado a su madre al recital ni a Esterhazy. No habría sabido adónde enviar la invitación. En realidad, no. La última vez que había visto a su madre había sido en un estacionamiento de remolques cerca de Torrance, un estacionamiento agradable, con árboles y niños, pero un estacionamiento de remolques al fin. Su madre estaba borracha, delgada, con esa hermosura de la piel desgastada por el sol. Un hombre la sostenía en pie; se llamaba Ray o algo así. Catherine no había hecho nada particularmente horrible ese día. Habían ido a almorzar, Ray había mirado fijamente los pequeños senos de Jana, Catherine se había bebido cuatro margaritas y después habían regresado al remolque a ver en la televisión algún drama de crimen como los que le gustaban a su madre. Catherine se había quedado dormida durante el programa y Ray no había dicho nada hasta que Jana se levantó para irse. Pensaba que su madre probablemente no lo recordaría muy bien.

Era más sencillo no contactarla. En todo caso, ella tenía el número de Jana o podía encontrarla con bastante facilidad. Además, esas visitas eran demasiado agobiantes, un salto entre la culpa por ser una mala hija y la necesidad de una madre que Catherine jamás podría ser.

¿Eso era dolor? Jana no lo sabía. Simplemente se sentía como la ausencia de algo.

Ahí estaba el número de Catherine, garabateado en la esquina de un directorio, bajo varios otros números telefónicos que habían sido tachados, números de sus departamentos a lo largo de los años, de los hombres con los que había vivido. Jana sostuvo la libreta de páginas amarillentas, encuadernada en plástico.

Si la llamaba ahora, no habría manera de que Catherine pudiera llegar desde Los Ángeles, pero por lo menos Jana se lo habría dicho. No tendría que sentir culpa por ello.

Marcó el número de la misma forma en que había terminado de comer: robóticamente, sin saber dónde se originaba el movimiento muscular.

Contestó un hombre, desde luego.

—¿Ray? —preguntó Jana.

—¿Quién?

—¿Quién habla?

—¿*Quién* habla?

—Soy Jana. ¿Habla Ray?

—Habla Carl. ¿Buscas a Ray?

—A Catherine. ¿Está en casa?

Jana escuchó que una mano tapaba el auricular, pero el hombre gritó lo suficientemente fuerte para que Jana tuviera que apartar el teléfono de la oreja.

—¡Katie! ¡Te busca Janet en el teléfono!

Jana contuvo la respiración hasta que la voz de su madre llegó a través del auricular, media octava completa más aguda de lo que normalmente sonaba.

—¿Janet?

—Soy Jana.

—¡Jana! Carl, es Jana, no Janet. Ay, corazón, qué alegría que hayas llamado. No podía encontrar tu número y Carl dijo que te iba a buscar, pero ya no sabía si vivías en San Francisco o en otra ciudad y a lo mejor ni siquiera estabas en el directorio, así que no iba a poder encontrarte.

—Está bien. Sólo te llamo para decirte que voy a competir en algo importante esta semana. —Jana notó que su voz se quebraba. Cerró los ojos. Había sido una mala idea.

—Qué bien, corazón. ¿Dónde puedo leer al respecto? ¿Lo van a pasar en la tele o en la radio?

Su madre no comprendía cómo funcionaba nada de aquello. Era una especie de milagro que Jana hubiera llegado a ser violinista clásica: un encuentro afortunado con Dimitri en la Filarmónica de Los Ángeles en un viaje escolar, los cientos de horas usando un estúpido sombrero de papel en un autoservicio de hamburguesas para pagar el violín y su deseo casi frenético de enredarse en algo que fuera extraño para su madre.

—No. No es tan importante —dijo Jana.

—Si no lo fuera, ¿por qué me llamarías? Seguro que lo es. ¿Te dije que me hablaron para un comercial de PacBell? Mi agente cree que me darán el papel.

Jana resistió el impulso de decir: «No. ¿Cuándo habrías podido contármelo, si hace dos años que no hablamos?».

—Qué bien. ¿Quién es Carl? —dijo en cambio.

—Ahora Carl vive conmigo.

—¿Qué le pasó a Ray?

—¿Ray? —Catherine se rio—. Ay, corazón, eso fue hace años. No puedo creer que lo recuerdes.

Las lágrimas se reunieron con crueldad en los ojos de Jana. No le sorprendía nada y su falta de sorpresa la había entristecido. Parpadeó.

—Te voy a mandar el programa. Tengo que colgar, Catherine.

—Sí, mándame el programa. Yo te mando una copia del comercial, si me dan el papel.

—Te lo van a dar —dijo Jana.

—Gracias. A ti también, corazón.

Colgó sin decir adiós y siguió parada junto al fregadero, observando por la ventana durante quién sabe cuánto tiempo. ¿Qué había pensado Catherine que le iban a dar a Jana? Se prometió no volver a buscarla y se sintió contenta por su obstinación.

Podría haber dicho: «Me cogí a un violinista famoso para que ganáramos en una competencia importante», y su madre habría comprendido. Con ese pensamiento, no fue vergüenza ni tristeza lo que embargó a Jana, sino ira por haberse permitido ser como su madre por un momento; por haberse permitido creer tontamente en la invisible y onírica posibilidad de la magia en lugar de la verdadera búsqueda de la grandeza.

En algún punto, la luz del sol en el cuadro de la ventana empezó a menguar y fue así como Jana supo que era hora de vestirse, empacar y apresurarse para llegar a su vuelo, el vuelo de todos, a Esterhazy.

BRIT

SEGUNDO VIOLÍN

Cuando terminaron su último ensayo antes de irse a Canadá, Daniel dejó el frío escenario sin despedirse. Brit se dio la vuelta justo a tiempo para ver el estuche de su chelo rebotando contra su espalda mientras desaparecía en el pasillo sin luz. Henry, que siempre estaba al tanto de los sutiles cambios en las emociones de los demás y era totalmente incapaz de hablar con claridad al respecto, fue hacia ella e hizo una broma, algo sobre la diferencia entre los violinistas irlandeses y los violinistas clásicos. Brit no lo escuchó bien y sólo se rio para darle a entender que de verdad la había hecho sentir mejor. Estar tan atento a las vidas emocionales de los otros era a veces el desafortunado efecto secundario de tocar juntos.

Brit culpaba a sus padres. Habían sido músicos aficionados: su madre chelista y su padre trompetista. Tenían otros trabajos, incluso carreras, pero siempre se habían hecho tiempo para tocar en la orquesta comunitaria de porquería del lugar donde Brit había crecido en Washington. No habían sido grandes intérpretes, pero eran decentes y, lo más importante, les encantaba. Cuando fue evidente que Brit sería por lo menos buena violinista, la alentaron para que siguiera ese camino, le buscaron clases demasiado costosas, la llevaron de un ensayo en una orquesta a otro ensayo en otra orquesta. Después de que ambos murieron, Brit pensó en dejarlo. No era demasiado tarde para ejercer su licenciatura en inglés (había hecho una doble carrera en música). Sabía que alguien de la universidad en Nueva York estaba contratando consultores —esa persona usaba abrigos pesados y elegantes, y decía que ella sería una «valiosa defensora de la marca»—. Sin embargo, en el funeral de su madre, un acto pequeño para cuya planeación no quedaba nadie más que Brit, los amigos de su madre la abrazaron con demasiada fuerza y le dijeron lo orgullosa que se había sentido su madre por su carrera musical. Brit no había podido decirles la verdad, que no sabía qué tan lejos habría llegado sin la presión de sus padres.

Sin embargo, Brit no sólo culpaba a sus padres por la música. También los culpaba por la idea de cuento de hadas que tenía del amor. Después de que su padre murió, su madre no estuvo con otro hombre —ni siquiera mencionó jamás a ninguno— y unos meses después de su muerte silenciosa, a Brit le pareció que su madre se había resignado a la idea de que estar sin su padre realmente no era vivir. Los amigos de Brit que eran hijos de divorciados se lamentaban de su incapacidad para comprometerse, de su miedo al fracaso; pero Brit no podía concebir el amor más que como algo puro, para toda la vida, transformador, irracional, fuera de cualquier sistema ordenado. Y ahora, suponía, decepcionante. Se había vuelto melancólica sin advertirlo, hasta que un día se dio cuenta de que no podía recordar la última vez que había sido feliz, la última vez que no se había preocupado por encontrar el amor o hundido en una desesperación que semejaba una tormenta abrasadora siempre en ciernes.

A todos los hombres que había amado —no habían sido tantos—, los había amado ciegamente. Leif, en la universidad, quien entraba y salía de la relación con tanta gracia y velocidad que ella apenas lo advertía, se había ido después del diagnóstico de su padre, caminando literalmente hacia atrás por su dormitorio, encogiéndose de hombros para disculparse. Julian, en su último año, el año que su padre murió, había sido una serpiente, con su chamarra de mezclilla y su mal humor, que se había enredado alrededor de su dolor y después, cuando la vida le exigió que saliera de este, se había marchado deslizándose. Jon, el cocinero, decía que tenía pruebas filosóficas de que era posible amar a dos mujeres al mismo tiempo (Brit, la segunda y el menor amor; Brit, lo suficientemente triste y lo suficientemente desgastada por su tristeza para conformarse con esa medalla de plata). Había habido hombres a los que ella había amado que nunca habían siquiera considerado la posibilidad de amarla a ella, que nunca la habían tocado, que escuchaban atentamente mientras hablaba sobre su padre muerto, antes de que ellos le preguntaran si quería cereal para la cena, si sabía planchar (¿había alguien que no supiera hacerlo?) y si quería escuchar el relato de sus trágicas vidas amorosas.

Cuando su madre murió, se resignó a ocupar los dos extremos de la tremenda oscilación que había heredado de la vida de sus padres, y después de su muerte: el deseo crudo, ávido, de experimentar un amor inexplicable y el conocimiento melancólico de que probablemente jamás lo conseguiría.

Con razón Daniel pensaba que su forma de vivir y amar era peligrosa, riesgosa. Estaba llena de giros tremendos y agujeros abiertos. Ni siquiera Brit quería decir que su historia le pertenecía a ella. A Daniel le gustaba afirmar que había orden en el sufrimiento. Necesitaba el orden porque, si había orden en el mundo, podía dominarlo. Podía trascenderlo. Estudiaba las partituras de manera obsesiva, con marcadores y lápices de diferentes colores, para señalar patrones y cambios en las voces, buscando el orden lógico en la música. Si hubiera podido hacer una gráfica del amor, la habría hecho. El dolor es evolución, decisión, habría dicho. Enamorarse es algo químico, habría dicho. Permanecer enamorado es una elección, habría dicho. El amor es caro, habría dicho.

Sus opuestas filosofías le habían parecido pintorescas hasta la otra noche, la de la pasta, cuando Brit entendió que la de Daniel no era una filosofía sino una táctica de supervivencia. Se había esforzado tanto durante toda su vida, perfeccionando el estudio, la observación y las conclusiones obsesivas, porque no había personas ni dinero que lo alentaran. Qué difícil era para él estar cerca de Henry, pensaba Brit, rico, prodigioso y de cabello brillante. Pero qué difícil también para Brit ver la riqueza del propio Daniel —su gran esfuerzo, su inteligencia, su deseo— y mantenerse lejos de ella.

Así pues, Brit sentía doblemente el dolor de la ausencia de Daniel, primero como una experiencia de rechazo y después como la soledad dentro de ese rechazo. No había nadie con quien compartir el dolor, ni Jana ni Henry —quienes no daban importancia a sus fracasos románticos ni se obsesionaban con ellos—, y, definitivamente, tampoco Daniel. No era capaz de comprender el hecho de tener sentimientos por alguien —incluso *amar* a Daniel; ¿lo había dicho en voz alta?, ¿era verdad?— y que ese alguien no pudiera sentir lo mismo por ella. ¿Dónde estaba el orden en eso?

De regreso en su departamento, después del ensayo, se dedicó a limpiar. Limpió su violín, las alfombras, las losas del baño. Quería irse a la competencia dejando un departamento impoluto. Observó con satisfacción mientras desaparecían las motas de moho y las manchas de café de la barra de la cocina. Pensaba en Jana al hacerlo; se sentía físicamente productiva, con un logro tangible. Era algo que Jana podría entender, y Brit sintió un deseo repentino de llamarla, de ir a comer con ella, de no hablar de hombres ni de la competencia sino sólo de música, cómo Jana podía ser tan buena, lo que la había hecho querer tocar en primer lugar. Sin embargo, Jana era más cercana a Henry y se mostraba cerrada con Brit en general, con la gente en general. Tenía sentido, concluía Brit. La gente podía decepcionarte, fallarte de muchas maneras. Durante el tiempo que estuvo limpiando el baño, deseó poder ser más como Jana, cuyas esperanzas descansaban seguras en sus aspiraciones profesionales, que eran ambiciosas pero posibles y que no suponían de ninguna manera un riesgo emocional. Incluso en eso, Jana parecía perpetuamente asustada de que los demás la decepcionaran en cualquier momento, y Daniel tenía miedo de decepcionarse a sí mismo.

Terminó de limpiar mucho antes de lo que había calculado y se sentó en el sillón de la sala, que también era su habitación, y se sintió desolada, no había otra palabra para nombrarlo.

Permaneció en ese estado durante una hora más, como un pececillo atrapado en un remolino repentinamente horrendo, hasta que fue hora de irse al aeropuerto.

Aunque cada vez era más difícil de recordar, la infancia de Brit había sido feliz. Había crecido en una isla del norte de Washington —para llegar ahí había que tomar un transbordador desde una reserva indígena fuera de Bellingham, el último pueblo real antes de Canadá—, un pedazo de tierra de catorce kilómetros en la punta del canal antes de que se derramara hacia Vancouver, un lugar donde los bosques perennes bordeaban los caminos y la playa se oía desde todas las casas, que se extendían entre los bosques densos y húmedos que las asolaban. En la isla había una primaria y una secundaria, donde sus padres daban clases; los salones estaban llenos principalmente de niños de la tribu que habitaba la isla originalmente, y la mayor parte de esos niños no llegó a la preparatoria continental con Brit.

Antes de la preparatoria, Brit casi nunca había abordado el transbordador salvo para asistir a los conciertos de sus padres en Bellingham o para algún viaje ocasional a Seattle, y prefería seguir o trazar senderos por los bosques y ascender los picos de la isla. Se encaramaba sobre una roca en el pico más alto con su almuerzo o un libro y observaba su panorama privado: el agua sedosa que parecía efervescente de luz, el resto de las islas San Juan que sobresalían del agua como antiguas criaturas mohosas, la larga punta de la isla, que se iba difuminando en rocas, playa y peces brillantes. Durante los veranos, Brit miraba las orcas y los delfines que se perseguían en la lejanía, veía hasta Canadá entornando los ojos, espiaba los catamaranes de los más ricos, los botes de submarinismo de los turistas, los transbordadores de observación de ballenas. En el invierno, cuando no llegaban turistas, ella y su padre se ponían ropa de lluvia y construían fuertes bajo la sombra de los árboles, y pasaban una noche —a veces dos, cuando no llovía demasiado— atrapando y liberando ranas, jugando cartas, vagando por el territorio familiar, ahora empapado y hundido, como una isla completamente nueva. Recordaba las ráfagas entre los árboles, el beso del agua contra los muelles, la lluvia siempre ligera sobre el techo, el llamado largo y enérgico de las águilas calvas e incluso el ruido de la lenta succión de las babosas neón en la madrugada.

Toda la isla estaba revestida de la quietud de su hábitat.

Brit suponía que por eso sus padres habían elegido ese lugar para vivir, para que su casa pudiera llenarse más bien de música. La madre de Brit tocaba el chelo muy decentemente, aunque nunca había progresado más allá de las sonatas como estudiante de música de asignatura en Reed. Brit había tenido un violín en las manos antes de saber cómo se llamaba ese instrumento, y aprendió a tocarlo antes de poder escribir; sus primeros recuerdos consistían en haber interpretado duetos con su madre y el deleite infantil de esta por volver a tener un compañero de cuerdas. Sin embargo, el padre de Brit era mejor trompetista que su madre chelista; era fuerte y brillante, demasiado bueno para la orquesta comunitaria. Cada dos años, el director lo destacaba para que tocara por primera vez o volviera a tocar un concierto para trompeta (no había tantos), y el olor pegajoso de las boquillas de latón siempre le recordaba a su padre al lado de su cama, con los labios sobre su frente, poniendo *play* al casete de *Mozart para niños* que le gustaba oír para dormir. Su vieja casa, con una estufa de madera en el centro que la mantenía caliente en el invierno, desbordaba música. Aunque sólo eran ellos tres, en su música la casa contenía los sonidos de una familia mucho más grande, una filarmónica de niños, vacaciones y planes.

Y después, la capacidad musical de Brit superó la de su madre y luego la de su padre, y no sería completamente equivocado decir

72

que algo tectónico cambió en ella cuando no sólo empezó a subirse al transbordador para ir a la escuela, sino también para asistir a clases en Bellingham y después a Seattle para estudiar con el concertino de la sinfónica. Los padres de Brit siempre se sintieron felices porque ella hubiera mostrado talento y precisión extraordinarios en el violín; se desprendían con gusto de sus salarios de maestros para pagar las clases, un mejor instrumento y un campamento de verano de música, aun cuando Brit ya no tocaba con ellos. Ya no tenía tiempo. El último transbordador a la isla salía a las diez de la noche los fines de semana y a veces no regresaba a tiempo de la ciudad, por lo que Brit pasaba la noche en casa de una amiga para llegar a la escuela exhausta a la mañana siguiente. Cuando conseguía volver a casa, siempre estaba oscuro: la aterciopelada oscuridad de los árboles contra la oscuridad del cielo, la oscuridad de la casa alrededor de los restos de calor de la estufa de madera; algo se estremecía en ella con la repentina inmersión en el ecosistema sónico constante de la isla. Por las mañanas, cuando el transbordador gemía en el muelle en la reserva de tierra firme, el sonido de los carros y el chirrido de los frenos de los autobuses y de los parques cercanos se filtraba en ella como si llenara espacios vacíos en su sangre.

Brit suponía que por eso se había ido tan lejos en la universidad. El programa de música de Indiana era muy recomendable, y Brit no quería perderse la experiencia de asistir a una universidad regular si se inscribía en el conservatorio. Así que durante un tiempo fue una chica normal con un talento normal, incómoda y mal portada en Bloomington. Cuando estaba ahí extrañaba la isla, y cuando estaba de vacaciones en casa extrañaba Indiana y todo parecía equilibrado.

Pero después su padre, que jamás fumó, se enfermó de un cáncer de pulmón que lo consumió en seis meses, y murió justo antes de que ella se graduara. Entonces sintió que un pedazo de ella se había quebrado y se había ido a la deriva al mar, aunque no lo comprendió de esa manera durante años, y se anquilosó en Bloomington un tiempo, trabajando de mesera y dando clases de violín a niños pequeños, y por eso aceptó un lugar en el programa de San Francisco, para estar más cerca de su madre, quien, por lo menos en espíritu, se marchitó casi tan rápidamente como su padre.

Ahora, Brit diría que en los dos años que transcurrieron entre la muerte de su padre y la muerte de su madre caminó asimétricamente, pero en realidad no lo percibió hasta que su madre murió mientras dormía. La llamada que le dio la noticia le sacó el aire como un viento frío; se cayó al suelo de la cocina, jadeando, y el teléfono cayó con ella con un ruido metálico. Desde entonces, Brit sentía que no podía recuperar ese aire, por lo menos no todo. Y de cierta forma ese nuevo dolor había balanceado el otro dolor que ya le había quitado una parte y se resignó a sus implicaciones taciturnas. Quedó reducida. En la isla, después del funeral de su madre, regresó a casa a empacar lo necesario y los instrumentos, encendió el horno de leña y en la penumbra se acostó sobre una cobija en el suelo. El silencio primitivo de la casa se filtró en el vacío donde debió llegar el sueño; el idilio de una luna creciente (sólo se advierten las fases de la luna en las islas) pasó brevemente por la ventana y desapareció enseguida.

Una vez de vuelta en San Francisco, conoció a Jana, quien una tarde la invitó a leer música de cuartetos con sus amigos, Henry y Daniel. Había algo descarnado en Jana que la atraía poderosamente y que la hizo aceptar la invitación. Algo tierno en Henry. Algo desafiante en Daniel. Algo salvaje que perseguir cuando practicaban. ¿Y qué habían encontrado ellos en Brit? ¿Qué era ella para ellos? En el cuarteto: competente, subordinada, *pianississimo*, el sonido más suave que puede hacerse, el único tipo de sonido que recuerda su propia ausencia.

En el avión a Canadá, el asiento entre Brit y Daniel estaba ocupado por el chelo, el único instrumento que necesitaba su propio boleto. La caja negra de plástico estaba maltratada, y los restos de unas calcomanías arrancadas rasparon el brazo de Brit cuando Daniel se inclinó sobre el instrumento para abrocharse el cinturón. Brit se sentía agradecida por el objeto que había entre ellos. No se miraron durante todo el vuelo al pueblo montañoso, aunque Brit había escuchado a Daniel bromear con Jana en el puesto de periódicos del aeropuerto. Se rieron un momento por un chiste local que ella no había comprendido, y estuvo a punto de soltarse a llorar parada detrás de ellos. Había sido una semana más o menos difícil sin la compañía de Daniel, pero le dolía que él mantuviera sus relaciones con Jana y Henry.

En realidad, no era que no se hablaran. Sí hablaban, era imposible que no lo hicieran. Pero ya no cenaban a solas ni caminaban juntos a la estación del BART y ella no había ido a la casa de Daniel en Oakland desde la noche que lo había dejado, aunque se habían visto todos los días por lo menos una vez. Daniel podía ser amistoso, a veces demasiado, y mientras más amistoso era, más se replegaba ella. Le recordaba demasiado cómo habían estado y también le parecía falso. Sin embargo, cuando ensayaban, él se sentía molesto y distante, y no sólo con ella. Parecía frustrado, pero Brit no sabía exactamente por qué. Había tenido que ignorarlo. Había dedicado su energía a prepararse para la competencia. Al parecer, todos habían hecho lo mismo. Aunque Jana había mencionado algunas veces que Brit y Daniel estaban raros, no había ido más allá en sus investigaciones. Brit pasaba su tiempo libre tratando de olvidar cómo se sentía tener su atención exclusiva, y lanzaba pequeñas plegarias al universo para que no tuviera que verlo entregarse a alguien más, por lo menos no demasiado pronto.

Por eso, después del traslado al alojamiento y mientras desempacaba sus maletas en una habitación mohosa, se sorprendió cuando abrió la puerta y encontró a Daniel parado detrás.

Parecía un animalito, esperanzado y feliz, pero con una capa de desesperación en el fondo. Llevaba el cabello erizado en ángulos extraños. No le gustaba volar y el viaje había sido sofocante e incómodo.

—Hola —dijo—. ¿Tienes hambre? Dicen que a lo mejor nieva, quizá sólo ligeramente.

Brit jamás le habría dicho que no. Pasearon por la calle turística principal con sus chamarras muy poco adecuadas para la primavera canadiense, en especial para una primavera que ofrecía posibilidad de nieve, y como estaba oscuro o frío o era muy tarde, o porque habían pegado la barbilla al pecho y sólo veían la banqueta, terminaron en el pub más ridículo y turístico de todo el pueblo de esquí, lleno de madera y latón con gabinetes de bancas duras y comida sosa y cara. Pero ninguno de los dos sugirió ir a otra parte.

—¿Embutidos con puré? —sugirió Daniel señalando el menú de plástico.

Brit quería decir muchas cosas; sus labios se desbordaban. Vio que Daniel leía detenida y tontamente el menú y sintió que no era el lugar ni el momento, y también que el lugar y el momento se le esfumaban rápidamente: esa extraña sensación de vértigo que experimentas cuando una ola a la que le permites lamerte los pies se aleja con prisa hacia el océano.

Daniel parecía de buen humor y ordenó los embutidos y el puré. Hizo bromas a expensas de Henry, bromas que él y Brit habían hecho en privado, como si tratara de conjurar la bruma invisible y romántica que también había flotado entre ellos en aquel entonces. La miró directamente a los ojos. Quizá fuera el cambio de escenario, pensó Brit, quizás algo elemental había cambiado dentro de él. El lugar, después de todo, era un poco costoso, muy impropio de Daniel y su presupuesto ajustado, y él había estado de acuerdo. Quizá lo que lo llenaba de energía era la importancia de lo que estaba en juego y la cercana posibilidad de ganar. Quizás era ella. El lugar que ella se había esforzado por cerrarle florecía cuando él le sonreía.

—Si me intoxico durante la presentación, te voy a echar la culpa —dijo Brit mientras metía el menú de plástico entre el salero y el pimentero con forma de alce.

—Si eso pasa, moriremos a manos de Jana antes de que haya tiempo de echarle la culpa a nadie —respondió él.

—Nos burlamos de Jana porque sabemos cuánto desea que ganemos, pero creo que los demás lo deseamos con la misma intensidad. ¿Tú no? Es una de esas cosas que ni siquiera sabías que querías hasta que está demasiado cerca.

—Nah —dijo Daniel—. Yo lo quiero. Pero no lo deseo de una manera tan mandona.

—Ja —respondió Brit—. Podría estar en desacuerdo con eso, pero está bien.

—¿Y tú?

—¿Yo qué?

—¿Lo deseas?

—Sí, claro que sí —dijo Brit después de una pausa.

Estaban muy cerca de lo que querían —de lo que necesitaban— para la siguiente etapa de su carrera, y si lo lograban, muchas cosas más parecían posibles. Si lo conseguían, ¿qué les impediría obtener cualquier otra cosa?

—No me refiero sólo a la competencia —dijo él.

—¿Entonces a qué? ¿Qué más podría querer? —preguntó Brit.

—Esto. El cuarteto.

Ella lo miró fijamente.

—Bueno, claro. Eso es… el punto principal. Todo esto. Es la razón…, la razón por la que…

—… estamos aquí. Sí, ya lo sé; pero, o sea, a veces uno simplemente se queda con una idea.

El mesero interrumpió a Daniel; puso con cuidado un plato enorme enfrente de él y un plato de tamaño moderado enfrente de ella. El vapor le subió a la cara.

—Espera, ¿qué eran los embutidos? —murmuró Daniel cuando el mesero se fue.

—Salchichas —respondió Brit—. ¿Qué creías que eran? —A veces se sorprendía de las cosas que Daniel no sabía; cosas que no podían aprenderse en los libros o en la escuela. Parecía, por un lado, tan de mundo, con debilidad por la mitología griega y la filosofía, con un conocimiento enciclopédico de la historia y la teoría de la música; pero, por otro, tan inexperto, tan aislado del resto del mundo. De cosas como la comida. Para Daniel, comer probablemente fuera sólo un acto de supervivencia.

Daniel se encogió de hombros.

—Creo que no pensé en qué eran.

Ella se rio.

—Qué bien. Bueno, pruébalas.

Comieron lentamente, sin prisas, como si fueran viejos amantes en una cita, disfrutando la novedad de hacerlo otra vez. Ninguno de los dos vio el reloj. No era uno de los momentos de cariño fingido de Daniel. Era cariño de verdad. Cuando él estaba por terminar su cena, Brit se sintió apoyada por la oscuridad del restaurante y por la risa fácil de Daniel, y se inclinó hacia él.

—Respecto de lo que estaba diciendo antes —dijo—. Sobre querer algo. Yo creo que tú has de saberlo.

—¿Saber qué? —respondió Daniel, raspando su plato de papas.

—Que quiero esto, a expensas de esto… —Sacudió la mano en el espacio entre los dos—. El cuarteto es más importante. Si no lo fuera… —Calló y puso la mano sobre la de él—. Aunque, sí te extraño.

Daniel tosió y escupió un pedazo de papa sobre la mesa; él no lo vio, pero ella sí.

—¿Me extrañas? Pasamos todo el tiempo juntos.

Brit apartó la mano de la de él, que había permanecido inmóvil bajo su contacto. Él siguió masticando, mirándola, y ella sintió que se ponía roja y deseó no haber dicho nada. Había estado a punto de lograrlo —de superarlo—; había pasado horas y días enfriando algo que ni siquiera existía, y ahora había caminado hacia atrás. Por supuesto que él no estaba pensando en eso. Nunca pensaba en otra cosa que no fuera cómo ser mejor músico.

Y debieron dejarlo ahí. Él debió dejarlo ahí. No seguir adelante, dejar que aquello fuera una burbuja anormal en el tejido uniforme de su extraña pequeña familia. Sin embargo, por necedad, por un impulso de arreglar las cosas, pensó Brit, él siguió adelante.

—Quiero que sepas que si no estuviéramos en el cuarteto…, que aun cuando no estuviéramos en el cuarteto —tartamudeó Daniel como si tuviera un pájaro atorado en la garganta—, no estaría contigo.

Brit sintió que un peso recorría su cuerpo, como una piedra que se le hundía en el pecho, el estómago, la cadera, que se movía cruelmente por su viscosidad. Se sintió tan pesada y llena con ese peso que en verdad le pareció que podía quedarse pegada al mugriento suelo de ese *pub* en medio de la nada y que algún oficial tendría que rasparla del piso, enseñarle a levantarse otra vez, hablarle sobre la gravedad, la lógica sin sentido de los cuerpos. Era la fuerza de eso que había dicho Daniel, eso que una vez que se dice no se puede retirar, después de lo cual nada es lo mismo. Brit comprendió que en ese momento su historia daría un giro abrupto y cambiaría para siempre. Él había cambiado la dirección y a ella no le quedaba más que cambiar de dirección con él.

—Quiero decir… —continuó él—. Quiero decir que no puedes usar el cuarteto como excusa. No podemos. Eso envenenaría todo. Sólo tenemos que verlo, ya sabes, objetivamente.

Ella asintió, pero no estaba escuchando. ¿Cuántas veces podía hacerla tonta? Se juró que esta sería la última vez. Habló mucho de su pastel de carne; nunca se le habría ocurrido que pudiera inventar tantas cosas sobre el pastel de carne. Y después dijo que estaba demasiado llena para el postre, pero todo el tiempo sintió como si sus partes viscosas se estuvieran escurriendo por sus pies. Estaba abandonándose a sí misma, ahora era toda de piedra. Al final él se quejó de la cuenta y la dividieron en partes iguales. Ella se disculpó para irse a dormir y culpó al desfase horario. En los viejos cuartos del viejo hotel, todos esperaron una nevada tardía que no llegó; aunque, si hubiera nevado, Brit dudaba de que lo hubiera notado. Ahora se sentía completamente fuera de sí misma, que es lo más solo que uno puede sentirse, ya que es imposible nombrarlo, imposible señalarlo, a menos que una se señale a sí misma, acostada en la cama, y diga: «Mírala, ¿quién es?».

De esta manera, el concierto ocurrió sin que ninguno de ellos estuviera ahí en realidad. Si el «Serioso» también era sobre el amor, Brit trató de recordar la gran parte de su vida en que no amaba a Daniel, pero era imposible mientras tocaban. El rostro infantil del chico se contraía incontrolablemente, eróticamente. Brit se preguntó si él se sentía así también con respecto a ella, al verla tocar; si alguien se sentía así. Y decidió que no, que no era así como tocaba. A Brit le gustaban los matices; le gustaba ser la voz de apoyo, la línea armónica que uno no sabía que había escuchado. Pero Daniel, como chelista, era una presencia que había que notar. Y como el resoplido de un tenista profesional, no podía controlar su cara cuando realmente se metía en la música; gastaba ahí sus esfuerzos de una manera prácticamente inconsciente, y se deslizaba en una zona de transición donde el deseo se encontraba con el trabajo. Se contraía en el asiento, apoyaba el pie derecho sobre el metatarso, retorcía la nariz para que los lentes permanecieran en su lugar, y esa boca... Brit no había amado nunca la boca de nadie, en realidad ni siquiera había pensado en la boca de los hombres, pero la de Daniel se arqueaba o se fruncía alternativamente; ¿cómo podía no ser erótica? Esa era su sumisión, su participación en una belleza desordenada.

Entonces, esta sería la manera como se mantendría cerca de él. Era tan buena como cualquier otra, posiblemente mejor, pensó Brit. ¿Qué civil, qué otra mujer común podría tener esa intimidad con él, podía conocer su cuerpo de esta forma? Se conformaba con esto.

Sin embargo, también se dio cuenta de otra cosa, casi en conjunción con la hermosa idea que la precedió: siempre habría esa distancia. Y entonces llegaron al tema principal del «Serioso»; estalló a través de sus instrumentos al unísono, una composición increíble y valiente, pero Brit nunca se había sentido más lejos de ella. Eso era todo, lo único que tendría de él, de cualquiera de ellos, sólo este conjunto de mecánicas cronometradas con total precisión —bueno, con bastante precisión—. La verdad física de esa idea era devastadora: él allá, ella aquí y, por mucho que Brit lo intentara, Beethoven no iba a unirlos.

Daniel también pensaba en la mecánica, aunque no de la misma manera. Pensaba que había elegido una carrera que debía ser conquistable porque su mecánica podía aprenderse. Y él había aprendido tanto, era mucho mayor que los demás, y deseaba tanto ganar, no tenía nada por que volver; sin embargo, ahí estaba, sudando y esforzándose de cualquier modo a lo largo del «Serioso». Nadie se esforzaba tanto como él, pero ahora se daba cuenta de que era porque no lo necesitaban. La interpretación alta y clara de Jana estaba depurada a la perfección, Brit tocaba con uniformidad y sutileza, y Henry no había dado un solo paso en falso, ni siquiera en un ensayo, durante todo el tiempo que Daniel llevaba de conocerlo. Se enfureció —no por primera vez en su vida— de una manera de la que no veía salida.

Durante el tercer movimiento, Henry observó que Daniel se instalaba plenamente en su ira, una ira que parecía mayor que su minueto al unísono. Henry lo vio todo, pero no reaccionó. Quizás ese fue el verdadero error de la noche, que Henry no tratara de hacer algo para mostrarle a Daniel que todo estaba bien, porque fue en ese momento cuando todo empezó a desmadejarse. Pero ¿qué podía hacerse para templar la ira de Daniel? Corría como una corriente subterránea con la persistencia y la velocidad del tercer movimiento, saltando de una nota a otra, cortando los finales más abruptamente, acelerando el *tempo* ya demasiado rápido que había puesto Jana. Sin embargo, Henry no hizo nada para detenerlo. No sintió que fuera algo vital.

Más tarde, Jana se culparía por haber iniciado el cuarto movimiento un poco rápido, pero también culparía a Brit por no haber aprovechado su línea para disminuir la velocidad en el *rubato*, y a Henry por haber tomado la velocidad como oportunidad para dar un espectáculo vehemente y vergonzoso con su voz de apoyo, y a Daniel, cuyos dieciseisavos simplemente no podían seguir el ritmo, cuyas secciones rápidas salieron desordenadas, como de estudiante. Pero ¿por qué ella había comenzado de modo tan terrible? Toda la pieza había avanzado lentamente hacia el colapso, de hecho, y como ella era la líder a fin de cuentas era su culpa.

Aparte de todo, se había sentido nerviosa. Nunca se sentía nerviosa. No era parte de su naturaleza. La seguridad la había guiado desde que era niña; sin embargo, la sensación de haber cometido un error se cernía sobre ella aun antes de que entraran al escenario. Tras bambalinas, donde esperaba su entrada, alcanzó a ver a Fodorio en la tercera fila, donde estaban sentados los jueces. Iba vestido de negro y tenía el cabello encima de los ojos. Jana alzó una mano y la dejó arriba para atraer su atención. Cuando él la miró, ella empezó a sonreír, pero la expresión de Fodorio no cambió. Probablemente es lo que habría percibido alguien ajeno a ellos. Pero lo que ese rostro expresó sólo era reconocible para Jana y le había causado vergüenza. No se avergonzaba de haberse acostado con él —lo habría hecho de cualquier manera—, ni siquiera de haberlo amenazado, chantajeado o lo que fuera. Se avergonzaba de haberle pedido ayuda, de haber admitido estar en la posición de necesitar ayuda. Y la manera como él la había mirado reconocía ese hecho: «Ah, ahí estás, la persona que necesita ayuda».

Cuando el cuarteto subió al escenario para la primera ronda de interpretaciones —la ronda de la que no pasarían—, todos, cada miembro, no sólo se sentían distantes de los demás, sino también de sí mismos.

La noticia de que no pasarían a la siguiente ronda de presentaciones, en la cual habrían tocado un Haydn mucho más amable, no llegaría hasta la mañana siguiente, pero nadie necesitaba una llamada telefónica para saberlo. Bajaron del escenario entre aplausos tibios y no se dijeron nada unos a otros. En el camerino, los únicos sonidos eran los chasquidos de los seguros de los estuches y el crujido de las partituras en los bolsillos de los costados. Sin decir palabra, los chicos tomaron un taxi al hotel, pero Jana y Brit caminaron. Ahora la noche parecía cruelmente fría, mucho más fría que mayo en San Francisco.

Lo que no se dijeron unos a otros fue: ¿ahora qué?

En los largos pasillos del hotel, Brit siguió a Jana de regreso a su habitación. Cuando Jana abrió la puerta, se dio vuelta y descubrió a Brit detrás de ella; dijo lo primero que saldría de su boca después de la presentación:

—¿Por qué sigues aquí?

—Vamos a tomar sólo una copa —dijo Brit—. Vamos, sabes que no quieres estar sola.

—No, *tú* no quieres estar sola —respondió Jana, pero dejó la puerta abierta de todos modos.

Brit pensaba que seguramente Jana tenía alguna solución. Así era ella. La chica de las soluciones. Siempre tenía un plan y este siempre tenía múltiples pasos. Ese fracaso no estaba en el plan, pero Jana era rápida y decidida. Brit quería una copa, sí, y también quería escuchar el plan de Jana para el futuro del grupo.

Brit abrió el minibar y sacó un whisky miniatura. A Jana le sirvió un poco de vodka con hielo, bebida que la había visto ordenar en el bar al que iban después de los ensayos. Cuando se la dio, Jana pareció sorprendida de que Brit supiera cuál era su bebida. Aunque era claro que todos conocían esos pequeños detalles. Era imposible no hacerlo después de las horas de trabajo y atención que habían extraído unos de otros. Brit se sentó en el suelo y Jana en la cama, con las piernas cruzadas. Nadie abrió las cortinas ni tocó el control remoto ni nada. Miraron fijamente el suelo. Brit no sabía qué decir. «Lo siento» era incorrecto o insuficiente.

—¿Por qué me miras así? —preguntó Jana.

—No te miro —respondió Brit—. O sea, sí te estoy viendo, pero no te miro de ninguna manera.

—Ustedes siempre esperan que yo arregle las cosas.

—No —respondió Brit—. Bueno, a lo mejor Henry sí.

—Traté de arreglar el tempo.

Brit no tocaría esa línea de pensamiento. Era inútil y poco productivo repasar exactamente qué había salido mal, al menos era demasiado pronto. En cualquier caso, todos habían estado ahí. Todos sabían.

—Cuando menos nuestros padres no estuvieron aquí para verlo —dijo Brit, y las dos se rieron. Era el tipo de cosas de las que Jana se reía, algo ligeramente mórbido.

—Gracias a Dios —dijo Jana y juntó las manos en una plegaria.

—Quiero emborracharme hasta que se me olvide lo que pasó —dijo Brit.

—Pero después tendrás que acordarte de todo de nuevo —contestó Jana—. Lo que te mata es recordarlo, no saberlo.

—Vinimos hasta aquí. Para hacer *eso*.

Jana se inclinó y chocó su vaso contra la botella de whisky de Brit, que estaba vacía.

—Hora de otra.

Hablaron y vaciaron el minibar como Brit había imaginado que lo hacían los verdaderos estudiantes universitarios, chicos que no practicaban de cuatro a cinco horas diarias, que no se protegían las manos y los dedos de accidentes o cortadas menores, que no requerían tener la cabeza despejada para tolerar el ensayo del día siguiente, que no elegían a sus amigos por su habilidad para tocar ni los perdían por razones similares. Le gustaba ver que Jana se relajara, pues por lo general parecía que todo su ser giraba estrechamente en torno al centro de su cuerpo. Conforme Jana bebía, el centro se hacía elástico, así como su risa y su discurso. Su rostro, frío cuando estaba concentrada, se hacía hermosamente anguloso cuando se animaba, con sus labios llenos y la quijada delineada, como el retrato de una persona de otra época. Brit se acostó en el suelo y observó el techo.

—No te des un baño —dijo Jana, y las dos estallaron en una carcajada.

Era un chiste local. Habían ensayado con Jacob Liedel, el viejo director emérito del conservatorio, quien se sentaba, con su piel floja y sus manchas de anciano, en una silla que inexplicablemente estaba en el otro extremo del salón, por lo que les gritaba todo el tiempo. Apenas los dejaba completar una frase antes de sacudir las manos para interrumpirlos y corregirlos. Brit admiraba su estilo de la vieja escuela, pero sabía que a Jana le molestaba, y mientras más gritaba, más se le tensaba el brazo del arco, hasta que Jacob gritó: «¡No te des un baño!», y Jana se detuvo y dijo: «¿Cómo?». Jacob repitió: «No te des un baño ahí, con esa frase». Ninguno de los cuatro le preguntó a qué se refería, pero él lo dijo dos o tres veces más durante el ensayo; después, en la cena, todos estaban sentados en un silencio cansado cuando Henry preguntó: «¿Qué significa darse un baño?», y Jana y Brit se rieron tanto que lloraron sobre sus papas con queso y se deslizaron sobre el sillón del gabinete. Todavía se lo decían unos a otros de vez en cuando, variando el contexto. A Daniel, por su zapateo excesivo para contar el tiempo: No te des un baño. A Jana, cuando se obsesionaba con su cuerda de mi: No te des un baño.

—Entonces, quizá lo que siga sea una mudanza —dijo Brit—. Creo que deberíamos mudarnos —estaba respondiendo una pregunta que nadie había expresado en voz alta.

Jana se acostó sobre la cama.

—¿A Nueva York?

Brit asintió.

—Ahí no hay tinas.

Sólo había un elemento incierto.

—¿Crees que Henry se mudaría? —preguntó Jana.

—Tú lo conoces mejor que yo —respondió Brit. Sabía que Jana pasaba noches de castidad con él, pero nunca le había preguntado explícitamente al respecto. Hablar de hombres no era algo que hicieran juntas. Aunque estaban tan arraigadas en la vida diaria de la otra como se hace con una pareja —incluso derramadas en ese espacio—, sus conversaciones eran sobre entradas, crescendos y trayectorias, no sobre enamoramientos. Y Jana y Henry parecían más hermanos que otra cosa; Jana jamás se movía o hablaba con más libertad que cuando estaba cerca de él, por eso este encuentro entre Brit y Jana había estado teñido por la incomodidad antes de que empezaran a beber. Brit se dio cuenta de que habían hecho algo fastidioso al involucrarse con Henry y Daniel como lo habían hecho, chica con chico, chica con chico. Una razón más para apartarse de Daniel, pensó Brit. ¿Pero hacia dónde?

¿Y hacia dónde para el cuarteto? Ahora eran un conjunto sin país, sin la bandera del conservatorio o la competencia para permanecer juntos. Una vida de esfuerzos, de tratar de que los contrataran, de morir de hambre en Nueva York y tratar de triunfar en el mundo de la música clásica, al que en ese momento no interesaban mucho los músicos de cámara, o al menos no los que no habían ganado competencias, que ni siquiera habían obtenido un lugar en ellas.

—Creo que, si lo hiciéramos ahora, sí se mudaría —dijo Jana—. Pero es posible que ese imbécil quiera cazarlo furtivamente.

—¿Cuál imbécil?

—Ferrari —dijo Jana y se levantó; abrió la caja de su violín y sacó algo que estaba metido en el recubrimiento de terciopelo. Se lo entregó a Brit. Era el retrato de una niñita de cabello negro y sin algunos dientes, una de esas fotografías escolares con fondo neón. Sonreía abiertamente hacia la cámara, como hacen los niños.

—¿Quién es? —preguntó Brit.

Jana se encogió de hombros y le arrebató la fotografía.

—No sé —dijo. Caminó al baño y Brit la vio arrojar la fotografía en el excusado. No tiró de la palanca.

Jana salió y fue a abrir la puerta, donde habían sonado unos golpes. Resultaron ser Henry y Daniel; los dos parecían bastante ebrios también. Henry estaba sudoroso y Daniel se balanceaba un poco; llevaba algo cubierto con papel aluminio, como del servicio a la habitación.

—¿Qué hacen aquí? —les preguntó Brit.

—Aquí vivimos —respondió Henry.

—No es cierto —dijo Jana.

Daniel caminó hacia Brit, quien se enderezó en su asiento. De inmediato, la habitación dio un vuelco y empezó a girar lentamente. Se puso una mano sobre la cabeza.

—Te traje esto —dijo, y retiró el aluminio para mostrarle a Brit un pastel de vainilla de muchas capas que se había caído; los listones de azúcar glas estaban esparcidos por todo el plato—. Oh, ups —murmuró Daniel al ver el desastre.

Brit sintió varias cosas a la vez: en primer lugar, indignación. Como si el pastel pudiera compensar las cosas, el postre que no comieron antes. Probablemente Daniel pensaba que estaba siendo una especie de poeta al hacer eso, pero lo que le había dicho a Brit, lo que básicamente le había dicho, era: «No te quiero, sin importar las circunstancias». El pastel en el que se había gastado el dinero que ganaba con tanto esfuerzo sólo era para él, para sentirse mejor, no para que ella en realidad tomara algo de él ni para que él le entregara algo valioso. En segundo lugar, se sintió borracha. Más borracha de lo que había planeado estar y, con toda seguridad, más de lo que se había sentido en un tiempo. Sentía como si algo estuviera pegado a sus pulmones, y de repente tuvo calor y náuseas, al mismo tiempo quiso moverse con urgencia y no volver a moverse nunca más. Y en tercer lugar se sintió conmovida y sintió ternura por Daniel, como una herida que hubiera avanzado hasta el tejido esencial en el centro de su corazón, que no podría sanar aunque lo intentara el resto de su vida. Él era una persona que trataba de ser un gran talento, con defectos y que se odiaba a sí misma, que vivía en un perpetuo estado de tragedia suspendida, aunque no había una tragedia real, y se sintió triste por él y se dio cuenta de que darle ese pastel era lo único que él podía hacer.

—Gracias —dijo Brit tomando el plato de sus manos. La única manera de hacer una vida con él en el cuarteto era aceptar que no podía hacer una vida con él en privado. Ahora se daba cuenta de que, para que continuara una cosa, la otra tenía que terminar. Cuando lo pensó, sintió un golpe en el pecho que perforó el deseo que sentía por su amor. Brit viviría por encima del dolor. Se comería el pastel.

Daniel le sonrió agradecido cuando lo tomó y se sentó junto a ella mientras comía, sin decir nada. Brit quería saber si él sabía lo que ella hacía, aceptar sus defectos, pero no preguntárselo era parte del trato. Ella dejó el plato y el tenedor en la mesa de noche, y él se acercó más a ella. Olía a brea y a cerveza. Sus piernas se tocaban, pero la electricidad de su conexión estaba disipándose. Aquí estaban las piernas de él y aquí las de ella, simples partes de dos cuerpos que habían llegado a conocerse de manera tan íntima como a nadie más, en más de un sentido.

—Soy un fracaso —dijo Daniel en un murmullo.

No era exactamente una disculpa. Y lo que ella le respondió no era exactamente la verdad:

—Jamás podrías ser un fracaso.

Algunas horas más tarde, cuando ya se habían bebido el contenido de los dos minibares y un poco más, cuando Brit se inclinó sobre el excusado y vomitó encima de la foto de la niñita, cuando salieron todas las emociones que había albergado en su pecho (junto con el pastel de vainilla), por fin lloró. Jana tocó suavemente la puerta y la abrió. Llevaba una compresa en la mano.

—Henry te hizo esto —dijo Jana acomodándose en la tina vacía, al lado de Brit. Todavía llevaban sus vestidos de gala, que empezaban a verse gastados, el de Brit amontonado alrededor de sus muslos, el de Jana arrugado y deteriorado por el sudor. Cuando Brit volvió a tener arcadas, Jana se estiró por encima del borde de la tina y le hizo a Brit una cola de caballo. Le sostuvo así el cabello y a Brit le gustó su mano fresca y la compresa que apoyó sobre su cuello, pero no se atrevió a decírselo. Sólo lloró, y los bordes del mosaico de alrededor del excusado le cortaron las rodillas. Todo olía a whisky y azúcar rancia.

—Si te hubieras recogido el cabello como te dije… —afirmó Jana y Brit lloró con más fuerza—. Ay, no llores. No llores. Pronto te vas a sentir mejor.

A través de la puerta que Jana había dejado entreabierta, Brit vio que Daniel y Henry abrían las cortinas. Habían encontrado la estación de radio de música clásica y escuchaban el concierto para chelo de Elgar a todo volumen. Daniel dirigía frente a la ventana, tocando la parte de Barenboim (Brit estaba segura de que era la versión de Jacqueline Du Pré; consiguió murmurarle a Jana: «Es Du Pré»), moviendo las manos hacia el vidrio negro, sobre la ciudad imaginaria, la ciudad de su primer fracaso. Estaba tratando de enseñarle algo a Henry con su dirección («No, aquí es donde comienza la frase, no, aquí»). Se le enturbió el estómago. Tenía náuseas como cuando uno se arrepiente de todo, cuando hace tratos imaginarios con cualquiera, con cualquier dios, con tal de sentirse diferente. Du Pré llevaba la escala mi menor hacia el clímax, dieciséis notas hasta arriba a la sexta posición en la cuerda de la, tocando en *tenuto*, más lento y más fuerte mientras más subía, quizá la *cadenza* notada más dramática que Brit hubiera escuchado, y vio que Daniel conducía largamente, como un hombre, con autoridad y pasión a pesar de sus ridículos lentes, aunque nadie lo seguía. Esto era lo que le importaba, y le importaba profundamente.

—No, aquí, aquí, espera —le dijo a Henry.

Pero ellos sabían que ella estaba en el baño, vomitando, y Daniel sintonizó la frecuencia del radio y observaba su reflejo en la ventana oscura, conduciendo a la chelista ausente. Henry trató de corregirlo —su compás era un poco disparejo—, pero Daniel continuó; ya estaba demasiado adentrado en su propio concierto falso. Trataba de ser grandioso a expensas de todo lo demás.

Brit observó a Jana tendida en la tina, el cabello oscuro escurriéndose del chongo. Se dio cuenta de que Jana era dura pero amorosa, y que ella misma estaba a punto de llorar.

—Ellos... a veces son decepcionantes —dijo Jana—. Pero ¿quién más?

—No te des un baño —consiguió decir Brit, croándolo, un sonido horrendo, e inmediatamente después de decirlo (Jana se rio, pero al notar el arco de la espalda de Brit anticipó la purga y reacomodó su cuerpo para sentir la tensión de la columna de Brit bajo su mano, mientras Daniel y Henry estaban en sus propios conciertos, uno de piedra y otro líquido, uno terrenal y otro que se deslizaba entre los dedos, uno sin respirar y otro como una bocanada de aire, y Du Pré había alcanzado el mi más alto posible, conteniendo la respiración, no quedaban más cuerdas, no quedaba más diapasón) se inclinó hacia delante sobre sus manos y sus rodillas, y lo vomitó todo; el ruido primitivo sonó como el inicio de algo terrible y esencial, todo lo que tenía.

SEGUNDA PARTE

Cuarteto de cuerdas en re mayor, núm. 21, K. 575
«Prusiano»
WOLFGANG AMADEUS MOZART

Cuarteto de cuerdas en fa mayor
MAURICE RAVEL

Cuarteto de cuerdas en fa mayor, núm. 3, opus 73
DMITRI SHOSTAKÓVICH

HENRY

VIOLA

Agosto de 1998
Nueva York

Cuando Kimiko anunció a Henry que estaba embarazada, lo dijo en voz alta en una cafetería popular de la calle Cincuenta a la que nunca habían ido antes y a la que jamás volverían, y después de la noticia continuó con la información de que ya había tenido dos abortos y ¿qué quería hacer él al respecto?

Henry miró con pánico alrededor del café. Estaban lo suficientemente cerca de Juilliard para encontrarse con algún colega, pero Henry no vio ninguno. Una cosa era acostarse con su alumna y otra completamente distinta que ella estuviera embarazada. No estaba seguro de cómo clasificarían sus colegas la situación, que ella le hubiera hablado de su embarazo y de sus abortos en la misma oración. No podía ser nada bueno.

Kimiko jugueteó con el popote del café helado. ¿Café?, pensó Henry. Parecía que la decisión ya había sido tomada. Ella se veía tranquila, plácida, pero así actuaba siempre, incluso cuando le asignaron la tarea de tocar el famosamente extenuante concierto para violín de Britten, que acababa de interpretar con la sinfónica. Nunca hacía que las cosas se vieran tan difíciles como eran. Eso le gustaba de ella. Esperen: ¿estaba embarazada cuando tocó? ¿Cómo funcionaban esas cosas? ¿Cuándo ocurrió? Trató de espiar su abdomen por debajo del vestido holgado, pero no pudo. De repente, el aire acondicionado de la cafetería le provocó escalofríos en el brazo. Le picaba la barba por todas partes. ¿Por qué tenía barba en agosto? «Soy un idiota», pensó.

—¿Qué quieres hacer? —preguntó por fin—. ¿Hace cuánto lo sabes?

Kimiko se encogió de hombros.

—Tenía náuseas en los ensayos de Britten, pero, ya sabes, pensé que eran los nervios. Todavía no he ido al doctor. ¿Quizás hace un mes?

No respondió la primera pregunta. Roció gotas del popote en la mesa, donde flotaron como lágrimas antes de reventarse. Era alumna de Henry, sí, pero no era mucho más joven que él, y *en realidad* tampoco era su alumna en sentido estricto. Parte de las responsabilidades del grupo como cuarteto en residencia de Juilliard era hacerse cargo de algunos estudiantes de licenciatura avanzados, y Kimiko era su mejor discípula, la mejor que había tenido nunca, pensaba. Básicamente se pasaban las sesiones discutiendo sus sonatas y conciertos favoritos y, después de las sesiones: cena, bares, baile, excelente sexo. No iba exactamente contra las reglas, pero en definitiva no era un comportamiento que la escuela alentara.

—¿Has tenido... *dos* abortos? —preguntó Henry en un murmullo.

Ella frunció el ceño.

—Bueno, no reacciones como si fuera lo peor del mundo.

—Perdón, es que... No sé qué decir, Kim —respondió—. ¿Qué quieres que te diga?

Ella se encogió de hombros.

Henry hizo que salieran de la cafetería y caminaran hacia Central Park. Afuera hacía un calor abochornante; era viernes por la tarde y la ciudad se había vaciado. Al atravesar la calle, la tomó de la mano. De repente, Kimiko tenía una apariencia frágil, y al mirarla, Henry sintió que se estremecía hasta el centro, como cuando veía que un doctor le sacaba sangre de un brazo; los mecanismos biológicos del cuerpo se le presentaban repentina y desvergonzadamente desnudos. Nada de magia..., sólo instinto animal. Tuvo que resistir la urgencia de cerrar los ojos y respirar. Tenía la mano sudorosa. O quizá fuera la de ella.

—Tengo veintidós años —le dijo ella mientras caminaban por el parque hacia el norte. Henry esperaba que los árboles fueran un respiro para el calor.

—Ya sé.

—¿Sí? Pues no olvides que tú ya estás muy adelantado en tu carrera. Yo apenas estoy empezando.

—Acabas de interpretar el concierto de Britten con la sinfónica.

—Sabes a qué me refiero. No todos somos como tú. No todos somos prodigios.

Henry odiaba esa palabra desde que a sus catorce años, cuando tenía espinillas y cabello crespo, el *San Francisco Chronicle* publicó un artículo sobre su vida con motivo de la presentación de un concierto con la Sinfónica de Napa. Lo habían sacado de la escuela, su madre lo había educado en casa —su madre probablemente se volvería loca de alegría con la noticia del bebé—, lo habían enviado a Curtis siendo más joven que todos los demás, y nunca había aprendido a beber, nunca había tenido novia, no una novia formal por lo menos. Le echaba la culpa, bueno, al hecho de ser un prodigio, aunque... ¿todavía se te puede llamar así a los veinticuatro años? ¿Ahora era sólo un músico con escasas habilidades sociales, un adulto disfuncional con facultades extrañas? Kimiko ni siquiera era su novia. Tenían sexo y leían música juntos (habían llegado a tener relaciones en los salones de ensayo a prueba de sonido, pero ¿quién no?), y eso era todo. Comían, cogían y tocaban, cuando surgía la necesidad. No hacían ninguna de las cosas que hacían Daniel y Lindsay, como los viajes románticos y las peleas en público, o Brit y su nuevo novio, como ir al cine y a museos, y salir de noche. Esas cosas no se le habrían ocurrido a Henry. Se aburría sólo de pensarlo.

Pero ¿la amaba? En el año que llevaban de conocerse, nunca lo había pensado. Le encantaba cómo tocaba. Le encantaban su muñeca delgada y fuerte, el brazo flexible con que sujetaba el arco, los músculos estriados sobre sus omóplatos, que vibraban cuando tocaba con su vestido de concierto sin tirantes, cómo tocaba con elegancia y fulgor, una solista innata; pero en persona era ferozmente obstinada, poco sentimental, casi fría, aunque de una manera encantadora. Ahora que lo pensaba, se parecía mucho a Jana. Sin embargo, Henry no podía imaginar a Jana y a Kimiko pasando tiempo juntas, a solas. En muy raras ocasiones acercaba a Kimiko al cuarteto, y ella en muy raras ocasiones quería acercarse. Hasta ese momento, Kimiko y él nunca habían discutido formalmente su relación.

Henry tragó saliva.

—¿Cómo sería?

—Supongo que lo gestaría durante nueve meses y después lo expulsaría, carajo —respondió Kimiko y cruzó los brazos bajo los senos.

Caminaron bajo la sombra de algunos árboles, pero no estaba más fresco. Había tanta humedad que el vestido largo y holgado de Kimiko se le pegaba entre los muslos. Sus familiares estaban en Japón. Él no los conocía. La habían educado al norte de Nueva York, no tenía acento, volaba tranquilamente a su suburbio de Tokio una vez al año.

—No tenemos familia cerca para que nos ayude —dijo Henry.

—Cierto.

—Ni dinero. Aunque podría conseguir algo.

—Cierto.

—Y, después de Esterhazy, es posible que nos mudemos mucho. Muchísimo.

—Cierto. No soy idiota. Si te quedas en el cuarteto, viajarías mucho.

—¿*Si* me quedo?

—Todo el mundo lo sabe, Henry —dijo ella—. Todo el mundo sabe que ellos y tú no están en el mismo nivel.

Henry decidió ignorar el comentario. Kimiko lo provocaba aludiendo a su papel en el cuarteto, pero él lo achacaba a su falta de experiencia en la música de cámara. Ella había nacido solista, la habían formado como solista, tocaba como solista. Para ella, como para muchos músicos exitosos, la música de cámara era algo que se hacía en el tiempo libre; no era a lo que se dedicaba la gente con talento, como Henry. «Pero yo *sí* me dedico a eso», le habría dicho él. «Cuatro personas racionales conversando», le habría respondido Kimiko con sorna, citando la definición de Goethe de un cuarteto: «Cuatro personas racionales conversando entre sí». A Henry le había parecido ofensivo. Después había hablado con Jana al respecto. Hacía que lo que ellos tocaban pareciera aburrido, como si hubiera algo racional al respecto, o coloquial. Ni siquiera Mozart, ni siquiera Haydn eran conversación para la hora del té o el restaurante. Era lo que él creía que más se malinterpretaba en la música de cámara, que era una manera de razonar. Para Henry, razonar era quizá justo lo contrario. Él se divertía en el caos de cuatro personas; el caos era lo que hacía que se sintiera como arte, como belleza.

Además, durante toda su vida, su talento había trazado su camino, había tomado en su lugar las decisiones más obvias y lógicas. Permanecer en el cuarteto no era una decisión obvia ni lógica. Pero para Henry lo obvio y lo lógico no tenían nada que ver con la realidad de hacer música.

—La gente va de aquí para allá con sus bebés —dijo Henry—. A lo mejor podemos dar clases a cambio de horas de niñera o algo así.

Odiaba la palabra *niñera* en su boca, que ya estaba seca. Siguió hablando del tema un poco más y, unos minutos después, notó que ella había dejado de responderle. Seguían caminando y sudando. Él comprendía su silencio. Sin importar cuánto lo hablaran, cuántas estrategias trazaran, cuánto lo justificaran, no había manera de darle la vuelta: ninguno de los dos podía tener la carrera que había planeado y al mismo tiempo tener al bebé. Alguien tendría que sacrificar su visión, conformarse con una versión menor del éxito y soportar la versión del otro. No tenía sentido negociar.

No tenía caso hablar al respecto. Él pensó fugazmente en la tarjeta de ese personaje, Fodorio, la promesa latente de una carrera como solista. Había masticado la tarjeta por Jana, pero la promesa seguía en pie.

—¿Cuándo… terminaste los otros embarazos? —preguntó al fin.

Ella giró los ojos.

—Puedes decir *aborto*, Henry.

—¿Cuándo?

—Una vez, cuando tenía dieciséis y otra vez, hace un par de años.

—¿Era de alguien que conozco?

—¿Qué te importa? Hablemos de esta vez.

Henry no podía pensar en una razón por la que le importara, pero quería saber. Eso le molestaba.

—Sí me importa.

—No era de nadie que conozcas. Un chelista de visita de Alemania. Está casado y tiene hijos. Ni siquiera era tan buen músico. Mala entonación. Fue una estupidez.

—Ah, está bien —dijo Henry—. Esto no es una estupidez, ¿verdad?

Ella dejó de caminar y se dio vuelta hacia él abruptamente.

—No es justo —contestó en voz baja. Al principio él pensó que la humedad que se reunía alrededor de los ojos de Kimiko era sudor (Dios, qué calor, a la mierda esta ciudad, la odiaba), pero después vio que le salía de los ojos, y que seguía saliendo. Su rostro temblaba, cada parte a la vez, desordenadamente, sin elegancia. Nunca la había visto llorar. A él también le dieron ganas de llorar; nunca antes se había sentido así, pero ahora sentía que el llanto le subía al pecho y a la garganta.

Le importaba. Le importaba lo que le había ocurrido antes de conocerla, los bebés que no había tenido. Le importaba lo que le pasara en ese parque, si se tropezaba, si lloraba. La amaba, si eso era amor. Nunca habían tenido una cita formal. Era extraño sentarse en una cafetería con ella, caminar con ella, sin sus instrumentos. Pero la amaba. Quizá porque en su interior estaba gestando un pequeño guijarro de cigoto que contenía a medias su ADN, quizá porque ella era la indicada para él, por siempre y para siempre. No había forma de saberlo. La elección de amarla y criar un hijo con ella no era racional ni sensata, y en ese sentido sería la única otra decisión que tomaría en su vida. Era la decisión hermosa, musical.

La abrazó y la atrajo hacia sí. No era pequeña. Él no la habría descrito así, no en ese momento.

—No, esto no es una estupidez —dijo ella y lloró una mancha con forma de país sobre la camisa de Henry, y así fue como él supo que ella también lo amaba.

Una manera de decirlo era: cuando se mudaron a Nueva York, Jana y Henry dejaron de pasar las noches juntos porque ella vivía en el East Side y él en el West Side; ella odiaba los camiones que cruzaban la ciudad y también atravesar el parque sola, en especial con su violín, y había tantas personas en su vida —tantas personas en Nueva York— que el tiempo que pasaban a solas se convirtió en algo sagrado y escaso.

Otra manera de decirlo era: eran mayores, habían crecido y ya no necesitaban la exuberancia física y el consuelo secreto del cuerpo del otro en la cama después de un concierto enardecedor o de un ensayo brutal y difícil.

Otra manera de decirlo era: la práctica de dormir juntos había llegado al límite de lo inapropiado, y ya era suficiente. Nunca habían tenido sexo, ni siquiera habían estado cerca. No había habido ninguna carga sexual en su relación. Tampoco nada realmente romántico, exceptuando el sentimiento de reconocimiento mutuo que se produce cuando alguien envuelve a otro con su cuerpo y ambos caen inconscientes.

Y una manera más de decirlo era: el contexto cambió. Ya no estaban incompletos tratando de triunfar en San Francisco. Ahora estaban *despuntando*, como le gustaba decir al becario de Juilliard que escribió sus biografías, aunque Henry se preguntaba cuánto tiempo se podía estar *despuntando* antes de que uno estuviera simplemente en el umbral de una habitación vacía, despuntando pero inadvertido. En Juilliard los trataban como profesionales, adultos serios haciendo esfuerzos serios, y, de repente, su hábito de dormir juntos les pareció el remanente infantil de una vida pasada y menor.

Les había tomado un tiempo darse cuenta. La última vez que Jana había ido a casa de Henry había sido una noche a principios de diciembre, justo cuando la estación empezaba a deslizarse hacia el invierno. Como los dos crecieron con los inviernos húmedos pero generosos de California, por lo general se sentían sofocados y raros acurrucados bajo capas de cobijas delgadas. Era fascinante la manera como los faroles de las calles derramaban una luz bronceada a través de las ventanas y proyectaban una palidez anémica sobre sus mejillas frías, incluso con todas las luces apagadas. Resultaban excéntricos los cláxones y los gritos, las brasas de vidas en constante progresión justo al otro lado de las paredes del departamento. Sin embargo, esa noche pelearon, una pelea que, en ropa de dormir, a la mitad de la noche urbana, se sintió como un punto a partir del cual no habría retorno. Esa tarde habían ido con Brit y Daniel a una presentación del cuarteto Guarneri en el Carnegie Hall. En realidad habían tenido que asistir: el decano los invitaba con regularidad a conciertos para que pudieran conocer a otros grupos y convertirse en rostros familiares para quienes se encargaban de la programación en varios recintos. Después hubo una fiesta en un bar pequeño y estrecho de la calle de enfrente. Daniel y Jana se habían abierto paso entre la multitud, los rostros siempre decididos y elocuentes del grupo; ninguno de los dos pertenecía al sector de la cuna de oro, pero ambos eran capaces de hablar con los patrocinadores acaudalados con estudiada fluidez. A menudo Henry se quedaba sin temas de conversación con esas personas después de que terminaban de maravillarse de su juventud. Se dio cuenta de que Brit tardaba una cantidad de tiempo desmesurada decidiendo qué beber y, cuando finalmente tuvo una copa de vino tinto en la mano, se quedó observando las filas de botellas de licor de espaldas a la multitud. Henry caminó hacia ella.

—¿Estás tan aburrida…?

Ella dio un salto en su asiento, ladeó su copa y salpicó gotas de vino tinto en el pecho del saco de Henry.

—Ay, Henry —dijo mientras frotaba el saco con una servilleta del bar—. Discúlpame. Parece un saco caro; ¿lo es?

Estaba confeccionado a medida, pero Henry no lo había pagado. Su madre se lo había regalado después de que consiguieron la residencia en Juilliard.

—No pasa nada —dijo Henry.

—De cualquier manera, también fue culpa tuya —respondió Brit con el ceño fruncido.

Henry se sentó a su lado y ordenó un *gin-tonic*; el barman compacto y reservado lo miró con suspicacia, pero no le pidió su identificación. Últimamente Brit había estado de mal humor. En realidad llevaba tres años de mal humor. Aunque Brit y Daniel nunca habían hablado abiertamente al respecto, Henry y Jana sabían que habían tenido algo al principio: un pleito romántico, una crepitación fugaz y una quemadura subterránea cuando aquello se extinguió. El tema tampoco había salido mucho a colación durante las reuniones nocturnas de Henry y Jana. ¿Qué había que discutir? Habían pasado años desde que lo que fuera que hubiera ocurrido entre Daniel y Brit había caído en un estancamiento más o menos cómodo, un *statu quo* ligeramente cargado, con la rotación de chicas que Daniel iba olvidando (relaciones de dos o tres meses sin nada especial) y el constante pero poco intenso anhelo de Brit (esperando digna en las sombras, e infantilmente ondulante cuando él volcaba su atención hacia ella en los intermedios). Aunque a últimas fechas parecía que algo estaba cambiando entre Daniel y Brit, probablemente relacionado con el nuevo novio de Brit, Paul.

—Iba a decirte que te veías muy callada esta noche, pero no con una boquita como esa —dijo Henry.

—¿Por qué la gente siempre me dice eso? «Estás muy callada». ¿Qué debería contestar? ¿«Sí, porque no quiero hablar»?

—Muy bien, perdón —dijo Henry levantándose.

—No, no. —Brit puso una mano sobre su brazo—. Siéntate. Prefiero charlar contigo que con cualquier otra persona.

—Ay, guau, gracias.

—No quise decir eso. Me refería… —hizo un gesto hacia el otro extremo del bar, donde Jana y Daniel tenían cautivo a un grupo de viejitas miniatura con collares enormes—… a ellos.

Henry advirtió, incluso a la distancia, que el traje de Daniel, el único que tenía, le quedaba incluso peor que la última vez que se lo había puesto. ¿Los brazos descomunalmente largos de Daniel estaban creciendo más todavía? ¿Era posible? Henry vio que las costuras estaban grises por años de jaloneos. ¿Cuándo era el cumpleaños de Daniel? Quizá Henry podría regalarle uno de sus sacos de sastrería. No; se sentiría ofendido. Daniel no dejaba de quitarse y ponerse los lentes. Odiaba usar lentes —una vez le había dicho a Henry que representaban una debilidad evolutiva—, pero esos días parecía hacer cada vez más bizcos al enfocar otras cosas además de las partituras. De lejos, Jana era toda planos y ángulos extraños. No era exactamente bonita, sino guapa; no delgada, sino flaca. Podía verse asombrosamente diferente con un ligero movimiento de la barbilla. De perfil su nariz podía ser respingada y majestuosa, pero desafortunadamente protuberante de frente; sus ojos grandes podían parecer de *anime* cuando estaba cansada, pero resultaban atractivos con la sonrisa adecuada. Era mutable hasta en el cabello oscuro, que la hacía ver masculina cuando lo llevaba atado o despampanante cuando le caía sobre los hombros. Era característico de Jana impedir que la gente la asiera del todo.

Brit, en cambio, siempre lucía igual: pecas, piel rolliza, arrugas de la sonrisa, pálida y rubia, sincera y generosa. Ahí sentado,

102

Henry se dio cuenta de que estaba agradecido por su inclinación hacia la consistencia.

—Este es su hábitat natural —concluyó Henry—. Los adoran con facilidad. —En cuanto lo dijo se dio cuenta de que era cruel, pero Brit sonrió un poco.

—O pueden *convertirse* en gente a la que se adora con facilidad. En estos eventos, cuando hablo con alguien, siempre siento que tengo que disculparme por… sólo… lo aburrida que soy. Toco el violín. ¿Qué más puedo decir? Mira, oye a Jana, se escucha desde aquí. Su tono es sobrenatural.

Jana echó la cabeza hacia atrás y se rio, una risa estridente que Henry sabía que contenía inquietud por debajo de la superficie. Podía comunicarse con la multitud, pero no le gustaba.

—No es tan malo —dijo Henry—. Al menos los tenemos a ellos para que lo hagan por nosotros.

—No lo hacen *por nosotros* —contestó Brit.

—Oye, cálmate —respondió Henry—. ¿Hay algo que quieras contarle al tío Henry? ¿Qué me dices de ese muchacho Paul?

Brit se suavizó y le habló de Paul, cómo se daba cuenta de que limpiaba su departamento antes de que ella fuera, cómo encontró en su buró una lista garabateada de cosas que quería asegurarse de decirle, cómo siempre que ella le hacía una pregunta, él le hacía una pregunta también.

—Parece que es de los buenos —dijo Henry cuando terminó—. Entonces, ¿por qué estás tan enojada ahora?

—No estoy enojada —respondió Brit.

—¿Estás enojada contigo misma por haber pasado tanto tiempo extrañando a ese tipo? ¿El tipo del traje feo que está por allá?

Brit guardó silencio, pero apoyó la cabeza en el hombro de Henry y se bebió el vino por el costado de la boca. Desde atrás, desde el punto de vista de Jana, debió parecer algo más, por lo menos fugazmente, porque después de los breves momentos en que Henry sintió ternura por la cabeza rubia de Brit bajo la suya, pero antes de que pudiera decir algo más, Jana ya estaba ahí, detrás de él, con la mano sobre su cabello. ¡Sobre su cabello!

—Los dos necesitan un corte de pelo —dijo Jana, y Brit se apartó.

Jana le estaba rascando el cráneo con las uñas, provocándole estremecimientos intensos en la nuca, y a él le molestaba que la respuesta fuera al mismo tiempo automática y cargada de significado. Ahora relacionaba cualquier tacto con el tacto de Kimiko: una mujer diferente, un contexto diferente, un impulso diferente. El punto donde se cruzaban los cables vibraba de electricidad, y permaneció encendido dentro de él toda la noche.

—No vuelvas a hacerme lo del pelo —le dijo Henry más tarde esa noche, en la cama, después de que Jana se acercó hacia él, fría bajo la cobija.

Jana hizo una pausa. Una sirena sonó en la calle.

—Sólo te estaba diciendo que necesitabas un corte de cabello. Y mira, de verdad lo necesitas. Eres una figura pública.

—La gente podría hacerse una idea incorrecta —respondió él.

—¿Respecto de qué? ¿Del hecho de que Brit se te haya arrimado en el bar? Claro.

Continuaron con ese voleibol un rato más; cuanto más resonaban sus dardos, más crueles resultaban. Ese tipo de crueldad era adecuado para la gente que tenía sexo, pues más tarde esa gente podía purgar la crueldad con el acto mitad tierno, mitad violento, de la fusión.

—¿Tú no te estás acostando con nadie? —preguntó él—. Sí sabes que estoy acostándome con Kimiko, ¿verdad?

Por supuesto que lo sabía. Henry sabía que ella sabía. También sabía que Jana no tenía ninguna intención de tener relaciones sexuales con él, y que su acusación era baja y socavaba años de amistad complicada pero necesaria, y después de que lo hizo, las noches juntos se acabaron. La habitación oscura se atragantó momentáneamente. Él, de hecho, tosió. Jana se dio la vuelta, le dio la espalda.

—Tienes razón. Creo que ya no debería seguir pasando la noche aquí.

Y con eso estableció que había sido idea de él y decisión de ella.

Jana se quedó dormida rápida y fácilmente —cuando tomaba una decisión, no daba marcha atrás—, y Henry permaneció despierto la mayor parte de la noche. Si era lo correcto para ambos, ¿por qué se sentía tan mal? Afuera había vida, sirenas, choques de botellas y el hombre loco y gritón del edificio de enfrente. No podía ser más diferente de su vida en San Francisco, toda cielo, estudio arduo y olas del mar. ¿Ella no podía ver que las cosas estaban cambiando, que en realidad ya habían cambiado?

A la mañana siguiente despertó y se encontró a Jana completamente vestida (inteligentemente se había llevado un cambio de ropa), andando de puntitas por la fría habitación. Su apariencia no era para nada huidiza, ahora se daba cuenta. Su cara estaba seria, la nariz aguileña y la quijada tallada, pero en realidad era el rostro de una mujer que ensayaba expresiones y posturas, cuyos orígenes ahora se le escapaban. Vio que reunía sus cosas, pero también rozaba ligeramente las pertenencias de él con la punta de los dedos, su ropa, su cómoda, sus discos amontonados en el suelo, sintiendo lo que no podía decir, sintiendo el barniz de su viola, las puntas del atril del rincón, la moldura de la puerta. Henry observó cómo ella conocía con las manos las cosas de su vida y después pensó: «Estas cosas no son mi vida; mi vida está allá afuera», y se dio cuenta de que su contexto había cambiado, pero el de Jana no.

Así que fue muy inesperado que la tarde después de que Kimiko y él caminaron por el parque durante horas, mientras él vio cómo ella tuvo arcadas secas junto a la pista de hielo cerrada y pensó estúpidamente: «Mi hijo está provocando esto», Jana lo llamara para avisarle que iría a su casa. Colgó antes de que él pudiera preguntarle si «ir» significaba «quedarse a pasar la noche».

Henry sintió pánico. Jana sabía que Kimiko y él habían estado pasando más tiempo juntos. No era secreto. Pero tenía que hablarle del bebé, y tenía que hacerlo ya. Los padres de niños que todavía no han nacido no comparten la cama con otras mujeres, aunque sólo sean amigos.

Jana llegó a su puerta, sudorosa, después del atardecer. Había ido trotando, aunque el índice de calor lo hacía un esfuerzo poco saludable. Henry nunca había sabido que ella dejara de correr. Era una de esas personas que no pueden dormir sin haber corrido, que se aseguran de que los hoteles tengan gimnasios y caminadoras cuando están de gira. Llevaba shorts azules y una camiseta empapada. Él la dejó pasar; ella se quitó los zapatos junto a la ventana y se quedó de pie ahí, agitando su camiseta para dejar entrar el aire fresco.

—Tengo que quedarme a dormir —fue lo primero que dijo—. No puedo volver a salir así.

Henry hizo un gesto hacia la ventana y hacia la calle Ciento dos, pesada de calor y en silencio, con excepción de unos cuantos autos.

—Tú eres la tonta que decidió salir a correr así.

—De hecho, es la mejor época para correr, cuando todos se han ido ya a los Hamptons —respondió ella. Le escurría sudor por el dorso de la pierna. Alzó la mirada hacia él y sonrió—. Tú eres el del vello facial. ¿Qué?

—¿Qué de qué?

Ella se encogió de hombros.

—No sé, estás raro. ¿Te ganaste un premio o algo?

Henry se rio.

—No, sólo… estaba aquí parado, pensando qué comer.

—Qué bueno que soy experta en comer.

Jana rebuscó en el refrigerador de Henry con una familiaridad que a este le tocó un poco el corazón. Era su hermana. Encontró lechuga, tocino y tortillas, y preparó algo parecido a un sándwich con jitomate. Mientras se cocinaba el tocino, los dos se sentaron en el suelo junto a la ventana para mantenerse frescos. También comieron en el suelo, con una vieja otomana en lugar de mesa. A

Jana se le había secado el sudor y empezaba a oler a transpiración de niña, como perfume de dos días.

—¿El calor no te arruina los discos? —preguntó Jana señalando las cajas de leche llenas de discos que había contra la pared.

—Pues dejé los importantes embodegados en Queens —respondió. Fue una de las primeras cosas que hizo cuando se mudó a Nueva York. Ya había pagado para enviar sus discos ahí, cuando se dio cuenta de lo absurdo que parecía tenerlos apilados contra las paredes de su pequeño departamento. Sin embargo, no podía deshacerse de ellos; los había coleccionado desde que era niño: la rara grabación del concierto para viola de Hoffmeister, todas las grabaciones importantes de las suites de Bach, incluso oscuras ediciones limitadas de los compositores chinos contemporáneos que alguna vez había querido emular. Deshacerse de sus discos habría sido como decir que todos esos años que había pasado reuniéndolos habían terminado. Y no habían terminado; seguía inmerso en ellos.

—Pues me parece poco práctico —dijo Jana—. Deberías venderlos.

—No los puedo vender. ¿Por qué los vendería?

—Porque, si están almacenados, obviamente no los estás escuchando.

—Pero podría, si quisiera. Por Dios, Jana.

Con un pedazo de tocino fuera de la boca, Jana levantó un brazo y se olió la axila.

—¿Te ofendiste? —Parecía realmente preocupada.

—No, no.

—¿Qué te pasa? ¿Estás preocupado por Esterhazy?

Por un momento, Henry no reconoció la palabra. En todo el día no se había acordado de la competencia que estaba por venir. Había pensado en viajar, dejando a Kimiko, pero en realidad no había tenido en mente lo que estaban ensayando para Esterhazy: un cuarteto de Shostakóvich, uno de Mozart y el de Ravel que se sabían tan bien. Sería su segunda participación en la competencia, después de haber hecho muy pocas ondas la primera vez —en realidad, como una mano que choca contra un estanque—. No sólo no habían obtenido ningún premio, sino que se habían desmoronado en la primera ronda hasta el punto de arruinar toda la presentación. Les había tomado algunos meses recuperarse, pero para el invierno consiguieron un agente y obtuvieron la residencia en Juilliard. Se suponía que ese año tendrían una oportunidad real en Esterhazy. El jurado había cambiado un poco la competencia: no sólo la habían trasladado de mayo a octubre, sino que también calificaban de manera previa y clasificaban a los competidores, de manera que los casos de pánico escénico extremo o los accidentes extraños no pesarían tanto.

—Ay, básicamente me olvidé de eso —respondió Henry.

—Mmmh.

Si Henry entrecerraba los ojos para enfocarlos, podía ver un trecho del Hudson detrás de la cabeza de Jana.

—¿Estás saliendo con alguien? —preguntó él.

Ella señaló su boca y masticó.

—¿Quién tiene tiempo?

—Pues… Brit y Daniel —respondió Henry.

—Sí, pero ellos, ya sabes, están más interesados en ese tipo de cosas que nosotros —respondió Jana y se rio—. Creo que ese tipo de St. Vincent me invitó a salir, pero… no sé.

—¿El violinista?

Unas semanas antes habían tocado en un festival de música clásica y habían conocido al cuarteto de cuerdas de St. Vincent. Ambos cuartetos compartían agente y aspiraciones de carrera. Los de St. Vincent eran de Montreal, todos hombres, guapos y altos con cabello rubio y varios matices de acento francés. Desde lejos parecían más actores atractivos aparentando pertenecer a un cuarteto que músicos de verdad. A Henry le había parecido difícil diferenciarlos. De los ocho grupos con los que competirían en Esterhazy, el de St.

Vincent era el mejor, aunque no era mejor que ellos, por lo menos en opinión de Jana.

—Sí. Laurent.

—No puedo creer que ese sea su nombre real.

—Ya sé, ya sé.

—Deberías salir con él —dijo Henry.

Jana frunció el ceño.

—¿Qué te pasa? ¿Crees que debería salir con alguien contra el que vamos a competir en dos meses?

—¿A quién le importa?

Ella dejó su sándwich en el plato de cartón.

—Tienes que controlarte.

—Kimiko está embarazada.

Se lo dijo porque no podía seguir callándolo. Se había pasado toda la tarde enunciándolo en su cabeza, haciendo que se sintiera real. Ahora que lo era, sentía que no permitir que Jana lo escuchara era como mentirle. En especial Jana, alguien a quien él nunca le mentía.

El sándwich de Jana yacía sobre la otomana como algo de otra vida, como la idea de una fase de su amistad que se había terminado y por la que todavía guardaban luto. Parecía que la lechuga se había marchitado de inmediato. Jana tenía la boca abierta y mostraba un par de cavidades llenas de metal; Henry podía ver —podía verla en tiempo real— que trataba de idear un modo de escabullirse de esa información.

—Lo vamos a tener —continuó Henry, y el gesto de Jana se hizo más marcado. Henry se arrepintió de haberlo dicho.

El cabello de Jana se le salía de la cola de caballo por la parte de atrás; tenía mechones por todas partes. Henry quería abrazarla, y en la otra vida lo habría hecho, en la vida del sándwich.

—Está bien —dijo Jana—. De acuerdo. Ella es casi una niña, pero de acuerdo.

Henry no dijo nada.

Jana hizo una serie de preguntas que contestó ella misma:

—O sea, si quieres ser padre a los veinticuatro, adelante. ¿Cuándo dará a luz? Tenemos que asegurarnos de no estar viajando en ese momento. ¿Vivirá aquí? ¿Aquí? Probablemente necesitarás una mesa. De hecho, quizá debas conseguir otro departamento. Uno que tenga, no sé, paredes. Para dividir el espacio. ¿No necesitarás mayores ingresos? Aunque imagino que tus padres te ayudarán. Y ya no tendrás tiempo para videojuegos. Ahora tampoco tienes tiempo, pero de algún modo siempre te lo haces.

Henry escuchó la lista con paciencia, los insultos a medias que a Jana se le escapaban de la boca. No pensaba que ella fuera una persona cruel; consideraba que era una buena persona con un problema de crueldad. Y, en general, creía que tenía una buena razón para ser cruel. Se había esforzado mucho. Nadie la había ayudado. No toleraba el fracaso. El fracaso de nadie. Pero ¿no podía darse cuenta de que él no estaba fallándole?

Jana se levantó y empezó a pasear. El chasquido de la tela de sus shorts al frotarse era el único sonido en el departamento.

A Henry le pasó por la mente: también a ella la amaba.

De una manera diferente de como amaba a Kimiko, pero era amor de cualquier forma. No habían tenido opción, si se ponía a pensarlo. Habían estado juntos durante tanto tiempo, de una manera tan íntima que tenían que amarse. Como familia, que ni Jana ni Brit tenían. Ni Daniel, ahora que lo consideraba. Henry era el único que tenía familia. Y ahora tenía otra que estaba creciendo. Tenía una vergonzosa abundancia de familia.

Henry entendía que se habían hecho responsables del bienestar de los otros, del sustento de los otros. Cuando uno está solo, en cualquier carrera, cualquier cosa que haga afecta sólo su propio trabajo. Pero con el cuarteto había que compartir un objetivo, distribuir el sueño entre todos y confiar en que cada uno tuviera un sentido adecuado del compromiso. El compromiso también encontraba la manera de derramarse en su vida fuera del escenario. Había tantas formas de traicionarse unos a otros.

Jana se paró enfrente de la ventana con las manos sobre la cadera. El sol había descendido por completo, pero todavía brillaba pálidamente en el cielo por debajo del horizonte. Observando su silueta, Henry imaginó la forma en que su torso se movía como una unidad cuando conducía al grupo. Como una batuta, la firmeza de su centro era la fuente de energía de todos.

A continuación, Jana se volvió hacia el viejo programa que él había pegado en la pared junto a la ventana. No estaba enmarcado, pero habría sido raro tirarlo, así que lo había puesto ahí, donde se le curvaron los bordes por la humedad. Era el programa del recital de su graduación, que les habían entregado justo antes de salir al escenario. Había una fotografía de los cuatro impresa en la parte interior del folleto; la había tomado un profesional, pero hasta el día de la graduación no la habían visto en el mundo exterior. Les habían tomado la foto, su primer retrato como grupo, un día frío de febrero y todos se habían sentido frustrados e inquietos. En realidad estaban esperando a que cambiara el semáforo de Van Ness y McAllister para poder esparcirse a lo largo del paso peatonal al estilo de los Beatles; Daniel sostenía su chelo de las curvas, tratando de protegerlo de los peatones. El ayuntamiento y el ballet se asomaban en el fondo. Ninguno sonreía en la foto, pero fue la toma que más les gustó. Algo en la tranquilidad de la espera, en el modo como parecía que habían terminado todos apiñados azarosamente de ese lado de la calle pero sin dejar de ser un grupo, hizo que eligieran esa imagen en vez de aquella para la que habían posado, donde estaban atravesando la calle, sonriendo con extrañeza, como si se sintieran incómodos en su cuerpo. Cuando cambió la luz, Daniel se bajó rápidamente de la banqueta y, como los demás no consiguieron alinearse, gritó «¡Mierda!» y asustó a un niñito que iba de la mano de su mamá. Sin embargo, antes de que la luz cambiara, pareció que habían hecho las paces con la inquietud o que finalmente se habían encontrado con la expectación.

La noche de la graduación no fue sólo la primera vez que Henry vio la foto impresa, sino también la primera vez que vio que presentaran al grupo con tanta formalidad. Parecía algo oficial. Se había sentido parte de algo y, aunque nadie se compadecía de él, eso no le había ocurrido con facilidad en su vida anterior. Cuando eres un prodigio, el principio que te define es que eres singular, diferente, solitario. Pero aquí no estaba solo.

Vio que Jana veía el programa y la fotografía, en la que él —de apenas veinte años— destacaba entre los demás, con los pómulos marcados y el cabello menos revuelto de lo que en realidad estaba.

—Creo que tienes que cortarte el pelo y rasurarte —dijo Jana por fin.

Henry se llevó la mano a la barbilla y sintió el vello áspero.

—Sí, está bien.

Fueron al baño, cómicamente pequeño, y enchufaron la rasuradora. El espejo estaba salpicado de pasta de dientes; el lavabo, lleno de pelitos de barba. Jana se inclinó y se echó agua en la cara.

—Muy bien —dijo cuando se enderezó.

—Muy bien —respondió él.

Jana comenzó con el cabello; deslizaba porciones entre dos dedos y cortaba trozos pequeños cada vez. Avanzaba metódicamente por los costados hacia la parte superior. Lo afeitó meticulosamente, con seriedad, juntando las cejas cuando llegó al labio superior e inclinando la cabeza en un ángulo poco natural para llegar bajo la barbilla. A Henry le pareció que se había tardado una eternidad; con toda seguridad, más tiempo del que le habría tomado afeitarse solo. Había tenido barba desde que se mudaron a Nueva York. Al principio se la dejó crecer porque hacía frío, pero después de que empezó el calor le dio miedo quitársela, como si fuera a tener un espacio en blanco donde antes estaba la barba. Imaginaba que ahora tendría ese espacio vacío.

Jana lo afeitó por completo. No lo cortó ni una vez. Sin la barba, Henry se veía más joven: parecía de su edad. Ahí estaba su boca.

Ahí estaban sus labios. No podía dejar de observarse a sí mismo. Jana no miró el espejo ni una vez; lo observó directamente y, con el tiempo, su mirada pasó del rechazo a la generosidad y después a la satisfacción, o algo parecido.

Se quedó a dormir una última vez. Se fueron a la cama temprano, y ella se puso una de sus camisetas grandes de Curtis, idéntica a la que ella tenía en su departamento del otro lado de la ciudad.

—Va a hacer que nos dejes —dijo Jana.

No parecía esperar una respuesta. No era una pregunta. ¿Quién sabía dónde terminaría eso? Él no. Lo que escuchó en la afirmación de Jana no era una acusación ni una confrontación, sino una confesión: lo veía como el comienzo del desmoronamiento del cuarteto.

Jana se volteó hacia su lado, separada de él, y acomodó las manos bajo la cabeza. Él la imitó en espejo. Allá abajo, las calles estaban escalofriantemente calladas para la ciudad; de vez en cuando flotaba hasta la ventana una ola de risas de peatones o un ruido de frenos viejos, el estremecimiento del aire acondicionado que se apagaba y se encendía. Durmieron sólo con una sábana encima, y Henry sintió la funda de la almohada sobre su mejilla lampiña por primera vez en quién sabe cuánto tiempo. Tenía la sensación de que no había nada entre él y cualquier otra cosa. De repente Jana le pareció una isla extraña en su cama, una isla de miembros largos, desgarbada, que emanaba calor. ¿Cómo es que nunca antes la había visto así? Se ovilló alrededor de su cuerpo y no se movió para nada.

Cuando Jana se marchó a la mañana siguiente, temprano y en silencio, él regresó a la cama para descansar unas horas más. Sin embargo, justo cuando estaba a punto de quedarse dormido, sonó el teléfono de la cocina. Por instinto, se dio la vuelta y alcanzó una almohada para taparse los oídos, pero después recordó que ahora era un futuro padre y que los futuros padres contestan todas las llamadas por miedo. Se tropezó de camino al teléfono, pero cuando lo contestó y saludó, no era Kimiko, ni siquiera Jana para decirle que había llegado a casa, ni Daniel pidiéndole otra vez brea prestada, ni Brit para ver si quería ir a almorzar.

—¡No me has llamado y todo este tiempo has estado en Nueva York! —dijo el hombre del otro lado de la línea con un pesado acento familiar en la voz.

—¿Hola? —repitió Henry.

—He estado esperando. Para convertirte en algo. Hay que reunirnos. ¿Esta noche? Surgió algo y tú eres perfecto para eso.

—Disculpe, ¿quién habla?

—No seas ridículo. Soy yo —dijo el hombre como si fuera una tontería que Henry preguntara por su identidad—. Soy tu viejo amigo, Fodorio.

DANIEL

CHELO

Daniel se casó rápidamente con Lindsay, con la condición de que abordaran el matrimonio de una manera no tradicional.

—No tenemos que estar casados como todos los demás. Hay que casarnos a nuestra manera —había dicho Lindsay. Estaba desnuda cuando lo dijo, lo que contribuyó a que Daniel tuviera mejor disposición en todo el asunto. Los dos provenían de familias en las que los matrimonios de los padres habían fracasado de una u otra manera. Los padres de Daniel parecían haberse conformado con una cáscara de matrimonio, una torpe asociación económica que se parecía a la unión conyugal, pero que los había sometido a décadas de penurias, cupones de alimentos, ventas de garaje y viviendas públicas, y los dejó como dos personas varadas en la playa, con Daniel y su hermano mayor como únicos lazos. El padre de Lindsay era un enigma que vivía de manera ilegal en una imitación de remolque Airstream en California con una mujer más joven que Lindsay, y su madre insistía en ser más amiga que madre y cometía errores vitales calculados para necesitar repetidamente los consejos y el cuidado amistoso de Lindsay. A menudo tomaba el tren de Boston a Nueva York con el fin de dormir en el futón de Daniel y Lindsay; «para cambiar de aires», decía. Como sus padres habían fracasado por completo en el esfuerzo marital, Daniel y Lindsay se casaron por capricho y sin avisarle a nadie; en parte por resentimiento y en parte con la esperanza juvenil de que, si lo hacían de manera diferente, quizá funcionara. Sobre todo por resentimiento, pensaba Daniel ahora, al recordar desdeñosamente cómo su madre sólo había cambiado de tema —se puso a hablar de agregarle papas al guisado— cuando le contó que se habían casado.

La otra razón era que Daniel pensó que podía enganchar su vagón a la libertad de espíritu de Lindsay, sin darse cuenta de que la cualidad de ser libre se oponía a la sola idea de enganchar o sujetar.

Unos meses después de conocerse habían tomado unas vacaciones improvisadas a Costa Rica para Navidad, pues los dos se quejaban miserablemente de la idea de tener que ir a casa con su familia. Daniel pagó el viaje con el dinero que obtuvo tras una breve temporada de trabajos en banquetes que mantuvo en secreto del resto del grupo y de sus estudiantes, dinero que estaba tratando de ahorrar para algún momento de aprietos. Sin embargo, Lindsay decía que el dinero era para viajar, y que debían usar los ahorros en ese momento. Lindsay era pequeña, estaba bronceada todo el año y tenía el cabello castaño claro siempre con mechones rubios de sol, como si el clima la bendijera perpetuamente. También tenía un espíritu agresivamente solar, por el que Daniel primero se sintió extenuado y después completamente adicto. En Costa Rica usaba bikinis de hilo dental con los colores del arcoíris; eran los más pequeños del mundo y los había comprado afuera del aeropuerto; a veces sólo usaba la parte de abajo. No le importaban los problemas a largo plazo, no lo suficiente para molestarse de forma permanente; sin embargo, le interesaba con intensidad lo que tuviera justo enfrente. Afuera del hotel, por ejemplo, vio un coatí y se puso a llorar; persiguió y tocó al sucio animal como si fuera sagrado. Daniel pensó que se parecía mucho a un mapache con la cola larga de una rata.

Lindsay era artista de práctica social (durante meses, Daniel no supo bien qué significaba eso) con un trabajo fijo como asistente de una mujer que producía mosaicos en SoHo. Nunca ganaba dinero. Había tocado el oboe hasta la universidad, algo que

Daniel jamás les había contado a Brit, Jana o Henry porque no habrían dejado de molestarlo: las lengüetas, la baba, el sonido de claxon.

Su última mañana en Costa Rica, el segundo día de 1998, despertaron de un estupor y se drogaron de inmediato. Lindsay todavía no llevaba nada puesto; se paseaba por el cuartito como si fuera un ser humano primitivo y la ropa le fuera desconocida. Tenía un cinturón de Orión de lunares bajo el seno derecho. Daniel estaba acostado observando cómo giraba el ventilador, luchando contra el pánico que se había vuelto malestar y que lo atravesaba cada vez que pensaba en volver a Nueva York. Aún no sabía que era profundamente infeliz allá.

Después, Lindsay habló de matrimonio, de pie frente a la ventana abierta con las finas cortinas que volaban con la brisa húmeda, con un porro humeante en la mano derecha, la mano izquierda sobre la cadera desnuda, una pierna cruzada sobre la otra ocultando parcialmente la ilícita tira de vello púbico. Su postura le recordó a Daniel una foto de revista de Cindy Crawford, la primera imagen que lo había excitado por la manera como parecía sorprendida de que la hubieran atrapado semidesnuda, pero también acogedora, como si dijera: «Hola, tú, ven a reunirte conmigo en esta tierra salvaje donde los pantalones son opcionales».

—Deberíamos casarnos cuando regresemos. Pero no tenemos que estar casados como todos los demás. Hay que casarnos a nuestra manera.

Lindsay tenía un cuerpo de modelo de fotografía: el torso con la forma de una viola robusta, curvas en «s» alrededor del abdomen, senos pequeños como naranjas felices; todo en el lugar adecuado, a la vez sexual y no sexual en su naturalidad. Había algo indomable en su cuerpo, algo fascinante en la manera como se transformaba de cuerpo de niña en cuerpo de sirena y viceversa. Era el ser más impredecible que él hubiera conocido.

—Todos pensarán que fuimos espontáneos —dijo Daniel apoyándose sobre los codos; sin embargo, sonreía con malicia mientras lo decía, y ella también.

¿Por qué Daniel se casó con Lindsay? Porque ella no le pedía nada. Porque no le importaba que fuera pobre. Porque le gustaba oponerse a cualquier cosa que se supusiera que tenía que ser. Porque su cuerpo quería ser libre. Porque no necesitaría nada de nada; su naturaleza era reaccionar, asumir, dejarse caer hacia atrás.

De camino a su departamento desde el aeropuerto JFK, se detuvieron en el ayuntamiento y solicitaron una licencia de matrimonio. La tarde siguiente volvieron a presentarse —esta vez con Henry como testigo— y se casaron; se pusieron mortalmente serios cuando leyeron los votos tradicionales. Daniel llevó su traje de concierto y ella un vestido blanco de piel. Era el tipo de chica que tenía un vestido de esos por ahí.

Henry fue buen compañero y llevó a Kimiko al *pub* irlandés donde Daniel y Lindsay celebraron. No fue hasta el ensayo de dos días después cuando tuvo que enfrentar a Brit y a Jana. Esta última echó un vistazo al anillo que se había puesto en la mano derecha, la mano del arco, y giró los ojos.

—Muy bien, felicidades o lo que sea —había dicho.

Definitivamente, Brit fue mucho más fría.

—¿No hay un tiempo de espera para casarse?

Hasta donde Daniel sabía, Lindsay y Brit jamás habían conversado. Pero Daniel y Lindsay no llevaban tanto tiempo siendo pareja, y él y Brit no habían tenido oportunidad de pasar mucho tiempo social juntos. Nueva York no era como San Francisco, donde la vida del cuarteto fluía suavemente hacia la vida social. Con Juilliard y la futura competencia en Esterhazy, la obligación era más profunda y más seria, lo que de alguna manera había tenido un efecto inverso en su amistad: requerían que esta fuera más superficial. La ciudad misma también había tomado parte en la dispersión. Con tantas cosas de qué ocuparse —los departamentos costosos, la complicación del transporte y las infinitas multitudes— era más sencillo no verse. Vio lo que ocurriría con Brit cuando esta empezó a llevar a Paul, director de un fondo de ahorros que a Daniel le parecía insufriblemente aburrido, pero al que Brit parecía amar. Se lo decía todo el tiempo —«Ámote»— antes de colgar el teléfono del estudio después de los ensayos. Daniel suponía que Paul era agradable. Y al parecer eso era lo que Brit siempre había querido: alguien ávido de que ella le dijera que lo amaba.

Y ahora, sin que hubiera transcurrido siquiera un año desde su matrimonio —se estremecía con esa palabra, tan aburrida y todavía extraña—, Lindsay y él habían dejado de decirse «te amo» el uno al otro. Por lo menos no lo decían cuando no era un insulto.

Daniel pensaba que, quizá debido al calor de agosto y a la falta de aire acondicionado (Lindsay decía que era malo para el medio ambiente; de cualquier modo, no podían pagarlo), ella parecía más furiosa que nunca. La noche anterior, ella se había parado tambaleante sobre el sillón en ropa interior, tropezándose con los cojines, derramando la copa de vino blanco que tenía en la mano, llorando, enojada con él por algo que Daniel no podía recordar, diciendo «Te amo. Te amo y así me tratas». ¿Qué amaba? ¿Quién era él? Daniel deseaba que se pusiera shorts antes de pelear.

Así pues, ahora él la llevaría a cenar a un lugar que no podían costear —que Daniel no podía costear— en Tribeca. Ella parecía contenta y, aunque él quería recordar qué había hecho para enfurecerla tanto, no quería sacarlo a colación de ningún modo. Ella se deslizaba entre emociones con gran facilidad, como una bonita anguila. A veces él sólo lo veía ocurrir, perplejo.

—Aquí hay *mousse* de calabaza —dijo Lindsay señalando el menú rígido que tenía en la mano. Se rio—. Deberíamos pedir eso.

Después de ordenar, ella se inclinó por encima de la mesa y la blusa se le deslizó por un hombro. No llevaba sostén. Casi nunca usaba ropa interior. Cuando empezaron a enrollarse, ella se desprendió con gracia de los pantalones de mezclilla y él se sorprendió mucho al descubrir que no llevaba nada debajo. Tuvo un destello de la primera vez que Brit y él se habían ido a la cama, cómo él se había burlado de su tierna ropa interior azul de algodón con notitas musicales blancas gastadas en la parte de atrás, y cómo ella no se había avergonzado en lo más mínimo. A él le gustó que ella no se avergonzara. Lo avergonzaba a él, testigo repentino de una vida privada en la que alguien escogía qué ropa interior comprar, cuándo usarla y si se la quitaba o no.

—Respondí a un anuncio que buscaba un muralista en este vecindario —dijo Lindsay—. En algún *loft*. Quieren el nombre de la esposa sobre el ladrillo original del interior. Qué lindo, ¿no?

—¿Haces murales? —preguntó Daniel. Lindsay se encogió de hombros y la blusa resbaló más por su omóplato.

—Puedo hacerlos. Ya he hecho algunos antes.

—Ah —respondió él—. Sí, me imagino que es lindo, aunque sería raro que tu nombre estuviera escrito en la pared de tu departamento, ¿no crees? Como si ya fuera tuyo.

—Pues… no sé. Podría quedar bien.

—¿Aceptarás el trabajo?

—Todavía no me lo ofrecen. ¿Me estás escuchando?

—Sí, bueno; si te lo ofrecen, ¿lo aceptarías?

—Ash, claro. Necesito dinero. Necesitamos dinero.

Hubo un silencio sofocante en el que ninguno de los dos mencionó los veintiocho dólares que costaba la entrada de *mousse* de calabaza. Él no dijo que le parecía que debían pagar menos si sólo les darían la espuma de algo. Últimamente, ella se había vuelto más impaciente ante la incapacidad de Daniel de pagar un mejor estilo de vida, aunque él nunca había sido poco claro al respecto. Si Daniel no estuviera en el cuarteto, no tendría nada, e incluso con el cuarteto, tenía poco. Su matrimonio no le hacía ningún favor a su billetera.

Ella empezó a hablarle de un proyecto que pensaba proponer, una idea para una instalación en la esquina de un parque en el Village, un riel motorizado que estuviera encendido toda la noche y trazara el patrón de las constelaciones en un espejo enterrado en el suelo. De ese modo, la gente podría subirse y ver cómo desaparecían los patrones de estrellas. Daniel sabía que sería algo costoso y que nunca lo haría. Sin embargo, le gustaba escucharla hablar de eso, de sus ideas. Por sobre todas las cosas (y había muchas cosas más, si Daniel era justo), Lindsay era infinitamente dulce. Dulcemente optimista. Optimistamente generosa. Todo lo que él no era.

Y también era lista, aunque últimamente esa inteligencia parecía sumergida en sus humores turbulentos, visible de modo intermitente como un bote inflable en un mar tormentoso.

—¿Tú en qué estás trabajando? —le preguntó ella—. ¿Qué tal va el Shostakóvich? Me encanta esa pieza.

El grupo estaba preparando el «Cuarteto número 3» de Shostakóvich para la competencia de Esterhazy en un par de meses. También tocarían a Ravel y uno de los últimos cuartetos de Mozart del catálogo Köchel, pero el de Shostakóvich era el único que no habían presentado antes.

Llegó la comida. Daniel había tenido ensayo en la mañana.

—Pues va mejor. Va bien. Ya sabes que a veces es deprimente trabajar con esa pieza.

—¿Desde cuándo tocan algo que no sea deprimente? —preguntó Lindsay. Tenía *mousse* verde en las comisuras de la boca. Él sintió que la ira empezaba a revolverse en su garganta.

—Tocamos muchas cosas que no son deprimentes —respondió—. El acto de hacer música no es deprimente.

Ella giró los ojos.

—No tienes que ponerte como doctor al respecto.

—¿Qué quieres decir?

—Que eres clínico, siempre eres clínico. Como si te pidiera que buscaras algo en el diccionario y me hablaras de ello. Yo podría hacer eso.

—Es sólo lo que pienso.

Ella estrelló el tenedor contra el plato, que resonó con fuerza.

—Pero lo que tú piensas no es un hecho, Daniel. Además, ¿qué me dices de lo que sientes?

—Siento que, cuando toco, en general no es deprimente.

Él sabía que estaba provocándola. Lo único que tenía que hacer era ceder un poco, admitir que había una zona gris, que algo le era desconocido, y ella se suavizaría. Sin embargo, ahora era el turno de ella al bate.

—Probablemente por eso nunca ganan en Esterhazy —dijo Lindsay.

—¿Perdón?

—Me parece que a veces el arte tiene que ser desesperado para ser bueno. Eso es lo que pienso.

—Sólo hemos competido una vez. Y ya sabíamos que no ganaríamos en esa ocasión.

—¿Entonces qué? ¿Ahora piensan que se lo merecen? Nadie gana por merecérselo.

—Los intérpretes más grandes son los más dichosos —dijo, aunque mientras las palabras salían de su boca supo que no eran ciertas. Pensó en Brit, generosa y melancólica.

—Está bien, Daniel, como sea.

—En la instalación de la que hablabas, la gente no podrá ver los rastros de luz en el espejo por debajo de la tierra. No por debajo de la tierra. Aunque se desgastara por los pies de la gente. Los espejos no funcionan así.

Lindsay levantó la palma izquierda, donde tenía la imagen borrosa de un ojo tatuada sobre la línea de la vida. Le había contado que no recordaba habérselo hecho; que cuando tenía diecinueve había ido a una fiesta donde había tragos de gelatina, y a ella le encantaba la gelatina, y cuando despertó le sangraba la palma, y algunos días más tarde se dio cuenta de que podía hacer que el ojo parpadeara contrayendo la mano. Nunca volvió a comer gelatina. Últimamente había estado alzándole la mano para indicarle que ella veía algo que él no podía ver.

—Más o menos ese es el chiste, tonto —dijo Lindsay.

—Además, el espejo se rompería en cuanto la primera persona le saltara encima —continuó él—. Mala suerte.

Comieron el resto de la cena en un largo silencio que parecía hacerse más profundo con cada bocado.

Al final, una vez que el mesero se llevó los platos, Lindsay volvió a hablarle.

—Ah, se me olvidó decirte que tu madre llamó hoy. Me pidió que te dijera que está rezando por nosotros.

Daniel había empezado tarde; tenía diez años cuando tomó su primera clase de chelo, pero todavía podía recordar por qué había comenzado. Su madre le había contado que ella y su padre veían una orquesta en un programa de PBS, y él había dicho, como inspirado por una idea divina: «Yo quiero hacer eso». A Daniel la historia le parecía poco probable, no sólo porque nunca se había sentido inspirado por una orquesta, sino también porque no recordaba que sus padres hubieran visto alguna vez la televisión juntos. Separados, claro: su madre veía telenovelas durante el día cuando su padre se iba a una construcción, y su padre veía *westerns* por la noche hasta que caía en un sueño etílico en la silla reclinable. La habitación de Daniel estaba entre la sala y el cuarto de sus padres, y los sonidos amortiguados y distorsionados de la tele se sumaban a los ruidos apagados de su mamá, que daba vueltas en la cama; eso era lo más cerca que sus padres llegaban a estar por las noches.

Por la época en la que él empezó a tocar el chelo, su madre encontró a Jesús. Recordaba con claridad que su madre le había dicho una noche al acostarlo que Jesús se le había presentado en una visión, que le había hecho saber que ya no tendrían que preocuparse por el dinero y que ella esperaba que un día Daniel también aceptara a Jesús en su corazón. Al día siguiente había ido a su clase de chelo muy emocionado y le había dicho a su maestro que Jesús estaba esperando que él lo aceptara en su corazón.

—Podrías esforzarte por aceptar estos *études* en tu corazón —le había respondido su maestro con mirada estricta y una ligera mueca.

Daniel se sintió avergonzado por haberse emocionado tanto con la idea de Jesús, en especial porque era el único alumno becado de su maestro, de modo que ya estaba en desventaja. Y por Jesús. Era la última vez que se permitía emocionarse por algo que no podía ver, oír o tocar.

Después de la visión, su madre fue inequívocamente distinta. Todo lo bueno que ocurría parecía ser aún más bueno para ella porque era prueba de la existencia de Dios. Obligó a Daniel a ir a la iglesia con ella los domingos, hasta que Daniel se unió a una orquesta que ensayaba a la misma hora. Sus padres siguieron peleando por dinero porque su madre depositaba lo que el padre de Daniel llamaba su «dinero ganado con sudor» en el plato de las limosnas de la iglesia. Sin embargo, la madre de Daniel parecía menos molesta por las peleas, tranquila en su convicción.

Sobre la manera de tocar el chelo de Daniel, siempre decía: «Qué gran regalo te otorgó Dios», y él pensaba que era raro que nunca mencionara el gran regalo que era *él* para ella.

Una vez en la cena (carne de hamburguesa y macarrones con queso), Daniel preguntó por qué Jesús no los había ayudado a pagar la colegiatura de sus clases privadas a tiempo, y su madre se le acercó con el brazo en alto como si fuera a abofetearlo, pero azotó la mano sobre la mesa de plástico, donde los vasos se estremecieron y los cubiertos se deslizaron por la superficie.

—Ese es un acto de gracia —había dicho su padre.

A Daniel no le gustaba considerar su talento como algo que le hubieran dado. Se esforzaba y estudiaba mucho, aun después de que los otros músicos de la orquesta se enteraron de que le dispensaban la colegiatura. A cambio de las clases que no podían pagar, su padre hacía trabajos en casa del maestro a regañadientes. A su padre no le gustaban las cosas que le recordaban su posición, e intercambiar sus escasas habilidades como constructor por las clases de su hijo menor en algo afeminado como el chelo resultaba doblemente vergonzoso para él.

El hermano mayor de Daniel, Peter, se fue de la casa por la misma época en que entró Jesús. Peter superó rápidamente a su padre al convertirse en contratista directivo en Dallas con su propia familia racional, respetuosa de las leyes y de clase media. Eran feligreses normales, no rabiosos como su madre. Por lo menos, cuando Peter iba a casa, su padre tenía alguien con quien hablar.

De adulto, Daniel comprendió la conversión de su madre al cristianismo evangélico como la única cosa lo suficientemente grande y misteriosa para llenar el vacío que había dejado el absoluto fracaso de su matrimonio y de su vida. Sin embargo, de niño lo perturbaba mucho cómo su madre podía ser insulsa un día y al siguiente estar exhaustiva y eternamente satisfecha con las cosas, incluso satisfecha de su satisfacción. A medida que envejecía, se volvía más celosa de su fe. Daniel creía que, cuando los hijos de su madre crecieron, el hueco se hizo más grande, y su fe se expandió para llenarlo. Sin que la preocupación por ella lo disuadiera, Daniel dejó la casa cuando ingresó en la Universidad Rice; se mudó a un departamento infestado de plagas cerca del campus. Aunque su escuela estaba a sólo veinte minutos en coche de la casa de sus padres, se sentía como a un universo de distancia. Había elegido Rice para poder seguir estudiando con su maestro, que era más o menos famoso en los círculos de música clásica. El departamento de música de la escuela era reconocido; Daniel encajó ahí y, por fin, sus días se llenaron sólo de música.

Cuando Daniel iba a casa a cenar los domingos, su madre preparaba el mejor estofado, pastel de carne y ensalada de pasta. Su padre se ocupaba de las bebidas, cosa que consideraba un pasatiempo desde que Peter le dio un kit de elaboración de cerveza de Navidad. Tenía problemas de espalda, riñón y próstata. Estaba marchitándose mientras su madre florecía.

Lo que Daniel no habría admitido era que deseaba demostrarle a su madre que estaba equivocada. Quería que reconociera una grieta en su fe, que esta no era un bálsamo para los problemas de la vida. Quería demostrarle que uno podía mejorar su situación sin la ayuda de Jesús. Quería mostrarle que no eran los milagros los que hacían sorprendente a la gente, sino el trabajo duro. Pensó que quizá se quedaría en Houston después de la graduación, trabajando en el departamento de música y continuando con las clases porque, además de que era incapaz de abandonar a sus padres como lo había hecho Peter, estaba esperando la manera de demostrarle a su madre que estaba equivocada. Su madre era fervorosa creyente, y la vida de Daniel seguía sin estar particularmente bendecida o no bendecida. Era un buen músico; su maestro le había dicho en repetidas ocasiones que prometía (prometía, como una maldición: «Eres bueno, pero podrías ser grandioso»), y los mejores años de sus veinte se le resbalaron entre los dedos. Pasó un año tras otro archivando música para la escuela durante el día, tomando clases por la noche, tocando por dinero los fines de semana y sintiéndose cada vez más inseguro por su edad cada vez mayor, hasta que finalmente, en un arranque que convirtió una resistencia en otra, decidió irse a otro lugar, probar algo diferente. Era demasiado viejo para triunfar como solista; había pasado demasiado tiempo perfeccionando obsesivamente su habilidad y no lo suficiente el estilo, pero todavía podía intentar ser músico de cámara.

Antes de irse a San Francisco, llevó a sus padres a cenar a un restaurante de sushi en Rice Village que sabía que no les iba a gustar.

—Ma —dijo, llamándola de una manera que no había usado desde la secundaria—, no creo convertirme en cristiano.

Su padre alzó las cejas y dejó de masticar; luego ordenó un sake.

Su madre, sin inmutarse, usó el diminutivo:

—Danny, ojalá lo hicieras. Serías mucho más feliz.

—Soy feliz —respondió—. De cualquier manera, la felicidad no lo es todo.

—Está bien, amor. —La sonrisa de su madre era plácida.

—Entonces, ¿qué lo es todo? —preguntó su padre, interesado de repente.

—La *libertad*.

Sus padres lo miraron inexpresivamente.

—¿De qué quieres ser libre? —le preguntó su madre.

Daniel no podía decirlo. En realidad, podía decir: libre de ustedes. Libre de un sistema de creencias que, paradójicamente, dice que puedes hacer todo aquello por lo que rezas y también que tienes un destino predeterminado. Libre de lo sofocante de esa ciudad no ciudad y sus medianas expectativas, y de las sucias paredes de triplay que construyeron sus errores económicos.

—El *éxito* también lo es todo —dijo Daniel—. Una cosa se obtiene con la otra.

No estaba seguro de cuál llegaba primero y nadie preguntó.

—Quizá —añadió su madre—, pero no estás viviendo realmente si haces eso. No estás en la médula de la vida.

Nunca antes había oído que su madre dijera *médula*. ¿Dónde había aprendido a hablar así? En la iglesia, supuso.

—Claro que sí —respondió él.

Sin embargo, mientras comían y hablaban de otras cosas, Daniel empezó a sentir náuseas en la boca del estómago. La anguila, pensó, pero más tarde esa noche, acostado en la cama de su habitación desmontada, entre cajas de discos y partituras, permitió que la sensación de que su madre tenía razón se filtrara por una grieta en su resistente constitución. Consideró todas las cosas buenas que le habían pasado —el talento que lentamente había perfeccionado, las novias con las que había conocido el amor en varios grados, su apariencia decente y su impecable expediente médico—, y al tiempo que lo pensaba se vio a sí mismo simplemente como un excelente testigo, un periodista desconcertado que tomaba notas de su vida, anotando todo, tratando de hacer que las cuentas cuadraran.

Entonces, cuando su madre le decía que rezaba por él, cada vez que terminaban sus conversaciones telefónicas, experimentaba una ráfaga de ira. Ella pensaba que era más libre que él, y él también lo pensaba.

Daniel y Lindsay volvieron a casa después de la cena; caminaron a través de la ciudad, de la mano y sudando en el calor de la oscuridad («Por lo menos ahorramos el dinero del taxi», pensó Daniel). Sus manos estaban exactamente igual de calientes. Era como agarrar la parte interna de una mano, la sangre y las venas por donde viajaban toda la felicidad y todo el dolor. Él estaba un poco ebrio; ella un poco más. Decidió que al día siguiente dormiría para curar la resaca y pasaría toda la jornada practicando.

Caminaron por la Novena Avenida lo que les pareció una eternidad. Estaban a kilómetros de casa.

—¿Tú no pensaste que Nueva York sería diferente de como es realmente? —preguntó Daniel cuando cruzaron hacia Midtown desde Chelsea y las calles de repente se vaciaron y se quedaron a oscuras.

—Mmmh —respondió Lindsay—. No sé, ¿qué quieres decir? Es grandiosa.

—No sé, quizá sólo que sería más… emocionante. O algo así. Vivir aquí. Pero te mudas y ya estás aquí. Es sólo el lugar donde vives.

Lindsay le apretó la mano.

—Yo creo que estás deprimido —dijo.

Lindsay era seis años menor que él; todavía no sentía la carga del tiempo malgastado. Si hubiera sido honesto, para él habría sido claro que no estarían juntos para siempre. ¿Ella lo sabía? Interpretó como una mala señal que no pudiera decirlo.

—¿Qué, me estoy dando un baño? —preguntó Daniel.

—¿Cómo dices? —respondió Lindsay.

—No importa.

—Creo que hemos estado peleando por tu depresión. Por eso dijiste lo que dijiste anoche —explicó ella.

Ahora era su oportunidad.

—¿Qué? ¿Qué dije?

—Ya sabes… De Brit.

—¿Qué dije de Brit?

—¿Estás drogado?

—Yo creo que tú crees que pienso en Brit mucho más de lo que en realidad lo hago.

—Bueno, pasas buena parte del tiempo con ella.

—Bueno, tengo que hacerlo —dijo, pero no le gustó cómo sonó. Sí tenía que hacerlo, pero también lo quería. En un nivel molecular, en el grupo se atraían unos a otros.

—Aun así. Lo que dijiste era innecesario.

—¿Qué dije, Lindsay?

Ella le soltó la mano. Su juventud a veces era dolorosa, no de una manera que llevara a Daniel a juzgarla por ser joven, sino de una manera que le inspiraba un deseo vital de ser joven hasta la médula, como Lindsay. Su naturaleza volátil vibraba con posibilidades infinitas. Era fácil confundirla con la seguridad. No se parecía nada a él.

—Dijiste que Brit nunca te hacía discutir, no como yo. Antes te gustaba discutir cosas conmigo. Te encantaba.

—No, creo que lo que dije fue que me gustaba que en el cuarteto no tenemos que discutir la mayor parte de las cosas. Es como si lo descubriéramos conforme interpretamos la música.

Lindsay negó con la cabeza y el cabello castaño claro le cayó sobre los hombros desnudos.

—No, dijiste que con Brit.

—No creo.

Lindsay suspiró. Daniel se daba cuenta de que no estaba lo suficientemente ebria para pelear, pero sí para no dejarlo pasar. Podía imaginarla furiosa deteniendo un taxi con la mano del ojo, deján-dolo solo en la calle, después de que de su boca saliera algo inge-nioso e hiriente, y azotando la puerta del carro y marchándose en la noche.

—A mí me gusta hablar las cosas —dijo Lindsay—. Eso es lo que hago. Ahora, tú tienes la obligación.

—Ya sé —respondió él.

—Unas veces me gusta estar muy feliz, otras muy jodidamente triste, y todo lo que hay en medio. Así me gusta. Es lo que *necesito*.

Daniel no estaba seguro de que hubiera mucho entre muy feliz y muy triste. *Debería* saberlo, pues había vivido en ese espacio toda su vida. Y más allá de eso, empezaba a ver que la libertad de espíri-tu de Lindsay no era tan libre. No podía decir si había confundido juventud con libertad.

—¿Te gusta lo que a mí me gusta? —preguntó ella.

¿Cómo iba a saberlo? Sólo podía recordar que a ella le gustaba el dinero y los viajes a Costa Rica. Parecía una enorme página en blanco, una partitura sin notas, sin armadura.

—Me gustas tú —respondió.

—Sí, bueno, yo *te amo* —dijo Lindsay—. Nos *amo*.

Lo que él no preguntó fue: ¿qué somos *nosotros*? ¿Estaban casa-dos en calidad de *nosotros*? ¿O simplemente se habían encontrado uno a otro por casualidad, dos personas que habían construido su vida por completo con base en sus reacciones frente a las cosas que no les gustaban mientras que no conseguían definir con exactitud qué sí eran?

Cuando dos horas más tarde llegaron por fin a su departamen-to en Ámsterdam y la Ochenta y Siete, estaban más que exhaustos, con los huesos cansados e hinchados por el calor. Durante la cami-nata, Nueva York se había vuelto a sentir como se sentía antes de que se mudaran, como la idea de una ciudad, como una promesa, como algo que podía llenarse con todas sus experiencias. Cuando Lindsay abrió la puerta, no encendió la luz antes de tomar a Daniel de la cintura y atraerlo hacia ella. Él pensó que tal vez ella estaba llorando, pero, cuando empezaron a tener sexo en el piso lleno de bolas de polvo —una superficie más fresca que su cama en esos días—, fue difícil notarlo por la oscuridad y la humedad. Ni siquiera se detuvieron para tomar agua. Daniel no pensó en nada. Lindsay se vino como si le molestara, gritando como si fuera algo que no debía hacer. A Daniel le dolían las rodillas por lo duro del piso, como si hubiera hecho penitencia. Después se quedaron en el suelo; Lindsay se enrolló sobre el pecho de Daniel, manchado con moretones causados por el chelo. Pensó que sus entrañas tenían la textura de la crema batida, que básicamente no era nada.

—Oye, Danny, cuando tu madre reza por nosotros, ¿qué crees que pide? —preguntó Lindsay. Ya nadie le decía Danny. Lo odiaba.

Daniel observaba el estuco planchado del techo tratando de encontrar un patrón. La voz de Lindsay se oía incorpórea en la oscuridad, pero él sentía su calor imprudente aferrado al de él; el ojo de su palma se le incrustaba en la piel.

—Creo que reza para que no cometamos un error —respondió.

Lindsay suspiró y fue como si él hubiera suspirado su suspiro, pues pasó directamente a través de su cuerpo.

—No creo —dijo ella—. Creo que reza para que lo cometamos.

HENRY

VIOLA

Octubre de 1998
Calgary, Canadá

Antes de aterrizar en Calgary, de camino a Esterhazy, el avión pasó
por la peor turbulencia que Henry hubiera sentido. Retumbó y
bajó, y Henry escuchó que el niño de atrás de él vomitaba en una
bolsa mientras pateaba el respaldo de su asiento con cada convul-
sión. Henry pensó primero en Jana, que estaba sentada en el asiento de adelante, junto a Brit, quien, imperturbable, leía una revista,
y después en Kimiko, que estaba en Nueva York, que acababa de
terminar la fase de las náuseas matutinas y había llegado a una etapa del embarazo que hacía que brillara desde el interior, como si se
hubiera tragado un foco, y finalmente en su costosa viola, asegura-
da pero irreemplazable en su estuche en el compartimiento superior, chocando contra todo. Se sintió perturbado por el orden de
sus pensamientos, y el avión siguió retozando. Volvió a pensar en
su viola, que tenía sobre la cabeza, y sintió envidia por Daniel y el
boleto extra que le había comprado al chelo, sujetado con el cinturón entre los dos. Debió haber sacado su instrumento del compartimiento y ponerlo sobre sus piernas, sin importar que la sobrecargo
demasiado alta le hubiera pedido que guardara sus pertenencias
para el aterrizaje.

El rudo descenso no auguraba nada bueno para el viaje a Canadá. Era octubre, y su segunda y probablemente última oportunidad
en Esterhazy.

«Voy a llamar a Kimiko desde el hotel —se dijo a sí mismo—,
para decirle cuánto la amo. Y al bebé». Kimiko estaba segura de

133

que tendrían una niña. Estaba ocupada aprendiéndose el Mendelssohn para un compromiso en Tokio en febrero, cuando llevara siete meses de embarazo. Entre ahora y entonces, grabaría su primer disco con RCA. Su agente no sabía nada del bebé.

Henry le picó la cabeza a Jana con un dedo y ella se dio la vuelta arreglándose el cabello.

—Oye —dijo—. Detente.

—No vayas a arruinar esto, carajo —le había murmurado Kimiko al oído cuando fue a despedirlos al aeropuerto. Se apartó de su oído y sonrió. En Nueva York, el cielo de otoño estaba tremendamente claro gracias a una ráfaga de viento erótico que a ella le levantaba el cabello de los hombros, y él odiaba tener que irse.

—¿Nos vamos a morir? —le preguntó a Jana.

—Con el tiempo —dijo ella, y regresó la mirada a su revista.

Brit movió la cabeza ligeramente para sonreírle con generosidad. Dulce Brit, pensó.

Del otro lado del chelo, Daniel se veía cansado y desinteresado por la ansiedad de Henry. Llevaba unas semanas quedándose con Henry y Kimiko en su nuevo departamento y aunque nadie había usado la palabra «divorcio» —Daniel ni siquiera había mencionado a Lindsay—, todos sabían que estaban mal. Daniel ya no usaba su anillo de matrimonio, lo que llamaba la atención, pero no era algo tan llamativo en músicos como en no músicos. Henry se sentía cada vez más frustrado con Daniel, no sólo porque este ocupaba espacio en su sofá, sino también porque se paseaba taciturnamente por la casa como si fuera culpa de Henry que tuviera que dormir ahí, además de ser un intruso en una época que se suponía que debía ser especial para Kimiko y él. Kimiko también lo odiaba. Pensaba que Henry tenía que abandonar todo lo que tuviera que ver con el cuarteto, y había empezado a acosarlo con oportunidades: tocar con la sinfónica metropolitana, dar un par de conciertos como solista durante su viaje a Tokio, probar dirigir, algo que a Henry siempre le había interesado. Kimiko pensaba que la vida de ambos sería más flexible si Henry dejaba de estar ligado a otras tres personas, y ahí estaba Daniel, ligándose físicamente a su sofá.

También estaba el asunto de Fodorio. En agosto había querido que Henry sustituyera en una serie de recitales en Carnegie Hall a un violinista ruso que había desarrollado artritis en el brazo del arco. «Mal cúbito», había dicho Fodorio. Henry lo había rechazado porque Esterhazy estaba próximo, pero Fodorio no se había rendido (de cualquier manera, Henry hizo que pareciera que Esterhazy era la única objeción). Y no le había contado a nadie, ni siquiera a Jana, ni siquiera a Kimiko, que Fodorio estaba tras él para hacer un recital de debut. Fodorio estaría en Canadá, ya no como juez, sino como emérito, y quería celebrar una reunión con Henry para presentarlo con algunos importantes cazadores de talentos internacionales. Henry estaba nervioso, no porque temiera a la reunión, sino porque temía a lo que Jana pudiera decir si se enteraba.

El cuarteto ofrecería tres conciertos durante los siguientes cinco días. Las circunstancias no eran ideales.

El estómago de Henry se le subió a la garganta cuando el avión se agitó por última vez, y después se hicieron visibles las primeras modestas luces nocturnas de la ciudad. Más allá de las luces estaban los picos de las *Rockies* que rodeaban la población, entre las que pronto conducirían durante dos horas. Apenas eran finales de octubre y la ciudad ya se veía fría. Henry no podía imaginar lo que se sentiría abajo, no digamos en las montañas. Deseó haber llevado un sombrero o al menos haber conservado la barba.

El avión aterrizó en un ángulo extraño sobre la autopista, o así le pareció a Henry, y sólo después de que las llantas golpearon el suelo a salvo y el motor rugió para apagarse, permitió que las lágrimas escurrieran por sus mejillas. Últimamente tenía ataques de llanto que venían de la nada: mientras comía una hamburguesa grasosa en Bryant Park leyendo el periódico, y las primeras hojas del otoño caían con el viento frío sobre sus piernas; cuando una estudiante mediocre hizo un avance en una sonata de Beethoven durante una clase («Controla tu vibrato», le había dicho un millón de veces, y ella por fin lo controló de repente); mientras estaba sentado en el vagón del metro en algún lugar de los túneles entre Columbus Circle y Lincoln Center, y las luces empezaron a prenderse y apagarse, inadvertidas para los viajeros aburridos. Siempre lloraba. Sin mayor advertencia, la garganta le ardía y se contraía, los músculos detrás de sus ojos se ponían sensibles y pensaba en todo al mismo tiempo, todo lo triste y maravilloso y potencialmente terrible, los placeres perdidos y los placeres sentidos. Sólo un atisbo de cada uno, de manera que, cuando lloraba, realmente no lo hacía por nada en particular. No podía decir por qué si se lo preguntaban; era como tratar de recoger una moneda con los dedos llenos de Vaselina. La caprichosa futilidad lo hacía llorar con más fuerza.

El llanto molestaba a Kimiko. Le pegaba cuando él se ovillaba, enojada porque fuera él quien lloraba cuando era ella la que había sufrido meses de vómitos y ahora tenía una apariencia ligeramente hinchada, como si se hubiera descuidado. Sin embargo, Henry experimentaba el llanto como algo que le ocurría, más que algo que estuviera haciendo, y ella insistía en que estaba mal.

Las luces interiores del avión se encendieron cuando se detuvieron. Daniel se levantó y le quitó el cinturón de seguridad al chelo.

—¿Estás...? —dijo cuando vio a Henry, como si estuviera enojado, como si Henry no tuviera derecho a llorar porque era la vida de Daniel la que se estaba desmoronando.

Henry trató de girar los ojos húmedos. Negó con la cabeza.

—Es sólo algo que no deja de pasarme —respondió.

Daniel suspiró y volvió a acunar su chelo en brazos, como si fuera un bebé. Un bebé. Henry iba a tener un bebé. Antes de la primavera; en realidad, debía nacer en el equinoccio. Habían tenido una cita con una doctora en Monte Sinaí, una mujer severa de cabello gris corto. Henry se sentó en la silla del consultorio y todo el tiempo trató de ocultar el temblor de sus piernas. Se le marcaron grandes círculos de sudor en las axilas. Desde luego que estaba nervioso. ¿Quién no lo estaría? Pero era algo más que nervios, como si la tierra se moviera dentro de él, como si algo esencial se colapsara, se transformara.

También había otro asunto, algo de lo que lo distraía el llanto. A veces, cuando practicaba, el brazo del arco simplemente se rendía. Su mano izquierda podía hacer todas las pisadas, pero el brazo y la mano derechos se sentían débiles hasta el hueso. Lo único que podía hacer era jalar el arco sobre la cuerda para producir sonido, pero este no era hermoso. El dolor se sentía como si su cuerpo estuviera de luto, como si experimentara un dolor fundamental de origen desconocido. No se lo había dicho a nadie. Era algo que no podía decirse. Si se convertía en un problema real… Le costaba trabajo incluso terminar esa idea. Si había un problema real que no pudiera resolverse, sentía que tendría que regresar toda su vida hasta el comienzo, no sólo el comienzo del conservatorio, sino el comienzo de todo. Si era una lesión grave y no sólo un malestar temporal, tenía el potencial para ser nuclear, y Henry pensaba que si no le prestaba atención ahora mismo, si seguía trabajando, podría cambiar y evolucionar en algo con lo que pudiera vivir.

Se decía a sí mismo que era sólo una fase. Una fase de la que seguramente saldría, así como Kimiko había salido de la etapa de vómitos matutinos.

—Bienvenidos a Calgary o a cualquiera que sea su destino final —dijo la sobrecargo aburrida en el intercomunicador. Henry respiró profundamente. Daniel giró los ojos. Todos estaban nerviosos y trataban de ocultarlo. ¿Cómo podían no estar nerviosos después de su último viaje ahí?

Jana y Brit ya estaban cargando sus instrumentos mientras esperaban a bajar del avión. La cabina se estaba volviendo sofocante o quizá Henry estuviera calentándose. Odiaba esa parte, esperar a que los sobrecargos hicieran lo que tuvieran que hacer para conectar la puerta del avión al puente de abordaje. ¿Qué tan difícil podía ser? Sólo había que abrir la puerta.

Una vez que Daniel despejó el camino cautelosamente con el chelo a la espalda, Henry salió al pasillo y buscó su instrumento en el compartimiento superior. Sacó el estuche de su viola y se lo colgó al hombro. Los cuatro atravesaron el aeropuerto en una sola fila con espacios grandes entre cada uno, y algunas personas los observaron preguntándose si eran una banda o si eran famosos. Todo el tiempo Henry se sintió como un impostor, como si dentro de la caja que llevaba bajo el brazo no hubiera una viola sino algo peligroso: un arma para la que no tenía entrenamiento; un explosivo que no podía evitar que estallara; un animal pequeño y extraño, asustado, volátil y hambriento.

Henry había sido un niño feliz, uno de esos chicos insoportablemente felices, según le había contado su madre. Según esta, su felicidad era tal que, cuando llegaban amigos de visita y no sabían qué decir («ya sabes, amigos confundidos, sin hijos», los había descrito su madre), les aparecía una mirada de alivio por tener una cualidad tan obvia que comentar. Ay, qué bebé tan feliz. ¿Cómo hicieron un bebé tan feliz? ¿Alguna vez llora?

—Nunca llorabas —dijo su madre.

—De hecho, te reías mucho. Quizá demasiado —dijo su padre.

En esos días, siempre hablaban de la infancia de Henry, desde que les había llamado para darles la buena noticia, tras unas cuantas llamadas en las que su padre pronunció mal el nombre de Kimiko y su madre le pidió que le mandara fotos de ella por correo. Sus padres eran buenos padres. Henry había tenido una infancia sin problemas, incluso siendo prodigio, y ahora tenía una relación sin problemas con sus padres. La vida era demasiado brillante y demasiado breve para discutir con la familia, pensaba, en especial porque en general eran gente encantadora. Sus padres nunca lo habían presionado; de hecho, raras veces se habían presentado a sus conciertos después de cierto punto, luego de que él pudo dirigirse solo, luego de que había habido demasiados, luego de que se habían sentado en el público incontables veces antes. A veces pensaba que sus padres trataban de asegurarse de que no se creyera mucho. Sus maestros y directores adulaban su insólito sonido adulto, pero sus padres jamás. «Buen concierto, Henry», le decían, y acto seguido le pedían que les hablara del compositor.

Tenía una hermana, Jacqueline, quien también era talentosa, pero de una manera más suelta y que a Henry siempre le pareció más creativa. Ella podía escoger qué hacer: filmar una película, pintar un cuadro, aprender a tocar la guitarra. Su talento no le había sido concedido. Ahora Jackie era subchef en Berkeley; tenía esposa, perro, jardín y vecinos que eran profesores, con dos bebés y un gallinero, una corriente interminable de huevos. Cuando le dijo a Jacqueline que Kimiko estaba embarazada, creyó detectar una pizca de celos en su reacción, y no se lo habría reprochado. Seguramente, a Jackie la vida de Henry le parecía glamurosa y afortunada, así como la vida de Jackie le parecía a Henry tranquila y segura.

Ahora, por primera vez, Henry se preguntaba por qué habría sido un niño tan feliz. Jackie siempre argumentaba que era feliz porque sabía que había una cosa en la que no podía fallar: la música.

—El miedo al fracaso es la causa de la mayor parte de la ansiedad y la depresión en este país —le había explicado Jackie por teléfono cuando le contó lo que le había dicho su mamá. Como si fuera una especie de científica. De hecho, su esposa era psicóloga clínica.

—Yo pensaba que el miedo al fracaso impulsaba a la gente a conseguir grandes cosas —dijo Henry pensando en Jana, en Daniel.

Jana bufó.

—¿Cómo podrías saberlo? ¿Cuándo has sentido miedo de algo?

Tenía miedo en ese momento, pensó Henry, cuando el cuarteto se apiñó en un taxi con un conductor demasiado amistoso afuera del aeropuerto. Hizo una lista mental: tenía miedo de que Daniel lo viera llorar, tenía miedo de que chocara el avión, tenía miedo de que Kimiko abortara, tenía miedo del embarazo mismo, tenía miedo de contarle a Jana sobre Fodorio. Pero, ahora, ¿qué le daba miedo? No tenía miedo de que ya no fuera a tocar bien, sino de que ya no siguiera tocando con el cuarteto.

La puerta del auto se cerró en pesado silencio. Jana apoyó la cabeza contra la ventana en el asiento de adelante y cerró los ojos. Brit se sentó entre Henry y Daniel en el asiento trasero; Henry se daba cuenta de que Brit trataba de contenerse para no invadir su espacio personal. Pensó que era tonto que siempre fuera tan cuidadosa de no cruzar límites. Había tenido más intimidad con ella que con la mayor parte de las mujeres de su vida, con excepción de Kimiko y Jana. Henry pensaba que compartía con Brit una profunda sorpresa por la manera como la gente no conseguía ser simple y consistentemente buena. Recordaba un momento alcohólico en un bar después de un concierto anodino en Carolina del Sur. Daniel y Lindsay se habían marchado tras un ostentoso espectáculo de pleito, miradas lujuriosas y manoteos; en medio de la pelea había salido a colación un comentario cruel sobre la dependencia emocional de Brit (Lindsay a Daniel: «No la mires a *ella*»; Daniel a Brit: «Y *tú* no me veas así»). La puerta se sacudió con fuerza detrás de ellos. Brit miró a Henry por encima de la Guinness derramada de Lindsay que escurría sobre sus piernas, con los ojos llenos de lágrimas, y le dijo: «¿Por qué no puede ser humano?», y Henry le respondió, quizá con demasiada ligereza: «Quiere ser más que humano».

En el carro, dio unas palmaditas sobre la rodilla de Brit y ella le respondió el gesto. Brit no tenía familiares que fueran a los conciertos. La familia de Henry llegaría la tarde siguiente, incluyendo a Jackie. Él *sí* era afortunado.

—Y ¿cómo se llama el bebé esta semana? —preguntó Brit—. ¿Ludwig?

—¿Johannes? —dijo Jana desde su posición despatarrada en el asiento del copiloto; nunca se perdía la oportunidad de burlarse de la futura paternidad de Henry.

Kimiko había propuesto llamar al bebé Wolfgang antes de decidir que tendrían una niña, y Henry había cometido el error de contarle al grupo en un ensayo. Cuando Jana hizo una broma al respecto en una cena de Juilliard y Kimiko la escuchó, Henry pagó las consecuencias en casa. «Muérete —le había dicho Kimiko, derramando una generosa porción de la copa de vino que se permitía cada par de días—. ¿Quién es ella para decir eso de nuestro bebé? Yo no voy diciendo por ahí que Jana está plana y es una mandona».

—Qué graciosas —dijo Henry ahora—. Si ya lo hubiéramos decidido, no les diría a ustedes, par de payasas.

Ya lo habían decidido. El nombre de su hija sería Clara Suyaki. Henry no participó de ello, pues Kimiko creía que ya le había concedido una victoria con el apellido del bebé (aunque también había colado el suyo). Si él se lo hubiera dicho a Jana, ella habría pensado que era por la esposa de Schumann y, aunque lo era en parte —Clara Schumann era una compositora por derecho propio, habría dicho Kimiko—, no se podía arriesgar a que Jana conociera más información sensible.

—Ay, no vayas a llorar por eso —dijo Daniel.

Estaban amontonados con sus instrumentos en el carro. El violín de Jana iba adelante con ella, el de Brit yacía entre sus pies, y la viola de Henry se apoyaba en la ventana, por encima de sus cabezas. Brit evitaba tocar a los demás, el mal humor de Daniel era palpable y Jana fingía dormir. No quedaba nada que Henry pudiera hacer más que esperar que las horas pasaran mientras el carro atravesaba la ciudad que había visto desde el avión y ascendía las montañas. Quería abrir desesperadamente la ventana para que entrara aire, pero no lo hizo, por temor de la altura y el frío. Podía escuchar la voz de su hermana en su cabeza: «La altura ya te afectó, estúpido». Sentía, en el bolsillo de su saco, un pedazo de papel tan manoseado que los bordes se habían vuelto suaves: un trozo de papel en el que había anotado el número de Fodorio y el mensaje de la tarjeta que Jana lo había visto comerse; un pedazo de papel que no sabía por qué había conservado, pero que conservaba de todos modos y que sacaba sólo cuando se sentía confundido o perdido, para leer la promesa sencilla y directa que tenía escrita, el garabato apenas legible en la parte de atrás: «Llámame cuando estés listo para ser solista».

El hotel recordaba un chalet suizo para esquiar, o lo que Henry imaginaba que eran los chalets suizos: molduras color chocolate, un enorme fuego ardiendo en la recepción, techos tan altos como los de las salas de baile, encargados de ojos brillantes con suéteres decorados con figuras geométricas, habitaciones guarnecidas con un revoltijo de cobertores y cojines pintorescos. La competencia de Esterhazy había cambiado de hotel desde su última presentación, y este tenía más encanto y carácter. La mayor parte de los huéspedes estaban ahí para el concurso, ya fuera para competir o para escuchar. Henry buscaba al cuarteto de St. Vincent, esos atractivos y aduladores de Montreal. La rivalidad de ambos grupos sólo existía en la cabeza de Jana; Henry estaba bastante seguro de ello, pero a su teoría no ayudaba el hecho de que los cuatro miembros de la otra agrupación fueran altos y musculosos, tuvieran acento francés y un aspecto que los hacía parecer miembros de un equipo de rugby y no de un cuarteto (probablemente tuvieran adecuados suéteres canadienses gruesos y maravillosos). Y era posible que ganaran, lo que realmente molestaba a Jana.

Sin nada que hacer hasta la mañana siguiente, cuando tendrían un ensayo antes del concierto de esa tarde, se retiraron en silencio a sus habitaciones. Henry escuchó que Daniel encendía la televisión en la habitación contigua a la suya. Caminó a la pared del lado opuesto y apoyó la oreja contra la superficie fría: Jana no hacía ningún sonido; probablemente estaba dormida, supuso. Brit se hallaba en una habitación al lado de la de Jana.

Henry se sentó en la cama para llamar a Kimiko. El sonido de su voz lo hizo darse cuenta de lo mucho que la extrañaba, de lo mucho que odiaba haberla dejado. Le dijo que habían llegado bien y Kimiko masculló algo que él no pudo escuchar, una distorsión que achacó a la distancia.

—¿Cómo te sientes? —preguntó.

—Jugo —respondió ella.

—¿Sientes ganas de tomar jugo? —dijo, sin saber si la había escuchado mal o si sólo estaba siendo necia.

—¿Qué?

—¿Cómo te *sientes*?

—¿Cómo te sientes *tú*? ¿Por qué siempre me preguntas eso?

«Porque estás gestando a nuestro bebé», no dijo.

—Porque suenas rara.

—Tú suenas raro. Yo estaba dormida. ¿Pasó algo?

—Hubo turbulencia.

—Yo también estaba soñando —dijo ella.

Él supuso que la conexión era mala.

—¿Qué soñaste?

—Estábamos… Estábamos nadando —respondió Kimiko evocando su sueño—. Y cantando al mismo tiempo. Nadando y tratando de cantar, pero no dejaba de entrarnos agua en la boca y me estaba ahogando. O tú. La verdad es que no me acuerdo.

—Suena horrible.

—En realidad era casi gracioso. Dios, tengo ganas de fumar, ¿sabes?

—Pues no lo hagas.

—Sabía a… vino. O a un coctel de vino, algo así.

—¿Qué? ¿Te fumaste un cigarro?

—No; el agua en la que estábamos nadando. A lo mejor quería ahogarme porque sabía a vino.

—Bueno, está bien —dijo Henry. Sintió que se le encendían las mejillas de deseo por una bebida y de satisfacción por pensar que podía colgar y bajar al bar a tomar algo.

—Bueno, otra vez voy a dormir —dijo Kimiko—. Te amo.

—Yo también te amo —respondió Henry y dejó que el ruido del teléfono marcara su despedida.

Daniel siempre aceptaba ir al bar, en especial en esos días, y Henry pasó por él para hacer un viaje al majestuoso bar que estaba en la planta baja del hotel. Podrían tratar de superar cualquier tensión que hubiera entre ellos antes del concierto del día siguiente. Si tocaban juntos, pensaba Henry, no debían vivir juntos. El bar estaba iluminado como un funeral, anaranjado y sombrío, y cuando Henry sacó su cartera para pagar, la mano se le puso floja como gelatina, como si el tejido interno simplemente hubiera dejado de servir. La flexionó un par de veces y el dolor se le extendió hacia el codo. Pidió una cubeta de hielo para champaña.

—¿Tienes problemas en la mano? —preguntó Daniel con una voz más teñida de furia que de preocupación.

Cuando el cantinero le llevó la cubeta, Henry sumergió la mano doblada en ella, mientras tomaba su Manhattan con la mano izquierda. Bebió a grandes sorbos. Era algo más que su mano, pero Daniel no necesitaba saberlo.

—No le digas a Jana. No es gran cosa. Yo creo que es la altura.

—Claro, para ti no es gran cosa —dijo Daniel.

—Pues podrías pensar que es lo más importante, tomando en cuenta que se trata de mi mano.

Daniel pidió la cerveza más barata. Giró los ojos.

—¿Cuándo fue la última vez que la cagaste en un concierto? Apuesto a que nunca. Eres *dotado* y *talentoso*.

Daniel tenía razón. La última vez que Henry se había equivocado en un concierto había sido a los doce años y no había dado una nota desafinada, sólo había tocado la nota incorrecta y nadie se había dado cuenta.

—No siempre fue tan fácil ser… —Henry no terminó la oración.

—¿… un prodigio? —preguntó Daniel—. Por favor. Por favor, dime lo difícil que fue no tener siquiera que intentar ser tan bueno.

—Bueno, ahora no es fácil. Quiero decir, que seas bueno en algo no significa que necesariamente lo desees o que quieras hacerlo, sólo porque lo tienes.

Daniel alzó las cejas.

—¿No quieres estar en el grupo? ¿En serio eso es lo que me estás diciendo ahora?

—No. Sólo digo que tener lo que quieres no siempre es divertido.

Daniel suspiró y su desesperación se desvaneció por un momento.

—Supongo.

Entre ellos, inmaterial, estaba el fantasma de Lindsay, pequeño y furioso, últimamente siempre furioso. ¿Lindsay era lo que Daniel quería? Los deseos amorosos de Daniel siempre le parecían opacos a Henry, quien había considerado brevemente abordar el tema de Lindsay, aunque lo pensó mejor. ¿Qué le iba a decir a Daniel? ¿Sigue intentándolo? ¿Trátala mejor? ¿Trata mejor a Brit? ¿Regresa en el tiempo y no te cases?

—Es una habilidad a la que todos deberíamos dedicar un poco de atención, me imagino. Querer lo que tienes —dijo Henry en cambio.

Daniel levantó la mirada hacia él y su rostro recuperó, recargado, todo el rencor.

—No necesito tus consejos de gratitud.

La charla no estaba sucediendo como Henry había esperado. Bebió más de su Manhattan y pidió otro. Simplemente esperaría a que Daniel dejara de sentirse ofendido por algo que él no podía controlar. Carajo, él estaba resentido consigo mismo por haber decepcionado potencialmente a Jana y por ocultarle sus problemas del brazo y de la mano. Pero tenía que ocultárselos. Si ella se preocupaba por él en primer lugar, no tendrían oportunidad al día siguiente. Entonces jamás volverían a tener una oportunidad.

Una chica perforó el silencio entre ellos.

—¿Te peleaste con alguien?

La joven era tan atractiva que Henry pensó que quizás era el blanco de una estafa de escorts o que le estaban haciendo algún tipo de broma. Era angulosa, con una barbilla que señalaba exactamente hacia el suelo, como si hiciera un juicio, con ojos de muñeca que ocupaban casi todo su rostro y una pequeña boca vivaz y sonriente. Tenía el cabello largo, oscuro y suelto sobre la espalda. Llevaba un vestido con encaje negro sobre el pecho y giraba un martini en la barra. Henry imaginó que era hija de inmigrantes de Europa del Este y sintió que el Manhattan le florecía en el estómago.

—Ah —dijo, haciendo un gesto hacia la cubeta de hielo—. No, sólo… me duele.

—No es para tanto —dijo Daniel sin siquiera observar a la chica.

—Han de ser músicos, entonces —dijo ella moviéndose en su silla. Había tres asientos entre ellos, que Henry observó con cautela.

—Sí. ¿Y tú? —preguntó Henry.

Ella rio. Tenía el tipo de presencia osada y masculina por el que algunos hombres se sienten atraídos. ¿Él era uno de ellos? No tenía idea.

—No —respondió ella—. Mi familia tiene una cabaña en la montaña y se me olvidó que era la semana de Esterhazy.

—¿O no habrías venido?

Ella negó con la cabeza.

—Es un poco una locura. Preferiría aburrirme en Edmonton a tener que lidiar con la multitud. Pero imagino que podré escuchar unos cuantos buenos conciertos.

Se llamaba Lucy y era estudiante de medicina. Cuando le dijeron que el primer concierto del cuarteto, el primero de tres, era la tarde siguiente, ella se deslizó dos asientos para sentarse junto a Henry. Daniel bebía tranquilamente del otro lado, aunque había hecho un esfuerzo por observarla. La mano derecha de Henry estaba entumida, lo que parecía buena señal. Quizá cuando se descongelara, los músculos volverían a acomodarse y se olvidaría del dolor.

Lucy se reía fácilmente y hacía preguntas con naturalidad. No soportaba las pausas extrañas. Era absolutamente encantadora. Henry se sintió tan aliviado por su presencia —¿de qué estaba aliviándolo?— que se relajó.

—Entonces, ¿qué pasa? —preguntó Lucy.

Él casi se había terminado su segundo Manhattan.

—Para empezar, no puedo dejar de llorar.

Al oír eso Daniel levantó la mirada.

—Yo soy Daniel —dijo, extendiendo su perfecta mano trabajadora por delante de Henry. Lucy la tomó.

—Me refiero a tu mano —dijo Lucy—. Pero está bien.

—Ah —dijo Henry retorciendo los dedos en el hielo. Había olvidado por completo el artilugio que estaba ahí—. No sé. Creo que estoy cansado.

—¿Tienes la mano en hielo porque estás cansado?

—He estado tocando durante veinte años; podría estar cansado.

—Tocaba desde el útero —dijo Daniel, y golpeó a Henry tan fuerte que este tuvo que sujetarse de la barra para mantenerse firme.

Ella se encogió de hombros.

—Quizá sólo necesita terapia física. Sin embargo, no sé sobre el llanto. Quizá para eso necesita terapia-terapia.

—Es lo que le estaba diciendo —dijo Daniel, aunque no lo había dicho ni una vez.

Henry terminó su bebida e hizo una seña para que le dieran otra. Tres eran demasiado para la víspera de un concierto, pensó, pero el pensamiento se disolvió rápidamente en las luces apagadas de arriba.

—Sólo te lo dije porque eres una desconocida. Y una doctora. Una doctora desconocida. Diagnostícame.

—Bueno —dijo ella.

Descruzó las piernas y las volvió a cruzar del otro lado. En ese momento no fue atracción sexual lo que Henry sintió más, aunque sí la sentía. Fue que ella era muy diferente de ellos. Lucy, alguien que no sabía nada de su mundo.

—Puesto que estás aquí —dijo ella—, probablemente tenga que ver con la presión.

—Yo creo que es la altura.

—Quizás eso también. Pero hablaba de la, eh, presión profesional.

—No es muy científico.

—¿Hablamos del llanto o de la mano?

—No dije llanto.

—Científicamente hablando —dijo, jugueteando con la cáscara de limón que tenía entre los dedos de la mano derecha—, evolutivamente hablando, de hecho, las lágrimas tienen la intención de señalar a los demás que estás en peligro. Sin embargo, es algo que sólo pueden detectar quienes son íntimos.

—Entonces es un llanto de ayuda —dijo Daniel—. El juego de palabras es intencional.

—Eso —dijo ella, y cuando se sonrieron el uno al otro enfrente de Henry, este sintió que era un invitado en la cita de ellos.

—También hay teorías según las cuales el llanto provoca compasión, así que es una forma de salvar una relación que sufre. Es lo que hace que las madres quieran a los bebés.

—O los padres —dijo Daniel, observando deliberadamente a Henry.

—Claro, o los padres.

—No sé qué hacer —dijo Henry como hipando. Y después sintió que llegaba un verdadero hipo. Ella se acercó hacia él. Olía a almizcle y a calidez, pero cuando habló su aliento era todo limón.

—¿Te estás quedando aquí?

Henry no sabía a quién de los dos le estaba hablando, y además, estaba a punto de suceder: iba a llorar otra vez. ¿Qué versión de Henry habría tomado esa oportunidad? Trató de recordar. Supuso que en realidad nunca había engañado a nadie porque nunca se había atado a nadie, no hasta Kimiko. Sin embargo, una versión de sí mismo, una versión más joven, una versión más hábil físicamente (los cubos de hielo chocaban alrededor de su mano) y menos sujeta a la gravedad de las elecciones (un bebé que se revuelve en el útero), habría tomado a Lucy en sus brazos, la habría llevado a su habitación y habría tenido sexo canadiense en silencio con ella para que Daniel no pudiera escucharlos a través del muro. Trató de evocar esa voluntad ahora, pero no surgía. Lo que llegó en cambio fue el maldito llanto. Parpadeó las lágrimas con furia.

—Voy a tener un bebé —dijo, como si acabara de darse cuenta—. Le vamos a poner Clara. Por Schumann.

Lucy frunció el ceño y se recargó en su asiento. Descruzó las piernas y enganchó los tacones a la barra, como si fuera a levantarse.

—Ah —dijo—. Entonces, probablemente por eso estás enloquecido.

Daniel se levantó para irse y Henry deseó con desesperación haber sido el primero en ponerse de pie. Mientras Daniel se marchaba sin él, se tomó el resto de su bebida. Después de mascullar una disculpa para Lucy, dejó dinero bajo la cubeta, que ahora estaba llena de agua helada, y de inmediato la condensación empezó a derramarse sobre la cuenta.

—Lo siento —volvió a decir—. Uno debe dar esa información desde un principio. Soy un imbécil. Yo pago estos tragos.

Ella se levantó, abrió la boca como si fuera a decir algo reflexivo, severo o hiriente, pero después la cerró, juntó los labios y se encogió de hombros. Henry vio que cualquier cosa que pudiera decirle no valía la pena. Eso hizo que sintiera la cabeza ligera. Buscó a Daniel, pero este ya se había marchado.

Se sentía como si estuviera bajo el agua. Los pasillos eran demasiado amplios, pensó mientras se tambaleaba por un corredor que avanzaba a lo largo del hotel, antes de darse cuenta de que su habitación estaba en el piso de arriba. Era como si algo se hubiera soltado de su cabeza y flotara alrededor, golpeando su cráneo como un pez tonto. Trató de recordar si en su habitación había un minibar con botanas. Necesitaba comida. Los pasillos estaban oscuros y envejecidos, y enterraban ruidos humanos que pulsaban a través de las puertas cerradas.

Su habitación no tenía refrigerador, ni siquiera unas galletas. ¿Adónde había ido Daniel? Se le había perdido. Probablemente Daniel lo había perdido a él. Seguramente así lo explicaría Daniel. ¿Cuándo se había marchado?

Se sentó en la cama y mantuvo su mano enfrente de la cara. Ya no le dolía. En realidad ya no la sentía en absoluto, lo que era como si no le doliera. Examinó los huesos delgados y la carne fibrosa de sus dedos, y sus nudillos automáticamente bajaron, como si sostuviera un arco en el aire. Mantuvo la mano ahí tanto tiempo que pareció despegarse del resto de su cuerpo y convertirse en la idea de una mano, como la pintura de una mano o la escultura de una mano, incluso mientras la movía, adelante, atrás, adelante, atrás. Este era Henry: estas manos sorprendentes, esta atracción increíble, el oído absoluto. O ese era Henry. Pero ahora, ¿qué era ahora? Casi un padre, un novio molesto, un amigo exiliado, un engañoso miembro de cuarteto.

Y todavía sin comida. La comida lo arreglaría todo.

No pensó en ello como excusa para tocar la puerta de Jana. Realmente estaba muriendo de hambre y de verdad Daniel se le había perdido. Se sentía tan hambriento como no lo había estado en días. Quizá desde que podía recordarlo. La habilidad para medir el tiempo se le deslizaba entre las manos. Volvió a tocar, sin saber cuánto tiempo había pasado desde la primera vez que tocó, y otra vez, con más fuerza.

Escuchó movimiento detrás de la puerta y una barra de luz surgió por debajo de sus pies. La puerta se abrió como si una ola chocara contra él, pero en reversa, jalándolo y empujándolo al mismo tiempo.

Era Laurent, tan robusto y amplio de huesos como lo recordaba. Había algo petulante en su mirada, aunque tenía el cabello revuelto y la camisa arrugada bajo el suéter.

—¿Henry? —dijo con acento, de manera que sonó «¿Hon-ri?».

La luz de la entrada se hallaba encendida, pero el resto de la habitación estaba sumergido en la semioscuridad, y en el borde, donde la luz perdía dimensión, se encontraba Jana, de pie. Estaba perfectamente quieta.

—Me preguntaba si tenías galletas —dijo Henry.

—¿Qué te pasó? —dijo Jana señalando su mano derecha, roja como langosta a causa del hielo.

Él la miró como si fuera algo nuevo para él.

Jana lo jaló adentro y entró al baño, donde buscó una venda en los cajones. Después, como si Henry lo hubiera soñado hasta hacerlo realidad, apareció Daniel. ¿Había estado en esa habitación todo el tiempo? ¿Cuánto había pasado desde que salieron del bar? Henry se rindió: no había forma de saberlo. Y todos estaban ahí, sin él.

—No sabía adónde te habías ido —dijo Daniel para explicar la extraña reunión de gente en la habitación de Jana.

Sin embargo, Henry supo que habían estado hablando de él. De su mano, de la chica, del llanto. ¿O era peor pensar que *no habían* estado hablando de él? ¿Que habían estado hablando de algo desconocido para él? Quizá Jana y Daniel habían creado lazos por lo que compartían, algo de lo que Henry jamás podría tomar parte: el trabajo duro que los había llevado hasta ahí, el esfuerzo, el anhelo y el fracaso. Henry nunca había tenido que esforzarse, nunca había pensado querer o no querer, y no conocía el fracaso.

Laurent se apoyó de manera casual contra el vestidor.

—¿Te lastimaste?

Henry buscó las palabras.

—No me acuerdo —respondió—. Creo que sólo está así por el clima. O por la longitud.

—Por la altura —dijo Laurent.

—No tienes que ser tan imbécil —dijo Henry.

Laurent sonrió, una sonrisa como un corte de plata a través de su cara.

Jana todavía llevaba la misma ropa del avión; iba toda de negro, pero su rostro tenía la mirada abierta de alguien que acaba de besar o de reír. Tenía una venda en la mano. Laurent se movía alrededor de Henry como si fuera una criatura potencialmente peligrosa. Daniel permanecía atrás.

—Dios —dijo Jana—. Nuestro primer concierto es mañana y me dices lo de la mano ahora. No, ni siquiera me lo dijiste tú.

—Parece algo temporal.

—Mañana, Henry. ¿Estarás bien mañana?

—Oye, cálmate. Sólo quería algo de comer —dijo Henry buscando en Daniel un poco de empatía, pero sin encontrar nada—. Va a estar bien. Es fácil. Vamos a tocar bien.

—Tenemos que tocar mejor que bien —dijo Jana—. ¿No lo entiendes? Pensé que lo entendías. Estás ebrio… y herido. Esto es importante.

—Tú eres quien estuvo con este zoquete toda la noche —dijo Henry, apuntando con el brazo bueno hacia Laurent y atrapando algunas fibras del suéter de este entre las yemas de sus dedos. La luz de la habitación pareció hacerse más tenue. Podía escuchar la respiración de Daniel.

Laurent dio un paso hacia delante. Su boca tenía un brillo de cuchillo, había perdido la sonrisa.

—Quizá tengas que irte a dormir.

—Ah, genial —dijo Henry. La voz le salió como un chillido histérico—. Voy a aceptar consejos de este tarado.

Le pareció que Laurent se hinchaba como un pavorreal que Henry había visto una vez.

Jana se llevó las manos a las caderas; estaba enojada.

—Este tipo probablemente esté aquí con el propósito de sabotearnos —dijo Henry—. Su grupo lo necesita. ¿Los has oído tocar? Este tipo. Su Mozart es…

—Henry, basta —dijo Jana, tranquila y triste.

—… es completamente vergonzoso; suena como el cuarteto «Disonancia», pero por accidente.

—Esto es ridículo. —Jana se llevó las manos a la cabeza—. Mejor vete, Henry.

—¿Vete de dónde? ¿Del cuarto? ¿Del cuarteto?

—No seas imbécil —dijo Daniel. Por fin, Daniel entraba a la cancha. Una sensación como si se hubiera ponchado un globo de agua caliente se expandió en el pecho de Henry.

—¿Tú hablas de ser imbécil? ¿Tú? ¿El rey de los imbéciles? ¿Qué prueba quieres que veamos primero? ¿Lindsay o Brit? ¿Yo? ¿Kimiko? Jana es la única que no está enojada contigo, y quizá sea porque son tal para tal.

—Tal para cual —dijo Jana.

Él volvió la mirada hacia ella.

—No pueden tocar de verdad, Jana. Son una novedad, algo que mirar. Como los cuatrillizos franceses. Ni siquiera tenemos que dar lo mejor de nosotros para ganarles.

Miró a Laurent directamente, como si tratara de discernir gente en las calles desde un avión que volara muy bajo. Había carros moviéndose alrededor, taxis amarillos y faros robóticos, pero ¿dónde estaba la gente? El absurdo atractivo de Laurent divirtió momentáneamente a Henry, quien, no obstante, seguía sintiendo ganas de llorar. No había mucha diferencia entre las dos emociones. Sonrió y se le humedecieron los ojos.

—Vamos —le dijo a Laurent—. De cualquier manera, ser un imbécil es lo único que sabes ser.

Laurent se quedó parado, brillante como un premio. Sin embargo, Daniel dio un paso adelante.

—¿Y tú exactamente para qué eres bueno?

—Ese es el problema —dijo Henry sonriendo—. Soy bueno para todo.

Henry ni siquiera vio el puño de Daniel dirigirse hacia su pómulo, pero más tarde comprendería la verdadera medida de su embriaguez y pensaría en los hechos que ocurrieron entre el momento en que tocó la puerta y el momento en que Daniel lo golpeó, como dibujos de gis sobre un pizarrón contra el que alguien se hubiera apoyado, emborronándolo. La fuerza del golpe fue sufi-

153

ciente para tirar a Henry hacia atrás sobre una de las camas *queen*, con los brazos torcidos y el rostro vacilante después de caer. La sonrisa que había habido cuando Daniel lo golpeó estaba distorsionada; ahora pertenecía a un mundo diferente. Mientras yacía ahí y lo único que podía ver era una extensión de techo por encima de su cabeza y lo único que podía escuchar eran los insultos de Jana, casi musicales en su contenido emotivo, Henry pensó en tres cosas en rápida sucesión. Primero, en la coda que coronaba el primer movimiento del Shostakóvich que tocarían la noche siguiente —antes le encantaba esa pieza—: cómo cambiaba repentinamente el compás y se aceleraba, y todos daban un giro errático meciéndose en la melodía, y después terminaban con una extraña y optimista carrera ascendente, puntuaciones suaves de notas para él y Daniel, armónicas para Jana y Brit, como si todo lo disonante y desequilibrado que había habido antes pudiera borrarse con tres notas pastorales. Siempre hacían bien ese final, pero siempre se sentía extraño, como si se hubieran descarrilado en algún momento. Era así como estaba escrito. En segundo lugar, pensó en la mano de Daniel y cómo se hincharía si no la metía inmediatamente en hielo, y que Jana lo culparía a él por esa inflamación. Y en tercer lugar pensó, con una fuerza corporal que, si hubiera tratado de describirla, habría sonado sintética o exagerada, en lo pura y estéticamente bien que se había sentido que Daniel lo golpeara, cómo el hecho de que lo hubieran golpeado se sentía como una elección, cómo parecía embonar con igualdad perfecta con la fuerza que había estado royéndolo desde dentro, cómo había succionado cualquier dolor que hubiera sentido en el brazo o en el pecho o en el centro de su cuerpo o en su imperfecto corazón, y se había plantado en un golpe sobre su pómulo. Sintió gratitud. Sintió calidez por toda la cara, a causa de la sangre o de las lágrimas, no lo sabía y no le importaba. Oficialmente, estaba destruido.

DANIEL

CHELO

Daniel se despertó de un sueño como si saliera de un baño caliente; la alarma del hotel tenía un timbre en si bemol, su nota menos favorita (el segundo dedo sobre la cuerda de sol siempre vacilaba; la nota nunca salía redonda, parecía accidental). ¿Con qué había estado soñando? Algo agradable, estaba seguro, algo que lo había hecho feliz. Pero ahora el sueño se le había escapado como humo, había desaparecido en los recesos atmosféricos de su subconsciente, y no tenía ninguna esperanza de recuperarlo. La intranquilidad a la que se había acostumbrado se deslizó sin piedad dentro de su cuerpo y él se entregó plenamente al despertar.

La habitación del hotel tenía un calor estático y seco; una ligera nevada había empezado a caer. Antes de salir de la cama, Daniel observó el estuche de su chelo en un rincón, colocado de forma estratégica —lo suficientemente cerca y lo suficientemente lejos del calor del radiador—, y pensó en llevarlo al baño mientras se duchaba, para permitir que la humedad soltara las fibras de los paneles de madera.

Y después, desde luego, su mano. Ahora estaba empapada, envuelta en un vendaje improvisado de tela y hielo que se había derretido sobre la cobija. Era su mano derecha, la mano del arco; si iba a tener una mano jodida, era la que él habría preferido. Podía soportar ese dolor. Si le doliera la mano izquierda, simplemente no podría tocar las notas. No habría manera de conseguirlo. Se dispuso a retirar las vendas para examinar el daño.

El ensayo era en una hora, el concierto en ocho. Se sintió liberado, como por una corriente fuerte, de cualquier sensación subterránea que hubiera tenido al despertar.

Henry. Lindsay. Henry. Lindsay. ¿En cuál de las personas que había herido debía pensar primero esa mañana?

Daniel imaginó a Lindsay en su departamento (¿ahora era de ella?), hojeando una revista de diseño en una mesita que usaban para comer, con la ventana abierta; los sonidos matutinos del Upper West Side resonaban con notas metálicas alrededor de la habitación, sonidos que, si se oía sin atención o con generosidad, podrían parecer el crujido de hojas del otoño estadounidense, pero en realidad eran remanentes del efímero octubre de Manhattan. No, seguramente aún no se habría levantado. Era sábado y Lindsay dormiría hasta tarde. Se prepararía hot cakes al mediodía, caminaría hasta Fair Way, compraría moras azules, las comería en el parque, y quizá tomaría una siesta ahí, si el sol seguía lo suficientemente alto. El día no tendría absolutamente ningún sentido y a ella no le importaría. Pensaría en un millón de cosas ese día y trataría de decir la mayor parte posible en voz alta, a quien quiera que la escuchara. Estaría tan alegre como el día vacío.

Si es posible experimentar al mismo tiempo desprecio y nostalgia por la misma cosa, eso era lo que Daniel sentía. Quizá fuera esa sensación de estar bajo el agua, de sentirse absolutamente enojado y desesperanzadoramente ahogado, lo que asociaba a estar con Lindsay. La cantidad de tiempo que habían pasado juntos todavía podía contarse razonablemente en meses y, aunque ese tiempo se percibía como una amputación inevitable, su separación también se sentía como una amputación: la extrañaba y la anhelaba de alguna manera, pero la había perdido para siempre.

«¿De verdad eres feliz?». No podía evitar la costumbre de hablar con ella en su cabeza, aun cuando había pasado tanto tiempo desde la última vez que habían hablado de verdad.

Pensaba en Lindsay a menudo, aunque no en la forma como sabía que ella deseaba que pensara en ella. Imaginaba su cuerpo rosado y compacto en la tina demasiado pequeña y rodeada de mugre, con las piernas acomodadas a un costado, riéndose de modo intermitente por algo insulso que él acababa de decir o hacer, de una cara que había puesto, algún comportamiento fácil —demasiado fácil— que él había tenido y que le había fascinado. Recordó la tapa fría y cerrada del excusado donde él solía sentarse, y la forma que hacían sus manos, curvas como dos paréntesis al sostener la broma que había construido, y el rostro de ella, pecoso, astuto y cubierto de gotas de vapor y sudor. Por supuesto que no había durado, pensó, pero qué bien se había sentido ser el centro de atención de alguien.

Respuesta: Ella había sido feliz. Pero eso no significaba que no necesitara algunas cosas de él para acumular más felicidad.

Daniel desenvolvió la última venda y, aunque tenía la mano enrojecida y arrugada por el hielo, no se veía hinchada. Tenía dos cortadas rojas como guiños en los nudillos, que estaban sensibles. Cerró el puño y los guiños se abrieron como ojos. Como el ojo de la palma de Lindsay.

En realidad, su mano herida era perfecta para las de ella. En su última noche juntos, en la fiesta de cumpleaños de una amiga, Lindsay, en éxtasis y ebriedad, había tratado de abrir una botella de champaña con un sable (él había asistido con renuencia, con humor rencoroso e indiferente) y había terminado con un pedazo de vidrio roto de Veuve enterrado en la carne fibrosa entre el pulgar y el índice, justo a la izquierda del tatuaje de ojo chueco de la palma. La sangre diluida en ginebra manó brevemente y después, cuando se puso la mano sobre el corazón como le ordenó Daniel, fluyó hacia su codo y escurrió sobre sus sandalias, los pantalones de vestir de Daniel y el asiento del taxi todo el camino hasta el Monte Sinaí, donde un residente lleno de granos la anestesió, le extrajo el trozo de vidrio y la cosió (cuatro puntadas limpias y solubles, apenas guiños), mientras ella miraba al frente sin decir nada. No parecía herida en lo más mínimo. Algo en la manera como la luz fluorescente les iluminaba la piel en la sala de espera de urgencias, o en la manera como él se había agachado con nerviosismo junto al doctor, o en la manera como ella no había llorado ni una vez de dolor o de impresión o por la lenta velocidad del viaje en taxi a casa, o en la manera como la había tomado de la cintura como si fuera una extraña mientras subían los tres pisos hasta su departamento, o en la manera como el aire estancado del departamento se había asentado como un choque gravitacional cuando abrieron la puerta, o en la manera como él la vio desenvolver la venda ya ensangrentada sobre el lavabo de la cocina y envolverla de nuevo con servilletas de papel baratas, sin quitarse el saco, con los brazos cruzados, esperando a que ella lo mirara, deseando que le pidiera ayuda, que extendiera la mano helada y rota hacia la suya, saludable y perfecta, aunque en realidad no quería auxiliarla, simplemente quería que ella no se hubiera herido, para empezar, algo de eso, o todo eso, se sentía como uno de esos mosaicos con los que ella siempre estaba jugueteando: quebrado.

Ella no le pidió ayuda. Se mantuvo de espaldas como niño indignado mientras sus omóplatos sobresalían de los tirantes de su vestido. No necesitaba que la salvara.

—Te da gusto que no te haya pasado a ti, ¿verdad? —dijo Lindsay sin darse la vuelta.

Él no descruzó los brazos sobre su pecho.

—Claro —respondió, y era verdad.

—Te vi. Parecías asqueado.

Sí, fue asqueroso, quería decirle. Daniel se había sentido horrorizado a un nivel existencial. Había pensado en su propia mano y en cómo probablemente él jamás se recuperaría si algo lo perforaba de esa manera. Como si todo aquello por lo que se había esforzado y había querido fuera a terminarse. Qué jodido era que todo cuanto había querido pudiera arruinarse por algo tan simple. Él había visto el delgado arco de sangre que literalmente había brotado de su mano atravesada, como si algo tratara de escaparse.

—Fui corriendo, Lindz; traté de ayudarte.

Ella volteó a verlo con medialunas de maquillaje negro embadurnado debajo de los ojos. Las servilletas sobresalían por todas partes bajo la cinta médica reciclada: la venda improvisada no duraría toda la noche.

—Exactamente —dijo ella—. Pero debiste intentar ayudarme *antes* de que me apuñalaran.

«De que me apuñalaran —pensó—, ja». Ella se había apuñalado sola. Había sido su propio quién sabe qué efervescente y de espíritu libre lo que la había hecho apuñalarse. Pero ni siquiera su espíritu libre era libre, al menos no sin perjuicio.

No les quedaba lo suficiente para pelear. Se desvistieron —aunque, con la mano envuelta de esa manera, a Daniel le pareció que ella no se había desvestido de verdad— y se metieron a la cama. Daniel habría mentido si hubiera dicho que no pensó en voltear, en apretarse contra ella y dentro de ella, demostrar lo buenos y útiles que eran uno para el otro por la manera como sus cuerpos aún podían desearse, aun cuando —en circunstancias difíciles, en el hospital, en la sangre— no habían sido capaces de reunir su amor disperso. Solían hacerlo como si sus vidas dependieran de ello, como si las vidas de todos los amantes dependieran de su alimento sexual; participaban de una importante fuerza vital. Daniel odiaba decir que eso los había unido en primer lugar, pero así era, y más tarde se daría cuenta de que no estaba tan mal. Había cosas peores que encontrar un arrojo corporal equiparable al propio, y no había tanta diferencia cuando se trataba de describir el amor en términos menos físicos.

Sin embargo, la posibilidad de tener sexo atravesó su mente y salió por la ventana abierta, sólo un poco, por el cambio de estación. Los dos estaban acostados como presas heridas en la oscuridad. Esa noche sólo se sentía conectado a su esposa (una palabra que rápidamente había recuperado su extrañeza) porque sabía que ella también dormía y despertaba intermitentemente con un sobresalto —cada vez que él despertaba, ella respondía con un suspiro de todo el cuerpo, y cuando él observaba por la ventana sin fijar la vista en ningún punto, ella tosía y despertaba con un estremecimiento, se apretaba la mano húmeda y caliente contra el abdomen—. Daniel observó cómo la silueta de su chelo en el estuche perdía el contorno duro cuando salió el sol. Más tarde encontró pedazos de papel mojado en sangre pegados en las partes internas de sus rodillas y codos.

En la mañana, ella no se movió de la cama mientras él empacaba. Daniel se colgó la maleta y el chelo sobre los hombros y se detuvo en el umbral de la puerta de la recámara para salir dando pasos diminutos, mientras ambos trataban de mirarse para descubrir en el rostro del otro razones para quedarse, para continuar. Lo que más le dolió a Daniel fue que desde el revoltijo de sábanas ella no lo mirara de una manera particularmente única, sino de una manera absolutamente reconocible, de una manera como muchas mujeres lo habían mirado antes. Así lo había mirado Brit desde la oscuridad de su auto antes de marcharse de su departamento de San Francisco aquella noche, tantos años atrás («Daniel, estás equivocado en lo que quieres»). Así lo había mirado su madre en Houston, llena de Dios y de lástima, cuando el chirriar de las cigarras de la noche de agosto lo siguió mientras salía de la ciudad («Danny, podrías ser mejor»). Una mirada perturbada porque no era completamente de sorpresa. Una mirada que decía: «Siempre supe que harías esto». ¿Y no lo había sabido él también? En la habitación de Costa Rica, cuando era él quien estaba enredado entre las sábanas observando a Lindsay iluminar toda la habitación, ¿no se había dicho a sí mismo que se casaría con ella porque ella lo haría libre y juntos serían la pareja de casados más libre de la historia, cuando en realidad tenía la esperanza de que la libertad dignificara el hecho de que él no daría nada? ¿No había sabido que a pesar de eso ella quería algo de él? Y si era de verdad honesto, ¿no había sabido, de manera latente, que no quería dar nada porque no tenía nada que dar, salvo su música o por lo menos la búsqueda obstinada de la música, que estaba tan lleno de música como jamás lo estaría de otra cosa, y que al final terminaría así, pensando en su vida con Lindsay como si se la hubieran cosido de manera incorrecta y queriendo huir de ella con locura, como un hombre extraño para sí mismo, un hombre solo?

Por eso no podía decir que lamentara haber golpeado a Henry. ¿Quién era Henry para tener todas las cosas que uno podía querer, que Daniel quería —no una familia, sino dos: talento fácil—, y después llorar por ello? Tan sólo esa actitud merecía un golpe, o dos o tres. Sin embargo, cuando hizo contacto con el puño y la sonrisa de Henry se distorsionó en su rostro, y los dos quedaron ahí, hueso contra hueso, hubo una comunión inesperada: la ira de Daniel se encontró con la crisis de Henry, los dos hombres furiosos por su ser extraviado.

Daniel pensaba que quería lo correcto: ser mejor.

Examinó su chelo, que había dejado en el estuche abierto junto a la regadera mientras se bañaba. El vapor había cubierto el interior, y Daniel empujó las vetas con los dedos para sellarlas. Su chelo se ponía caprichoso con el calor seco, y la expansión milimétrica de la madera exacerbaba algunas notas lobo, hacía que un solo fa natural sonara como dos notas atipladas: una era un verdadero fa y otra, un producto de un pequeño rasgueo en el instrumento donde se separaba una veta. Decidió practicar un poco ahí en el hotel antes de asistir al ensayo matutino, sólo para consolidar el afortunado sonido.

En el pequeño departamento de Henry y Kimiko tenían que meter el chelo junto a la televisión, como una maceta. Daniel llamó a su madre cuando llevaba una semana quedándose con Henry. Le dijo que se iba a divorciar aunque Lindsay y él no lo habían hablado en realidad. Simplemente había sido más sencillo explicárselo así.

—Ay, Daniel —había dicho su madre sin una pizca de sorpresa en la voz—. Lo siento mucho.

—¿De verdad?

—Claro que sí —respondió—. No quisiera que tuvieras que pasar por esto.

—Pero crees que tengo que hacerlo, ¿no? Siempre lo creíste.

—Siempre pensé que no era exactamente la mujer que habías ideado en tu mente.

—¿Por qué las personas no pueden querer a los demás en la medida exacta en que los demás las quieren a ellas? —preguntó él al final en un susurro. Nunca había hablado de esas cosas con su madre.

Ella le respondió veloz y con calma:

—Porque a veces tenemos que sufrir y quebrarnos, y después completarnos otra vez para estar cerca de Dios.

Daniel colgó.

Sus padres no irían a Canadá para oírlo tocar. Su madre le envió una tarjeta de buena suerte, y debajo de una ilustración en relieve de unas flores escribió que el disco dislocado de su padre estaba molestándolo otra vez y que ella debía estar cerca por si se caía. Le envió también un cheque por doscientos dólares. Daniel sabía que su padre se caía por razones que no tenían nada que ver con el dolor de espalda y cobró el cheque sin llamar a su madre para darle las gracias.

En el rincón de la habitación más alejado del radiador, sacó el chelo y se acomodó. No escuchaba nada del muro que compartía con Henry, ni siquiera el ruido de la regadera antigua. Esto lo despertaría.

Empezó con escalas, como siempre, confiables y fuertes. Cuando se sintió satisfecho, siguió con fragmentos en *pizzicato* de Ravel para calentar la mano derecha, y después se instaló en las implacables paradas triples de Shostakóvich. Eran disonantes a propósito, pero la disonancia tenía que ser justa o sonaba sucia. La pereza en las entonaciones de Shostakóvich era un error típico de estas competencias: cuando un músico se cansaba, pensaba que podía ocultarse en el ruido. Daniel comenzó con las notas bajas y siguió hacia arriba, tocando las tres notas por separado hasta que llegaron al mismo tono exacto tres veces seguidas y después las sumó, perfeccionando la torsión del arco. En su mente comenzó una imaginaria conversación unilateral con Lindsay. ¿Shostakóvich deprimente? Ja. Tenía brío, chispa y energía sin límite. Era subversivo, político e infatigable. Era furioso pero no deprimente, Lindsay. Nadie le respondió más que su chelo.

Estuvo tocando las paradas triples durante diez minutos, hasta que Henry llamó a la puerta para que se callara; cuando Daniel abrió, en el ojo morado de Henry, en su nariz hinchada y en su olor lastimoso reconoció su propio moretón rebelde. De esa manera tácita se pidieron disculpas uno al otro y se perdonaron a sí mismos.

Brit los miró como si estuvieran desfigurados, y cuando les preguntó qué había ocurrido, Jana respondió:

—Nada.

—Hice que Daniel me pegara —respondió Henry al mismo tiempo.

Brit volteó hacia Daniel.

—Es verdad —dijo Daniel.

—Pero ¿por qué?

—A veces tienes que quebrarte para volver a estar completo otra vez, por lo menos ante la mirada de Dios —respondió Daniel.

Brit suspiró. Se prepararon en silencio y empezaron el ensayo. Lo que Daniel le había dicho a Lindsay era verdad: ya no pasaban los ensayos lanzando ideas, debatiendo y discutiendo sobre las interpretaciones de frases, *tenutos* y articulaciones de *sforzando*. Más bien, las decisiones se tomaban con base en una serie de indicaciones no verbales: que Brit tomara la melodía en el segundo movimiento y Jana se la pasara a Henry en el cuarto denotaba quién estaba a cargo de esa frase; el deslizamiento de la punta de un arco podía expresar ambivalencia sobre la elección dinámica, y un sinfín de otros movimientos eran notificaciones: una ligera inclinación hacia delante o hacia atrás, un ataque persistente en la nuez del arco, cierto brillo en el tono y, cuando era necesario, un ceño fruncido, un gesto y una pausa en la interpretación.

Lo que no quería decir que no hablaran. Por supuesto que hablaban, pero ya no era el meollo de lo que hacían. Simplemente, en algún punto se convirtió en algo irrelevante, extra.

Brit todavía tenía el cabello húmedo por el baño y sus manos estaban blancas de frío. A Daniel siempre le parecía abierta, con apertura en el rostro. Tenía un rostro regular, pero con una cualidad desnuda, una tendencia a parecer recientemente desenmascarado. Pálida, luminosa y aristócrata, una sorpresa de cejas oscuras y masculinas bajo el cabello largo y claro. Ojos azules, nariz directa, boca pequeña y voz de contralto con una pequeña gama que siempre sonaba tranquila y considerada, incluso cuando estaba enojada, incluso cuando estaba triste. En los seis años que llevaban de conocerse había cambiado físicamente; se le había adelgazado la quijada, le habían salido arrugas alrededor de la boca, su manera de moverse se había vuelto más rígida y tenía menos soltura en los brazos. Sin embargo, la naturaleza visible de su rostro permanecía igual: piel tersa, una ráfaga de pecas sobre la nariz. Sería hermosa aun cuando fuera muy vieja.

—Te estás hinchando —le dijo a Henry mientras cambiaban la partitura de Ravel a Shostakóvich.

Henry hizo un gesto y después otro más por el dolor que le causó hacer el gesto.

—Voy a ponerme hielo.

—Tal vez también necesitas maquillaje —dijo Brit.

—Es bueno para ocultar cosas —agregó Jana—. Creo que deberías ver a un doctor por lo de la mano.

—No necesito ver a un doctor —contestó Henry—. Todo estará bien. Sólo es estrés.

Otro grupo entró ruidosamente en la sala, chocando sus instrumentos en el pasillo. Se les estaba acabando el tiempo. Debían asistir a un almuerzo y después tenían una tarde libre antes del concierto. Quizá Daniel le pediría a Brit que fuera a caminar con él. Hacía mucho que no pasaban tiempo a solas. Quizás años. Henry y Jana parecían inmersos en algo, ocupados en el entramado, y de repente Daniel se dio cuenta de que sólo quería estar cerca de Brit.

Acortaron el ensayo de Shostakóvich sin siquiera tocar los últimos dos movimientos. Por lo general sentían una dosis saludable de nervios antes de un concierto, pero esta vez era diferente; quizás a causa del ojo morado de Henry, los nudillos cortados de Daniel o la negativa de Jana a hablar del asunto, estaban nerviosos de una manera nueva, distinta. Pasó entre ellos como una corriente fría.

Jana se quedó atrás para escuchar el otro ensayo, y Henry dijo que regresaría a su habitación por más hielo. Brit y Daniel dejaron el salón juntos y se internaron en la blanca mañana. La polvareda de nieve se había detenido, pero el cielo se había nublado. Las montañas vertiginosas que se alzaban detrás de las tiendas parecían estar al mismo tiempo lejos y amenazadoramente cerca, y algo de su palidez fantasmal y su silueta rugosa, como un dibujo a lápiz, se sumó a los nervios de Daniel.

—Deberíamos esquiar —dijo Daniel porque no se le ocurrió decir otra cosa.

—Te veo en la cima —dijo Brit. Se acomodó el cabello rubio en una trenza a un costado del cuello.

—No, no esquío.

—Yo tampoco.

—Demasiado caro —dijo Daniel.

¿De verdad había pasado tanto tiempo desde la última vez que estuvieron solos? En Nueva York era difícil estar a solas. Todos corrían invariablemente a alguna parte, para tratar de llegar al metro o al camión, encontrarse con alguien en una esquina, pasar a una cafetería, a una librería o a una bodega para hacer algo rápidamente antes de lo siguiente. A Daniel le parecía que no habían hecho más que igualar el paso de la ciudad, tanto en su vida personal como en su carrera. El ritmo era rápido y, como la ciudad siempre tenía algo que hacer, resultaba fácil sumarse a sus filas. Mantener el ritmo era más sencillo que tratar de hacer espacio.

Sin embargo, algo en las montañas lo hacía todo más lento. Incluso él y Brit caminaban más lentamente de lo usual cuando se dirigían hacia el hotel. La base del chelo golpeaba la parte trasera de su muslo a cada paso, y eso le parecía extrañamente consolador. Brit también sonreía mientras se ponía un sombrero tejido sobre la cabeza.

—¿Entonces no me van a decir qué ocurrió? —preguntó Brit.

—Yo me porté como un imbécil y después él se portó como un imbécil, así que me pareció que debía golpearlo.

—Bueno. Espero que ya lo hayan superado para que podamos tocar esta noche.

—Ojalá —dijo Daniel, aunque no estaba tan seguro. El problema no parecía ser que hubiera algo en su interior, sino que algo faltaba—. Espero que su mano esté bien.

—Y la tuya también —dijo Brit.

—Bueno, sí.

—No recordaba que fuera tan bonito aquí —dijo ella—. Creo que estaba demasiado aterrada para ver lo agradable que era.

—Es difícil imaginarnos en ese entonces —dijo Daniel—. Cuando pienso en el grupo que compitió, el grupo que éramos, creo que... parecíamos niños.

—Bueno, éramos como niños —dijo Brit—. Ahora vamos a tener hijos.

—También tenía miedo —dijo él.

—No estábamos listos —dijo Brit.

—Ya sé.

Ella juntó las manos frente a su boca y exhaló. Siempre había tenido mala circulación. Daniel recordaba que hacía mucho se había despertado en su cama porque ella lo había rozado con el pie helado mientras dormía. En las noches buenas, cuando estaba de mejor humor, él ponía los pies sobre los de ella hasta que se los calentaba. En las otras noches, ella se iba antes del amanecer.

Todo eso se veía muy lejano, aunque en ese momento había parecido muy malo o muy bueno de una manera inmediata y perdurable. La gente simplemente se apartaba, pensó Daniel. Incluso Brit se había apartado, aunque la veía casi todos los días. Uno podía saber sobre la circulación de una persona, podía despertarla a mitad de la noche para que su sangre fluyera, y después podía simplemente apartarse.

—Pero estuvo bien que lo hiciéramos —dijo Brit cuando dieron vuelta en la esquina hacia su hotel absurdo—. Que compitiéramos cuando no estábamos listos. ¿No crees?

La subida hacia la recepción era larga y empinada. Daniel se detuvo para tomar el chelo que llevaba a la espalda y rodarlo sobre sus llantas el resto del camino.

—¿Tú crees? ¿Por qué?

—Porque fue como si pagáramos nuestras deudas —respondió. Estaba observando las montañas.

Sonaba como su madre. Eran dichos a los que la gente se aferraba para sentirse mejor, buena suerte que se atribuía a una gentileza deliberada. Sin embargo, al ver que Brit se soplaba en las manos y las montañas de postal detrás del hotel, él quiso ser como ella. Quiso creer en la buena suerte y en la gracia, pues no sólo sería más sencillo (y, de cualquier manera, ser más sencillo no era algo malo); también sería más libre. Uno realmente podía cometer un error.

Rodó su chelo tras de sí y empezaron a subir la colina a un ritmo más lento.

—¿Quieres dar una caminata después del almuerzo? ¿Tal vez explorar un poco? —preguntó.

—Ay, no, no creo —dijo Brit alegremente, como si le estuviera preguntando algo totalmente insulso y sin relación con él, como «¿Te gusta el brócoli?» o «¿Eres virgo?». Él tuvo uno de esos momentos de claridad social que cortan con tanta precisión que supo que, cuando pensara en ello más tarde, se diría a sí mismo en voz alta «no, no», como si tratara de borrar el recuerdo. Esto era lo que Daniel pensaba que era para Brit: alguien con quien compartía una historia, alguien interesante y cómodo con quien podría querer dar una caminata. Esto era lo que él era realmente para ella: alguien con quien una caminata sería casual y finalmente poco atractiva. Había dos Danieles, por lo menos dos, y casi se sintió sofocado por la claridad con la que podía verlo.

Cuando llegaron a la entrada del hotel, se le ocurrió que para ella lo que le había preguntado no era nada —un amigo, una caminata en el frío, una pregunta casual—, mientras que para él había sido un gesto, una apertura. ¿Una apertura a qué? No tenía un primer movimiento en mente, no tenía tema o motivo. Parecía que tenía ganas de regresar, enmendar, borrar. Sin embargo, no había manera de volver, sólo el tirón eléctrico del tiempo jalando hacia delante. Abrió la pesada puerta del hotel para que Brit pasara, y ella le dijo: «Ay, gracias, Daniel», y se adelantó para separarse de él.

El almuerzo fue aburrido —discursos del comité, un medallón de un pescado blanco que nadie pudo identificar, apretones de manos con personas cuyos nombres no recordarían—, y Henry ni siquiera se presentó. Jana lucía cansada, casi perturbada, y Daniel sugirió de manera general que durmiera un poco antes del concierto. Jana asintió y le apretó la mano de una forma poco común en ella, antes de marcharse con Laurent, del grupo de Montreal.

Brit también se marchó y Daniel se entretuvo viendo mapas turísticos en la recepción, pero no se imaginó en ninguna de las vistas panorámicas. No podía imaginarse en ninguna parte, en realidad, ni siquiera parado en esa recepción.

Se sentó en una silla acolchonada junto a los trípticos. Nunca le había molestado estar solo. Su hermano había crecido, se había casado y se había ido de casa cuando Daniel tenía doce, y la única persona con la que había vivido después de marcharse de casa de sus padres había sido Lindsay. Que prefiriera estar a solas siempre había sido un problema entre ellos. No tenían suficientes habitaciones en el departamento. Él quería un espacio al que pudiera acudir sin sentirse atado a nadie mediante un hilo invisible en la cercanía. No podía estar disponible para todos sus caprichos. Ella no podía soportar que él no estuviera. Pero ¿cómo era posible amar a una persona si no se sabía cómo era estar lejos de ella? ¿O cómo era ser sólo uno mismo?

Después de un momento regresó arriba y pensó que debía averiguar cómo estaba Henry, disculparse formalmente o dejar que él se disculpara, o quizá las dos cosas. Llamó a la puerta de Henry, sorprendido al escuchar un suave murmullo. Por lo general, a Henry le gustaba practicar por las tardes, o al menos tocar algo de sus propias composiciones. Sin embargo, la puerta se abrió cuando Daniel tocó, así que entró.

—¿Henry? —dijo, y las voces callaron.

—¿Daniel?

Sin embargo, la voz que pronunció su nombre no era la de Henry. Tenía acento, estaba teñida de petulancia y arrogancia, y pertenecía a Fodorio, a quien Daniel encontró sentado en una silla junto al escritorio, al otro lado de Henry, que estaba de pie y se pasaba una mano por el cabello de forma frenética. Fodorio: a Daniel le tomó un momento ubicarlo por lo poco que había pensado en él durante los últimos años. Lo recordaba menos como un antiguo juez de la competencia o un maestro ocasional del cuarteto que como un tipo que siempre aparecía en la foto de los comerciales de las sinfónicas, con la sonrisa blanqueada de Crest que anunciaba a un invitado de alto perfil (y muy bien pagado). Pero ahí estaba, Fodorio, en la habitación de hotel de Henry, el día del primero de sus conciertos de Esterhazy.

—Fodorio sólo está de visita —aclaró Henry.

—Pues claro. No pensé que viviera aquí —dijo Daniel.

Henry sonrió tontamente bajo el moretón. Era tan alto y escuálido que su nerviosismo lo hacía parecer un pájaro grande de otros tiempos, tembloroso y atrapado.

—Estábamos hablando.

Fodorio no se levantó, pero le ofreció la mano.

—Daniel. Me acuerdo de ti. El chelista atormentado, desde luego, desde luego.

Daniel estrechó su mano.

—No pensé que fueras parte del jurado este año.

Fodorio hizo un gesto con la mano.

—Oh, no lo soy. Pero siempre vengo, ya sabes, para apartarme y ver cosas. Es más divertido observar cuando no eres parte del jurado, si quieres mi opinión.

Las arrugas del rostro de Fodorio se habían vuelto más profundas a causa del sol y definitivamente no estaban presentes en las fotos retocadas que usaba para promoción. Tenía mechones grises en el cabello sobre las sienes. En la fresca tarde, llevaba un abrigo deportivo azul.

Daniel se sentó en el borde de la cama.

—Bueno, ¿de qué estaban hablando?

Fodorio se inclinó hacia delante con los codos sobre las rodillas, apretando las manos.

—Si quieres saberlo, de ti. De ti, de Jana y de la segunda violinista esbelta.

170

—Brit —dijo Daniel.

—Sí, Brit. Un nombre muy tonto, pero una intérprete sólida. De cualquier manera, hablábamos de sus opciones. Posibilidades. Del futuro.

—¿El de nosotros? —preguntó Daniel.

Henry dio unos pasos cerca de la mesita de noche.

—No, el mío —dijo.

Daniel no dijo nada. Estaba ocurriendo. Ahí estaba, el momento en que Daniel se enteraba de la intención de Henry de abandonar el grupo. Se sentía terrible, una especie aterradora de lo terrible, la especie de terror que uno siente cuando algo le ocurre y no puede evitar que le ocurra. Su cerebro trató de escabullirse del momento, de encontrar maneras de revertirlo. Imaginó que caminaba hacia atrás, que cruzaba la puerta, llegaba al pasillo, regresaba a la recepción y hacía esa caminata para ver el lago, observando el paisaje a solas. Esto no habría sucedido si hubiera elegido estar solo.

—¿Vas a vomitar? ¿Necesitas acostarte? —preguntó Fodorio.

—No —dijo Daniel bruscamente—. Sólo estoy… asimilando la información. Que estás tratando de… quitarnos… a nuestro viola.

—No trato de quitarles nada —dijo Fodorio—. ¿Qué ganaría? Le estoy explicando cuáles son sus opciones. Un talento como el suyo no debe desperdiciarse; bueno, no quiero decir que el cuarteto sea un desperdicio. Pero, verás, tocar en un cuarteto durante toda tu vida, incluso durante un tiempo, puede perjudicar tu técnica. Se te olvida cómo tocar solo. El matiz cauteloso, la claridad, la fiereza, nunca se te pide que los uses, así que se marchitan un poco. Mucho. Lo he visto. Un sonido como el de tu amigo Henry no debe enmudecer de esa manera. Y va a ocurrir, más temprano que tarde. Un día va a despertar, va a tomar su viola y el sonido será tres cuartos de lo que era, sin importar qué brazo de arco use. Un año más tarde, la mitad de brillante. Después, un cuarto. Luego habrá desaparecido. No hay mucho mercado para solistas de viola, pero hay algo.

Tras exponer su argumento, Fodorio volvió a sentarse y volvió a cruzar las piernas. Acababa de bolear sus zapatos y la luz de la montaña que entraba por las cortinas se reflejaba en ellos.

—Sólo estamos hablando —dijo Henry.

Daniel no podía recordar la última vez que había tocado como solista. Fodorio tenía razón, y eso era lo que realmente le daba náuseas, estar de acuerdo con él. Tocar solo era diferente. Casi no se requería escuchar, sin importar lo que los maestros o los profesionales dijeran; simplemente no era así. La sensibilidad musical era para uno mismo, en su mayor parte. ¿Estabas tocando tu mejor Brahms? ¿Ese era tu Gershwin con mayor *glissando*? Sin embargo, para tocar en un cuarteto sobre todo había que escuchar, ser sensible a las otras tres personas. Uno no podía tocar solo, a su tiempo o con su propia idea; ni siquiera podía respirar solo. De modo que no, hacía tiempo que no tocaba con fiereza. Ese descubrimiento lo golpeó plenamente en las entrañas, como si acabaran de colocarle un letrero: «Aquí no hay nada que ver».

—Estamos platicando —dijo Fodorio.

—Está bien —dijo Daniel. No le iba a rogar a Henry para que se quedara. Había muchas cosas que deseaba decirle: cómo realmente no habían llegado a donde querían y que debía esperar a que eso sucediera, ver qué se sentía; cómo les debía quedarse (no sabía exactamente para qué, pero parecía que, si Henry se iba, dejaría una esquina del grupo asimétrica y coja, y ¿alguna vez ellos lo habían dejado cojo a él?).

Sin embargo, quizá Henry se marcharía de cualquier manera, al hacer su propia familia. Después de todo, él era el único que tenía familia ahí, en el festival. Henry siempre había sido distinto en ese sentido.

Daniel se levantó. Fodorio alzó una mano y le dijo:

—¿No me vas a preguntar?

—¿Preguntarte qué?

—¿Por qué no te hablo a ti de ese tipo de carrera?

Daniel tragó saliva.

—No; no te iba a preguntar.

—Entonces, sabes que en realidad no tiene que ver con el talento. Es la forma como tocas. Tú y las otras dos, las mujeres, tocan como deben, como químicos que se mezclan. No, no; es bueno. Hace cuatro años no estaba tan bien, déjame decírtelo, era un poco caótico; pero tenían que entrar ahí, en el caos, para encontrar el equilibrio. Y en ese entonces tampoco era horrible. No perdieron porque fueran terribles, sino porque tenían demasiada energía, una energía que todavía no sabían cómo usar. Ustedes tres son así, pero Henry tiene una chispa diferente.

—No te pregunté —dijo Daniel.

Henry dio un paso hacia él.

—No les digas a los demás, ¿okey?

—De acuerdo. Tampoco le hablaré a Fodorio de la tendinitis de tu brazo o de tu mano o lo que sea. No querría escuchar algo así.

Daniel salió de la habitación e hizo un esfuerzo por azotar la puerta, pero no lo consiguió. Bajó rápidamente por el pasillo mirándose los pies y casi chocó contra Jacqueline, la hermana de Henry, en un extremo del pasillo. Era lo contrario de su hermano: baja, morena y seria. La marcada diferencia entre ellos siempre había sorprendido a Daniel, sin importar cuántas veces estuviera a su alrededor.

—¡Ah! Dios, ¿estás bien? No me digas…

Él tocó el brazo de Jacqueline.

—Lo siento. No; todo está bien. Tu hermano está en su habitación planeando algún tipo de escape, pero no importa.

Jacqueline rio.

—Siempre es así; es el niño que entra en una habitación y busca todas las salidas. No se siente cómodo a menos que haya una forma de escapar, ya lo sabes.

«¿Lo sé?». ¿Cuánto sabía intuitivamente de los miembros del cuarteto sin manifestarlo de forma consciente? Sabía que Henry era excéntrico en relación con la puntualidad y también bobo, cálido y brillante. Pero ¿sabía lo que Henry necesitaba? ¿Se lo estaban dando? ¿Podían hacerlo?

—No te preocupes tanto —dijo Jacqueline—. Si he aprendido algo de mi relación con Henry, diablos, de mi relación con cualquier persona, es que debes confiar en que el otro estará ahí. Es lo único que motiva a gente como Henry: se trata de estar unido a alguien, de fe en que se presentará. Preocuparse no sirve para un carajo.

—¿Y qué me dices de golpearlo en la cara? ¿Lo has intentado?

Ella giró los ojos y empezó a caminar junto a él.

—No te preocupes —dijo otra vez, como alguien que realmente estaba emparentado con Henry.

En su habitación, Daniel trabajó con el Shostakóvich leyendo la partitura. Técnicamente, el Ravel era la pieza más difícil, pero ya la habían tocado muchas veces antes. Era la primera pieza realmente difícil que habían dominado. Sin embargo, el Shostakóvich era menos organizado o menos obviamente lógico. Unir las frases, hacer que los fragmentos y los saltos compusieran una unidad requería una cantidad exhaustiva de concentración. No se podían saltar un milisegundo de la pieza. Era útil ver la partitura, que Daniel siempre tenía a sus pies en los ensayos. Era útil verlo así expuesto. A veces leía partituras como la gente leía libros, antes de dormir, en el café, en busca de una buena historia. Sin embargo, para Daniel leer las partituras de los cuartetos de Shostakóvich era como leer una novela rusa: cuando finalmente comprendías una línea desesperada, tenías que ser capaz de verla por partida doble: primero, como parte de una tragedia mayor, y segundo, como una gracia individual.

Una vez que tocó toda la pieza en su cabeza, todas las partes, cerró la partitura y la dejó sobre el escritorio. ¿Qué sabía él de quedarse o irse? Tenía que meter los papeles del divorcio; los trámites eran un castigo cruel por haber fracasado en una promesa gubernamental. Todo sonaba como un fracaso —divorcio—, y nunca había causado tantas decepciones como en los últimos meses. Tenía treinta y tres y, hasta ahora, lo más intenso que había sentido era la ausencia de Lindsay, y lo que experimentaba era el brillo ligero de la ausencia de sí mismo. Sentía más emociones por su partida de las que había sentido cuando estaba con ella, y eso lo deprimía aún más. Podía enamorarse más apasionadamente de una silueta de Lindsay, una pérdida con forma de Lindsay, más fácilmente de lo que podía haberse enamorado de ella.

E incluso ahora, mientras se preparaba lentamente para ese importante concierto, trataba de repasar su pérdida de forma metódica, de equilibrar el costo emocional. Intentaba descifrarlo con papel y lápiz, hablando con Lindsay en su cabeza, tratando de dar sentido a las cosas. Trataba de poner las pequeñas piezas de su relación en una ecuación matemática, aunque el resultado siempre fuera cero. *Esto* porque *esto*.

Sin embargo, su decisión de casarse con Lindsay en parte se había debido a que esto no era igual a *esto*. Eran tan diferentes uno del otro que lo suyo era constantemente cinético, chispeante. Su relación con el cuarteto era similar en teoría, pero diferente en la práctica. También era cinética, pero en el proceso de hacer música la fricción resultaba más tranquila. Desde luego, nunca podían coincidir perfectamente en lo personal. Y desde luego que Henry pensaba en marcharse. Alguien siempre estaría pensando en eso.

Daniel se encontró con Henry y su familia en la recepción. Henry se veía menos amoratado e hinchado que antes y no dijo nada sobre Fodorio. La madre de Henry abrazó con fuerza a Daniel y él se sintió contento de que por lo menos los familiares de uno de ellos estuvieran ahí. Ese amor ilimitado hacía que todo pareciera menos importante. Daniel vio que no era sólo la falta de dinero lo que le impedía tener un respaldo como el resto de ellos, sino también la falta de familia.

Las mujeres se habían adelantado, así que Daniel caminó con la familia de Henry hacia la sala, con los instrumentos a la espalda. La madre de Henry hizo todo tipo de preguntas, aunque no las que no debía hacer (sobre Lindsay), y el padre de Henry hizo bromas con buen talante sobre los canadienses y el ojo de Henry. ¿Cómo había terminado Henry siendo un hombre-niño con una familia como esa?, se preguntó Daniel. Sin embargo, Henry, seis años menor, en realidad seguía siendo un muchacho.

—¿Estás llorando? —preguntó Henry cuando se separaron de su familia.

—Cállate —dijo Daniel.

—Bueno, pues yo no. Aunque me duele bastante.

—No se lo digas a Jana. Si no ganamos, pensará que esa es la razón.

—No; creo que es bueno —dijo Henry—. Combustible para el fuego, ya sabes.

Daniel no sabía.

Tenían camerinos privados. Ahí, Daniel practicó las partes difíciles del Shostakóvich, repasándolas siete, quizás ocho veces, hasta que quedaron perfectas, hasta que sus dedos memorizaron las posiciones y tocarlo parecía fácil. Se sentía seguro de la interpretación, por lo menos en cuanto a sus manos.

Sin embargo, aún le dolía que Brit no hubiera querido ir a caminar con él. No podía olvidarlo, y mientras ensayaba volvía a repasarlo en su mente. ¿Estaba castigándolo por haber elegido a Lindsay? ¿Él se arrepentía de haber elegido a Lindsay?

Sabía que no lamentaba haber perdido a Brit —ni siquiera habían estado seis meses juntos, y en ese tiempo en realidad no habían estado juntos— ni estaba enamorado de ella en ese momento. Había todo tipo de razones por las que no eran buenos uno para el otro, y ella no era ningún ángel. Para empezar, amaba a la gente con demasiada facilidad. Daniel siempre sintió que cuando Brit lo tocaba en aquel entonces, él tenía que pelarse la mano de ella de su piel, removerse de su mirada, si quería escapar. Brit tenía debilidad por preguntarle cosas demasiado penetrantes —qué se había sentido crecer en Texas, por qué no creía en Dios, a qué hora de la noche había nacido—, pero no se interrogaba lo suficiente a sí misma: por ejemplo, nunca se preguntaba por qué amaba a alguien o por qué no podía simplemente decidir no sentirse mal si alguien no correspondía su amor. No pensaba en las cosas de manera que le fuera posible hacer elecciones. Siempre era la víctima. Siempre parecía aburrida cuando no estaba sonriendo, o sea, cada vez que tocaba o pensaba, y uno se daba cuenta de que no pensaba ni practicaba lo que decía antes de que le saliera de la boca, así que a veces era difícil entenderla. Y fruncía demasiado los labios al pronunciar palabras con sonido de «o», como para esconder el diente chueco que tenía del lado izquierdo. Eso era desesperante.

También eran muy parecidos, y en ese entonces Daniel pensaba que su naturaleza similar tendría un efecto de cancelación, que uno eliminaría al otro. En esos pocos meses que pasaron juntos, a menudo se sentaron en el sillón, enredados uno con otro, y la conversación era como un carro que aceleraba, ganaba velocidad, aumentaba y seguía a ritmo constante. Daniel nunca se había sentido tan entusiasmado simplemente hablando con alguien. Desde luego, las largas piernas pálidas de Brit salían de su vestido y se metían bajo su cuerpo, y los dos sabían que terminarían en la cama cuando la conversación se apagara, pero primero hablaban animados de Heitor Villa-Lobos y la música folclórica sudamericana y la situación de los compositores contemporáneos, en especial los compositores contemporáneos pretenciosos que conocían, o si Henry alguna vez crecería o compondría algo o dirigiría algo, o si a Jana realmente le caía bien alguno de ellos, y cómo era que Jana había conseguido su sonido brillante: ¿era la acción sobre las cuerdas, eran los maestros de la antigua escuela rusa, era la vieja manera como siempre había tocado? La conversación nunca había sido más emocionante y extenuante, y él nunca se había sentido más expuesto. Como si estuviera hablando con una versión original de sí mismo, una versión que pudiera ver las capas de falsedad y la armadura que se había puesto para conseguir atravesar el día, la semana, la parte de su vida en la que trataba de convertirse en algo. Brit había sido sustancia; había sido sólida. Había sido demasiado.

El punto era que la vieja Brit y el viejo Daniel habrían aprovechado la oportunidad de pasar una tarde caminando juntos en un pueblo nevado. Supuso que ahora esas personas ya no existían y no podía darse el lujo de lamentarlo.

Tocó el solo que tenía en el cuarto movimiento, una melodía acechante que necesitaba las cuatro cuerdas, entonación perfecta, poco *vibrato* y agilidad precisa. Todos se exponían en el Shostakóvich, y Daniel quería hacerlo bien. Tenía la música enfrente, pero cerró los ojos mientras tocaba e imaginó la partitura. Había silencios en todas las partes salvo en la suya, las largas ligaduras atravesaban el pentagrama, notas negras simples, espaciadas a una distancia civilizada unas de otras, y después Henry se unía, armoniosamente, y Jana retomaba la melodía. Verlo era tocarlo.

Sin embargo, cuando llegó al fa de la cuerda re, el lobo sonó en lugar del tono y la sorpresa le desvió la mano de manera que las siguientes notas salieron terriblemente desafinadas. Abrió los ojos y dejó de tocar. Había sonado terrible. Se había equivocado.

Una vez que se sentaron bajo las cálidas luces del escenario y los aplausos de bienvenida se apagaron, Daniel olvidó por completo cómo habían llegado ahí. No podía *recordarlo*. Lo que sí podía recordar —incluso mientras empezaban a tocar las primeras frases de Mozart— era que había llegado a las piernas del telón temprano y sólo había encontrado ahí a Jana, esperando con su vestido estrecho, contemplando el escenario a oscuras, sus cuatro sillas vacías acomodadas ahí. En la sombra notó cómo el rostro de Jana había cambiado en los últimos dos años. Ella había crecido; las líneas de su rostro le daban un aire resuelto y eran femeninas; sus ojos castaños lucían estrechos y concentrados. Estaba seguro de que su propia cara se veía más vieja.

—¿Alguna vez pensaste que llegaríamos aquí? —preguntó él mientras palmeaba su chelo con la mano repentinamente sudada.

Jana lo miró.

—Estuvimos aquí hace cuatro años.

—No, o sea, ya sabes, *aquí* aquí. Me refiero a estar a punto de hacer esto.

—Todavía no lo hacemos. Y, después del ensayo de hoy, no estoy segura de que lo logremos. —Jana cruzó los brazos y observó el suelo, marcado con cinta adhesiva blanca que no les decía nada a ninguno de los dos; sin embargo, no se marchó—. Pero, para responder a tu pregunta, sí. Sí pensé que llegaríamos aquí.

Daniel sonrió.

—Yo también.

Por un momento, los dos observaron el auditorio, casi totalmente lleno. Ninguno buscaba a su familia.

—Imagino que tus papás no están aquí —dijo Jana.

Daniel rio un poco.

—No.

—A veces se me olvida tu familia —añadió Jana.

Daniel no dijo nada, pero pensó: «A mí también». ¿Dónde estarían ahora? Su madre, en la habitación, leyendo la Biblia entre muchos cojines decorativos baratos; su padre estacionado frente a la televisión, sin haberse bañado, con un vodka en la mano.

—No es justo —dijo Jana. Hablaba en voz baja, como casi nunca— que tuviéramos que escapar de esos…, del pasado, de nuestra familia.

—No, no es justo —contestó Daniel—. Por lo menos Brit escapó de su pasado. Ella siempre actúa como si fuera la víctima de su situación, pero de alguna manera es afortunada.

179

Las luces del auditorio se oscurecieron y Daniel se dio la vuelta para llamar a Brit y a Henry, pero ya estaban ahí, a menos de dos metros de distancia; el rostro blanco de Brit parecía un fantasma en la oscuridad, afligido. Daniel no sabía que ella estaba tan cerca y que pudo haberlo escuchado. Se movió hacia ella como para decir algo, pero no le salió nada. «No fue mi intención, no pienso, no puedo decir, lo siento, te amo». Aunque esos sentimientos eran verdaderos, habrían sonado como mentiras porque ahí había una versión despreciable, rígida, desnuda y malformada de Daniel que finalmente ambos podían ver. Sin embargo, antes de que pudiera decir cualquier cosa, las luces se encendieron, los aplausos empezaron y los condujeron hacia el escenario. Comenzó el Mozart, poco generoso con los asuntos del sufrimiento humano.

Los otros tres comenzaron la pieza; Daniel permaneció en tácet durante las primeras frases. Era un Mozart cómodo y clásico, aunque más rico y más lleno que en sus primeros cuartetos: los octavos sonoros de Henry bajo la melodía alta de Jana y los tonos familiares de «Eine Kleine Nachtmusik» que asomaban de vez en cuando. Era una pieza perfecta para iniciar una presentación. «Ah —pareció decir la audiencia—, esto es algo que comprendemos». Era alegre, aunque el corazón de Daniel se estremecía bajo la música. No podía mirar a Brit, ni siquiera cuando compartían la misma línea interior, quebrada y disonante.

Alguna vez alguien le había dicho que tocar a Mozart y a Haydn era como si los órganos se juntaran en el centro y el plexo solar se abriera en una sonrisa. En ese momento no había una sonrisa en el centro de la pieza.

En el espacio entre Mozart y Ravel, donde cambiaron la partitura y soltaron los brazos (tómense este momento para descansar los músculos, siempre les decía a sus estudiantes; los descansos no son frecuentes), Daniel observó a Henry, cuyo ojo hinchado hacía que pareciera que guiñaba un ojo, y quizá lo estaba guiñando. Miró a Jana, cuyo rostro pétreo ocultaba una corriente de preocupación. El Mozart no había sido lo suficientemente perfecto para asegurar el resto de la presentación. De hecho, se había sentido como algo ajeno a ellos, como ver a un antiguo amante que partió hace mucho: se reconoce la gran huella del amor que una vez dejó, aunque uno no se sienta ya conmovido por ese amor.

Empezaron a ejecutar el cuarteto de Ravel. La apertura del primer movimiento requería un toque ligero, líquido; la frase comenzaba como si se sumaran a una melodía elemental que ya hubiera principiado. Aquí, estaban acelerándola. La pieza era hermosa pero también trágica; tenía momentos feroces y agresivos, y después regresaba a un tema semejante a un Monet. Incluso en el segundo movimiento, cuando todos estaban en *pizzicato*, era una sinfonía y cada quien atacaba su instrumento, pero en tiempo y melodía.

¿Pero sí lo habían tocado de esa manera? Daniel no tenía forma de saberlo; su cerebro seguía entre las piernas del telón, buscando frenéticamente una manera de borrar esa mirada del rostro de Brit.

El movimiento final del Ravel, *vif et agité*, breve y emocionante, terminaba con un acorde optimista en fa mayor, pero era un tipo diferente de fa mayor del que necesitaban para comenzar el Shostakóvich. Esperaron un tiempo respetuoso para permitir que hubiera aire entre las piezas. Daniel podía ver que Jana estaba sudando; percibía el brillo alrededor del nacimiento del cabello. Él también sudaba. Intentó captar su mirada, pero ella veía la primera página del Shostakóvich; Daniel sabía que Jana trataba de escucharla dentro de su cabeza antes de guiar la apertura. Necesitaba captar su mirada. Si no conectaban, si alguien no conectaba, todo se desmoronaría.

Finalmente ella levantó la vista, pero no hacia él; más bien, a través de él. Él miró a Henry, que le devolvió la mirada, y Daniel recordó con un sobresalto que era él quien comenzaba la pieza, con una versión solitaria de la melodía sombría. Comenzó, y Henry entró a medio camino en su frase, en una versión un poco más rápida. A continuación entró Brit, y después Jana para completar la ronda, pero cada tempo era subsecuentemente diferente, una intención por corregirlo que sólo se sumó a la descomposición del tiempo. Sin embargo, todos siguieron tocando. No tenían opción. Daniel lo escuchaba: cada uno tocaba como si tocara a solas, pero juntos. Hacía años que no tocaban así.

El pánico inundó el pecho de Daniel, las manos se le humedecieron, y cuando escuchó los primeros ruidos —un gemido primitivo seguido por el grito de una mujer—, pensó que se trataba de la manifestación sonora de su interior.

Pero no era así. Siguieron otros gritos agudos del público y Jana dejó de tocar abruptamente. Los demás la imitaron como si un juguete fuera apagándose. Jana se protegió los ojos de las luces del escenario y observó la audiencia. El director de escena entró por entre las piernas y levantó una mano hacia Daniel, mientras se presionaba un auricular con el dedo.

—Esperen —dijo—. Estamos averiguando lo que pasa.

Tras una señal, se encendieron las luces del auditorio. Daniel vio que en el extremo izquierdo del teatro unas personas se levantaban, se inclinaban sobre algo o alguien.

Jana volvió a sentarse.

—¿Tenemos que quedarnos aquí sentados? —murmuró.

—Nadie nos está observando —dijo Brit.

—Bueno —dijo Jana—. Imagino que podemos volver a empezar, pero esta vez sin que suene como un pedazo de porquería.

Observó a Daniel. Este se miró los pies, los zapatos negros maltratados que alguna vez habían sido tan brillantes, y sintió que el saco del esmoquin le jalaba por la espalda cuando se encorvó. Era su culpa que hubieran empezado mal el Shostakóvich (con pereza), pero no era completamente responsabilidad suya que no hubieran encontrado una manera de arreglarlo. Nadie había estado completamente ahí. Todos habían dejado partes de sí mismos fuera del escenario, en sus preocupaciones, lamentos, traiciones. El descarado Shostakóvich reveló lo que Mozart y Ravel habían ocultado con generosidad: no habían sido de ninguna manera el grupo unido que habían construido con tanta facilidad en los últimos años.

Esa noticia fue atemorizante para todos. Para todos salvo para Henry, quien la sintió con una onda de alivio tan absoluta que por un momento tuvo náuseas. Era libre.

El director de escena regresó, se agachó entre Brit y Daniel con una mano en cada uno de sus brazos y les dio las noticias. Según había escuchado, alguien había tenido un ataque cardiaco o algo por estilo, y todas las partes involucradas habían salido del teatro para ir al hospital. No, no sabían si la víctima (¿era víctima si no estaba muerto? ¿Cómo había que referirse a alguien que había sufrido un ataque al corazón pero seguía vivo?) estaba bien. Y sí, tenían que volver a empezar el Shostakóvich, y el fragmento de la pieza que habían tocado antes del incidente no contaría como parte de la competencia.

Henry consideró decir: «Pero no quiero». No lo dijo, sin embargo, porque, si bien era posible que no quisiera tocar o seguir tocando, *podía* tocar y podía hacerlo bastante bien, con todo y el ojo hinchado. Sintió su cerebro dentro del cráneo como un cuerpo de agua que se hubiera soltado de un sedimento profundo, y como si ese pensamiento —«no quiero»— hubiera roto la superficie líquida con un chasquido satisfactorio y casi sin ruido.

Los pensamientos de Daniel eran más atemorizantes. Alguien podía estar muriendo, pensó. Probablemente alguien estaba muriendo. Todos eran sólo órganos, sangre bombeando, y nadie era libre de esa circunstancia. Nadie era libre. Su pánico se transformó una vez más, esta vez en la idea de que él, de hecho, iba por la vida decepcionando a la gente.

Antes de que volvieran a comenzar —y qué agradecidos estaban de tener una segunda oportunidad, y qué terrible había sido la razón—, Daniel se obligó a mirar a Brit directamente a los ojos.

Quizás había sido por eso por lo que había estado tan torpe. Las voces interiores ni siquiera podían mirarse unas a otras.

Brit le devolvió la mirada, inclinó la cabeza, y cuando las luces del auditorio se oscurecieron y las del escenario se encendieron, articuló algo con los labios. Él no pudo verlo por completo, pero Jana se aclaró la garganta y él comenzó, y seis barras y media después —siempre recordaría eso, seis barras y media después— se dio cuenta de lo que había dicho: «Te amo». No como confesión, no como insulto, no como anuncio. Como hecho: te amo, aunque seas tu peor versión posible, aunque seas tú quien nos impida ganar esta competencia. Te amo porque todos nos amamos, porque tenemos que hacerlo. En alguna especie de contrato que nadie jamás vio ni firmó. Un contrato vivo. Te amo porque, si no lo hiciera, no habría nada, sólo sillas vacías, un hombre muerto, partituras efímeras.

Henry no recordaba haber firmado un contrato, sin embargo. ¿Cuándo había hecho esa elección? Podía recordar la decisión de tener el bebé, de comprometerse con Kimiko; de pie en Central Park en agosto, con el sudor bajando por la espalda, la manera como nada movía las hojas de los árboles, el calor pesado que se asentaba sobre ellos, suspendiendo todo en una quietud resignada y contemplativa; había sentido que el interruptor cambiaba, si es que no lo había accionado él mismo: «Elijo esto».

No obstante, el Shostakóvich ya estaba en camino; Daniel había comenzado con todos esta vez. Henry tocó porque eso era lo que hacía. Ellos tocaban. Lo hacían porque eran buenos para ello. Especialmente Henry. ¿Pero y si era especialmente bueno para otras cosas también, como ser una pareja para Kimiko, o un solista, como ella se lo había dicho, o un padre? ¿Y si era mejor como padre que tocando la viola, si era igualmente bueno? ¿Y si era peor?

Ahí estaban esas personas, una de las cuales lo había golpeado en plena cara la noche anterior. ¿Por qué esas personas terribles y hermosas valían lo suficiente para que él dejara fuera sectores completos de su vida? ¿Por qué ellos —alguna vez gente no elegida, regular, que había chocado de maneras regulares con otras personas regulares— estaban relacionados de manera inextricable, atados por viejas ataduras, y cada respiro resonaba en la respiración de los otros tres, como un monstruo, como un milagro?

Jana sabía que valía la pena. Tocaba el Shostakóvich con la absoluta certeza de que valía la pena. Sin embargo, se había sentido agitada en ese viaje, no sólo por el extraño comportamiento de Henry y el malestar emocional de Daniel, sino también por el guapo intérprete de St. Vincent, Laurent. Había mostrado interés, Henry tenía razón, y si Henry iba a arruinar su vida por amor, ¿por qué ella no podía hacerlo también? Estar con Laurent sería algo voluntario, así como con su voluntad había dado vida al cuarteto, como por su voluntad los había llevado a Esterhazy por segunda vez. Sin embargo, le preocupaba un poco. Nunca antes había permitido la entrada al mundo exterior, no de la manera como lo hacía Henry, y no sabía si había espacio para él en su carrera. Durante el Shostakóvich, en esta ocasión por lo menos, no había un solo espacio para nadie más.

Brit también estaba soltando a la gente. Era lo que debía hacer para tocar. Había soltado a Daniel con su mirada, pero en realidad su intención había sido soltarse a sí misma. Habían pasado años —años— desde que se decía que lo había superado, y lo había superado de todas las maneras como era posible superar a un hombre que se sentaba a su lado para tocar música todos los días. Había una parte de él —se dio cuenta en el primer movimiento de Shostakóvich— que había crecido dentro de ella, y probablemente también al revés, y así era como sabía que estaban bien profesionalmente. Era como sabía que él se había sentido herido por la tarde, cuando ella se negó a ir a caminar con él, y como reconocía exactamente el momento en que él había comprendido las palabras que ella había articulado, y que estaba agradecido, y apenado, y también igual que siempre. Era una admisión —te amo—; ya se había hartado de negarlo, y también se había hartado de satisfacer.

Con la mirada de Brit, Daniel se liberó de quien había sido momentáneamente; fue eso lo que, conforme se desplegaba el primer movimiento (que Shostakóvich había renombrado de «Allegreto» a «Alegre ignorancia del futuro cataclismo», para evitar acusaciones de formalismo), lo hizo reflexionar sobre la persona que había sido, a la cual ya no tenía acceso, y era porque esa persona era oscura, cerrada y dura. Tenía que abrirse —un sentimiento familiar, como la música siempre lo hacía sentir, más grande y más pleno—. Era porque había una historia en la partitura —una historia que a Daniel le parecía tan reconfortante—, donde era capaz de verlo todo de una vez, ver lo que oía. Las historias siempre nos llenan.

Esa era la historia del cuarteto de Shostakóvich, como Daniel la veía en la oscura conversación de la partitura en su mente: en el primer movimiento, Jana trataba de convencer al público de un plácido tema pastoral; las notas de acompañamiento eran marciales, marchando siempre hacia delante, y, conforme el tema marcial empezaba a sobreponerse a la melodía pastoral, Jana se esforzaba y al final, en una coda acelerada, ganaba, dos suaves notas puntuadas a tiempo en dos octavas armónicas. Sin embargo, después, en el segundo movimiento («Estruendos de intranquilidad y expectativa», definitivamente no «Moderatto con moto»), Henry repetía tres notas arduas de modo implacable —parecía un poco implacable, con el rostro duro; el esfuerzo se mostraba por una vez, pero su sonido era claro y exacto—, y el solo extendido de Jana, ahora diferente, no se alineaba con el ciclo de tres notas de Henry. Las notas se manipulaban de manera que aparecieran en un compás completamente diferente, y la melodía ya no era pastoral, sino agresiva. Furiosa. Daniel veía los tres compases en competencia en la página. Shostakóvich era una bestia cuya obra era difícil para muchos oyentes porque sus cuartetos no encajaban en ningún molde. También ellos querían ser libres.

Daniel perdió de vista la partitura, lo que coincidió con la toma de conciencia de algo de lo que Brit siempre había tratado de convencerlo: que no sólo la música te hace más grande; la gente también. La gente te aporta historias. La gente te hace expandirte.

Y al comienzo del cuarto movimiento, Henry también encontró su razón. Porque esos eran los sonidos gimientes de una especie de familia, el zumbido de la sangre, la tensión de los músculos, la pausa de las venas. ¿Qué otra cosa podían hacer además de producirlos?

Daniel no tenía una partitura, sino una historia. Ahí estaban esas pausas triples, que tocaban juntas pero separadas, y el perturbador solo de Daniel, un solo que era un lamento. El cuarto movimiento sufría hacia el quinto, y el quinto —que Shostakóvich renombró «¿Por qué? ¿Y para qué?»—, furioso hasta el final, donde el tema pastoral del inicio volvía a tocarse, esta vez sumamente disminuido, apenas audible, más lento y sin complicaciones. Toda esa desesperación abría paso a…, bueno, se rendía. ¿Cuál era el título original, en italiano? Daniel no podía recordarlo. El movimiento se marchitaba cada vez más hasta que Brit guiaba a Daniel y a Henry hacia una serie de notas plenas poco articuladas, una después de otra, tantas y por tanto tiempo y tan bajas que era como si apenas golpearan un acorde sísmico que hacía que la tierra vibrara, de otra manera no podía escucharse su frecuencia, y al final Jana puntuaba las dos notas finales —«Muy bien, abandono la esperanza, ustedes también pueden»—, y las notas no terminaban sino que se morían.

El resultado era incuantificable. Estaba la manera como se habían sentido mientras tocaban —perdidos, irreales, como si hubieran soñado el mismo sueño enfrente de cientos de personas— y la manera como se habían sentido después —vacíos, usados, pero unos por otros— y la manera como todos los demás se habían sentido al final —eufóricos, celebratorios, rebosantes—. Era difícil percibir dónde terminaban los sentimientos de uno y dónde comenzaban los de los demás después de la hora que habían pasado en el escenario, adentrándose unos en otros, eliminando deliberadamente los límites que había entre sus cuerpos y sus cerebros, volviendo porosas sus expresiones.

Debido a la extenuación causada por la presentación, y a que en cuanto bajaron del escenario el director de escena fue hacia Henry con urgencia frágil y se paró tan cerca de él que sus narices casi se tocaron —le dijo a Henry que había sido su hermana quien se había desmayado entre el público, a quien habían llevado al hospital, quien había detenido la interpretación, y que había sido la esposa de Jackie la que había gritado, y que su hermana ahora estaba en el hospital del pueblo bajo la montaña, en un estado que no conocía, pero que toda su familia estaba ahí (se habían perdido el concierto), y que había un carro que lo estaba esperando y que su presencia se solicitaba de inmediato—, la reacción de Henry fue plana, ilegible. No le quedaba ninguna expresión.

El grupo se paró alrededor de Henry, hombro con hombro, respirando el mismo aliento cálido durante algunos segundos antes de que alguien dijera algo.

—Yo voy con él —dijo Daniel, y comenzó a dar instrucciones. Brit llamaría a Kimiko y Jana hablaría con el director sobre los siguientes pasos. Jana le quitó a Henry la viola de las manos y la guardó, y sólo después de que Daniel y Henry salieron por el camino de atrás, por un pasillo vacío hacia un carro que los esperaba afuera, Henry dijo:

—Esperen. ¿Qué? ¿Qué le pasó a Jackie?

Daniel no lo sabía pero dijo:

—Algo de su corazón.

El carro era como el que los había llevado ahí desde el aeropuerto, y el espacio que antes se había sentido demasiado atiborrado ahora parecía demasiado grande y vacío, el aire frío como el acero. La cara de Henry se convirtió en un gesto de impaciencia.

—Va a estar bien —dijo Daniel, extendiendo una mano en el espacio alrededor de la rodilla de Henry, aunque sin tocarlo.

—Ni siquiera lo sabía —dijo Henry—. Alguien debió decírmelo. Debimos dejar de tocar.

—No sé —respondió Daniel—. Quizás. O sea, nos detuvimos, pero después volvimos a empezar.

Las palabras de Daniel, que señalaban lo obvio, se quedaron colgando en el aire el tiempo suficiente para que Daniel pensara que Henry lo golpearía por haber dicho, de nuevo, nada. Por no tener nada que decir. Por no comprometerse con nada. Sin embargo, conforme se acercaban al pueblo más grande al pie de la montaña, bajo la luz de los faroles vio que el rostro de Henry apenas lo había registrado. La cara de Henry, y su mente y su cuerpo, estaban por completo en otro lugar, un lugar al que Daniel nunca podría ir por más que se esforzara.

En el hospital, Daniel se quedó esperando afuera de la habitación de Jacqueline mientras Henry entraba. Sin embargo, las cortinas de la ventana que daba a la habitación estaban parcialmente abiertas, y echó un vistazo. Los padres de Henry y la esposa de Jacqueline estaban de pie alrededor de la cama y Daniel pudo ver a Jacqueline, con una palidez gris en la piel, pero con los ojos abiertos; sonrió cuando Henry se integró al círculo. Vio el perfil de la esposa de Jacqueline —¿cómo se llamaba?— hinchado y lleno de lágrimas. Su nombre era Anne.

Daniel se sentó en una banca cerca de una máquina expendedora que emitía un zumbido sordo pero aterrador. Tenía los pantalones de vestir arrugados y el sudor de su camiseta empezaba a apestar. Sentía que debía llamar a Brit o a Jana, pero antes quería tener algo que decirles. Los dedos le cosquilleaban con la rigidez posterior a una presentación. Había sido una extraña manera de salir del concierto. Por lo general, después de una interpretación había gente que les entregaba bebidas y pequeños platos de comida, además de felicitarlos; Daniel solía beber una copa más de las que debía y terminaba tirado al pie de la cama de hotel sin destender, babeando sobre el rodapié hasta la madrugada. Ahí no había nadie; lo esperaba una habitación de hotel vacía, y un momento familiar privado ocurría al otro lado del muro. Él estaba al borde del divorcio y accidentalmente había herido a Brit antes del concierto. Y, por cierto, ¿cómo habría estado el concierto? Era difícil saberlo fuera de contexto. Contó los chasquidos de la luz fosforescente, pero no encontró ninguna regularidad.

Debía llamar a alguien, volvió a pensar; pero no lo hizo. Y esta era la razón: en algún pequeño rincón de su cuerpo exhausto y encorvado, se sentía satisfecho de que algo terrible le hubiera ocurrido a Henry. A Henry, a quien nada terrible le había ocurrido en su vida entera, a quien le habían dado, sin preguntárselo, talento, amor, familia, objetivos, tranquilidad. Y Daniel comprendía que, básicamente, eso no alteraría la vida de Henry, quien continuaría recibiendo bendiciones de algún depósito de buena fortuna que había para él, pero que ahora estaba sufriendo, un sufrimiento real, no uno que Daniel conociera (Daniel, cuya familia no había padecido una enfermedad física, sino aquella que afecta la comunicación entre planetas distintos), y que, sin embargo, era un sufrimiento tangible. Estaría parcialmente quebrado y, cuando Daniel pensaba en eso, imaginaba que Henry y él podrían reconocerse uno al otro de una manera nueva.

Después de un rato, el padre de Henry, de cabello gris y cara marcada con líneas de expresión, salió de la habitación, abrazó a Daniel y le explicó que posiblemente Jacqueline se había desmayado debido a una cardiomiopatía que todavía no se le había diagnosticado —aún no estaban seguros de ello— y que los síntomas habían aflorado por la altura y la bebida. Era un problema relacionado con los músculos de su corazón, una enfermedad hacía mucho latente que afectaba la manera como esos músculos se comprimían. Estaría bien con medicamento y un ligero cambio de estilo de vida.

—Ya no podrá comer pesado —dijo, riéndose un poco, realmente riendo—. Le va a resultar difícil porque es chef.

—Me da mucho gusto —dijo Daniel—. Me da mucho gusto que vaya a estar bien.

—A mí también, hijo —dijo el padre de Henry—. Ya deberías irte; vamos a estar bien. Ve a celebrar; fue un concierto magnífico.

—¿De verdad? No sé muy bien.

—Ay, no; yo creo que sí sabes —dijo el padre de Henry guiñando un ojo.

Había un mundo en el que los padres guiñaban el ojo. El padre de Henry ni siquiera había escuchado el concierto completo y le estaba diciendo esas palabras. Daniel sintió que se le comprimía el pecho, como si dos icebergs chocaran. Quiso abrazar al padre de Henry.

Antes de que Daniel pudiera tomar una decisión sobre el abrazo, Henry y Anne salieron al pasillo, contentos, y el padre de Henry regresó a la habitación.

—Está bien —dijo Anne, y repitió toda la información que el padre de Henry acababa de dar. Anne, a quien Daniel sólo había visto dos veces antes, lo abrazó. Era pequeña como un niño, y todo su cuerpo se aferró a él. Cuando lo soltó, dijo—: Gracias por venir con Henry. Puede ser poco confiable para llegar a algunos lugares, como probablemente ya sepas.

Anne se fue a comprar un café y, a través de la ventana de la habitación del hospital, Daniel vio que los padres de Henry se abrazaban por encima de la cama de Jacqueline.

—Regresa a contarles a las chicas; yo llego al ensayo de mañana por la mañana —dijo Henry. Daniel nunca lo había escuchado hablar anteriormente con tal calma y convicción—. Me voy... a quedar.

Hizo una pausa en esa palabra: «quedar». Daniel lo miró, tratando de descifrar esa nueva versión de Henry.

Este continuó.

—Mira, Fodorio me hizo una oferta. Era una oferta muy buena, de verdad muy buena. Sin embargo... la rechacé. Por ahora.

Tengo que ocuparme de… —Hizo un gesto hacia su codo derecho—. Creo que es tendinitis, pero todo estará bien, ¿verdad?

—Todo estará bien —respondió Daniel, aunque no tuviera idea. Dependía de cuánto tejido cicatrizado había, cuánto tiempo llevaba ignorando el problema, cuánto quería realmente lo que Fodorio le estaba ofreciendo.

—Pero me voy a quedar aquí esta noche. Tú vete.

—¿Estás seguro?

—Sí —dijo Henry tocándose el ojo—; si no te vas, te voy a golpear.

Los icebergs se derretían uno en el otro. Todo el cuerpo de Daniel se sintió frío, después caliente. Sabía que, si hablaba, lloraría. Algo estaba cambiando.

De regreso en el hotel, Daniel encontró la recepción posterior al concierto próxima a terminar. Vio a Jana en el bar hablando con un organizador del festival; le explicó la situación de Jacqueline, y le dijo que Henry se quedaría a pasar la noche con ella y que todo estaba bien. Jana parecía cansada, pero relajada por primera vez en mucho tiempo. Daniel le preguntó si se debía al vino. No; fue el concierto, respondió.

—Lo hicimos muy, muy bien —dijo tocándole el brazo. Qué poco se tocaban ellos dos. Después, porque Jana sabía por qué estaba él ahí, le dijo sin que él preguntara—: Brit subió a su habitación, pero quería que pasaras cuando llegaras.

Daniel se detuvo ante la puerta de Brit un minuto completo antes de tocar, imaginando que estaba tratando de pensar qué decirle, aunque eso no era cierto. No se le ocurría nada. El espacio de su cabeza donde habría podido estar buscando esas palabras no estaba exactamente vacío, pero tampoco estaba lleno de nada que pudiera nombrar. Tocó.

Adormilada, Brit abrió la puerta y lo invitó a entrar. Aún tenía el vestido negro del concierto y una copa de vino llena a la mitad sobre la mesita de noche. Su habitación era una imagen en espejo de la de él, con el baño del lado opuesto y una cama *king-size* en lugar de las dos *queen* de la suya. Le sirvió a Daniel una copa de vino, y él le contó del hospital, de Henry y Jacqueline.

—Cardiomiopatía, algo que hace que los músculos de tu corazón sean demasiado pequeños para bombear sangre —dijo, acomodándose en un sillón de lectura del otro lado de la cama.

—En realidad es cuando los músculos cardiacos son demasiado grandes —dijo ella de manera ausente—. De cualquier manera, da lo mismo.

A menudo él se sorprendía de las cosas que ella sabía. Suponía que era porque leía mucho.

—¿Por qué si los músculos del corazón son demasiado grandes funcionan mal? —preguntó.

Ella se encogió de hombros.

—No sé. Sólo recuerdo que el doctor trató de explicármelo cuando mi mamá murió. Básicamente, la sangre que no se bombea al cuerpo regresa al sistema, a los pulmones y demás. Te ahogas en ella. Eso fue lo que le ocurrió a mi mamá. Bueno, no exactamente, pero algo similar.

—Oh, lo siento —dijo Daniel y se sintió inútil, como un animal disecado sobre el sillón.

—Está bien —contestó ella.

—No. Perdóname por lo de antes —insistió Daniel.

—Está bien; sé a qué te referías —dijo Brit.

—Ni siquiera creo haber querido decir eso.

—Como sea. Está bien. Ya te lo dije antes de que empezáramos a tocar.

—Casi golpeo a alguien más hoy —dijo Daniel.

—¿Ah, sí? ¿A quién?

—A Fodorio —dijo. Bebió un poco más, cerró los ojos con fuerza, como si los atornillara.

—¿Estás bien? —preguntó Brit—. ¿Es por Lindsay?

—No, dije que a Fodorio.

—No, quiero decir que quizá lo de Lindsay te tiene extremadamente cansado o algo así.

Él suspiró.

—No hay nada con Lindsay.

Ella se bebió el resto del vino. Tamborileó con los dedos ociosamente sobre la copa húmeda y vacía, y él quiso irse. Tuvo que esforzarse para quedarse.

—A eso es a lo que me refiero —dijo Brit—. Está bien que te sientas mal, incluso si era lo que querías.

—¿Qué era lo que quería?

—Dímelo tú —dijo Brit y se enderezó en la cama—. Pero tengo que llamar a Paul antes de que sea demasiado tarde. ¿Te molestaría? Muy rápido. No te vayas.

Brit se acomodó en el extremo opuesto de la cama y le marcó a Paul. Daniel escuchó su parte de la conversación sin fingir que no estaba oyéndola. No dijo nada especial, nada que fuera a recordar más tarde, nada que hiciera que su corazón se detuviera, nada que le hiciera pensar en Lindsay o no pensar en Lindsay. Hacia el final de la llamada, Paul debió despedirse sin decir «te amo» y Brit lo dijo rápidamente: «te amo», con una ligera entonación interrogativa al final, una nota más alta que comunicaba algo que hizo que Daniel quisiera sentarse a su lado, abrazarla como a un chelo y oler la resina de su cabello.

Sin embargo, se quedó donde estaba.

No pudo escuchar si Paul colgó antes de que ella lo dijera o si lo dijo también y después colgó, pero, en cualquier caso, Daniel esperó un poco después de que Brit colgara para aclararse la garganta. Ella lo miró como si se hubiera olvidado de que estaba ahí.

—Salir contigo —dijo, y acomodó la mandíbula y la boca con un gesto duro y matemático—. Salir contigo era como estar en el desierto, tener muchísima sed, estar a punto de morir de sed, y ver un oasis, un lago enorme y amplio, correr hacia él a toda velocidad, y después, al llegar, no encontrar nada. No había nada. Era sólo un espejismo.

Él se inclinó hacia delante en su silla y apretó las manos una contra otra.

—Oh —dijo. Y después—: Perdón.

—Sí, ya lo has dicho —dijo ella.

—Aun así.

—Lo único que quiero decir es que Lindsay también parece un poco así. Como si no estuviera ahí por completo. Entonces a lo mejor es difícil tener una relación, un matrimonio, cuando los dos son similares en ese sentido.

Daniel sabía que Brit estaba equivocada, por lo menos en lo que tocaba a Lindsay. Lindsay había estado ahí. Había estado ahí de manera opresiva. Había estado ahí en cada momento, succionándolo hasta dejarlo seco, pidiéndole a cada momento que fuera el momento más importante de todos. Daniel era el que no había estado ahí —no estaba seguro de dónde era *ahí*—, sin desear la longitud de los momentos que conformaban el *ahí*. Él pensaba que el hecho de que Lindsay estuviera ahí lo haría existir a él. Quizás había sido así, pero quizá demasiado tarde.

—O quizá sea difícil mantener un matrimonio cuando también estás casado con otras tres personas —dijo Daniel.

—O quizá simplemente ella se cansó de correr hacia ti. O tú de correr hacia ella.

Brit se movió por la habitación, se quitó los aretes y los puso en un plato sobre el tocador, se quitó los zapatos de tacón, doblando hacia atrás una pierna a la vez, se recogió el cabello rubio en una cola de caballo. Él la observó, y ella no volteó a verlo ni una vez. Ella era un flamenco, un animal extraño, parcialmente traslúcido, parcialmente sólido, una criatura nueva, sin categoría. Fue al baño y salió con unos pants y una camiseta grande de la Universidad de Indiana, con la cara limpia de maquillaje. Su rostro resultaba a la vez familiar y completamente fuera de su alcance. Las mismas pecas y ojos abiertos, la visión de una parte de su vida que rápidamente se estaba retrayendo o que ya se había perdido.

—Bueno —dijo Daniel, levantándose—. Supongo que vas a dormir. Yo también debería hacerlo.

—No, quédate —añadió Brit, y algo dentro de Daniel dio un salto cuando ella usó esa palabra, por segunda vez esa noche, como si no estuviera diciendo: «Daniel, quédate», sino el eufórico imposible: «Quédate este sentimiento»—. Cuéntame de Fodorio —dijo, y era evidente que creía que él estaba haciéndole una broma.

Ella se acostó en la cama por encima de las cobijas con dos almohadas en la espalda. Él volvió a sentarse en el sillón.

—Bueno —dijo—. Se ve más viejo y brillante al mismo tiempo. Como un tiburón viejo. Bueno, en realidad nunca he visto a un tiburón en vivo. ¿Es raro? De cualquier manera, podría decirse que estaba cortejando a Henry para convencerlo de que lo mejor para él era abandonar el cuarteto. Pero Henry no cayó. No creo.

—¿No crees? ¿No lo sabes con certeza?

—No importa. Lo que importa es que dijo que nosotros tocamos de forma parecida.

—¿Quiénes?

—Tú y yo. Y Jana. Nosotros. Que nosotros tocamos... juntos.

—Bueno, desde luego que tocamos juntos.

—No. Que somos iguales, que provenimos de la misma fuente. Que nosotros...

Pero no pudo terminar. Las palabras no se lo permitían. Continuaría hablando con rodeos. De cualquier manera, él sabía que ella sabía a qué se refería.

—Dijo que no habíamos estado tan terribles la vez pasada —exclamó Daniel—, que era sólo que todavía no lo dominábamos. Supongo que éramos demasiado jóvenes.

—¿Crees que Henry se vaya cuando nazca su bebé? —le preguntó ella.

Él se removió en el sillón.

—Yo creo… Espero que le cueste trabajo dejarnos si ganamos esta cosa.

—Espero que no se vaya.

—Yo también.

—¿Te cae bien Paul?

Daniel se encogió de hombros.

—Sí, supongo. En realidad no lo conozco.

—Sí lo conoces —dijo ella—. Sí lo conoces; lo que sabes de él, eso es él.

—¿A ti te cae bien Paul?

—Yo amo a Paul.

—Ah —dijo Daniel.

—Ven aquí —dijo Brit, y después hizo una mueca—. No de esa manera ni nada; siéntate en la cama conmigo. La cama es demasiado grande.

Daniel se quitó el saco y lo aventó sobre el sillón, se aflojó la corbata. Todavía tenía mojadas las axilas de la camiseta.

Se acostó en la cama; bien podría haber habido una cama entera entre ellos, de lo enorme que era. Sus movimientos no la molestaban en lo más mínimo. Hablaron sin mirarse uno al otro.

—¿Te ayudaría si me contaras todas las cosas terribles de Lindsay? —preguntó Brit.

—No —respondió él.

—Eso pensé. ¿Y las cosas maravillosas?

—No, eso tampoco. Pero ese no es el punto.

—¿Cuál es el punto?

—Me da gusto que Jackie esté bien —dijo Daniel.

—Sí, a mí también.

—Me da gusto que esté viva.

Brit tenía los ojos cerrados.

—¿Sabes? El hecho de que mis padres hayan muerto no significa que algo se me haya escapado. O que yo me haya escapado de algo.

Daniel estaba empezando a pensar que nada se escapaba de nada. No lo dijo, pero ella lo sabía. Se quedaron acostados un momento, en el silencio del zumbido del calentador de la habitación.

—Lindsay tiene un tatuaje de un ojo en la palma —dijo Daniel.

—Lo sé —dijo Brit con voz huidiza.

—Con pestañas y todo. Pero un día se cortó la mano con un pedazo de cristal, por accidente, y ahora ya se está curando, pero creo que el ojo va a quedar jodido. Alargado. —Alzó la mano para mostrarle dónde estaban las puntadas de Lindsay y dónde estaba el ojo. Brit asintió con cansancio—. O va a parecer cerrado o algo así. De todos modos, a ella ni siquiera le importa.

—Ah —dijo Brit. Se estaba quedando dormida.

—Simplemente no le importa —dijo Daniel de nuevo.

Brit no dijo nada; su respiración se hizo constante.

—Es las dos cosas. Maravillosa y terrible —dijo Daniel—. Las dos cosas a la vez.

Daniel no se movió de la cama, aunque tampoco se durmió. Centímetro a centímetro se fue acercando lentamente a Brit hasta que entre ellos quedó la distancia de un chelo. Ella dormía con los labios parcialmente separados y las manos limpias sobre el estómago. Él resistió el impulso de levantar una de las manos y poner la suya encima. Se volteó de costado y puso las manos bajo la cabeza, levantando las rodillas. Después hizo algo que no había hecho más que con la música, quizá nunca: se rindió. Aunque ella nunca lo vio hacerlo, se rindió, por completo, a su presencia. Durante media hora pudo sentir el calor que irradiaba su piel, como un ecosistema hacia sí mismo. Después de una hora tuvo la seguridad de que, si la tocaba, le dejaría quemaduras de primer grado. Su cuerpo estaba quemándose, incluso desprendía calor de sus pies lejanos. Él no la tocó; ella ya no necesitaba que la calentara. Se quedó ahí acostado tratando de capturar algo de lo que ella exudaba. Supuso que ella salía de un ciclo REM cuando se dio vuelta de costado, hacia él, y aplastó el chelo invisible que había entre ellos, inmersa en sus sueños privados. Cerró y abrió la boca un poco más —ahí estaba el diente chueco de un costado, y él pudo sentirlo con la lengua con tan sólo mirarlo—, y se frotó los pies uno contra otro. Él se quedó ahí, esperando a que sus ojos se abrieran, y cuando no se abrieron, cuando se negaron a abrirse por la satisfacción inconsciente de la extenuación, él se levantó. Giró el pesado picaporte y salió de la habitación con un chasquido de la puerta detrás de él, dejando la marca de su cuerpo sobre la cobija junto a ella. Aunque más tarde esa sería la noche que se recordaría por haber catapultado sus carreras, ya que todas sus biografías a partir de ese momento comenzarían con la misma presentación —«Ganadores de la competencia de cuartetos de cuerda de Esterhazy 1998»—, una noche que no recordarían por el ojo morado de alguien o por las rodillas raspadas o la piel térmica o la mano cortada o el orgullo herido o incluso un corazón roto, sino más bien por sus interpretaciones crudas y resonantes de Mozart, Ravel y Shostakóvich, a Daniel le parecía sólo una: el ciclo a través de lo clásico, lo romántico y lo trágico, o el movimiento de la alegría a la esperanza a la desesperación, que es por lo que, cuando pensaba en esa noche, siempre pensaba en el cuerpo durmiente de Brit junto al suyo despierto; siempre regresaba ahí, sentía el calor y deseaba con cada recuerdo no haber elegido irse, sino quedarse, permanecer en ese momento, honrarlo como si constelara todos los momentos que habían compartido antes: haber esperado, haber creído por un único momento que algo extraordinario podía ocurrir.

TERCERA PARTE

*Adagio para cuerdas del cuarteto de
cuerdas en si menor, opus 11*
SAMUEL BARBER

Cuarteto de cuerdas en do menor, núm. 14, opus 131
LUDWIG VAN BEETHOVEN

Cuarteto de cuerdas en re mayor, núm. 1, opus 11
PYOTR ILYICH TCHAIKOVSKY

JANA

PRIMER VIOLÍN

Marzo de 2003
Los Ángeles

A Jana le molestaba que Carl hubiera elegido llevar a cabo el funeral de su madre el día posterior a la invasión de Irak. Entre todos los días. No sólo revelaba una completa falta de comprensión sofisticada del mundo y sus avatares —y no era tan difícil; nada más había que encender la televisión, por Dios—; también significaba que atravesar la ciudad sería imposible. A ella le encomendó la misión de recoger las flores por la mañana —Carl, *Carl*, pensó Jana; no podía creer que le diera órdenes un hombre al que acababa de conocer la noche anterior, un hombre que, durante un tiempo, pensó que ella se llamaba Janet—, y le tomó una hora llegar a la florería debido a los cierres de las calles. Se sentía culpable, cómplice de algo mientras pasaba junto a furiosos jóvenes blancos con letreros que decían: «Toca el claxon por la paz»; ella no lo hizo porque le parecía demasiado vanidoso, moralista, y no creía en ello. Desde luego, no había que invadir Irak. Pero el hecho de que tocara el claxon no detendría la invasión. De cualquier manera, ¿qué era la paz? Y, de cualquier manera, nadie jamás había hecho que Jana se sintiera parte de algo en esa ciudad, y ella no ayudaría a nadie a sentir los beneficios de la comunidad. No esa mañana, no la mañana del funeral de Catherine.

Además, Jana tenía un secreto. Iba a adoptar un bebé, una niña de Etiopía, una bebé que acababa de nacer hacía dos meses, el 1 de enero, pero cuyo destino había estado en proceso durante los últimos dos angustiantes años. Después de la visita a su casa y tras una infinita cantidad de trámites por aquí y por allá, y luego de un periodo de espera que pareció el único tipo de maternidad que iba a experimentar gracias a la ternura que sentía por las gestiones con las que había pasado tanto tiempo, Jana por fin había recibido un expediente, dos fotografías engrapadas a un archivo que enlistaba estadísticas que a ella no podían importarle menos —peso, altura, función digestiva—, aunque había guardado las fotografías en su bolsa en un sobre de cartulina.

En una foto habían puesto a la bebé frente a un fondo de flores de algodón; llevaba un traje completo de oso que le quedaba demasiado grande, y Jana sólo podía entrever su carita, que claramente estaba al borde de un ataque de llanto: ¡Sáquenme de esta jaula de traje de oso! «Ay, bebé —pensó—, ya sé cómo te sientes». En otra fotografía, la bebé vestía ropa normal; yacía boca abajo sobre una cobija, sonriendo, regordeta, y con un mechón de pelo negro bastante optimista. Jana se había sentido como decían sentirse todos los padres, como si ya conociera a esa pequeña que no venía de ella, pero que le pertenecería durante los siguientes dieciocho años. Con reticencia admitía que no era posible, que no conocía a la bebé, que sólo quería conocerla. Sin embargo, en secreto pensaba que su sensación de parentesco era especial, única: «Esta bebé y yo nos vamos a encontrar pronto».

Era un secreto para todos, incluso para el cuarteto, incluso para Henry. No era que Henry hubiera tenido tiempo para ayudarla. Clara acababa de cumplir cuatro, y Kimiko venía de dar a luz a un niño llamado Jack y trataba de tocar y grabar constantemente, lo que provocaba que Henry corriera como loco, llegara a los ensayos con baba de niño en la camisa y mamilas agrias en los bolsillos y a veces, muchas veces, con bebés en carriolas. Recientemente el cuarteto había aceptado un puesto de residente en una sofisticada universidad al norte de San Francisco, donde enseñarían, tocarían y dirigirían un ciclo de música de cámara. Era un puesto elegante en una ubicación afortunada, y la necesidad de Henry de un patio y más habitaciones para su progenie, así como su deseo muchas veces expresado de mudarse más cerca de su hermana, habían sido parte importante en la decisión del grupo. También estaba el tema de cómo había cambiado Nueva York en los últimos años. Ahora todos los acontecimientos de la ciudad estaban cargados de significado, todos los viajes dentro y fuera de la metrópoli los agobiaban, la culpa que enturbiaba el placer que Jana sentía al abandonar la ciudad y la manera en la que quedarse era una expresión política. Aun los conciertos en la ciudad estaban cargados de intención y significado, y Jana pensaba que oscurecían la razón real y pura de la creación musical. Era hora de que el cuarteto siguiera adelante, por muchas razones.

De manera que todos estaban ocupados en el proceso de comprar propiedades o rentar un lugar en California, de trasladar sus cosas de Nueva York de regreso a la zona de la bahía, y en medio de ello, desde luego, Catherine murió. Había informes contradictorios sobre cómo había ocurrido exactamente. Catherine llevaba algunos años enferma —lo que le habría ocurrido a todo aquel que bebiera tanto como ella—, pero aún era relativamente joven. Una noche había salido a beber con unas amigas que la habían dejado sola para que fuera a buscar el río de Los Ángeles (¿el río de Los Ángeles? Jana jamás había ido a ese lugar a propósito, y eso que había crecido ahí). Encontraron el cuerpo de Catherine al día siguiente; lo había arrastrado la corriente bajo un paso elevado entre Los Feliz y Atwater. Era una manera indecorosa de morir, pero no completamente sorprendente para Jana o para Carl, al parecer, quien insistió en llevar flores y hacer un funeral al mediodía en una iglesia a la que Jana nunca supo que su mamá asistiera.

Entonces, las flores. Carl había ordenado enormes explosiones de mal gusto de arreglos que Jana tuvo que cargar a su carro uno a la vez, con los alambres y el mimbre de las cestas picándola todo el camino. Su fragancia la obligó a bajar la ventanilla en el camino de regreso, lo que significó tener que fingir no sólo que no veía a los manifestantes, sino que tampoco los escuchaba: «¡No ataquen Irak! ¡El mundo dice no a la guerra!».

Los manifestantes se asomaron por su ventanilla en el alto, y ella trató de mirar justo al frente. Pensó en lo tonta que debía parecer, con flores de celebración en el asiento trasero mientras las bombas caían en el amanecer del otro lado del mundo. La mañana era brillante, clara y tranquila; era marzo y estaba en Los Ángeles, así solía ser la mayor parte de los otros meses. Los manifestantes llevaban shorts de lino y no sudaban.

—¡Toca el claxon por la paz! —gritó una mujer a la ventana de Jana.

Lentamente, ella volteó hacia la manifestante, una mujer de cabello gris detrás de las orejas, lentes eclécticos de armazón de carey sobre la nariz. Cuando Jana la observó, la mujer sonrió, sonrió como una niña; un extremo de su sonrisa se elevaba más que el otro.

—A la mierda —dijo Jana sin alterarse.

La mujer no se inmutó.

—Exacto —respondió.

Catherine no había sido tan mala, pero había resultado pésima para conocer a alguien que no fuera ella misma. Jana la buscó algunas veces después de la llamada anterior al primer concierto de Esterhazy, e incluso la vio una vez cuando el cuarteto se presentó en Los Ángeles en la primera gira por el este del país. En ese momento, Jana se había sentido emocionada. Habían dado una clase magistral en Salt Lake y se habían hecho amigos de algunos estudiantes, estudiantes realmente excelentes; habían sido la pieza central de un festival en Portland, donde habían tocado al aire libre frente a una multitud silenciosa en un verano ridículamente verde, y habían hecho un regreso triunfal a San Francisco, donde sus viejos maestros les organizaron encuentros de lectura por las noches. En Los Ángeles habían tocado en Royce Hall, y Catherine y Carl habían entrado a medio concierto: Jana los vio de reojo en un descanso de la opus 133 de Beethoven y después les permitió que la llevaran a cenar.

Sin embargo, Catherine no hizo más que hablar de sí misma y sólo le hizo una pregunta a Jana: ¿había un hombre en su vida?

Jana quiso decir que Daniel y Henry, pero no lo hizo. Ella y Laurent acababan de separarse de manera completamente anodina, aunque habían estado juntos durante dos años. Él le hizo saber la noticia en una carta que le envió desde Montreal, donde había aceptado un trabajo docente en McGill, después de que su propio cuarteto se hubiera desintegrado cuando no consiguió un lugar en el concurso de Esterhazy, donde había triunfado el cuarteto Van Ness.

Querida Jana —escribió, usando un saludo formal que nunca le había dirigido —. Montreal es como lo recordaba: inclinado y lleno de gente hermosa, mejillones frescos y una liviandad que rechaza la gentrificación que tu Brooklyn parece valorar. He descubierto que me he descubierto aquí, y también, aunque no como pensamiento posterior, en este otoño frío del norte se me ocurre decirte que conocí a una mujer. Una *québécoise* que no se dedica a la música pero da clases de filosofía, lo que me parece al mismo tiempo relacionado y, sin embargo, distinto de una manera que me entusiasma. Somos una pareja mucho más útil, y seguramente ya lo sabías de algún modo. Las cosas no se han vuelto físicamente íntimas entre Michelle y yo, y espero que puedas enviarme mi violín extra por correo.

«Descubrí que me he descubierto aquí». Jana giró los ojos al leerlo. Era tan característico de Laurent armar una oración que parecía tener significado y terminaba no significando absolutamente nada. Desde luego, estaba ahí. Ahí era donde estaba. Y la manera como había unido las dos últimas oraciones en una frase, como si el hecho de que no la hubiera engañado físicamente lo hiciera merecedor del favor de enviarle su segundo violín por correo.

Laurent en realidad nunca había soportado que Jana fuera más exitosa que él, y ella en realidad nunca había podido ocultar que lo sabía. A ella no le molestaba la falta de equilibrio, pero era un hecho, y afectaba sus decisiones, y no se disculparía por ello. Habían sellado el inicio de su relación con el golpe de Daniel al rostro de Henry en la habitación del hotel, pero realmente nunca pudieron llegar a esas alturas otra vez. Cuando rompieron, Jana sintió algo parecido al alivio por no tener que albergar constantemente una corriente subterránea de decepción.

Así que fue particularmente molesto cuando, en la cena (¿Catherine no podía tolerar un restaurante que no tuviera espejos, que no tuviera gabinetes o donde los menús no estuvieran recubiertos de plástico?), Catherine y Carl se quedaron observándola con mirada expectante: ¿había un hombre en su vida?

—No, no tengo novio. Estoy muy ocupada —respondió Jana.

El rostro de Catherine se entristeció. Bueno, ya se había entristecido. Para entonces estaba amarillenta, ya no le daban papeles, ni siquiera de madres. No se veía bien.

—Ay, mi amor. Es que eres tan… —¿Jana era tan qué?

—Imagino que eres tan tú misma —sugirió Carl, mientras cortaba sus waffles, un desayuno en la cena.

—Siempre fuiste tú misma —dijo Catherine—. Siempre hacías lo tuyo. Me gusta pensar que quizá yo hice tu entorno de manera que pudieras ser muy independiente.

Todo lo que decía Catherine, incluso cuando se suponía que se trataba de Jana, tenía que ver con ella misma. Jana se preguntaba si Catherine había tenido algún momento como el que las madres describen, esa inundación de cero egoísmo que sobreviene unos segundos después de dar a luz. Cuando un ser sale de uno y el amor por un extraño llena su espacio, cada rincón, como si fuera agua. Sin embargo, ¿y qué si lo había tenido? Para Catherine, aun esa sensación sería una especie de amor propio: miren lo que creé. Y con ese pensamiento, su propio ser volvería a llenar su cuerpo.

A Jana la ponía furiosa; como si la hubieran estafado para que amara a una persona que sólo anhelaba su amor. Pero ahora no podía dejar de amar a su madre. Incluso después de la cena, en la que Catherine había bebido demasiadas botellas individuales de vino tinto, cuando estaban afuera del carro y Carl se había alejado para comprar un periódico atrasado, Jana había dicho mientras el tráfico resonaba sobre la avenida Ventura:

—Te amo, mamá.

—Ay, Carl también me ama —había dicho una Catherine somnolienta, con el cabello esponjado alrededor de la cara, y la iluminación de la calle pareció electrificar su silueta. Tomó la mano de Jana y la sostuvo un breve instante, como si apretara un rosario; después, la dejó caer. Ocurrió tan rápido que Jana no tuvo tiempo de responder. Su madre se recompuso y quiso darle las llaves del auto a Carl, que estaba concentrado en una historia sobre el nuevo milenio, de manera que las llaves cayeron sobre el parabrisas con un golpe que resonó por encima del ruido del tráfico y sobresaltó a Jana, distrayéndola del momento. Más tarde esa noche, Catherine la llamó, llorando histéricamente, para decirle que el parabrisas se estaba rompiendo, que lentamente crecían unas grietas como patas de araña, venas contra el oscuro cielo que se extendieron durante todo el camino a casa. Tenía miedo de que, si volvía a entrar en el carro para ir al taller, el cristal se haría pedazos encima de ella. Lloraba con tanta fuerza que era difícil diferenciar las palabras de los gemidos. Jana podía escuchar que Carl hacía ruidos en el fondo. Su madre aulló.

—No tienes que volver a subirte al carro. No tienes que volver a subirte —dijo Jana—. Está bien. Puedes quedarte afuera. Puedes quedarte afuera.

«Esta maldita iglesia», pensó Jana.

Era ostentosa, como las flores, y aun cuando Catherine hubiera sido buena amiga de mucha gente, aunque hubiera sido la borracha más famosa del valle, no se habrían llenado las bancas. Así que resultaba patético que Jana y Carl estuvieran exhibidos en la primera fila con un puñado de personas sentadas incómodamente detrás de ellos. Jana no sabía cómo aparentar adecuadamente que estaba sufriendo. Iba de negro, con el mismo atuendo que usaba en la orquesta o en la orquesta de cámara. Pantalones de vestir negros y blusa negra, el cabello amarrado atrás, mostrando el cuello, maquillaje sobre el moretón causado por el violín.

Carl le había hecho una solicitud más; su panza sobresalía del cinturón como si no le importara nada, como si lo impulsara hacia delante adondequiera que iba. Otro favor, además de las flores.

—¿Podrías tocar algunas melodías? —le había preguntado—. A tu madre le habría encantado. Le hablaba a todo el mundo de su famosa hija violinista.

Jana podía contar con una mano el número de veces que Catherine había ido a verla tocar o incluso las veces que le había hecho preguntas sobre su música. Sin embargo, los funerales no eran para los muertos. Eran para los vivos, y Carl representaba su papel de viudo como si al final fuera a recibir alguna especie de premio. Hablaba con voz suave, con cadencias que iban hacia la tristeza y después regresaban a la gratitud. Sostuvo la mano de todos entre sus dos manos. Suspiraba audiblemente y a menudo. ¿Qué ganaría él?, se preguntó Jana. Con toda seguridad, Catherine no tenía dinero. Ni siquiera estaban casados. La casa era apenas un poco mejor que el remolque, y el carro, al que le habían cambiado el parabrisas, tenía fallas en otras partes menos visibles. Y además, ahora Carl tendría que beber solo.

Jana concluyó que no le haría daño a nada ni a nadie si tocaba un fragmento de una partita de Bach. Una partita de Bach nunca había dañado a nadie.

Se dio la vuelta para observar a la multitud y vio a Brit en la última fila, fácil de identificar con el cabello rubio sobre el hombro de su vestido negro. Había volado a Los Ángeles esa mañana y había manejado directamente hasta la iglesia, y tendría que regresar en el vuelo nocturno después de la recepción porque tenía que dar clases a un montón de estudiantes antes de cerrar su estudio para la mudanza. Brit había aceptado más alumnos que cualquier otro integrante del cuarteto, desde luego más que Jana, que sólo había tenido uno o dos estudiantes de Juilliard en algún momento, estudiantes que en realidad no la necesitaban. Había sido bueno que fuera, pensó Jana. Seguramente Brit lloraría antes que ella. Brit lloraría para que Jana no tuviera que hacerlo. Le hizo un gesto con la mano y Jana le respondió.

Carl habló primero; la voz le fallaba en los momentos exactos, subía una escala lo suficiente para atraparse el llanto con un pañuelo. Jana suspiró.

—Catherine —dijo Carl como si la llamara, alzando la mirada, realmente alzando la mirada, al paraíso, y después se deshizo en una letanía de mentiras, o lo que Jana pensaba que eran mentiras. Catherine como compañera generosa. Catherine como mujer infinitamente curiosa. Catherine como aventurera. Catherine como alguien que le había dado una oportunidad a Carl, que le había dado la bienvenida a su vida, que lo había cuidado. La mujer que Carl describió era como un fantasma, la silueta de una persona que Jana pensó que le habría agradado, un espacio en blanco que pasaba a través de ella. Miró alrededor. ¿Quién era esa gente? ¿Qué había sido su madre para cualquier otra persona?

Después hablaron otras mujeres que Jana no conocía. Algunas de las que habían estado presentes la noche que Catherine se ahogó. Jana sintió que las palmas le sudaban cuando Carl subió al atril una vez más para presentar su interpretación musical.

—Y ahora, escucharemos a Jana, la única hija de Catherine, interpretando una de las piezas favoritas de Catherine, el *Adagio para cuerdas* de Barber.

Jana no pudo evitar hacer un gesto. Habían acordado que interpretaría a Bach. ¿Carl había entendido mal? ¿No conocía la diferencia? ¿De verdad Catherine le había hablado de la pieza de Barber? ¿Lo habría recordado? Se levantó y miró a su alrededor como si alguien pudiera levantarse entre las bancas para defenderla. Cuando

211

se acercó a Carl, que tenía las manos dobladas sobre el estómago, murmuró:

—¿Quisiste decir Bach?

Él sonrió y se encogió de hombros.

—Lo puse en el programa —dijo señalando el papel impreso y arrugado que llevaba en la mano.

Jana suspiró y sacó el violín del estuche, consciente de las docenas de ojos que la miraban, y sintió un repentino pánico por no verse lo suficientemente perturbada. Sin embargo, no podía, no podía estar perturbada mientras tocaba. Tocó las cuerdas para asegurarse de que el violín estuviera afinado, y, con la barbilla pegada al descanso del violín, miró al público. ¿Eran un público? ¿Así se les llamaba a los asistentes a un funeral?

Se descubrió buscando a Billy, pero este no estaba en ninguna parte, estaba ausente. Ahora era más vieja de lo que lo era él la última vez que lo había visto. Estaría irreconocible. Podría haber sido cualquiera de esos hombres.

Así pues, tocaría el *Adagio para cuerdas*. No era capaz de pensar una buena razón para no hacerlo. Esta vino a su mente cuando comenzó: era una pieza de cuarteto, un arreglo íntimo. No tenía sentido sin las otras partes. En solitario, las cuerdas no tenían grosor ni textura, ni aunque los primeros violines llevaran la carga de casi toda la melodía; la pieza carecía de la riqueza trágica que tenía cuando entraban los segundos violines, cuando las violas eran deliberadamente disonantes, cuando los chelos subían a la posición del pulgar. Cuando era más joven, cuando la había tocado en su habitación para Billy, lo que él había hecho había sido lo que se hacía con los niños: colmar los espacios vacíos que ellos no podían llenar. Operaba una especie de pensamiento mágico con ellos. Se les hablaba de ello, de cómo se hacía, cómo ver y oír cosas que no estaban ahí. Por eso se había sentido completamente normal al tocar la pieza para Billy a solas, cuando en realidad no era una pieza para solista. Sólo era una niña.

En ese momento, Jana pensó que quizá no cualquiera podría escuchar las partes ausentes. Seguramente Brit sí podría. Se sintió como una idiota, avergonzada, sosteniendo las notas largas y escuchando la ausencia de las otras partes.

Cuando terminó tenía las mejillas húmedas. No sabía por qué estaba llorando, o no podía decirlo.

Sumisamente, Jana llevó todas las flores de la iglesia a la recepción de la tarde, donde se acomodó con Brit en una esquina de la cocina color coral junto a una cubeta de botellas de vino blanco.

Nadie sabía qué decir, así que dijeron eso: «No sé qué decir»; eso significaba que Jana tenía que consolarlos, lo que era una manera perversa de actuar, pensó.

Brit se levantó para salvarla en algunas ocasiones, haciendo como si hubiera conocido a Catherine, usando los fragmentos de información que recordaba de lo que Jana le había contado a lo largo de los años. «Era una actriz maravillosa, una mujer que amaba reír, una mujer que amaba el amor». Jana no podía ver a través de la narración de Brit, aunque miraba fijamente sus labios mientras hablaba. ¿Brit estaba mintiendo? ¿O sólo estaba entretejiendo las partes buenas que conocía? Eso era, después de todo, la manera como Brit parecía ver el mundo, como un montón de partes buenas conectadas por ausencias donde estaban las partes realmente malas.

—Se suponía que iba a tocar una partita —dijo Jana mientras Brit le rellenaba su copa de Sauvignon Blanc.

—¿Cuál?

—La tercera.

Brit frunció el ceño.

—Mmm. No es la música más adecuada para un funeral.

—Ya sé, pero al menos habría sonado normal como pieza solista. ¿Qué carajos fue eso de echarme el Barber encima?

Brit llenó su propia copa.

—No tenías que tocarlo; nadie habría notado la diferencia.

—Ah, pero Catherine en el paraíso sí la habría notado —dijo Jana señalando el techo. Quizá ya estuviera un poco ebria. Brit no sonrió; tomó un trago—. Bueno, no. Probablemente ella tampoco se habría dado cuenta —aceptó—. Yo habría notado la diferencia.

—Perdón por llegar un poco tarde —dijo Brit.

—Ay, por Dios, gracias por venir —respondió Jana en un tono un poco alto—. Perdón, sí, gracias. Estás aquí. Dios, si no estuvieras aquí, ¿que estaría yo haciendo ahora?

—Me demoré por las protestas en la autopista. Habría llegado a tiempo de no ser por eso.

—Debiste ver cómo tuve que ir a buscar las flores. —Jana hizo un gesto hacia el arreglo que le coronaba la cabeza—. Prácticamente tuve que firmar peticiones para poder pasar los altos en Glendale.

—Fue una interpretación hermosa —dijo Brit—. La del *Adagio* de Barber.

—¿Aun sin el resto de la música? —preguntó Jana.

—No —contestó Brit—. Yo sí la escuché.

Jana negó con la cabeza para mostrar que estaba en desacuerdo con Brit, y el florero que estaba junto a ella empezó a caer en cámara lenta. Primero los pétalos le rozaron la frente, y después el florero con todo su peso chocó contra su cabeza, y después hubo un roce brevísimo de espinas contra sus labios, y después un montón de tierra y polen le cayó sobre los hombros. Brit estiró las manos para tratar de atrapar el florero, pero era demasiado tarde: ya se había estrellado sobre el mosaico coral de la cocina, rompiéndose en seis o siete pedazos largos y hermosos a sus pies.

Jana se quitó el pelo de la cara, un par de tallos y un solo botón de orquídea, duro y sin abrir. Sostuvo el botón hacia la luz, y ella y Brit lo observaron un momento antes de empezar a reírse. Enseguida estaban riéndose con tanta fuerza que se doblaron en dos, sus rostros sobre los pedazos del florero; derramaron un poco de vino sobre sus zapatos y el suelo. El tiempo se arrastró hacia la tarde después del momento adecuado para las botanas, y pronto fueron las únicas que quedaron en la casa además de Carl, y seguían riéndose en un rincón, más oscuras y ebrias ahora que cuando habían comenzado.

Jana apenas sintió tristeza cuando Laurent no regresó, y sí le envió su violín por correo a Montreal con una nota: «Me alegra que Montreal sea como lo recordabas. Buena suerte contigo mismo».

Había estado sola desde entonces. Su soledad se sentía al mismo tiempo como el resultado de su persistencia obstinada (algo que se estaba haciendo a sí misma) y como una carga (algo que alguien más le hacía). Después de cierto tiempo empezó a parecerle que nadie podía comprenderla tan bien como ella se comprendía a sí misma, y cuanto más tiempo transcurría, eso era más profundamente cierto. Aunque ahí estaba el anhelo —claro, sería bueno tener a alguien más para que le preparara el desayuno de vez en cuando, o para que matara una cucaracha, o para que la ayudara a subir las bolsas del mercado por las escaleras, o para ocupar la extensión de las sábanas que a veces era frustrante e inútil—, la soledad había escarbado un desfiladero tan profundo y amplio que se había tragado y disipado cualquier posibilidad amorosa. En cierto punto se le hizo más fácil irse temprano a la cama con un libro o una película y un poderoso somnífero —quizás una copa de vino si había ido a correr esa noche—, y dormir en la ligera infelicidad que un día encontraría tan regular que podría confundirla con la felicidad.

De cualquier manera, el cuarteto llenaba su vida: los viajes y las sesiones de grabación y la negociación de compromisos, los discos y la enseñanza, la manera como Nueva York hacía que la vida de una persona zigzagueara de tal suerte que resultaba sencillo distraerse del vacío general, en especial después del 9/11.

Y además estaba el dolor físico con el que tenía que lidiar. Un nudo en la base de la columna que habían atendido médicos y especialistas de espalda, acupunturistas, quiroprácticos y masajistas. Para ensayar usaba un amortiguador ridículo en la espalda, y sudaba de dolor a lo largo de las presentaciones. Le habían hecho todo tipo de resonancias magnéticas y estudios, y no, no tenía ningún tumor (por un breve momento se había sentido decepcionada: ese camino por lo menos habría sido más claro, habría tomado decisiones por ella), sólo un molesto disco fuera de su lugar. Según el doctor, había tenido la espalda recta y girado el centro durante miles de horas, muchas más que una persona promedio, y sólo era cuestión de tiempo que ocurriera.

Todos tenían una parte de su cuerpo que cargaba con el peso de su trabajo. A Brit, el moretón causado por el violín se le infectaba continuamente y debía untarse lociones y cremas para aliviar la quemadura. Daniel tenía recurrentes problemas de hombros y su propia masajista, Erica, con quien Jana sospechaba que se acostaba. Y Henry tenía tendinitis en el codo derecho y la muñeca, en un grado del que no había hablado explícitamente, pero cuyos estragos empezaban a ser notorios en la presión del arco de sus fortes, que en esos días eran un poco más fuertes y rígidos.

El problema de la espalda baja de Jana se sentía como una pequeña porción de sufrimiento que había llegado a colonizar su tejido y fusionarse con sus huesos. Sabía que no moriría de eso, pero someterse al dolor se parecía a la muerte. Fue entonces cuando Jana empezó a pensar en la adopción. No sería lo opuesto a la muerte, pero todos los doctores y las medicinas la habían hecho recordar las píldoras que su madre tomaba; también se puso a pensar en su madre y en qué era ser madre, y cómo podría ser madre con tanto dolor o tantas pastillas.

Jana no podía imaginárselo.

En especial, no podía imaginarlo con la espalda torcida, con un implacable horario de viajes y en un minúsculo apartamento de Brooklyn. Sin embargo, cierta calma había llegado a su vida profesional, o cierta amortiguación de su ansiedad, ahora que el cuarteto había llegado a un punto en el que ya no necesitaban esforzarse para obtener trabajos y tenían un agente y un publicista que revisaban los documentos y hacían acuerdos, un espacio para ensayar de cuya renta nunca tenían que preocuparse, instrumentos muy caros en préstamo, patrocinadores adinerados, los sellos de Juilliard y Esterhazy, años de experiencia que habían madurado lentamente hacia la seguridad.

Aunque no había una razón clara para tener un hijo —no tenía esposo ni familia—, tampoco había razón para no tenerlo.

Henry lo había logrado; ¿por qué ella no? Pasó semanas y meses acumulando información y buscando adopciones potenciales, leyendo narraciones sobre adopciones, y una nueva versión de sí misma empezó a surgir: una Jana que se iba a la cama sin estar cansada por una pastilla sino por la extenuación de tener que acarrear un hijo por toda la ciudad, que compraba ropa pequeña para un pequeño humano, que decidiría qué se pondría el niño hasta que él empezara a decidir por sí mismo, que se maravillaba por la transición del niño hacia la inteligencia, que engordaba un poco en el centro (posiblemente le sentaría bien) comiendo panqués con el niño (o quizás al niño le gustaba lo salado, todavía no lo sabía), que trababa conocimiento con otros adultos que no tocaban música, sino que tenían trabajos de oficina, pero que conocían a Jana como se conoce a alguien que ha sufrido lo mismo que uno, incluso una Jana que se enojara con el niño, quizá la mayor parte de los días, por lo menos al principio, pero en todo caso la ira estaría dirigida a alguien más, a alguien de ella pero no a ella, no a su ágil, carnal y solitario ser.

Mantuvo su plan en secreto porque eso le parecía natural. No le dijo a nadie, por si fracasaba. Si se ocupaba de ello sola, seguiría siendo sagrado. Imaginaba que así era como se sentía estar embarazada de verdad.

Jana pensó en escribirle a Laurent: «Descubro que me descubrí siendo madre». No lo hizo, desde luego. Pero era verdad; había descubierto a una madre: ella misma.

Fue Brit quien sugirió dar un paseo en carro antes de regresar a Burbank para tomar el vuelo nocturno y Jana le dio las llaves del auto rentado. Este era un Dodge Neon enceguecedoramente blanco y cuyo interior olía a crayolas nuevas. Jana bajó la ventana y apoyó la cabeza contra el viento cuando salieron a la Calle 101. Ninguna de las dos tocó el radio. El viento hacía suficiente ruido.

—¿Adónde vamos? —preguntó Brit. Jana se encogió de hombros—. Llévame a algún lugar especial. A alguna parte de Los Ángeles que no parezca Los Ángeles.

Jana recordaba una caminata polvorienta por Griffith Park con uno de los novios de Catherine que más disfrutaban el aire libre. Jana era muy chica; se había caído y se había raspado las rodillas. Catherine la había levantado y cargado, con rudeza al principio y después más suavemente. Le había señalado el letrero de Hollywood a la distancia, incluso entonces, a través de la niebla y el esmog.

Jana guio a Brit hacia el este y Brit manejó sin hablar. El camino rodeaba el parque y después lo atravesaba. Técnicamente, no se permitía el uso de los senderos después del atardecer, pero Jana no creía que fueran a descubrirlas. Esa noche todo se sentía seguro y nuevo. Se estacionaron al pie del sendero y salieron del coche. Brit sujetó a Jana de la muñeca cuando vieron un coyote que las miró a través de los árboles.

—Es tarde para los coyotes —dijo Jana, y empezó a subir la pendiente inclinada.

Siguieron el sendero por una montaña sin vegetación que no tenía ninguna vista hasta que, de repente, se abría y revelaba el cañón completo a sus pies.

—¿Qué hay en la cima? —preguntó Brit.

—Eh, pues, ¿el cielo? —respondió Jana.

La caminata era cansada; para cuando llegaron al descanso enrejado —prácticamente tuvieron que rasgar la tierra con las manos—, las dos sudaban y respiraban con dificultad, y tenían una capa de polvo sobre la ropa del funeral. Estaban débiles de fatiga. Quizás habían caminado demasiado rápido.

Se pararon en la cima y miraron a su alrededor; durante un buen rato no pudieron ver nada.

—No veo nada —dijo Brit.

Sin embargo, Jana sabía lo que estaba buscando.

—Espera —dijo.

Bajo sus pies estaban encendidas las luces de los diversos grupos de edificios de oficinas. ¿Qué grupo era el centro? Jana no tenía idea. Todos se parecían. Una neblina gris flotaba detenida sobre los edificios y por encima eran visibles algunas estrellas. No se distinguía nada más.

—El panegírico de Carl fue estúpido —dijo Jana—. Delirante.

—¿Sí? —preguntó Brit.

—Sí. ¿Nosotras nos volveremos delirantes cuando seamos viejas?

Brit resopló.

—Como que ya estamos viejas.

—Bueno, más viejas.

Brit se sentó sobre la tierra y Jana también.

—Es una manera de verlo; pero a lo mejor también hay otra forma, como que ese fue el regalo que tu mamá le hizo a Carl.

—¿Cuál, una caída en el narcisismo?

—Digamos que el amor propio. Quizá se sentía importante porque podía cuidarla. Todo el mundo necesita a alguien que le permita encontrar una manera de amarse a sí mismo.

—¿Ah, sí? ¿Eso es lo que te da Paul?

—Nos estamos separando.

Jana se rio, pero Brit no. Brit se frotó las rodillas con las manos como si les diera forma.

—Oh, ¿de verdad?

—Creo que sí —dijo Brit—. Cantó la gorda. El director bajó la batuta. La *fermata* triunfó sobre el resto. Descanso épico.

Jana pensó en Paul, un hombre rubio de hombros amplios, un hombre de traje, un hombre que no reía fácilmente, pero de sonrisa fácil: un hombre que, a pesar de los años que había estado cerca de Brit, no podía decir que lo conociera de verdad. Parecía emparentado con Brit y se había apartado hacia el fondo.

—Quiero mostrarte algo —dijo Jana mientras se levantaba y se sacudía las piernas. Condujo a Brit montaña abajo y a la mitad del camino dio vuelta por un senderito apenas visible entre los arbustos y matorrales. Era imposible no rasguñarse las piernas en la oscuridad. En un punto, Brit puso las manos sobre los hombros de Jana, y esta tanteó el camino con el pie para evitar que las dos cayeran. Al final, el sendero se abría a un campo rodeado por una pasarela de concreto. Jana hizo una pausa para que sus ojos se ajustaran a la nueva oscuridad.

—¿Qué es *esto*? —preguntó Brit—. A lo mejor nos asesinan aquí.

—Es el viejo zoológico de Los Ángeles. Cerró en los sesenta —respondió Jana.

—Pues parece como si todos hubieran huido en desbandada una tarde —dijo Brit.

Hablaban en voz baja, aunque no había animales que pudieran despertarse. En un círculo alrededor del campo había jaulas de piedra, hábitats para animales —fantasmas de monos, tigres, emús— antiguos y maltratados por el clima, pequeñas habitaciones a las que habían removido las barras para que se pudiera entrar en los rincones sombríos. Penetraron en uno y el frío que exudaban las piedras les tocó la piel de inmediato. Brit tomó a Jana de la mano y la sostuvo mientras seguían avanzando, hasta llegar a un rincón de una cueva, el lugar donde los cuidadores debían entrar en la jaula, y unos escalones curvos llevaban de regreso a una puerta cerrada. Los muros de piedra estaban cubiertos de grafitis y a sus pies había latas aplastadas de cerveza.

—Es el lugar de Los Ángeles que me parece más viejo —dijo Jana con voz metálica y clara, dentro de la jaula—. Nada se siente tan viejo aquí. Y sí, tienes razón: hay algo en este sitio que parece preservado, como si todos hubieran huido de repente.

—¿Qué crees que pasó?

—¿Los animales murieron? No sé. Probablemente llegaron a un lugar mejor.

A Jana le gustaba el viejo zoológico porque nadie iba ahí. Nadie hablaba de él como un punto para visitar y no estaba lleno de turistas. Se encontraba demasiado al este para que a la mayor parte de la gente le interesara, en medio de un enorme parque con muchos otros senderos. Sin embargo, era una ruina viva del lugar de donde era ella; sus instalaciones se veían un poco decrépitas, siempre sucias de estudiantes de preparatoria o vagabundos que pasaban la noche ahí. Era un fantasma en sí mismo, un fantasma cuyos muros todavía no se habían derrumbado.

Condujo a Brit un poco más lejos por el camino, hacia la línea de las jaulas, diez o más, que formaban una curva alrededor de la colina. Las jaulas tenían tamaño humano y los barrotes eran de hierro grueso. Jana abrió una jaula y entró. Brit se quedó afuera.

—Monos —dijo Brit, entrelazando los dedos a través de los barrotes—. No, pájaros. No, no sé.

La tierra bajo los pies de Jana estaba llena de hojas y polvo. La jaula tenía una salida trasera, pero el candado estaba cerrado. De cualquier manera, pasó los dedos por encima de él.

—Entonces —agregó Brit—, de verdad no creo que el *Adagio* estuviera tan mal.

—Por favor. Fue como un recital de sexto de primaria. —Jana volvió a observar a Brit, quien extendía los brazos entre los barrotes, junto a ella.

—Era como si las partes ausentes estuvieran…

—Ausentes —señaló Jana.

—Sí.

—Te voy a contar algo —dijo Jana.

221

—De acuerdo —contestó Brit, y sacó las manos de los barrotes para acercarse un paso a Jana, dentro de la jaula—. Es raro que aquí no haya dónde sentarse.

—Voy a tener un bebé —confesó Jana, y contuvo el aliento en espera de respuesta. Nunca había pronunciado esa oración antes, ni siquiera frente a los trabajadores sociales o el personal de la agencia con la que se había entrevistado.

—Ah —respondió Brit tocándose el abdomen. Seguía hablando en murmullos. Veía un punto entre las dos, como si Jana hubiera conjurado algo—. Ah.

—Quiero decir que me van a dar un bebé. Voy a adoptar. Una niña de Etiopía —dijo Jana.

—¿Cómo se llama? —preguntó Brit.

—Todavía no sé.

—¿Catherine no?

—No, claro que no. —Jana se rio—. Habría hecho que Catherine se sintiera muy vieja.

Se rio otra vez de tan sólo pensarlo, la mezcla de horror y confusión que Catherine habría expresado luego de oír esa noticia, y en medio de la risa, Brit se acercó a ella con los brazos abiertos y la abrazó. Lo hizo en parte como si fuera ella quien necesitara el abrazo, con una fuerza física extremadamente consciente. La cara de Brit estaba enterrada en el cuello de Jana, y sus brazos le envolvían con fuerza la espalda. Ese abrazo era una fuerza cruda de calor. Brit tenía un aroma ligeramente floral y su cabello se sentía suave entre las manos de Jana, sin importar dónde las pusiera. Jana podía sentir que el pecho de Brit se expandía y se contraía contra su propio pecho mientras respiraba. Por primera vez, Jana entendió por qué los hombres amaban a Brit, por qué *la gente* amaba a Brit: era capaz de dar y recibir bienestar de una manera que la gente por lo general no podía. Jana no recordaba que alguna vez en su vida la hubieran abrazado de esa forma. Tenía una compasión que lo abarcaba todo. Brit era un planeta igual a Jana, y ambos planetas se fusionaban temporalmente, sus gravedades se combinaban. Jana aceptó la generosidad.

—Estoy muy feliz por ti —dijo Brit contra el cabello de Jana.

Cuando el cerrojo de la jaula crujió por el viento, Brit aflojó los brazos y se separaron. Buscaron animales a su alrededor, fantasmales o reales.

Jana se dio cuenta de que Brit realmente se alegraba por ella. El bebé ni siquiera estaba todavía con Jana, y Brit ya había experimentado la felicidad de lo que estaba por venir, tan sólo de la idea de lo que estaba por venir. Creía en cosas invisibles, en la posibilidad. En ese sentido, era como Catherine.

Era extraño sentirse tan vista en la oscuridad. Jana apenas podía ver a Brit, pero podía sentirla ahí, su respiración cálida en el espacio de la jaula, su propio cuerpo todavía cálido por el abrazo. En esa ausencia de visión real, Jana se permitió aceptar algo de lo que la mayor parte de la gente se pasa la vida tratando de escapar. Se regodeó en la certeza de que había gente que veía partes de ella que no quería que los otros vieran: la ansiedad que amortiguaba la crueldad, la cualidad desesperada de su ambición, el brillo deslustrado de su pasado, y que una de esas personas estaba parada justo enfrente de ella, viendo cómo era vista. Se sentía horrible, como si le hubieran arrancado la piel y cualquier cosa que estuviera por debajo ardiera contra el aire frío. Sin embargo, también se sentía como algo parecido a una familia.

En la oscuridad, Jana extendió la mano derecha para tomar a Brit de la quijada con suavidad. La inclinó unos veinte grados y acercó los labios de Brit a los suyos. Quienquiera que haya dicho que los labios de las mujeres son suaves estaba equivocado, pensó Jana. Ahí había dos partes de un órgano cálido y resbaladizo, una jaula abierta para un sonido que demoraba segundos en formarse, construirse y viajar a través del cuerpo, primos de la lengua, traduciendo algo que no podía traducirse y que no tenía leyes.

Lo que ocurrió no fue sexual, pero Jana sabía que sería imposible contarle a alguien esa experiencia sin que la interpretara incorrectamente de esa manera, así que se juró a sí misma que jamás diría nada. Sin embargo, se trataba de intimidad. Quería estar lo más cerca posible de la persona que la veía en el momento en que la parte salvaje y vacía de su pasado se encontraba con la parte cálida y específica de su presente. Quiso fusionarse. Sin embargo, lo que descubrió fue al mismo tiempo decepcionante y consolador: el beso de ninguna manera fue tan íntimo como los años que habían pasado juntas, la creación y la destrucción furiosa de música, y el conocimiento de los seres no verbales, preverbales y extraverbales de los otros. Tenía que haberlo sabido antes de conectar sus labios; sus manos llenas de callos estaban más cerca de la verdad.

Cuando Jana se apartó —no fue exactamente apartarse sino terminar—, los labios de Brit brillaban en la oscuridad. Ninguna de las dos se disculpó.

Salieron juntas de la jaula y caminaron colina abajo, por donde habían venido. Caminaron en silencio, aunque Jana estaba segura de que Brit tenía más preguntas sobre la adopción y las razones para que esta fuera un secreto. No obstante, no hizo ninguna pregunta y Jana se sintió agradecida.

—¡Ya lo vi! —dijo Jana, deteniéndose y señalando, por fin sin susurrar—. ¿Tú lo ves?

Brit se paró sobre las puntas de los pies y la inclinación de la tierra estuvo a punto de hacer que cayera al vacío; Jana la sostuvo con la mano hasta que recobró el equilibrio y luego le señaló más allá del fango y el esmog que se habían aclarado por un minuto, más allá del cañón, hasta el borde del horizonte, donde se hallaba el borroso letrero de Hollywood.

—Ah —dijo Brit—. Ahí está el otro Los Ángeles.

—Si tuviéramos nuestros violines, podríamos tocar la canción del principio de Paramount Pictures…

—… con las nubes y las estrellas…

—… y la montaña.

—Necesitaríamos una batería.

—Y algunas otras cosas.

—Creo que podríamos hacerlo. Deberíamos aprendérnoslo cuando regresemos. A los hijos de Henry les gustará.

—Vamos allá, al letrero.

Jana sonrió en la oscuridad.

—Claro.

Pero no se movieron.

También había otro tipo de dolor, más difícil de nombrar.

La carta de Laurent había llegado a finales de agosto de 2001, cuando el cuarteto se preparaba para iniciar una temporada de conciertos en la que darían una gira nacional, la cual comenzaría con su debut en el Carnegie Hall y los llevaría por el perímetro del país a las ciudades de música clásica más importantes. Su debut en el Carnegie estaba programado para un jueves a finales de septiembre. Jana tomó la despedida final de Laurent como señal de que las cosas se despejaban para el inicio de una nueva fase en la carrera del cuarteto. Ahora era verdaderamente libre para concentrarse en el programa de su gira, cuya pieza central era muy ambiciosa: la opus 133 de Beethoven, musicalmente complejo, físicamente extenuante, emocionalmente exaltado, de alguna manera inaccesible y absolutamente implacable. Quizá fuera el mejor conocido de los últimos cuartetos de Beethoven —quien lo escribió cuando su sordera comenzaba a cerrarse ante él y a volverlo loco—, y era famosamente difícil. Siete movimientos que se tocaban uno tras otro por medio de un *attacca*, sin descanso; la pieza duraba casi cuarenta minutos y era exigente tanto para los intérpretes como para la audiencia. Sin embargo, si iban a debutar en el Carnegie Hall, habían pensado, podrían hacerlo en grande.

Jana había estado inmersa en la partitura esa mañana —Daniel había comprado una para cada uno, con el fin de que esa vez él no tuviera la carga de ser el único con partitura—, la mañana del 11 de septiembre, habituada como estaba a despertarse temprano y, antes de hacer cualquier cosa como tomar un baño, comer o incluso cambiarse, escuchar la grabación más reciente de su práctica individual o del ensayo del cuarteto mientras leía la música. Estaba sentada en su escritorio con los audífonos puestos (gracias a las quejas de los vecinos, otra cosa terrible de ser músico en Nueva York), leyendo las últimas páginas, tratando de descifrar cómo pasarían del toque frenético del menor final al menospreciado do sostenido mayor al término de la pieza de una manera que sonara menos como una llegada accidental a una nota mayor y más como una consternación deliberada. Sentada en pijama, pensaba en eso, apuntaba y escuchaba, marcando la partitura con mejores puntuaciones de las transiciones, cuando la interrumpió el ruido de la puerta; era Daniel.

Todos se habían mudado a Brooklyn el último año para tener más espacio y pagar menos renta (con excepción de Brit, que se había quedado en Manhattan con Paul). Daniel vivía en el vecindario de Jana, dos cuadras al sur. No había podido localizar a nadie por teléfono y había corrido a su departamento. Jana no tenía televisión, así que la tomó del brazo —con tanta fuerza que le dejó un moretón matizado con amarillo pálido— y la condujo hasta la azotea, donde observaron las volutas de humo sobre el agua y vieron caer las torres una tras otra. Jana no podía recordar si se habían dicho algo. Más tarde, trató por un momento de construir una narrativa de lo que había pensado, cuándo lo había pensado y cuándo habían cambiado sus pensamientos. Sin embargo, al final se rindió, y el recuerdo de haberlo visto ocurrir era como un enorme espacio gris en su cerebro. Después pensó en ello como algo parecido a asistir al concurrido funeral de alguien a quien realmente no se conoce: en cierto punto, todo se convirtió en un dolor sin rostro que hacía que la experiencia pareciera poco importante.

Después de eso, los ensayos se detuvieron unos cuantos días, en vista de que ni siquiera podían llegar al lugar donde se llevaban a cabo, ya no digamos concentrarse en la música. Jana —jamás le diría esto a nadie— siempre relacionaría el Beethoven 131 con la sensación de impotencia de ver las torres ardiendo, humeando y colapsándose, la incapacidad de dar sentido a la transición del menor al mayor, la manera como la historia se le resistía en el caos. Llegó a odiar la forma como el 131 terminaba en un motivo mayor que de repente se sentía fuera de lugar, anticuado, una imitación patética del optimismo que ahora le parecía realmente estúpida, después de todo lo que había sido antes.

Fue Brit quien sugirió ensayar el 131 en público una semana antes del debut en el Carnegie. Había un velorio en una catedral de Brooklyn Heights que recibiría con gusto una interpretación suya. Jana pensó que podrían echar a perder cualquier tipo de magia que pudieran tener en el Carnegie con un concierto gratuito para un montón de personas en duelo, pero no supo cómo decirlo sin sonar fría y despiadada. Acordaron hacer el concierto. Tocarían la pieza completa mientras la gente caminaba hacia el altar improvisado y encendía velas o dejaba tarjetas de oraciones.

—Pero no es exactamente una pieza meditativa —dijo Jana, inclinándose hacia Brit antes de empezar a tocar.

—Sólo es música —respondió Brit—. Sólo quieren música para que el espacio no esté en silencio mientras la gente llora.

A Jana esa le pareció la peor razón del mundo para hacer música. Sin embargo, conforme tocaban, sin que nadie realmente escuchara o sólo escuchara —sino escuchara y rindiera tributo, escuchara y llorara, escuchara y rezara, escuchara y pensara, escuchara y tratara de no pensar—, Jana se dio cuenta de que sí, sólo era música, y ese era quizá su mejor atributo. Era arte integrado al paisaje, arte móvil, vivible, y toda esa gente necesitaba eso: un aparato del arte que los contuviera por un momento.

Y para el cuarteto también. Les quitó parte de la presión el hecho de que nadie se concentrara realmente en su interpretación, sino que sólo la experimentaran, así que ellos también la experi-

227

mentaron. Y Jana no podía decir que el 131 tuviera más sentido que antes, que tuviera una narrativa más coherente, pero su ejecución perdió parte de la torpe conciencia personal, parte de la soledad, y de esa extraña manera un absoluto desastre nacional se integró a su historia musical. Cuando terminaron de tocar, nadie aplaudió, por primera vez en toda su carrera; desde entonces, a Jana, los aplausos después del 131 le parecían obscenos.

Ni ese mes ni los siguientes tuvo una pareja con quien tumbarse en la cama y hablar del caos rosado de la ciudad. Sin embargo, si la hubiera tenido, si algún hombre se hubiera acostado junto a ella y le hubiera preguntado qué sentía, cuándo lo sentía, cómo había cambiado y por qué, le habría dicho que al principio había tenido miedo de sentir cualquier cosa porque no quería apropiarse del dolor auténtico de alguien más —ella y Daniel en su azotea bajo el cielo claro, apisonando en privado su duelo doble, triple, cuádruple (la ineptitud del duelo humano era parte del horror)—, y que después del concierto del velorio se había sentido útil (la música había resuelto la ineptitud con una expresión extrahumana, aunque sólo fuera de forma temporal), así que se había permitido estar triste, lo que en sí mismo era útil para ella como intérprete; después de todo eso, después del debut en el Carnegie y la gira, la manera como la vida del cuarteto se había ocupado y llenado de conciertos, compromisos, clases y entrevistas, y al mismo tiempo su propia vida se había vaciado, como si colgara de cabeza, una pelusa flotando en torno a sus bolsillos volteados, y la ciudad se había instalado en una resiliencia agitada y ansiosa, ella no quería llenarse de eso, no ahora, en especial ahora no, y eso la hacía sentirse mal: su deseo de huir de la intranquilidad, de pasar azarosamente de una comprensión enferma del mundo a un acorde mayor; pero no eran lo suficientemente viejos para eso, para dar la espalda, para apartarse, para tener hijos, para tener éxitos puros, para enojarse por la sordera del mundo y después ensordecer con la esperanza de que algo bueno pudiera ocurrir, de hacer que algo bueno ocurriera entre toda la basura, y por lo menos tú estás aquí, extraño, hombre sin rostro en mi cama, por lo menos tú estás aquí para encogerte de hombros conmigo, para pasar la mano por mi hombro, llamarme por un nombre que sólo tú usas y decir, bueno, por lo menos en todos estos grandes y pequeños desastres nos tenemos el uno al otro.

Brit manejó de regreso al aeropuerto y después Jana se cambió al asiento del conductor. Brit se echó la bolsa sobre el hombro y se inclinó por la ventana para darle a Jana un beso en la mejilla; su cabello murmuró contra el rostro de Jana.

—Estuviste bien —dijo Brit.

Jana trató de que su expresión fuera tan abierta como la de Brit.

—Tú también. Gracias por estar aquí.

Cuando regresó a casa, Carl seguía despierto, y Jana sirvió bebidas para los dos en la barra iluminada de la cocina de techo bajo; el resto de la casa estaba a oscuras y en silencio, y conservaba la energía de todos los que alguna vez la habían habitado, lo que confería al espacio la sensación confesional de un bar después del cierre. Carl habló; Jana rellenó los vasos y reemplazó el hielo que se había derretido. Carl contó historias sobre su madre que Jana no estaba segura de que fueran completamente ciertas, por lo menos no podían referirse a la persona que Jana había conocido, pero sin duda parecían ciertas para Carl, quien incluso lloró una o dos veces, ahora rodeado del vacío de su vida tras el funeral. Había habido un viaje a Ojai, un campamento en Joshua Tree, un fin de semana perdido en Tijuana (intoxicación por alimentos, una historia probable). Él se ablandaba. Más bien, Jana se ablandaba para él. Había mucho licor que terminarse. Habló de la manera como Catherine describía a Jana —ambiciosa y temperamental, aunque sensible a breves grietas sentimentales—, una Jana que Catherine había conocido alguna vez, y Jana sonrió ante esa versión de sí misma, la saludó, le dijo hola a través de la distancia. Entre otros motivos para sufrir, Carl sufría por sí mismo, eso estaba claro. Tenía que contarse a sí mismo una nueva historia, pero antes de poder hacerlo necesitaba contar todas las historias anteriores.

Días después, de camino al aeropuerto, Jana se sorprendió al encontrar un grupo reducido pero dedicado de manifestantes en la misma esquina donde los había visto antes. Las protestas en el mundo se habían acabado, ¿no era así? Sin embargo, ahí estaban ellos, fervorosos en su pequeño número. Al detenerse en el semáforo —ahora muchos otros ignoraban sus cantos en el tráfico—, Jana bajó la ventana. Un hombre gritó: «¡Wuuu!», como si estuviera en un concierto de rock. Movían sus letreros de arriba abajo. Después de todo, quizá no se daban importancia a sí mismos. Quizá si se reunían las veces suficientes durante el tiempo suficiente, si hacían suficiente ruido, la guerra terminaría. No, probablemente no. Sin embargo, era agradable pensarlo. Que alguien pensara eso era lo único que pedían, supuso Jana.

Apoyó una mano en el claxon y sacó la otra por la ventana, formando un puño. No sabía qué decir, qué decía uno en esas situaciones. Sólo se le ocurrían lugares comunes: «¡Lucha contra el sistema! ¡El pueblo al poder!», frases como esas.

Unos cuantos manifestantes escucharon su claxon y se volvieron en busca de la fuente. Ella movió el puño hasta que la localizaron. El día estaba luminoso y claro, como siempre. Cuando la vieron, sus rostros cambiaron, se levantaron, como si ella les hubiera dado un regalo, y sus gritos se hicieron más fuertes, sus carteles se movieron con más fuerza. Jana sonrió pero negó con la cabeza. Nada cambiaría, pero ¿no era ya algo importante, pensó ella, de lo que uno podía convencerse a sí mismo, las cosas que uno se repetía no hasta que fueran verdaderas, sino hasta que fueran reales?

BRIT

SEGUNDO VIOLÍN

Julio de 2007
Norte de California

Brit no podía leer y escuchar música al mismo tiempo. En realidad, no sabía cómo alguien más podía hacerlo. A Paul le gustaba escuchar jazz y le gustaba leer el periódico los domingos en la barra de su departamento, y le gustaba hacer las dos cosas al mismo tiempo. A Brit le parecía la peor versión de cada actividad. Sabía que debía gustarle el jazz —su padre, la trompeta, «My Funny Valentine», Byrd—, pero no le gustaba. Parecía surgir de un lugar diferente de la música de la que ella se había apropiado, y la soltura, la modulación de las notas y los límites indefinidos de la entonación, todo eso, cuando lo escuchaba, hacía que se distrajera totalmente. Siempre estaba tratando de reunir el jazz de vuelta en su cabeza. Y Paul, que estaba orgulloso de su suscripción semanal a *The New York Times*, siempre leía el periódico sección por sección, de la misma manera todos los domingos, mientras ella sólo tomaba la sección de «Artes y entretenimiento», después de que él la hubiera hojeado y apartado. Ella siempre apagaba la música cuando leía. A Brit le parecía que el periódico sólo daba puntos de vista de partidos, que era un horror superficial, y se marchitaba un poco cada vez que estaban en una reunión y Paul repetía algún titular que había conservado para una conversación: «La manera como perdimos Faluya, a pesar de apuntalar la fuerza policiaca iraquí». *¿Apuntalar?*

El periódico y el jazz habían sido los motivos por los que habían llegado tarde a casa de los Allbright.

—Tradición —dijo Paul, chasqueando el periódico enfrente de su cara y apoyándose en el respaldo de la silla alta.

—Costumbre —añadió Brit atándose las tiras del traje de baño detrás del cuello.

—Como sea que lo llames —contestó Paul—. Es 4 de Julio; puedo hacer lo que yo quiera. Nadie se va a dar cuenta si llegamos tarde a la fiesta de la alberca.

—No es una fiesta de alberca —señaló Brit.

—Entonces, ¿por qué te pones el traje de baño?

—No es una fiesta de alberca *para nosotros* —dijo Brit, señalando el estuche de su violín junto a la puerta. Los Allbright eran patrocinadores importantes del ciclo de música de la universidad, y en la fiesta de alberca anual que ofrecían en su enorme casa de Sonoma para la facultad y los empleados de la universidad, siempre organizaban conciertos de música y conferencias, hacían que les afinaran el piano y les llevaran un montón de partituras nuevas a la barra del bar exterior. Maisie Allbright por lo general quería que el cuarteto tocara algo lento y triste; al final de la tarde se paraba justo enfrente de ellos, lloraba y sorbía su daiquirí, mientras su esposo, Richard, desaparecía dentro de la casa con una botella de whisky para irse a la cama. Se esperaba a que tocaran, pero también se esperaba a que observaran la representación de los Allbright. Era extenuante.

Brit esperó hasta que Paul terminó de leer el periódico. Todo el tiempo se quedó de pie en la cocina, observándolo, escuchando la música. Él no levantó la mirada ni siquiera una vez y ella no lo interrumpió ni siquiera una vez. Así era como peleaban: sin pelearse. Los pleitos directos no eran el estilo de Paul ni de Brit, aunque a lo largo de los años se había vuelto más difícil decir quién llevaba el ataque. Se habían transformado y adaptado a los defectos del otro como árboles nudosos y ancianos. Él era fácil, razón por la que había sido bueno estar con él los primeros años. «Por fin conseguí lo que merezco», recordó haber pensado Brit cuando él dijo primero que la amaba, cuando él la perseguía hasta la puerta si estaba enojada, cuando él le pidió que se mudaran juntos, que fusionaran sus cuentas bancarias, que nunca tomaran vacaciones por separado. Ella nunca había estado con nadie que pareciera tan agradecido por estar con ella, más agradecido de lo que ella estaba con él, y pensaba que así era como tenía que ser, que alguien siempre sintiera más gratitud. Sin embargo, pasaron cinco años y el cuarteto decidió aceptar un trabajo en California, y ella esperó su llegada en el departamento de Hell's Kitchen un miércoles, preparada para decirle que se iba, preparada para romper con él, como le había dicho a Jana en Los Ángeles: que ella comprendía que él no quisiera irse, que Nueva York fuera su hogar, pero que era el siguiente paso lógico para el cuarteto y que tenía que dar preferencia a su carrera, y que lo amaba de cualquier manera. Sin embargo, tan pronto como se le escapó la palabra *California* de la boca, él ya estaba alumbrado por el brillo de la computadora, en busca de empleos en finanzas en la zona de la bahía, de los precios inmobiliarios, de las probabilidades del clima. Ella ni siquiera pudo decirle que estaba de acuerdo en que se separaran, así que fue como un grito que nunca pudo gritar, pero tampoco tragarse, que se le había atorado perpetuamente en la garganta.

¿Cómo decirle no a un hombre que te seguía de esa manera? Para Brit, esa clase de apoyo sólo le era familiar gracias al cuarteto.

Además, ya llevaban diez años juntos. Diez años desde que habían empezado a salir; ahí estaban, en su apartamento alfombrado en una zona de la ciudad que era mejor que aquella donde vivían los estudiantes, pero no tan buena como las zonas de los empresarios del internet; el verano quemante se filtraba entre las persianas de plástico, el aire acondicionado encendido y el jazz en el reproductor de CD's, como una imitación de la vida.

No era que no lo amara o que él no fuera generoso. Ella lo amaba, desde luego, y él lo era, absolutamente, pero después de un tiempo llegaron a un punto en el que era realmente agradable, lo más agradable que podía ser, y luego se habían quedado ahí. Y se quedaron. Ahora él tenía casi cuarenta y era hora de que ella admitiera que la vida que estaba viviendo realmente era su vida, no una versión preliminar, y que la razón por la que no vivía otra vida, quizá mejor, era que había conocido a alguien decente con quien tenía algo muy importante en común: el deseo de estar enamorados.

Él levantó la mirada alegremente al terminar la última sección, como si le diera gusto tener una recopilación de noticias frescas en la mente.

—Gracias por esperarme, hermosa —dijo, y caminó hacia ella, le dio un beso en la frente y le desató el cordón que se había atado en el cuello.

Paul se apartó sonriendo para ir a su habitación y le pidió cinco minutos más para buscar su bañador. Usó esa palabra que ella odiaba: «bañador». Brit se volvió a atar el traje de baño.

El camino a casa de los Allbright era todo por carreteras con mucho viento que cruzaban el campo. El día era cálido y ella encendió el aire acondicionado, pero él bajó una ventanilla: estaban empatados.

—Piensa en mi violín, Paul —dijo ella al final, y él cerró la ventana en silencio y subió el volumen del radio.

La absoluta falta de coherencia de la casa de los Allbright era la demostración de su riqueza. La fachada era una entrada de coches circular cubierta de grava, arbustos recortados con diferentes formas, pilares italianos; la parte de atrás había sido moderna en los sesenta: alberca, cabaña clásica, campo de croquet con pasto recién podado. Y el interior, mármol y parquet, pesadas puertas corredizas y divisiones de cristal en las habitaciones. Eran tan ricos que podían decorar como quisieran, cuando quisieran, cambiar los estilos por capricho, sin que les importara si combinaba con el resto de la casa.

Maisie tomó a Brit de la mano y le dio un beso en la mejilla; olía a talco de bebé y vodka. Tenía la cara pintada y el cabello entrecano recogido en un chongo que debía ser mitad falso, y llevaba un caftán de diseñador y tacones bajos.

—Por fin llegaste, querida —dijo, conduciéndola por la casa fría hacia el calor del área de la alberca.

—Es que no podía dejar de escuchar a Chet Baker en la mañana —respondió Paul, aunque al parecer Maisie no lo oía.

Afuera había una conmoción infantil. A Brit siempre le preocupaba que los niños se aventaran por todas partes cuando había una alberca o cualquier cuerpo de agua cerca, como si creyeran que el agua los salvaría mágicamente de cualquier caída.

La hija de Henry, Clara, corrió hacia Brit arrastrando un salvavidas tubular tras de sí por el camino de concreto húmedo; el cabello largo y oscuro le caía mojado sobre la espalda.

—¿Sabes hacer una bombita? —le preguntó, y tuvo un ataque de risa, como si la broma no dependiera en absoluto de la respuesta de Brit, antes de irse corriendo.

Kimiko y Henry la saludaron desde el bar exterior. Jana y su hija, Daphne, estaban en la alberca, en una clase de flotación. Todavía era raro ver a Jana con Daphne, a Jana como madre, algo de lo que Jana siempre parecía avergonzada. Su transición hacia la maternidad no hubiera sido tan plácida como todos deseaban, aunque era una lucha tan privada como todos esperaban. Daniel estaba jugando croquet con algunos de sus mejores estudiantes de posgrado (doctores en matemáticas e ingeniería, siempre los mejores violinistas, aunque los doctores en artes eran mejores chelistas) en shorts y sin camiseta. Ahora que había llegado a lo que podía ser el comienzo de la mitad de su vida, le quedaban bien la nariz aguileña y los brazos largos; Brit vio que ya nada parecía incorrecto. Su rostro había cambiado de infantil a astuto, e incluso su boca pequeña, que en esos días sonreía con más frecuencia. Brit notó zonas grises en el vello de su pecho, y cuando él levantó la mirada, ella apartó la suya.

Era una cara de California a veces tan increíble que resultaba casi insoportable, y Brit no podía hacer nada más que relajarse. Se sentó en el borde de la alberca con las piernas en el agua; empujaba los juguetes de los niños y se estremecía en silencio cuando la llamaban «tía»; aceptaba las copas de plástico de vino que le daba Maisie, quien quería saber cuándo se casarían Paul y ella, y contarle que una vez había cantado con la Ópera de San Francisco y cuál era su ópera favorita. Escuchó que Paul le decía a Henry: «Y eso es algo bueno que ha salido de todo esto, la fuerza policiaca iraquí».

—¿Tienes un niño favorito entre estos? —le preguntó Maisie inclinándose hacia ella. Ya estaba un poco ebria.

—Me cae mejor el que no esté llorando —respondió Brit.

Paul estaba por ahí con el pequeño Jack, que en realidad era demasiado pequeño para su edad. Lo habían llevado con médicos y le habían inyectado hormonas; pero aunque su pequeñez era preocupante, también implicaba que siguiera siendo encantador. Era como si se negara a crecer. Sería el más pequeño de su salón de preescolar. ¿Podría decirse que era su favorito?

—Yo tenía una hija favorita —dijo Maisie—. Era la de en medio, Jordan. Era tan tranquila… Tú has de haber sido la hija de en medio.

—Fui hija única —respondió Brit.

—Ah, es lo mismo —dijo Maisie.

—¿Jordan sigue siendo tu favorita?

—Ay, Jordan nos dejó hace mucho.

Brit quiso preguntar las causas, pero seguramente las respuestas sólo acentuarían el misterio. Cuando los niños mueren siempre es un misterio sin solución.

—¿Y tú, corazón? ¿Dónde están tus padres?

—Ah, también murieron. —Nunca le había gustado decir «nos dejaron». Era una expresión tonta para describir lo que le pasaba a la gente.

—Sí —dijo Maisie, y las dos voltearon hacia la luz del sol que brillaba plácidamente sobre la alberca, y vieron a los niños chapotear en ella, subiendo y bajando en las olas sutiles. Que alguien siguiera vivo era un misterio del que no valía la pena hablar.

Brit se encontró con Daniel a un costado de la casa; él había ido a buscar una pelota que se había alejado. Ella lo saludó y le dijo que tenían que tocar pronto para ganarles a los fuegos artificiales y la ebriedad —«la mía», dijo—; él estuvo de acuerdo y soltó la pelota en el acto.

—Probablemente tengas que ponerte una camiseta —dijo ella.

—Creo que Maisie prefiere que no lo haga.

—¡Exijo Tchaikovsky! —dijo Maisie cuando se acomodaron.

Daniel llevaba una camiseta prestada (por supuesto que no encontró la suya) y Brit tuvo que desamarrarse el traje de baño por debajo de la blusa sin mangas para que el violín se acomodara a la perfección en su cuello. Los niños gritaban en el fondo. Paul se recostó en el pasto cerca de ellos, pero se puso un sombrero de paja de mujer sobre la cara. Para Brit, podía estar dormido.

—Daphne, te lo juro por Dios —dijo Jana a punto de sentarse, señalando con el arco a su hija, quien acababa de golpear a un niño en la cabeza con un palo de croquet. Brit ya se sentía ebria.

—¿Mi bemol menor? —preguntó Daniel, más para ellos que para Maisie, pero Maisie intervino.

—Ay, no —dijo—. Tienen que tocar el *Andante cantabile*. Me rompería el corazón.

—¿Segura que quieres que te rompan el corazón? —preguntó Daniel. Le estaba coqueteando.

—Si eres tú, siempre —dijo Maisie recargándose otra vez en la silla reclinable.

—Bueno —añadió Henry—. La dama lo desea.

—La dama desea a Daniel —murmuró Jana; Brit tosió y les entregó las partituras.

Estas eran nuevas y no tenían marcas; en nada se parecían a sus copias ajadas, cuyas anotaciones podían fecharse por el grado de desvanecimiento. A medida que Brit se hacía más vieja, escribía menos en las páginas, y veía aún menos las partituras. Estas estaban ahí sobre todo para exhibición; podían tocar esa pieza, la mayor parte de las piezas, sin partituras, sin atriles, sin nada que los separara. Pero hacerlo ahí habría sido petulante, así que desdoblaron sus partituras nuevas y las fijaron con seguritos en los atriles para que no salieran volando con la brisa.

Es inútil, pensó Brit mientras las paredes de la palapa revoloteaban como las esquinas del periódico matutino de Paul, los niños gritaban indiscriminadamente y Maisie Allbright se llevaba una mano al corazón. ¿Cuál era el punto? El sonido no llegaba a ninguna parte al aire libre, en especial con una pieza tan suave y dulce como aquella. El traje de baño de Brit se le resbaló un centímetro hacia abajo por la espalda.

Nadie preguntó si los demás estaban listos y todos comenzaron la pieza como si se unieran a una canción empezada.

Brit no pudo evitar sonrojarse. Paul, su nuevo novio, había dicho coger en el silencio de Patelson's, y aunque se encontraban en el primer piso, en la sección coral casi vacía, Brit creyó haber visto al director del Met —que estaba en el mostrador de abajo, a punto de comprar un montón de partituras— levantar la mirada con severidad ante la acusación. Era como maldecir en una iglesia.

—Yo no diría que me lo *cogí* —murmuró Brit.

Paul se encogió de hombros. Él había usado esa palabra, aunque no parecía para nada enojado, sólo curioso. Por un momento, Brit deseó que él se hubiera enojado cuando se lo dijo, al pensar en ella teniendo sexo con Daniel. Pero Paul sonreía, entretenido con la idea de su lasciva historia.

Era junio de 1997, la tarde aún ardía con la luz del sol, y apenas estaban en la etapa inicial de su relación. Ella le mostraba uno de sus lugares favoritos de la ciudad, esa reliquia de tienda de música en lo que alguna vez había sido una cochera, una institución llena de bolas de naftalina, suelos que crujían y filas de partituras hasta la última grieta, organizadas con una lógica a veces extraña. Cuando se salía por la puerta trasera del Carnegie Hall, prácticamente era obligatorio entrar en la tienda de enfrente, aunque nadie que no fuera músico habría echado un segundo vistazo al pasar por delante.

Para ser hombre, Paul tenía cabello con cuerpo, rubio rojizo, el cual salía de su cuero cabelludo y caía suavemente sobre su cabeza. Tenía tez clara y un rostro tan proporcionado que a veces resultaba fácil de olvidar. Brit había tenido que verlo varias veces para que su cara se le grabara en la memoria. Vestía bien (ese día llevaba una gruesa camisa azul tipo polo y pantalones de vestir de buen corte), tenía buenos modales en la mesa, trabajaba con dinero pero no dejaba que este lo gobernara. La adoraba.

—Fueron sólo unos cuantos meses. Tal vez seis —dijo ella hurgando entre partituras de Händel.

—¿Cantas?

—¿Quién? ¿Yo?

Él se rio y la abrazó.

—¿Y tú?

—¿Si yo canto? Sólo *scat*.

—No, quiero decir: ¿quién fue tu última novia?

Él la soltó y se pasó las manos por el cabello. Este se acomodó a la perfección.

—¿Novia de verdad? La última ha de haber sido Sarah. Hace alrededor de tres años. Durante tres años.

Siguió hablando de Sarah: le encantaban el voleibol y el lacrosse; había sido atleta en una pequeña universidad de Nueva Inglaterra y después contadora en publicidad; tenía unos hombros hermosos, y sí, la había amado, pero ella tenía intenciones de casarse desde el principio y él se preguntaba para qué casarse si todo iba bien. Sin embargo, lo único que Brit pensaba era que Paul debía de haber roto con Sarah más o menos por la misma época en que ella y Daniel habían dejado de hacer lo que fuera que estuvieran haciendo, y en cómo Paul consolaba su corazón herido mientras ella consolaba el suyo en San Francisco, lo que le gustaba imaginar como un rompimiento de corazón cósmico y simultáneo.

Le contaría eso años después, mucho tiempo después de que se hubieran mudado juntos, y ella consideró que debía dejar de sentirse tonta por haber pensado que estaban unidos por el destino y la pérdida, pero él la había hecho sentirse tonta de cualquier manera: «Yo rompí con Sarah en Navidad, así que esa fantasía no cuadra», le dijo.

—Muéstrame más —le había dicho en Patelson's—. ¿Qué otras secciones te gustan?

Ella le ofreció una tímida visita guiada por el espacio y la música encuadernada: aquí es donde compré mi primera partitura, aquí es donde reemplacé el Stravinski al que Henry le tiró salsa de tomate por todas partes, aquí está la mejor versión de los cuartetos de Shostakóvich; ten cuidado para no doblarle las esquinas. Nunca antes le había dado a nadie un recorrido por un lugar especial para ella. Parecía absurdo, pero era verdad. Revolvió la tienda tratando de explicarle a alguien que ni siquiera sabía qué era una viola lo importante que había sido Hindemith en su educación. ¿Cómo le hacían las personas para ir improvisando construcciones narrativas de sí mismas? Brit lo añadió a su lista de cosas por practicar.

Sin embargo, eso fue lo primero por lo que se enamoró de Paul, la historia de su evolución o, al menos, la manera como la contaba él. Había algunos secretos, incluso para él: un padre alcohólico, un año sabático decepcionante, un breve romance con una mujer mayor y casada. Confesiones anodinas, pero intimidades de todas formas. Le había tomado un tiempo reconocer que lo que más amaba era el modo como él le había permitido entrar en su mundo, más que lo que llegó a encontrar ahí.

Y él no tocó la historia de sus padres. Ella se la contó y él la escuchó, sin extrapolarla en una mitología. Ni siquiera le pidió que encajara las piezas, aunque a lo largo de los años ella las había distribuido y las había unido para él, y él parecía satisfecho.

—¿Qué piensas? —le preguntó Paul hojeando una partitura enorme de una misa de Mozart bajo su nariz para aspirar el aroma del papel nuevo.

—En lo fácil que es —respondió ella al tiempo que él decía «o sea, para la cena», y se rieron lo suficientemente fuerte para que, sí, el director de la ópera los viera y frunciera el ceño.

Era así de sencillo, se maravillaba Brit. Alguien podía bajarse el cierre y abrirse, invitarte a entrar y a permanecer un rato.

Se besaron torpemente y pasaron sin dificultad de la música coral a la ópera, para finalmente aterrizar en la música de cámara latinoamericana contemporánea, donde a Brit se le ocurrió que quería tapas. Se tomaron de la mano y atravesaron la tienda, abrieron la puerta, haciendo sonar unas campanillas que quebraron el ambiente solemne de biblioteca, y salieron, Paul delante de ella. Afuera estaba húmedo y ruidoso; ella se detuvo en seco y miró alrededor de su cintura. Entre los besos y las risas, debió haber dejado su bolsa en alguna parte. Se palpó los bolsillos, dio una vuelta para revisar la acera, y cuando alzó la mirada, Paul estaba al mismo tiempo ahí y en ninguna parte. Todavía no había empezado a reconocer su andar ni su estatura desde atrás, y cualquier cantidad de hombres solos en la calle Cincuenta y seis podrían haber sido él y, sin embargo, ninguno lo era. Volvió a girar en círculo, esta vez con la mirada en alto. El color exacto de su camisa se estaba desvaneciendo y, de cualquier manera, en la calle oscura, iluminada por los faros, no habría podido distinguir el azul marino del azul rey. ¿Dónde estaba?

Bueno, pronto registraría su ausencia y regresaría a buscarla.

Brit volvió a entrar en Patelson's y detuvo la puerta antes de que se azotara tras de sí. Fue a la parte trasera, donde habían estado más tiempo, y buscó su bolsa entre los contenedores mientras trataba de reprimir la ansiedad que le subía al pecho. ¿Debía haberse quedado fuera para esperar a que Paul regresara rápidamente? ¿O debió entrar para buscar su dinero, sus tarjetas e identificaciones?

La imagen de Daniel interrumpió a Brit; tenía el cabello revuelto y círculos de sudor bajo las axilas, llevaba la bolsa de piel verde de Brit en una mano y un montón de partituras en la otra. Los lentes gruesos se le resbalaban por la nariz demasiado larga y torcía los ojos de una manera que lo hacía parecer una caricatura. Daba la impresión de que su mirada siempre trataba de alcanzar su cara. Ella dio un paso adelante, miró detrás de ella y otra vez hacia él. Sí, seguía ahí.

—Reconocería este horror en cualquier parte —dijo él alzando la bolsa. Ella la tomó.

—No te había visto.

—Yo tampoco a ti —respondió Daniel, y Brit percibió de inmediato que mentía por lo rápido que había lanzado el comentario y el minúsculo gesto hacia abajo de la comisura izquierda de su boca—. En fin, los planetas.

Brit levantó la mirada y sólo vio el techo.

—¿Cómo?

Él sacudió las partituras que llevaba en la otra mano.

—Estaba buscando a Holst. Un arreglo de *Los planetas*. Para nosotros.

—¿Música de película?

—No es música de película.

—No es música de cuarteto.

—Ah, pero podría ser. Es un arreglo para cuatro.

—No es posible. Demasiada percusión. Cualquier arreglo parecería superficial sin timbales.

242

Daniel se llevó un puño al pecho.

—Subestimas mis cualidades de percusionista.

Brit se encogió de hombros.

—Tú subestimas cuántas veces tuve que tocarla en la orquesta juvenil. De cualquier manera, faltan algunos planetas.

—Plutón no cuenta —dijo Daniel depositando su montón de partituras sobre un estante para examinarlas. Sacó un libro de abajo y lo levantó—. También me voy a llevar este. Puede ser la Tierra.

Era el primer cuarteto de Tchaikovsky que, para ligera sorpresa de Brit, todavía no habían interpretado juntos. Como cualquiera que lo hubiera escuchado, se inclinaba por el segundo movimiento, el *Andante cantabile*, que a menudo se tocaba aparte de los otros, a veces como *encore* melancólico.

—Me encanta esa pieza —dijo.

—También hay un arreglo para chelo y orquesta —contestó Daniel. Se encogió de hombros—. Pero sólo me voy a llevar el cuarteto.

A veces, a Brit le parecía imposible imaginar que se había enamorado de Daniel, como cuando se ponía rígido y discutía incansablemente algún punto técnico en un ensayo, o cuando evitaba cualquier expresión sentimental con un chiste o encogiéndose literalmente hacia atrás, dando la espalda a una conversación difícil. Pero momentos como ese volvían a recordarle todo, momentos en los que traicionaba su calidez subyacente: aquí había una ternura absoluta por algo, aunque sólo fuera por la música.

—Bueno, ya me voy. Gracias por recoger esto.

—Nos vemos —dijo él, volteando hacia el montón de música mientras ella giraba hacia la puerta. Brit no tenía manera de saber si la había observado al marcharse, pero sentía que sí, o lo imaginaba, que era muy similar.

Una vez fuera —definitivamente hacía calor, aunque el sol ya se había puesto; era verano en la ciudad—, chocó directamente contra el pecho de Paul y, helo ahí, rubio rojizo y sonriéndole.

—Me perdiste —exclamó él.

Tomó su mano y empezó a caminar, pero ella volteó una última vez para asomarse por el cristal hacia la tienda, que parecía un mundo completamente distinto por dentro, silencioso, fresco, ordenado e iluminado, lleno de todo tipo de secretos. Buscó a Daniel, pero no lo encontró por ninguna parte y admitió que, aunque lo hubiera visto, aunque lo hubiera saludado con la otra mano, él no habría podido verla en la oscuridad.

Maisie, desde luego, lloraba. Estaba de pie bajo el sol del atardecer, sudando, envuelta en su chal y llorando, con Clara a sus pies; la cara de la niña estaba enterrada en una bola de algodón de azúcar rosa con blanco. ¿Qué tenía el *Andante cantabile* que conmovía hasta las lágrimas a las mujeres maduras? Había algo en él similar al segundo movimiento del «Americano» de Dvořák del concierto de graduación de San Francisco, una canción brillante cuya cualidad folclórica tenía matices de seriedad y melancolía. La melodía era casi elemental, pues se repetía una y otra vez, ligeramente ornamentada con giros restringidos y clásicos, simple en composición. Jana guiaba y el resto del grupo tenía papeles de apoyo. Brit también estaba conmovida por la pieza, pero no tanto por el sonido como por quienes hacían los sonidos, porque la pieza era tan simple (aunque en realidad no, nada era realmente simple) que podían extraer de ella cierta calma, y a Brit le gustaba observar los párpados de Jana, entornados cuando suavizaba un sonido lechoso, o el cuerpo lleno de Henry sumergiéndose cuando le entregaban la melodía a media línea, o la boca de Daniel, que temblaba un poco cuando podía ejecutar el vibrato suntuoso y pleno en la línea del bajo. Ella conducía el apoyo sincopado por debajo de Jana y por encima de Daniel, junto con Henry. Era buena en ello, y en una pieza como esa podía observar un poco. También había arte en la observación.

Después de que terminaron, Maisie pasó los brazos alrededor del cuello de Henry. Este seguía siendo groseramente joven, en los primeros años de los treinta, y tenía la piel fresca, aunque se veía cansancio bajo sus ojos. Clara empezó a caminar a su alrededor, emocionada por el azúcar, parloteando cosas sin sentido.

—Tengo que orinar —anunció Daniel dejando su chelo en el estuche—. Hacer pipí, quiero decir. Necesito hacer pipí.

—¡Yo también! —dijo Clara agitando su algodón de azúcar en el aire—. Orinar.

—Yo la llevo —le dijo Brit a Henry, cuyo rostro estaba ahora totalmente en manos de Maisie.

Los tres, Daniel, Clara y Brit, caminaron hacia la casa, donde el aire acondicionado les enfrió el agua de la alberca sobre la piel y los hizo estremecerse. Clara tomó a Brit de la mano.

—Tengo náuseas —dijo.

Brit le quitó el algodón de azúcar.

—También vamos a tomar un vaso de agua. Yo te llevo esto.

El baño estaba al fondo de un pasillo extrañamente retorcido (el dinero compraba muros curvos) y casi a oscuras a causa del brillo de los paneles de cristal de las partes superiores de los muros. Por lo que Brit había podido notar, añadir características que hicieran parecer que te estaban observando, que fomentaran la idea de que eras alguien a quien valía la pena observar, estar en exhibición, era un sello distintivo de los hogares de la gente rica.

—¿Puedes dejar que Daniel pase primero? —preguntó Brit.

Daniel sonrió rápidamente.

—Voy rápido, Clara.

Clara se sentó en el pasillo y asintió. Brit se sentó junto a ella. El suelo estaba fresco.

—Comiste demasiado algodón de azúcar —dijo Brit—. Pero pronto te sentirás mejor.

Clara no dijo nada. A través de la puerta escucharon orinar a Daniel. Brit vio que Clara sonreía un poco, con la mirada baja hacia sus piernas. Algún día sería devastadora. El traje de baño rosado ya le quedaba demasiado pequeño; sus piernas morenas se extendían bajo los bordes arrugados. Parecía que Clara había crecido exponencialmente ese año; cada vez que Brit la veía, era una niña nueva. Sería alta y delgada como Henry, toda piernas y brazos, y se burlarían de ella hasta que estuviera en sus veinte y la envidiaran. Sin embargo, su rostro era completamente Kimiko; se bronceaba fácilmente en el verano; tenía ojos castaños como la madera del cerezo, rasgos precisos, ninguna máscara con la cual filtrar emociones. Tenía el cabello largo, demasiado para una niña de su edad, habría pensado la madre de Brit, y ella le pasó los dedos por encima de los nudos. Brit quería decirle algo como «todo va a estar bien», pero tendría que explicarle lo que no estaría bien, y no estaba segura de poder hacerlo. Ocho años era demasiado poco para pensar que habría cosas que no estarían bien.

—Quiero ver los fuegos artificiales —dijo Clara.

Brit le hizo una trenza en la nuca.

—Los vas a ver. Ya casi está oscuro.

Daniel abrió la puerta sonriendo.

—Listo. Todo tuyo.

—Puedo ir sola —dijo Clara—. Pero no se vayan, ¿okey?

Por supuesto que podía ir sola, pensó Brit. ¿Qué niña de ocho años no podía ir al baño sola? Había sido una tontería pensar lo contrario. Lo que uno sabía de los niños podía resultar falso en dos segundos.

—Aquí vamos a estar —dijo Brit.

Daniel se sentó enfrente de ella.

—¿Crees que alguien se haya sentado antes en este pasillo? ¿Crees que en esta casa la gente se siente en el piso?

—Creo que probablemente la gente se sienta en el piso después de las cinco de la tarde todos los días —respondió Brit mientras hacía un gesto de beber con la mano.

—Buen punto —dijo Daniel. Se estiró la camiseta prestada, que le quedaba demasiado pequeña de los brazos. El pecho amplio y los brazos largos de Daniel, claro. Brit los observó y recordó con claridad el espacio absurdo que abarcaba su cuerpo.

—¿Qué? —dijo Daniel—. Es la camiseta de Henry.

Brit notó que su cabello oscuro se estaba haciendo gris en las sienes y comenzaba a tener canas en la barba gruesa. Daniel ya había entrado en los cuarenta, una década que ella miraba ya cara a cara.

—¿Cuándo te hiciste viejo?

—Fácil. En diciembre de 2004. El 23 de diciembre, para ser exacto. «Nos» hicimos viejos, querrás decir.

Brit se rio.

—¿Qué pasó ese día?

—¿Recuerdas que dimos un concierto de Navidad para el departamento? Y Kimiko llevó a Clara y a Jack, y Jack estaba enfermo, y Jana acababa de empezar a salir con Finn, y Daphne tenía dos años y era un desastre. Interpretamos algo…, un *Cascanueces* de arreglo contemporáneo, bla, bla, y básicamente tocamos entre los gritos de los niños, y después Henry y Jana querían que fuéramos a hacer un intercambio de regalos a casa de Henry…

—… pero inventamos una excusa —dijo Brit, recordando—. ¿Qué dijimos?

—Que habíamos comido camarones echados a perder. Lo que no era cierto. Ni siquiera habíamos comido camarones y todos habíamos comido juntos.

—Claro. Pero no se dieron cuenta porque no podían darse cuenta de nada más que de los bebés en ese entonces.

—Y después tú y yo fuimos a ver una película con robots y un niño actor…

—Ah, ¿cuál era la película? No me acuerdo.

—¿Ya ves? Somos viejos.

—De cualquier modo, nos dormimos en el cine. Le echo la culpa a la película.

—Yo le echo la culpa a lo viejos que éramos. Que somos.

—Todo el tiempo doy gracias a Dios de que tú siempre serás más viejo —dijo Brit. Él le sonrió y la luz cambió de naranja a gris. El sol se había puesto—. Por lo menos no somos tan viejos como Paul. Su pasatiempo más reciente es construir barcos dentro de botellas. Como si estuviéramos jubilados.

—Agh, pasatiempos —dijo Daniel, prácticamente escupiendo la palabra—. Espero no tener nunca un pasatiempo; la sola idea me parece ofensiva. Comprométete con algo o no lo hagas.

—Estoy segura de que tus novias te dicen algo parecido todo el tiempo —dijo Brit.

Daniel se encogió de hombros.

—Entonces, salir con mujeres es mi pasatiempo.

No dijeron nada durante un rato. Brit frunció los labios en una sonrisa y observó el muro borroso detrás de la cabeza de Daniel. Cuando quieres hablar con la gente sobre el pasado, nunca es exactamente como lo imaginaste, pensó Brit. Quería decir algo sobre la extensión del océano de horas y años que había entre ellos, cómo alguna vez habían sido seres frágiles que se arrojaban unos a otros, y cómo ahora eran gente real, más del cuerpo que esos veinteañeros que siempre estaban al borde de una crisis nerviosa. Uno envejece y, aunque se usen los brazos, las manos, los dedos y la columna como herramientas para tocar música, la piel sigue soltándose y el cabello pierde pigmentación, los huesos duelen y estás rígido en lugares donde antes eras flexible. No eran sino personas cuyo físico empezaba a fallar lentamente. Se habían convertido en adultos dentro de esa cosa extraña que hacían, en los años que habían sumado unos a otros, habían orbitado en el cuarteto la mitad de una vida. Habían vivido como una unidad, dejando de lado la consistencia de la expresión emocional y rindiéndose a las mismas tragedias e impulsos comunes, fracasos y pasiones que todos los demás. Matrimonio, hijos, muerte y otras partidas más vagas. A Brit le parecía que lo que habían hecho estaba cosido a otros momentos como parches: «Si tú caes, yo también caeré».

—¿Tía?

La voz húmeda de Clara se filtró a través de la puerta. Brit se levantó y ayudó a Daniel a ponerse de pie —«viejito», lo molestó—. En el baño encontraron a Clara apoyada con manos y rodillas sobre el enorme mosaico azul.

—No me siento bien —dijo.

Brit se arrodilló junto a la niña y Daniel llenó un vasito con agua del lavabo. Él se sentó en el borde de la tina y le dio el vaso a Clara, que bebió a pequeños sorbos. Tenía los ojos llenos de lágrimas y se había quitado los tirantes del traje de baño de los hombros, como si tratara de liberarse de él.

Brit le frotó la espalda.

—Respira.

—Brit —dijo Daniel en voz baja y señaló con el pulgar detrás de él—. Mira esto.

Detrás de Daniel, en el borde de la tina oval del jacuzzi, había un portarretratos apoyado en el mosaico de pájaros exóticos. En él estaba el cuarteto, el viejo retrato que habían usado cuando salieron de Stanford antes de que la universidad pagara para que les tomaran nuevas fotografías. Era la foto donde estaban parados en la esquina de Van Ness y McAllister, esperando que cambiara el semáforo, cuando todavía eran estudiantes del conservatorio. Eran terriblemente jóvenes.

—¿De dónde rayos sacaron eso? —preguntó Brit.

Dejó a Clara y se metió en la tina vacía para observar más de cerca. En sus manos, su juventud era ridícula. Ahí estaban, preservados para siempre en blanco y negro, en 20 x 15 cm, sus rostros aguardando en silencio y sin la carga de cien conciertos al año, espasmos musculares, bebés con cólicos, la presión del Kennedy Center, el desfase horario de los viajes a otro hemisferio. Tocó la imagen de su propio rostro como si fuera capaz de sentirlo, su rostro de entonces, más suave y siempre a la espera de algo, deseando algo, abierto para ver lo que seguramente estaba por venir. En la fotografía, ella observaba hacia la calle y Daniel estaba a su lado, sosteniendo las curvas del chelo, mirando hacia abajo y de costado, la cabeza inclinada, la mirada en la punta del cabello de ella que flotaba al viento. O algo en esa dirección. Era difícil decir exactamente qué estaba observando, incluso Henry y Jana detrás de ellos, que tenían expresiones mucho más decididas, fijas en el mismo punto justo por encima de la cámara. La gente que estaba a su alrededor se veía borrosa. Sus instrumentos lucían brillantes e irreales. La foto los había registrado en *tutti tacet*, una enorme Gran Pausa. Todos estaban esperando que la luz cambiara, pero sus rostros expectantes hicieron que Brit se sintiera triste. Sus vidas de entonces se habían acoplado en torno a esperar o cazar, pero esperar y cazar las cosas incorrectas: éxito, dinero, reconocimiento, una relación, una madre, un hijo. Les había tomado años darse cuenta de que lo que buscaban ya circulaba en ese semáforo.

Era como observar otra vida, y todo el cuerpo de Brit se llenó con un anhelo desesperado que no había sentido desde hacía años y años. Se hincó en la tina.

—Es como una máquina del tiempo, ¿no? —preguntó Daniel.

—Yo ni siquiera conozco a estas personas.

—¿De qué te acuerdas?

—¿De qué?

—¿De esa época?

Brit frotó el borde del marco. Era barato. ¿Cuándo había sido la última vez que alguien le había preguntado qué recordaba, que había querido saber, aunque siempre había estado ahí?

—Recuerdo que me sorprendía lo decepcionantes que eran las cosas.

—¿Y ahora ya te lo esperas?

—No —respondió Brit—. Ahora sé que, cualesquiera que fueran las cosas que me ponían triste, entonces no eran realmente decepciones.

Daniel se movió y metió una pierna en la tina.

—Y después nos pasaron cosas buenas. A todos.

—Ay, por Dios —dijo Brit, y se dio cuenta de una cosa. Volteó hacia Daniel y levantó la foto—. Aquí estamos eternamente dándonos un baño.

Se miraron uno al otro y sonrieron, se reconocieron uno al otro tanto entonces como ahora. Esto, pensó ella. Eso era lo que había querido decir: esa fotografía, la forma como esas palabras —«darse un baño»— podían llevarlos de regreso a una historia completa, una que ninguno de los dos podía contar, pero uno de los momentos alrededor de los cuales habían crecido durante años, que llevaban dentro de sus cuerpos, en sus células y moléculas, de los que estaban construidos. La historia abarcaba la distancia entre el pasado y el futuro y, de repente, brevemente, eran dos versiones de sí mismos. Hicieron dos versiones de sí mismos; también eran todas las versiones en medio, y toda la vida que habían compartido se desplegó ante ellos. Ese tipo de intimidad era difícil de expresar o explicar. Ese tipo de claridad era difícil de asir. Sin embargo, Brit y Daniel pudieron estar en ella juntos durante breves momentos, en la tina. Viajeros en el tiempo.

Ahí estaban, en un baño elegante; los pies sucios de Brit enlodaban la tina prístina, Daniel estaba sentado a horcajadas en el borde de la tina con una camiseta demasiado pequeña, y en la periferia una niña extraña estaba postrada en el suelo. Ahí había una vida posible, pensó ella, y por primera vez no le molestó ese pensamiento, sino que la reconfortó. Incluso las elecciones que no habían hecho estaban contenidas en ese espacio. Eso podía bastar.

Brit se inclinó hacia delante sobre sus rodillas y la porcelana le aplastó los huesos. Se empujó por encima de la tina hacia donde Daniel estaba sentado. Él emanaba calor, sus labios estaban ligeramente separados; la mirada quieta, observándola. Ella se tomó su tiempo para acomodar la boca de manera que se nivelara con la de él, y después empujó los labios ligeramente contra los de él, abrió su boca con la de ella, le ofreció su lengua, y él la tomó, y se pasaron electricidad de ida y vuelta. Ella tomó su barbilla con las manos. Proveniente de algún lugar en el hueco de su estómago, podía sentir una urgencia insistente para acercarlo más a ella, terminar el intercambio químico de calor y el reconocimiento de la posibilidad que se expresó a sí misma en el pequeño quejido de su garganta. Así era besar a Daniel después de trece años: como besar a alguien completamente nuevo, un extraño que resultaba tan familiar como para ser parte del cuerpo propio.

Y después, la niña vomitó. Un charco delgado y rosa debajo de su cuerpo, colgando de sus labios, y que se hacía cada vez más grande en el costoso suelo.

Brit quiso reírse, pero volvió a dejar el portarretratos en la parte de abajo de la tina y fue rápidamente hacia Clara, la llevó al excusado, donde la niña tuvo arcadas de nueva cuenta. Brit miró hacia Daniel por encima de su hombro, que ya se había acercado al clóset junto a la puerta para sacar toallas y botellas de jabón. Juntos, limpiaron el suelo y a Clara, a quien Brit le acomodó los tirantes del traje de baño y le dio un beso en la mejilla. Tenía un olor ácido.

—Estás bien —dijo.

Clara asintió.

—Estoy bien —dijo, creyéndole.

Afuera se había hecho de noche. La vibración de una pelota de futbol resonó contra el muro de la casa y Daniel se estremeció, pero después oyeron el primer silbido de los fuegos artificiales y, luego de un segundo, contemplaron sus huellas por la ventana de la parte superior del muro. Brit señaló las chispas en el cielo.

—¿Ves? No te los perdiste.

Otra vez afuera, la noche volvió a instalarse. Hacía fresco, y Maisie y Richard repartieron cobijas que los invitados envolvieron alrededor de su cuerpo con el cuello inclinado hacia arriba. Casi todos estaban en silencio bajo el estallido de los fuegos artificiales, con excepción de Clara, a quien Brit oyó decirle a su padre con voz clara y alta, después de poner la mano con firmeza sobre la de él: «Sentía náuseas, pero ya no». Y a continuación se inclinó hacia su madre y le murmuró algo al oído. Kimiko observó a Brit y esta se encogió de hombros. Que la niña hable, pensó, si era eso lo que estaba haciendo.

Brit encontró a Paul y se hincó en el pasto junto a él. Olía a verano: protector solar y extenuación, con una corriente subyacente de algo que terminaba. Él la abrazó y ella se acurrucó entre sus brazos calientes. La alberca todavía no estaba totalmente quieta y los fuegos artificiales se reflejaban con torpeza sobre la superficie. A un lado de Brit, Jana tenía a Daphne sobre las piernas, dormida pese al ruido de las explosiones, el cabello negro sobre los labios de Jana. Así debería ser, pensó Brit; el *Andante cantabile* debería ser una pieza para que los niños se duerman, como el casete de Mozart que ella oía de pequeña. Quizá por eso la gente se conmovía cuando lo escuchaba. Les recordaba su propia infancia, lo sencillo que era entonces dejarse ir a la deriva, cómo incluso los pensamientos más serios sólo se desvanecían en la nota menor, cómo cada melodía terminaba en seguridad. Lo difícil que era, de adulto, dejarse ir en paz y a la deriva.

Brit trató de encajar los estallidos irregulares en el Tchaikovsky que rondaba su mente, pero los fuegos artificiales no combinaban con la melodía, y después de un tiempo dejó de intentarlo y se rindió al sonido que tenía justo enfrente.

Más tarde, luego de que acordaran que cuidarían a Clara, Jack y Daphne durante una noche, Paul culpó a Brit, pero Brit culpó a Paul, y los dos estaban bastante seguros de que en la carne asada no se habían ofrecido formalmente. Brit estaba casi segura de que había sido Paul, en un momento de magnanimidad, quien había mantenido una conversación tediosa sobre un tema con el que se había obsesionado recientemente, las vacunas, las colegiaturas o la crianza con apego. Probablemente le había dado una conferencia a Kimiko al respecto, sobre cualquier cosa que fuera, y Brit había tratado de apaciguar a Kimiko —a quien no le interesaba ni un poco ninguna de esas cosas— aceptando la oferta de hacer de niñera que había hecho Paul. De modo que ahí estaban, tres niños entre los cinco y los ocho años, a los que habían dejado en su departamento por la tarde para recogerlos a la mañana siguiente. Kimiko y Henry pasarían la noche en Monterey, y Jana, al enterarse, se había apuntado y había organizado algo para ella y Finn en Tahoe; cuando los niños entraron por la puerta, Brit se preguntó por qué ella y Paul ya nunca salían de fin de semana. Antes hacían ese tipo de cosas, pero los años que llevaban juntos hacían que cualquier fin de semana resultara igual que un fin de semana en casa. Eran los mismos dondequiera que estuvieran, razón por la cual, suponía Brit, las personas se quedaban tanto tiempo juntas, por esa sensación de igualdad ordenada, familiaridad, la seguridad de ser inamovible, consistente.

—Gracias —dijo Henry cuando se marchaban—. ¡Llama si hay algún problema!

Kimiko se despidió desde el carro.

—¡Pero sólo un problema muy grande! —gritó ella por la ventana abierta.

Paul había dispuesto la sala como zona de juegos, pero, cuando Brit vio lo que había hecho, se preguntó si alguna vez había visto niños jugando. Había movido los sofás hacia atrás, contra las paredes, y la alfombra se veía de un blanco sorprendente donde habían estado los muebles. Había volteado la mesa de centro y la había empujado contra otra pared. Había puesto todo alrededor, como si los niños fueran animales que necesitaran espacios abiertos.

De inmediato, todos se sentaron en los sofás, que ahora estaban mucho más lejos entre sí de lo que era cómodo.

—¿Qué hacemos? —les preguntó Brit.

—¿Tienen alberca? —preguntó Jack.

Clara lo abrazó.

—No, tontito. Ya lo sabes.

—Podríamos ir a una alberca —dijo Paul, poniéndose de pie.

—No —dijo Brit—. Hay que quedarnos. Podemos hacer algo sin alberca.

Los niños la observaron sin expresión. Brit tenía menos miedo de los niños del que les había tenido cuando eran bebés, delicados y siempre molestos. La manera como los bebés lloraban al instante —por cualquier cosa que fuera remotamente incómoda— le hacía sentir el corazón roto, demasiado roto y no porque no quisiera que sintieran dolor (aunque no quería), sino porque sentía empatía. Los bebés desconocían las normas sociales, cómo la gente ocultaba constantemente sus emociones, las omitía, las ignoraba, las relegaba a rincones que pudiera ignorar. Y el llanto de los bebés recordaba a Brit que los adultos, todos, estaban ignorando algún dolor profundo y ondulante, casi todas las horas de todos los días. Los bebés se parecían a la gente real y los adultos eran versiones mediadas, reducidas por el mundo. Encontraba deprimente y le producía ansiedad estar alrededor de ellos. Sin embargo, a los niños, en especial a esa edad, cuando acababan de aprender cómo actuaba la gente y les emocionaba comportarse de manera similar, podía reconocerlos y lidiar con ellos.

Pensar en una actividad que todos pudieran hacer al mismo tiempo era casi imposible. Sugirió hacer imitaciones (Jack y Daphne eran demasiado pequeños) y colorear (Clara era demasiado mayor) y etiquetar (demasiado aburrido para todos). No sólo sus edades representaban un problema de unificación, también sus personalidades. Jack, el más pequeño, era dulce, pero —y Brit jamás, nunca, lo habría dicho en voz alta— un poco tonto. *Desinteresado* sería una mejor manera para describir a un pequeño de cinco años, decidió. Nada que se le ocurriera parecía estimular una respuesta, así que siempre lo abrazaba. Sería el niño de los abrazos. Quizá más tarde desarrollaría algún tipo de interés por el mundo. Daphne era exactamente lo opuesto de como Brit imaginaba a Jana de niña: feliz siempre, ávida por complacer, de risa fácil, de llanto fácil, un conjunto de emociones que hervían a fuego lento justo por debajo de su piel nueva. Y Clara era una típica hija mayor, y no sólo actuaba como la hija mayor de Henry y Kimiko, sino como la hija mayor de todos, incluyendo a sus padres. A menudo adoptaba un tono desesperado con su padre, a quien adoraba, y un tono incrédulo con su madre, a quien admiraba, y después se comportaba como cuidadora y líder de Daphne y Jack. Era precoz, observadora y —casi nadie lo decía para no ejercer presión— una violinista extremadamente buena.

—¿Puedo tocar? —preguntó Clara haciendo un gesto hacia la oficina de Brit, donde guardaba su violín y sus partituras.

—Pues… tal vez más tarde —dijo Brit—. ¿Por qué no buscamos algo que podamos hacer todos juntos?

—Mi mamá no deja de intentar que Jack toque el piano, pero él no quiere —dijo Clara.

—El piano es aburrido —respondió Jack sonriendo.

—A mí me gusta el piano —dijo Daphne—. Mi mamá pone piano cuando limpiamos. *Shoe-Man*.

—Schumann —la corrigió Clara.

Brit buscó la mirada de Paul, Paul la miró también y juntos vieron que las horas del día se alargaban ante ellos como un desierto seco y sin horizonte. Brit alzó las cejas. ¿No tenía nada que ofrecer?

—¿Y si construimos un fuerte? —dijo Paul—. Ya moví todos los muebles, así que podrían hacer algo ahí.

Todos parecieron emocionarse de la manera física en que se emocionan los niños. Se bajaron del sofá, aventaron sus pertenencias (no con exactitud) en los rincones y empezaron a quitarles los cojines a los sillones. Brit fue al clóset a sacar cobijas y cajas vacías para levantar cosas, y de repente la golpeó un recuerdo hacía mucho tiempo perdido: la construcción de un fuerte de cobijas con su padre una Nochebuena, un laberinto que se extendía por la sala y el comedor hasta el árbol de Navidad, un mundo oscuro y polvoriento que olía a árboles, como todo en la isla. Brit hizo una pausa en el pasillo con los brazos llenos de cobijas y trató de recordar algo específico —cualquier cosa— que ella y su padre hubieran dicho o hecho esa noche, pero lo único que logró conjurar fueron las luces rojas que se extendían por el techo improvisado mientras ella y su padre se arrastraban sobre manos y rodillas hacia el olor de las agujas y la corona de pino.

Cuando regresó a la sala descubrió que los niños esencialmente la habían destrozado. Paul estaba parado como un soldado con estrés postraumático. Habían movido los muebles (¿cuánto tiempo había estado parada en el pasillo?), y de la repisa de la chimenea habían quitado los portarretratos para trazar una especie de camino que Jack acomodó a fuerza de patadas. Daphne arrastraba las plantas a un costado. ¿Para qué? ¿Una entrada? ¿Una salida? ¿Un jardín? Clara estaba de pie sobre la mesa dando órdenes. A Brit le encantaba lo diferente que se veía todo y lo rápido que se había transformado. Paul la miró con furia.

—Mejor vete a tu oficina —le dijo Brit—. Yo me encargo. Tú puedes hacer la cena.

Ella conocía a Paul, quien había engendrado aversión hacia cualquier cosa desordenada, en sentido literal o de otro tipo, y que no había imaginado un fuerte como ese. Sin embargo, Brit se preguntaba si había otra forma de construir un fuerte que no supusiera destrozar todo para hacerse de materiales y después volver a acomodarlos. Paul le dio golpecitos en la espalda en agradecimiento y desapareció hacia la habitación. Brit se sumergió en el fuerte.

Este se fue haciendo más y más complicado, y Brit tuvo que escarbar en el garaje para sacar los palos de la tienda de campaña y las pelotas de pilates. Jack armó unas trampas (quizá, después de todo, sí le interesaba algo) en las que Daphne quedó atrapada, y Clara, la arquitecta, diseñó el camino a través del fuerte con habitaciones, antesalas, varias salidas y alturas del techo, y muebles. La sala de Brit no sólo se transformó en un fuerte, sino en un mundo entero, un mundo que no era creación suya. Brit hizo lo que Clara le pedía que hiciera, pero en raras ocasiones comprendía sus órdenes hasta que había terminado, e incluso entonces los resultados parecían responder a alguna oscura lógica infantil; el despliegue y la organización eran parches de pedazos de la vida adulta que habían observado u observado a medias. Al final, lo que se produjo fue algo tan desordenado, pleno y caótico que, al verlo —y a los niños que existían en el fuerte y a través de él—, a Brit se le hizo un nudo en la garganta. Así era ser niño, estar fuera del mundo de sufrimiento de los bebés y dentro del mundo imperfecto creado por sus propias manos.

—¿Qué pasa? —preguntó Clara al ver su cara—. ¿Necesitas un beso?

Brit se sobresaltó por la pregunta de Clara, y Clara se sobresaltó visiblemente con la respuesta de Brit, que puso una mano sobre la cabeza de la niña y le dio un beso en la mejilla con la cara sudada.

Brit salió por la puerta de vidrio corrediza al minúsculo patio trasero, donde el sol casi se había terminado de poner y los mosquitos empezaban a salir. Respiró y no pensó en la sala transformada, sino en la transformación de la tarde en la otra casa, el Cuatro de Julio, dos semanas atrás, cuando seguramente Clara la había visto besar a Daniel (¿a cuánta gente de ese cuarteto besaría Brit?) y había decidido que era normal. Quizás incluso se lo había contado a Kimiko, quien se lo habría dicho a Henry, aunque él no había dicho nada. Brit y Daniel tampoco habían dicho nada después; el beso había sido como una burbuja que había crecido en el baño y se había reventado una vez que salieron. No había pensado en eso después de que salieron del baño; regresó con Paul, condujo a casa con él, se fueron a la cama, se levantaron, leyeron el periódico, volvieron a hacer todo de nuevo, y de nuevo otra vez. No pensó en el beso porque lo entendió como el intento de crear un puente con el extraño lapso que ese día se había hecho visible para ambos, para ella y Daniel. El beso fue honesto y completo. No quedaba nada que decir al respecto.

Sin embargo, eso no significaba que no se hubiera filtrado en su vida de alguna manera, un hecho que había tratado de enterrar lo más profundamente posible durante las últimas dos semanas. Cuando después besó a Paul, se sintió diferente, como si participara de algo nuevo y separado de ella, y fue un poco emocionante. Le sorprendió que el beso de Daniel fuera el que se sintió familiar, como si encendiera un interruptor en una parte de ella que había estado apagada durante años. Pero ¿qué era exactamente lo que se había apagado? Brit pensaba en esa pregunta más que en el beso mismo, era lo que pensaba mientras estaba despierta al lado del cuerpo satisfecho e inconsciente de Paul.

Brit se dio la vuelta para ver a través de la puerta corrediza: su casa, ahora iluminada contra la oscuridad exterior. Los niños seguían jugando en su fuerte, desordenándolo, derribando los muros, arreglándolos, perdiéndose. Ella había ayudado a construir la estructura, pero ellos lo habitaban de una manera que ella no podía comprender.

Escuchó gritos desde algún lugar dentro de la casa, y cuando abrió la puerta supo que era Paul. Las dos niñas estaban de pie afuera del fuerte, mirando hacia el pasillo.

—¿Dónde está Jack? —preguntó Brit, y ellas señalaron.

Lo encontraron en la oficina de Paul, su lugar para juntar cuidadosamente barcos dentro de botellas. Paul estaba en el centro de la habitación y Jack, acobardado, se encontraba en el extremo opuesto. A los pies de Paul había un montón de vidrios rotos y fragmentos de barcos que, destrozados, parecían hechos de utensilios de cocina baratos. Brit sintió deseos de reír al ver al niñito asustado en un rincón y al adulto observando y gritándole a su juguete roto.

—¡Él lo rompió! —gritó Paul respondiendo a una pregunta que Brit no había formulado—. ¡Maldita sea, rompió horas de trabajo!

—Paul, basta. Sólo es un barquito —dijo Brit.

—Maldita sea, no es un barquito. No le digas barquito.

—Está bien; bueno, tienes otros dieciséis ahí. —Brit hizo un gesto hacia los estantes donde, de verdad, Paul tenía una enorme colección de barquitos (barcos) miniatura dentro de botellas de formas absurdas, un muro que rogaba que lo rompieran.

Paul la miró, por fin levantó la mirada de las ruinas que tenía a sus pies, y entornó los ojos y la boca. Jack estaba inmóvil en su lugar.

—Ese no es el punto. El punto es que Henry no enseña a sus hijos a cuidar las cosas importantes.

Brit se acercó más a Paul con la esperanza de que Jack y las niñas no escucharan, tratando de no darse cuenta de que el niño estaba pendiente de cada respiración y cada murmullo que había entre ellos dos.

—Apenas tiene cinco años. Lo estás asustando. Este es un pasatiempo. Todos vamos a sobrevivir —dijo Brit en voz baja.

—¿Cómo te sentirías si hubiera sido uno de tus violines? ¿Por qué no dejaste que Clara tocara tu violín? —preguntó Paul—. Ya sabes, te puedes parar aquí y actuar con mucha más nobleza que yo cuando tu *pasatiempo* te importa tanto como a mí el mío. Todos se jactan de ser colaborativos y de preocuparse por la comunidad, etcétera, etcétera, pero en realidad son más egoístas que cualquiera de nosotros, bendecidos por embellecer sus vidas. —Miró hacia la puerta, donde Clara y Daphne estaban paralizadas—. ¡Clara! Brit dice que puedes tocar su violín. Ve por él.

«Es un violín de veintiséis mil dólares que me prestó la fundación de Moscú —no dijo Brit—. Es mi trabajo —no dijo Brit—. Ni siquiera es mío —no dijo Brit».

Lo que sí dijo, lentamente, sin exaltarse, con frialdad:

—Eso es arte. Esto es un juguete.

Paul salió de la habitación y regresó con el violín.

—Deja que lo toque, Brit —dijo.

Ella dirigió la mirada del violín, en las manos suaves de Paul, a la cara enrojecida de Clara. La mano derecha de esta se aferraba al marco de la puerta, con miedo de entrar, y con la izquierda sujetaba a Daphne. De la boca de Clara emanó algo tan denso que a Brit primero le pareció que era bilis, sólo que no era físico.

—Vi que Brit besaba a mi tío Daniel —dijo Clara con alivio en la voz.

Había sido absurdo esperar que una niña, tan nueva en el mundo de la lógica y la razón, guardara un secreto como ese. Habría sido absurdo que Brit se sintiera conmocionada por lo que Clara había dicho. Paul había puesto a la niña en el centro de su discusión, como peón, y Clara, muy inteligentemente, había cambiado su lugar con un tipo de peón diferente, un conocimiento que no había comprendido por completo, pero que sabía privado, un concepto que apenas estaba comenzando a conocer.

—Quién sabe por qué hizo eso —le diría Kimiko a Brit mucho tiempo después. Pero Brit sí sabía. Había reconocido en Clara un poderoso deseo de complacer a la gente que la rodeaba, de caer bien sin ser el centro de atención de nadie, compartir la carga y el protagonismo, la gloria y la culpa. Clara veía las conexiones entre las personas y, después, se *convertía* en una conexión. Eso era lo que haría de Clara una buena música de cámara.

Después de cenar (pizza, a domicilio) y bañarse (de lo que Brit se encargó, desde luego), los niños se quedaron a dormir en el fuerte. Ellos lo pidieron y Brit sintió que no podía decirles que no después de lo que habían tenido que presenciar. Los vio meterse gateando con linternas; sus pompitas desaparecieron en la oscuridad de la entrada, y después de un poco de forcejeo en varias recámaras y un quejido que se detuvo justo cuando estaba por intervenir, apagó la luz y se fue a la cama.

Paul ya estaba bajo las cobijas, con los lentes puestos, un libro, y una gran copa de vino en la mesita de noche. Brit se quitó los pantalones de mezclilla, se recogió el cabello y se acostó de su lado.

Ya había estado ahí antes, del otro lado, como oyente de lo que no puede desdecirse. En un *pub* desagradable cerca de Edmonton, con un pastel de carne mal digerido.

Paul dejó su libro, algo serio con una mujer de traje en la portada que aseguraba que uno podía conseguir una vida mejor si seguía sus siete pasos para un buen negocio.

—Imagino que debo decir que lo siento.

—No tienes que decir nada —dijo Brit—. Ya dijiste bastante.

—Tú también.

Paul dio un discurso; se sintió como un discurso. Brit se dio cuenta de que ya lo había pensado y lo había ensayado, probablemente mientras ella pedía la pizza y alimentaba, bañaba y leía historias a los hijos de sus amigos. Él dio un discurso sobre cómo lo superaría, pero... Pero Daniel ya no podía ir a su casa, y no quería volver a hablar con él jamás. Pero qué tal si ella no besaba a otros hombres. Pero ella no podía seguir menospreciando todo lo que él hacía, ya fuera administrar el dinero de gente rica o construir modelos de barcos («barcos») y, de cualquier manera, ella aceptaba el dinero de la gente rica y toda su vida había hecho algo que la mayor parte de la gente consideraría de élite, esnob, trivial. En realidad no había querido decir que era egoísta, pero... Pero quizá lo que hacían los formaba para ser egoístas. Pero ellos, todos, no podían ir por ahí esperando que los demás comprendieran que tenían una relación que era superior a todas sus otras relaciones, y tenían que comprender que otras personas valoraban otras cosas y, bueno... Parecía menos molesto por el beso que por el hecho de que Clara lo supiera, lo que significaba que Henry y Kimiko sabían; lo que lo avergonzaba era que se hiciera público que alguien más se había apropiado de sus «cosas importantes», de su barco, de su novia.

Mientras hablaba, Brit sólo escuchaba la palabra *egoísta*. Había sonado en sus oídos como la nota aflautada de un clarinete barato durante toda la cena y la hora del baño. Brit no estaba enojada; ya no, por lo menos. Había estado enojada cuando tuvo que explicarle a Clara por qué lo que había dicho había hecho que Paul desapareciera durante el resto de la noche. Había estado furiosa en silencio cuando la niña lloró un poco. Sin embargo, esa acusación —que era egoísta— se había alojado entre sus costillas como metralla. Nadie la había llamado así antes, aunque ella lo había pensado de mucha gente, incluyendo, de vez en cuando, a Daniel. Y a Jana. Y a Henry también. Todos estaban entregados a su instrumento, a la carrera que pensaban que debían tener, al talento que no podían evitar poseer. Pero no había parecido tan dañino pensar que ellos fueran egoístas, porque a lo que se habían entregado, en esencia, era a ella. Unos a los otros. A la música.

Entonces, Paul tenía razón. Ella era egoísta. La habían formado de esa manera, y había sobrevivido gracias a ello. Había pasado tantos años tratando de no estar sola, encontrando lo opuesto a la soledad en lo que el cuarteto hacía en los ensayos y en el escenario, y al final, lo había hecho soberano de su vida. Primero estaba la música, que no era sirviente de nada. Después estaba todo lo demás, sirviente de la música.

—Está bien —dijo Brit interrumpiendo a Paul. Sonrió, volteó hacia él, tomó su mano por debajo de las cobijas. Todos los años se difuminaron con dulzura enfrente de ella—. Yo tampoco lo lamento.

CUARTA PARTE

Del sedimento al cielo para cuatro
JULIA ST. JOHN

Cuarteto de cuerdas en fa mayor, opus 96, núm. 12,
«Americano»
ANTONÍN DVOŘÁK

Octeto en mi bemol mayor, opus 20
FELIX MENDELSSOHN

HENRY

VIOLA

Septiembre de 2007
Parque Nacional Redwood

Desde el punto de vista de Henry, había dos tipos de dolor. El dolor corto y el dolor largo. El corto no sólo era un dolor que duraba temporalmente. Podía ser crónico o recurrente. Podía ser agudo o sordo. Lo que hacía corto al dolor corto era que detenía de inmediato el acto de tocar, te frenaba en seco en un ensayo. Era el tipo de dolor con el que de repente se sentían fragmentos de vidrio en el codo y uno se iba temprano del ensayo, se tomaba cuatro aspirinas, iba con el fisioterapeuta o con el médico para que le diera pastillas más fuertes y regresaba dos días después. Quizá regresara en seis meses, quizá no. El dolor corto era como una palanca que bajara sobre el brazo, lo cortara profundamente, y aunque cicatrizara y doliera como el demonio, podía arreglarse, tenía la posibilidad de curarse. El dolor largo, sin embargo, era el tipo de dolor que, aunque pudiera ser intensamente agonizante, específica y precisamente terrorífico, estaba en la profundidad de los huesos y el tejido. Con él, la palanca ya había bajado con una finalidad, te había separado de ti mismo, y para el resto de tu vida serías una persona con partes vueltas a unir, cosidas de nuevo, un poco débil, un poco alterada. El dolor corto era parte del cuerpo. El dolor largo era parte de la vida.

Henry estaba más acostumbrado al dolor largo, aunque el dolor corto no le era extraño. El dolor largo estaba en el codo y en la muñeca del brazo del arco. Durante toda su juventud, tocar había sido sencillo. Tocar había sido lo más sencillo que hubiera hecho jamás. Y cuando tocar empezó a dolerle, como le pasa a cualquiera que ha tocado durante años y años, lo ignoró. Fácil era la manera como estaba acostumbrado a vivir su vida y, de ser necesario, continuaría viviendo de esa manera a fuerza de voluntad. Sin embargo, cuando le diagnosticaron el problema del corazón a su hermana y su padre reveló su mal cardiaco, Henry decidió dejar de ignorar el dolor. Cuando se lo describió al médico, dijo que sentía como si le hubiera caído algo pesado sobre el brazo, lo que al mismo tiempo hacía que lo sintiera entumido y caliente como la sangre. Dijo que quería congelarse el brazo o cortárselo desde el tríceps. Dijo que no tocar no era opción. El doctor había visto las radiografías, le había hecho un breve examen físico y dijo, tontamente: «¿Podría tocar menos?».

Lo que el cuarteto sabía: Henry tenía un caso particularmente malo de tendinitis en el codo y la muñeca, lo cual era tratable siempre y cuando mantuviera una terapia física regular y no participara en ensayos maratónicos.

Lo que nadie salvo Kimiko sabía: los doctores le habían advertido en repetidas ocasiones que, si no tocaba menos, muy pronto llegaría un momento en que no podría tocar en absoluto. Con cada crisis no sólo se provocaba daño en el tejido, sino también en los nervios, cambiaba la configuración misma entre la piel y el hueso, molía pedazo por pedazo todo lo que aún ayudaba a su brazo del arco a seguir moviéndose con fluidez o a hacer *spiccato* de un momento a otro. Su tendinitis también era musculoesquelética, y los médicos le pidieron que pensara en ella como si se abrieran y se volvieran a abrir lesiones que conectaban el tejido con el hueso a través de los nervios. Seguir tocando al ritmo que tocaba el cuarteto, literalmente, le estaba destrozando el brazo derecho.

Cuál era la peor parte: nunca podía predecir la expresión intensa del dolor. Aunque siempre rasgaba sordamente bajo la superficie, las crisis, como la que experimentó la segunda vez que fueron a Esterhazy y en incontables ocasiones desde entonces, eran imposibles de predecir. Deseaba que hubiera alguna especie de aura de migraña u otro tipo de advertencia. Náusea, mareo, incluso mal humor.

En ese momento estaba ocurriendo en el Festival de Música de Redwood, donde habían ido a dar clases y a tocar en un festival de música de cámara en un bosquecillo entre la naturaleza mítica del océano del norte de California y las colinas doradas y cálidas de los viñedos. Era su segunda ocasión en el festival, uno de sus favoritos por la ubicación, la gente y la actitud por lo general relajada de todo. Podían llevar a sus hijos, dormían en cabañas de troncos, y a menudo los ensayos tenían lugar a la sombra de una secuoya de setecientos años que había estado ahí antes que Haydn, antes que Vivaldi, antes de que se inventara lo que estaban haciendo. Sin embargo, también estaba el tramo de su hombro derecho a la muñeca, que le ardía de una manera que lo hacía querer sacudirlo, justo antes de subir al escenario para la premier mundial —una premier privada— del cuarteto que habían trabajado junto con Julia St. John.

—¿Estás bien? —le preguntó Jana tocándole el brazo.

—Es sólo… Es sólo esa cosa otra vez. ¿Puedes traerme mi aspirina? Está en el bolsillo de mi estuche que está allá.

De repente sintió calor en el anfiteatro al aire libre, aunque el viento esparcía un fresco bastante agradable y Brit se había puesto suéter para tocar. «No pienses en eso —pensó—. No pienses en eso no pienses en eso no pienses en eso».

Pensar en el dolor era lo que daba problemas. Porque, si piensas en tu codo, piensas en el nudo permanente de tu cuello, en los espasmos de la espalda baja algunas mañanas en la cama y en la manera como la sangre fluye a través del cuerpo como magia, cómo la magia tiene un defecto en tu hermana y en tu padre, y cómo tu cuerpo, también, tiene un defecto, cómo los cuerpos son simplemente máquinas físicas y para nada mágicas.

Se tragó tres aspirinas —está bien, cuatro— y caminó un poco por el sendero; pidió a la maestra de ceremonias que postergara el concierto unos minutos, contó unos cuantos chistes. Pateó unos árboles y visualizó el dolor disipándose. Eso era lo que un médico le había dicho que hiciera en las emergencias. Imagina que se reúne en alguna parte, que toma todas sus cosas y sale flotando de tu cuerpo desde un solo punto. Ahora oía el viento, ahora olía el aplauso. Caminó de vuelta, recogió su viola e hizo un gesto con la cabeza a Jana, Brit y Daniel. Siguieron adelante.

La acústica del anfiteatro al aire libre era una porquería y la presentación de la tarde no estaba abierta al público; por eso le llamaban una premier privada. La premier oficial tendría lugar la noche siguiente, en el penúltimo concierto del festival, en teatro y abierta al público general. Sin embargo, entre ese público había gente importante, compañeros profesionales, incluyendo el cuarteto Secuoya, todos machos y reinas del drama que también estaban dando clases en el festival. Henry los vio —bueno, a la mitad— en la primera fila. Sólo dos miembros del cuarteto se hablaban, algo que trataban de esconder a los estudiantes, lo que, desde luego, sólo lo había dejado más claro a todos. Había pasado algo con unas cuantas entrevistas desagradables, alguien se había acostado con alguien más (aunque Henry no estaba seguro de quién o por qué estaba mal) y había habido un robo de algún tipo.

La pieza, *Del sedimento al cielo para cuatro*, era hermosa, engañosamente simple, una meditación sobre la tierra. Julia St. John era una naturalista autoproclamada que vivía en un terreno compartido con cero emisiones de carbono («no es una comuna», había corregido a alguien en una conferencia a la que Henry asistió) en Mendocino County. Nada hacía que Henry y Kimiko se retorcieran más que imaginarse viviendo en una granja comunal, pero el estilo de Julia no evitó que recientemente *The New York Times* la hubiera considerado una de las más importantes compositoras vivas. Primero se había hecho amiga de Brit (quien había pasado tiempo con ella en la comuna que no era comuna), pero cuando empezó a asistir a los ensayos se convirtió en un componente natural del grupo. Era irónica y seria, generosa sin renunciar a las expectativas. Incluso Daniel, con sus altos estándares y su paciencia difusa, la quería.

Julia trabajó rápidamente *Del sedimento al cielo* e hicieron dos rondas con ella desde cero. A Henry le encantó participar en el proceso de composición, o dar consejos al respecto, más de lo que hubiera esperado, más de lo que podía recordar. Tiempo atrás, en sus años mozos en el conservatorio, antes de los niños y de Nueva York, cuando hacía todo al máximo, cuando había tiempo, halagos y mujeres, había incursionado en la composición. Había sobresalido en la clase de Composición y empezó, aunque nunca terminó, una ópera.

La colaboración con St. John había llegado en un buen momento: el cuarteto se había cansado del mismo viejo programa (Haydn, Beethoven, algo no demasiado alienante de principios del siglo XX), y Henry se daba cuenta de que todos estaban poniéndose ansiosos y aburridos. Eran genios, Beethoven y Haydn, pero era como si el cuarteto hubiera acordado leer los mismos cuarenta y cinco libros una y otra y otra vez por el resto de su vida. Henry pensaba (pero no lo dijo) que él era el más aburrido de todos, y por las noches se quedaba despierto, muerto de cansancio por el día, pero incapaz de dormir, pensando en cómo la gente vivía largas vidas, cómo todos habrían de morir decepcionados por haber acomodado su existencia de manera que nada cambiara demasiado.

El cuarteto tomó asiento en el anfiteatro para tocar y Henry se estremeció con la anticipación del dolor. Era menos severo que el dolor para el que se había preparado, pero sabía que se haría más intenso conforme tocaran. La pieza estaba conformada por tres movimientos largos, cada uno de los cuales pasaba en *attacca* al siguiente, lo que lo hacía particularmente extenuante; sin embargo, lo que lo hacía extenuante en general eran los requerimientos emocionales. No desperdiciaba ningún instrumento, mucho menos la viola, a menudo ignorada, y llevaba a los intérpretes por toda la gama emocional. Henry preparó su brazo, su cuerpo, su inseguro corazón.

La interpretación salió bien —conjuraron los árboles, la tierra fue arrastrada por el viento—, pero aun así Julia tuvo algunos comentarios para ellos después. No inicien el segundo movimiento tan rápido, le dijo a Jana, y sería posible que Daniel saliera un poco más siempre, quería una base sólida todo el tiempo, y Henry, ¿está todo bien? Había hecho gestos durante la interpretación.

—Ah, es sólo esto —dijo alzando la mano derecha—. A veces se pone mal.

Julia parecía preocupada. Jana puso una de sus manos sobre la de ella.

—Estará bien —añadió—. Hemos estado tocando mucho en los encuentros de lectura. No volverá a hacerlo hasta el concierto.

—Pero tenemos la clase magistral —dijo Henry—. Mañana tenemos clase magistral.

—Bueno, pero tú no vas a *tomar* la clase. No tienes que tocar —respondió Jana.

A Henry le gustaba dar demostraciones. Todavía recordaba cuando Fodorio se sentó con ellos en la clase magistral antes de su último concierto en el conservatorio, cómo les había enseñado sobre energía, compromiso y entrega simplemente tocando con ellos en lugar de hablar con ellos. A Henry le gustaba hacer eso cuando enseñaba. Hacía que los estudiantes se sintieran hambrientos.

Se excusó de la comida posterior al concierto y tomó el camino largo de regreso a su cabaña, donde Kimiko leía mientras Jack tomaba una siesta y Clara hacía la tarea en el porche. La habían sacado de la escuela para que fuera al festival, pero Kimiko se aseguraba de sentarse con ella todas las tardes y hacer las tareas que le habían asignado, impresionantemente difíciles para una niña de ocho años. Sin embargo, Clara era ante todo precoz, algo que seguramente había heredado de Kimiko.

Kimiko bajó su libro al ver la cara de Henry.

—¿No salió bien?

—Estuvo bien —dijo, mientras abría la puerta del congelador y metía la mano entre dos bolsas de hielo.

Kimiko lo abrazó desde atrás. Él cerró los ojos frente al aire frío.

—Lo siento. ¿Quieres que llame a la farmacia del pueblo para que te traigan Vicodin?

—No puedo tocar con Vicodin —dijo Henry, molesto por la sugerencia. Ella sabía lo confundido que lo hacía sentirse. Quizá pudiera tocar Mozart con Vicodin, claro, pero no Beethoven, y definitivamente no la pieza de St. John.

—No tienes que hablarme así.

Él volteó la cara hacia ella y puso las manos frías sobre sus hombros calientes. En ocasiones ella era una sorpresa. Alguna vez había sido la joven muchacha con la que él pensaba que tenía la suerte de acostarse, alguien que nunca había querido que conociera a ninguno de sus amigos, que en realidad no tenía amigos, que era demasiado buena violinista para tener amigos. Había sido una alumna intimidante en todos los sentidos para él, el maestro. Y ahora era su esposa, su esposa de muchos años, la persona con la que él —Henry, quien honestamente nunca había dejado de sentirse como un niño— criaba niños, humanos con sus propios intereses e ideas. A veces la miraba y veía años, y en los años veía lo que la gente religiosa veía: la incontenible presencia de algo imposible y divino.

Sin embargo, otras veces, como ahora, se veía a sí mismo desde la perspectiva de ella. Cómo su ser posible —él solo, con menos dolor, más feliz de lo que había sido recientemente— parecía una imagen intermitente que desaparecía para ella. Se vio a sí mismo antes de adquirir todas esas cosas, personas y responsabilidades, lo que no significaba que no amara esas cosas, personas y responsabilidades —también eran la vida—, pero comprendía que lentamente había cambiado ese ser posible por esa forma de vida. La mirada de Kimiko siempre le recordaba a Henry que no podía ser las dos personas al mismo tiempo, que no podía vivir las dos vidas.

—¿Qué quieres? ¿Que suba al escenario mañana medio dormido? ¿Que alguien escriba que el violista se drogó en la premier de Julia?

Kimiko dio un paso atrás, fue al camastro frente a la ventana donde había estado leyendo y tomó asiento.

—Quiero que te sientas mejor.

—Me sentiría mejor con un brazo nuevo —dijo Henry, resignado. Se sentó junto a ella. Los viejos resortes hicieron que ambos rebotaran tres veces.

—Si dejas de tocar en el cuarteto...

—Ahora no —la interrumpió.

—Si te retiraras... Escucha, lo que digo es que, si te retiraras y sólo aceptaras trabajos como solista, dieras clases de vez en cuando, podrías controlar tu horario, podrías tomar tiempo para descansar cuando necesitaras tiempo para descansar. Cuando tu brazo quisiera tiempo para descansar.

Tenía razón. Eso disminuiría la molienda incesante de su brazo derecho y le daría algo de tiempo. Eso era lo que estaba desapareciendo: el tiempo. Se acostó en la cama, se empujó contra la pared bajo la ventana, donde se filtraba la luz del bosque. Era hermoso ahí. Eran tremendamente afortunados. Kimiko se acostó junto a él y metió las rodillas detrás de las suyas.

—No quiero hacer eso —dijo Henry.

—¿Entonces *qué* quieres hacer?

Henry cerró los ojos. Quería Vicodin, dormir, que Jack siguiera durmiendo la siesta. Quería regresar al momento en que el brazo le dolió por primera vez y que no le doliera, tomar una decisión diferente, retirarse del ensayo, en el que probablemente Jana habría estado gritándole, Daniel habría empezado su solo con demasiada velocidad y Brit no habría tocado lo suficientemente fuerte. Quería regresar, tan lejos como se requiriera, y reconstituirse el hueso, volver a atar las fibras del músculo que lo cubrían, reconstruir los finos tendones más gruesos y fibrosos que movían esas cuerdas. Ahora quería dormir, quería beber.

—No sé —le dijo Henry a Kimiko, y lo decía en serio. No tenía idea.

Cuando despertó, estaba oscuro, apenas comenzaba la oscuridad, y se encontraba solo. Desde afuera le llegaba el ruido de niños jugando con otros niños, aunque por la ventana sólo vio a Kimiko con una copa de vino y a Jack gritándoles a las moscas. Henry salió y la puerta del mosquitero se azotó tras de sí como un recuerdo del campo que nunca había tenido. Ahora, los brazos le dolían amortiguadamente, como si le corriera electricidad de baja intensidad a través del delgado cúbito. Se sentía cómodo, ese dolor. Dolor largo.

Se paró frente a Kimiko y observó a los niños jugar. Clara corría detrás de Jack, toda piernas. Aventaba los brazos hacia delante cuando corría, lanzaba patadas que casi le golpeaban las nalgas. El suelo del bosque crujía bajo sus pies y su silueta desaparecía una y otra vez en la transición hacia la noche.

—Temo que se caiga —dijo Kimiko.

—Pues se va a caer —dijo Henry—. Tienes que dejar que se caigan.

—No ella —dijo Kimiko, observándola con intensidad.

Henry comprendió que se refería a los brazos y las manos de Clara, a lo buena que se había vuelto con el violín, aterradoramente buena. No tanto como para ser un prodigio, pero lo suficiente para pagarle a un maestro de la ciudad ciento cincuenta dólares dos veces a la semana, lo suficiente para empezar a pensar en audiciones para la sinfónica juvenil, lo suficiente para que él y Kimiko se sintieran cautelosos al respecto. No te rompas el brazo, deseaban. Rómpete el brazo, deseaban.

Él suspiró.

—Voy a echar un vistazo en el Sierra House.

Ella le besó el brazo.

—No te quedes hasta muy tarde —respondió—. Necesitas descansar.

Henry caminó hacia el Sierra House, el edificio donde estudiantes (sobre todo adultos aficionados muy buenos de la zona) y maestros (siempre el cuarteto Secuoya) se reunían en encuentros de lectura y bebida, donde ponían el jacuzzi demasiado caliente y buscaban queso en la cocina. Él se había marchado después del concierto y había dormido toda la tarde, así que sentía que necesitaba hacer una aparición para que la gente no pensara que estaba de mal humor.

Escuchó al Sierra House antes de verlo: el sexteto de Rimski-Korsakov, una pieza menor, para nada indicio de lo que ese compositor era capaz o de cómo podía sonar esa formación. Sonaba perezoso cuando lo interpretaban, a medio camino hacia la muerte. Por un momento, Henry se detuvo afuera y observó la escena a través de la ventana iluminada. El cuarteto Secuoya tocaba con dos estudiantes avanzados, y Henry vio que no sólo la pieza era perezosa, sino también la interpretación. Ryan, el primer violinista, el borracho apuesto de Alaska, se tambaleaba por todo el lugar. Colin, el segundo violinista, observaba amorosamente a Sam, el violista, que a Henry en realidad le caía bien. Era el más racional de los cuatro, aunque no estaba completamente cuerdo. Era más viejo que los demás, y claramente eso lo molestaba; sacaba el pecho durante las clases magistrales y miraba furtivamente a Henry, en parte (y Henry lo sabía) por el talento de este y en parte por su estatus. El chelista, Jerome, era el peor de todos. Era el que había dado la entrevista desagradable, la más reciente, en la que sutilmente sacó del clóset a Colin y a Sam, quienes estaban casados con otros hombres (que evidentemente no estaban presentes en Redwood), con lo que hizo oficialmente público un asunto que ya era de conocimiento de todos. Resultaba un poco sorprendente que el cuarteto hubiera terminado yendo al festival, en especial después de la entrevista.

La peor parte —lo que hacía al Secuoya realmente insufrible— era que eran casi trascendentemente buenos. Casi, pero no del todo, el nivel más frustrante del talento, y a Henry no le gustaba escucharlos. Era como escuchar el trino de un acorde que está al más minúsculo intervalo de sonar afinado.

Alrededor de los que tocaban había otros estudiantes observando, jalándose el cuello de tortuga sudado; Brit hablaba con Daniel en la mesa de la cocina (algo raro pasaba ahí, aunque todavía no estaba claro qué); un golden retriever descansaba a los pies de Ryan, y Jana estaba sentada con las piernas cruzadas sobre la alfombra, con una mano sobre el golden y otra sobre su hija, quien dormía en el suelo con la cabeza sobre las piernas de ella. Jana se veía cansada y aburrida. Henry estuvo a punto de marcharse, seguramente nadie lo había visto todavía. Se sentía como Jana se veía. Cansado y aburrido. También adolorido, pero sobre todo cansado por combatir el dolor y aburrido por la manera como todo era igual.

Sin embargo, justo cuando se disponía a darse la media vuelta, Jana miró más allá del cuarteto hacia la ventana y capturó su mirada. Fue un pequeño movimiento que hizo con los ojos, los abrió más y le brillaron más, pero él supo que lo había visto y entró.

Se paró en la parte posterior de la cocina, lejos de Brit y Daniel, que estaban inclinados sobre la mesa hablando en voz baja y con seriedad. Vio que Jana se removía de debajo de la cabeza de Daphne, a quien depositó suavemente en el suelo, junto a las patas traseras del golden.

Jana abrió el refrigerador.

—Suministros infinitos de cerveza —dijo. El refrigerador estaba lleno de cerveza, botellas de todo tipo, microcosecha sobre microcosecha. En ese festival un hombre podía subir cinco kilos sólo bebiendo cerveza.

Sacó dos botellas y le dio una a Henry.

—Esto no está bien —dijo Henry.

—¿La cerveza? ¿Se echó a perder?

—No, esto. —Hizo un gesto hacia el grupo que seguía avanzando a tientas por el Rimski-Korsakov.

—Ah —respondió Jana—. Oye, no son tan malos.

Él la miró.

—¿De verdad? ¿Piensas que no son tan malos?

—Bueno, hicieron que Daphne se quedara dormida. Gracias a Dios. Esa niña se niega a tomar la siesta y hoy es la noche libre de Rebecca. Creo que fue a Santa Rosa a beber con sus amigos. Le dije que no regresara hasta la mañana.

Rebecca era la niñera que Jana había contratado para salir de gira o a festivales como aquel, momentos en los que una ausencia prolongada no era del todo adecuada (y, de cualquier manera, ¿con quién dejaría Jana a Daphne?), y además Rebecca podía ser también la tutora de Daphne.

—A veces pienso que nosotros deberíamos tener una Rebecca —dijo Henry.

—Ay, una Rebecca estaría bien. Con una Rebecca es la única manera. No puedo creer que tú y Kim vayan a todas partes con los niños. O sea, ¿no desearían ir a Varsovia solos el mes que entra? Escúchame: ir de fiesta en Varsovia sin los niños. ¿Cómo nos convertimos en esta gente?

—Sí, lo desearía —respondió Henry—. Pero es mejor que Kim viaje con los niños y que esté conmigo en lugar de que se quede en casa sola con ellos.

—Claro —dijo Jana—. Ha de ser bueno tener ayuda. Finn me ayuda, pero tiene sus compromisos y ni siquiera podemos pensar en vivir juntos. Rebecca es mi Kimiko.

Henry se rio un poco.

—Jamás le digas eso a Kimiko.

—Ay, por Dios, claro que no; me asesinaría. Me arrancaría la cabeza del cuerpo con una cuerda de acero Jargar.

—No, esas son demasiado caras para asesinarte. Usaría una D'Addario.

Jana ni siquiera se rio. Sus labios flotaron por encima del borde de la botella.

—No puedo hacerlo —dijo. Su voz era baja y tambaleante. Lo miró con ojos abiertos y serios.

—¿Qué?

—Daphne.

El Rimski-Korsakov terminó por fin, y se distribuyeron las partituras para el siguiente grupo. El quinteto de viola de Brahms, sugirió alguien, y Daniel se apartó de Brit para unirse. El cuarteto Secuoya abandonó sus asientos.

—¿No puedes qué con Daphne? —murmuró Henry.

Jana lo miró y golpeó el refrigerador. Algunas botellas se sacudieron nerviosamente.

—No quiero decir que no la ame. O que no volvería a hacerlo todo de nuevo. Bueno. O sea, no tiene sentido hablar de eso ahora. Sin embargo, supongo que pensé que yo cambiaría. Que cambiaría como tú, que haría un huequito en mi vida para que ella pudiera llenarlo. ¡Pero no hay ningún huequito! ¿Dónde se supone que tiene que ir ella?

—¿Yo cambié?

—Sí, pero de manera realmente constante. Ya sabes, después de que Daniel te golpeó en Canadá. Antes de eso estabas enloquecido por el bebé que estaba por venir. Pensé que jamás dejarías de divagar. Sin embargo, después, simplemente... un día estabas comprando camisetas de bebé en los aeropuertos y un triciclo en Londres. ¿Te acuerdas de ese triciclo? Ay, era adorable. Pero seguías siendo tú, ¿ves? Sólo que sin la locura.

—¿La locura?

—Hen, deja de actuar como si estuviera diciéndote algo cruel o algo que no sepas. Y, de cualquier manera, no estamos hablando de ti; estamos hablando de mí. ¿Y si no puedo hacer esto? ¿Y si..., y si soy como mi madre?

Henry se rio. La abrazó y el brazo le dolió un poco. Hizo un gesto hacia su botella.

—Tú no eres tu madre. Eres mucho más exitosa.

Jana recargó la cabeza contra él.

—Los niños no quieren madres exitosas. Quieren madres que quieran ser madres.

Henry no pudo pensar qué decir. Tenía razón. Los niños querían lo que querían, y si no eras eso, te arriesgabas a ser una de las más grandes decepciones de su vida. Tener niños era una situación de adaptación o muerte. Por eso la gente lo hacía en pareja. Era menos solitario cuando reducías una parte de ti mismo con una persona que te conocía desde antes de esa reducción. No podía creer que alguna vez hubiera tenido sexo con Kimiko en un cuarto de ensayos. ¿De verdad lo habían hecho?

—Lo siento, chica —dijo.

Empezaron a tocar el Brahms. Era una pieza enorme, con corazón y sustancia. Daniel podía lucirse; era bueno para lucirse. Mientras Jana luchaba con la rigidez de su sonido y Brit tenía que cambiar de violín constantemente para ajustarse a su cambiante mano izquierda (y a Henry se le estaba cayendo el maldito brazo), la manera de interpretar de Daniel de hecho se había vuelto consistentemente mejor con la edad, más refinada, más segura, más presente. Ahora era irrefrenable. Henry quería tocar el Brahms con ellos, pero también deseaba estar en cama con Kimiko, atrapar lagartijas con Jack y después ayudarlo a liberarlas.

—Cuidado —dijo Colin, de los Secuoyas, y empujó a Jana un poco para llegar al refrigerador.

—Oye —dijo Jana.

—No, perdón; no me refería a que te iba a pegar con la puerta. —Colin se acercó a ella con el aliento cálido de malta—. O sea, cuidado. Sus esposas y esposos podrían estar viéndolos.

Jana negó con la cabeza e hizo un ruido de exasperación que la hizo escupir.

—¡Jesús! No todos se están cogiendo a todos en su cuarteto. Bueno, a lo mejor Daniel. No sé.

—Yo no dije que estuvieran acostándose —dijo Colin—. Uno no tiene que acostarse con alguien de su cuarteto para que su esposo se ponga celoso. Carajo, odio a Jerome más de lo que he odiado a nadie con quien he tenido una relación. Jerome. Maldito Jerome.

—¿Jerome se va? —dijo Jana acercándose a él, siempre gustosa de chismear.

Colin se tambaleó, eructó y murmuró:

—Todos nos vamos.

Jana ahogó un grito.

—¿A qué te refieres? ¿Se van a la residencia de Shanghái? Qué envidia.

Henry se imaginó que podía ver la bebida dentro de Colin, revolviéndose en su estómago, volviéndole densa la lengua. Tenía los párpados a medio cerrar. ¿Cómo había podido tocar así un momento antes?

—No, quiero decir, cuál es la palabra, nos desbandamos. El cuarteto se desintegra. Ya no vale la pena. El maldito de Ryan está al borde del divorcio y, carajo, yo también. Quién sabe, como sea, pero en serio, Dios, nada es peor que tener que sentarte todos los días con alguien que te ama, pero «no de esa manera», ¿sabes? Sam es un fanfarrón, se siente bien decirlo por fin. ¿No odias eso? Que las personas te desagraden y tengas que sentarte con ellas en un avión, registrarte en hoteles, calentar, ver que sudan como puercos bajo las luces. Todo el tiempo quejándose de lo buenos que no somos. Pero, vaya, él podría darse el lujo de ceder de vez en cuando ¿verdad? Y Jerome. Maldita sea, no me hagas empezar con Jerome. Pasas años con alguien, te sabes todos sus jodidos secretos, han llorado en estaciones de camiones contigo, te han levantado de bares en el jodido Mumbai, y después un reportero coquetea con ellos y ¡puf! Todo lo que has construido, la persona que alguna vez fuiste, adiós. Sólo así. Ahora mismo, tocar juntos es una farsa.

El primer movimiento del Brahms terminó y Henry estaba tan metido en la narración de Colin que se sorprendió por el repentino silencio. ¿Ya había terminado el movimiento? Cómo había acabado tan rápidamente, un movimiento tan fuerte y vívido. Era su favorito y se lo había perdido.

Jana tenía una sonrisa irónica; su problema con Daphne había desaparecido.

—Por Dios, no me digas, hombre. Suena como una telenovela.

—Es peor que una telenovela. Es la telenovela de un cuarteto —dijo Colin, y enseguida arrojó su botella al suelo, donde se hizo pedazos y les salpicó cerveza a los tobillos—. Ay, perdón. Hoy me ha estado doliendo la mano.

—Ya me tengo que ir —dijo Henry, apartándose—. Tengo que ir por los niños.

—¡Ay, los niños! —dijo Colin gritando. La interpretación se había detenido—. ¡No se olviden de los niños!

En la clase magistral de la mañana siguiente, Henry se sentó torpemente con la mano impotente mientras todos lo veían con ojos vidriosos por la resaca. De manera accidental le había gritado a la chelista del primer grupo. Era frustrante; había querido mostrarle algo, mostrarle la diferencia entre un *sforzando* con la mano izquierda y un *sforzando* con la mano derecha, y como no podía gastar su mano en la enseñanza, la única manera de demostrárselo era cantando e imitándolo, y ella no entendió. La chelista estuvo a punto de llorar. Henry pensó que probablemente había estallado en lágrimas cuando el grupo se bajó del escenario. El director del festival se acercó a Henry después y le preguntó si necesitaba algo. «Vicodin», no dijo Henry.

—Quizá necesite dormir antes de la premier —dijo, y el director vació la agenda de clases de Henry por el resto del día. Durmió intermitentemente y sólo se rindió en verdad al sueño cuando Clara se metió en la cama con él.

—¿Estás enojado? —le preguntó Clara.

—¿Enojado por qué? No, no estoy enojado.

—Actuaste como si estuvieras enojado. Pateaste la tierra de afuera antes de entrar.

—Es sólo tierra. Es para patearse —dijo—. Shhh. Duérmete. No estoy enojado.

—Está bien, pero la tierra no te hizo nada, papi. No seas malo con ella. Sólo está ahí.

—No tiene sentimientos —dijo Henry contra su almohada—. Es tierra.

—Todo tiene sentimientos —dijo ella, y él no respondió porque a lo mejor ella tenía razón. Se durmieron.

El saco del traje no le quedaba bien. El cuarteto estaba calentando en el camerino, Henry no dejaba de mover los hombros y el saco le seguía jalando de las costuras. Se miró en el espejo de cuerpo completo. ¿Había subido de peso?

—Ven aquí —le dijo Jana.

—Ya sé; es sólo que… —contestó Henry, volviéndose para verse a sí mismo—. No me siento cómodo.

—A lo mejor nos sale bien —dijo Brit, dejando el violín sobre sus piernas—. Lo sabemos. Estamos calientes.

Jana estuvo de acuerdo y Daniel se levantó para estirarse.

—Necesito agua —dijo.

—Apuesto a que sí —dijo Jana.

—¿Qué pasó? —preguntó Henry mirando su reloj. Tenían media hora antes del telón.

Los ojos de Jana se encendieron.

—¿No sabes?

—Estuve todo el día en esa terrible clase magistral o durmiendo —respondió Henry. Fue al refrigerador y se puso hielo en el codo. No podía enfriarse la mano antes del concierto, pero podía enfriarse el codo y después, justo antes de subir al escenario, aplicarse una bolsa de calor. La mayoría de las veces funcionaba.

Jana y Daniel le contaron la historia juntos (mientras Brit salía a terminar una discusión con Paul). Había habido un incidente en el jacuzzi la noche anterior, después de que Henry se hubiera retirado, después de que se hubiera acabado el encuentro de lectura, que escaló rápidamente, a medida que la gente se ponía más ebria. Colin había sido el primero en meterse al jacuzzi, y en los primeros diez minutos había conseguido romper otra botella de vidrio lo suficientemente cerca del agua para que la gente se pusiera nerviosa, pero no uno de los novios de los estudiantes, al parecer, quien igualmente borracho había iniciado con él una competencia de mantener la respiración bajo el agua. Ryan, que estaba afuera de la tina, vio que los dos hombres desaparecían bajo el agua y entró a la carga. A la carga, dijo Daniel. Agarró a Colin del pelo. Todos gritaron, se mojaron y se enojaron. Habría sido gracioso de no ser tan patético, dijo Jana. Y después Jerome, de la nada —¿estaba en el encuentro de lectura?—, apareció en traje de baño, se paró como un árbitro para tratar de descifrar qué había ocurrido, quién le había hecho qué a quién, y cómo podía resolverse. Y después todos estaban gritándose, todos contra todos, incluso el estudiante cuyo novio había estado bajo el agua con Colin, y Jerome temblaba en su traje de baño, y de alguna manera fueron Jerome y Ryan quienes terminaron luchando en el pasto. Pero sin golpearse, dijo Daniel guiñando un ojo.

—¿Quién ganó? —preguntó Henry.

—Todos perdieron —respondió Jana—. Obviamente.

Henry se sintió vacío por la historia.

—Qué tristeza —dijo.

Jana se rio.

—¿De verdad? Es tan absurdo. Simplemente están locos en ese grupo. Siempre lo hemos sabido.

Pero no era verdad. Henry recordaba el tiempo en que el cuarteto Secuoya hizo sus primeras ondas, quizá seis o siete años después de que el Van Ness llegara a Nueva York. Habían estado en

Curtis y eran un conjunto de hombres hermosos y talentosos. Parte de su atractivo consistía en que tanto a mujeres como a hombres les encantaba verlos y escucharlos. Abarrotaban el atrio del Met con espectáculos gratuitos y bebían con los patrocinadores hasta el amanecer. Si Henry no hubiera tenido un niño pequeño en casa, habría estado allá afuera con ellos. Y tocaban con energía. Recordaba eso. La energía de un cuarteto joven que no tenía nada que perder y todo que demostrar. Tocaban como si la música acabara de descubrirse, porque así era: ellos acababan de descubrirla. Quizá fuera cierto, siempre habían estado un poco locos. Pero quizás era eso lo que se necesitaba: estar loco de amor por lo que uno hacía y por la gente con la que lo hacía.

—¿De verdad cambié? —preguntó Henry.

Daniel y Jana lo miraron sin expresión.

—¿Qué?

—Después de los bebés.

—Bueno, dejaste de hacer que quisiera golpearte —dijo Daniel.

—No, de verdad.

—Te va —le dijo Jana a Daniel—. Yo ya lo intenté.

—Yo creo que… comenzaste a estar un poco más presente en tu vida —dijo Daniel.

—¿Antes estaba ausente?

La directora de escena metió la cabeza para darles la señal de diez minutos y Henry cambió el hielo por la bolsa de calor. Sin embargo, no soltó a Daniel.

—Entonces, ¿dónde me encontraba antes si no estaba presente?

—No sé, hombre —dijo Daniel untando resina a lo largo de su arco—. Imagino que antes… estabas jugueteando todo el tiempo. O sea, eras tan bueno en todo, podías hacer todo lo que querías. Tenía sentido que quisieras juguetear. Imagino que yo estaba molesto. O celoso. O algo. Pero significaba que podías tocar lo que quisieras, cuando quisieras y como quisieras. Y después, bueno, imagino que tuviste que reducir un poco tu alcance.

Daniel alzó la mirada y vio la expresión de Henry.

—Ay, Dios, perdón, no quería molestarte. Estás bien, ¿verdad? Henry asintió.

—Es sólo mi brazo.

—Creo que eso es lo que ocurre cuando amas más a la gente o amas más gente. Esto se hace más grande. —Daniel se dio un golpe en el pecho—. Pero esto tiene que hacerse un poco más pequeño —dijo, pasando la mano alrededor de la habitación.

Julia St. John tocó y entró. Llevaba largas capas de seda de tonos de joyas, como si fuera una Stevie Nicks más suave, y el cabello negro le caía por la espalda. Sonrió y las líneas de expresión se hicieron más profundas en su rostro.

—Pensé que podíamos salir juntos. ¿No les molestaría estar en el escenario durante mi presentación?

—Para nada —respondió Henry.

Una vez que encontraron a Brit, los cinco caminaron juntos al escenario y esperaron a que los anunciaran —«la premier mundial del cuarteto más reciente de Julia St. John por uno de los mejores conjuntos del mundo»— antes de subir a él. El cuarteto tomó sus asientos, pero el reflector se dirigió hacia Julia en el atril de la derecha. Sus manos sujetaron el borde y sus anillos resonaron en el micrófono.

—Quiero darles las gracias por haber venido a presenciar esto —comenzó—. Quienes se perdieron mi charla previa al concierto de esta tarde no sabrán que he pasado mucho tiempo conociendo al cuarteto Van Ness, conociendo sus ritmos tanto en el escenario como fuera de él, y estoy feliz de decirles que son uno de los grupos más complejos y unidos con los que he tenido el placer de componer. Esta pieza particular se me ocurrió después de observar un concierto suyo en el Carnegie Hall muchos años atrás, antes del cual eran solamente gente hambrienta, frustrada, triste, fría y huésped de cualquier emoción humana que puedan imaginar. Sin embargo, fue sorprendente para mí porque, una vez en el escenario, eran casi inhumanos. Eran poderosos, tenían control, eran una voz unificada de múltiples tonalidades. Y también llevaban a cabo la más intrínseca de las hazañas humanas. Estaban comunicando hasta el fondo del auditorio algo emocional y extraverbal.

Henry recordaba ese concierto. En él habían recibido un premio por su trayectoria, y nadie más que Brit conocía muy bien a Julia. No había sido hacía tantos años, pero parecía haber ocurrido en otra vida. Se estremeció al pensarlo.

—Sin embargo, lo extraordinario en ese concierto —continuó Julia— fue que esas cuatro personas lo contenían todo. Eso era lo que los hacía al mismo tiempo humanos e inhumanos. Lo abarcaban todo de la tierra al cielo, todo lo que podía imaginarme. Esta pieza, *Del sedimento al cielo*, habla de eso, algo de lo que vino de ellos, y también habla de los principios que son importantes para mí. Desde hace mucho tiempo, hacer algo como esto era un sueño para mí, estructurar mi vida en torno a las personas que amo, crear una vida común con todos ellos. Creo que probablemente muchos de ustedes lo han pensado en un momento u otro, pero lo han creído imposible. Pienso que muchos de nosotros anhelamos vivir en comunidad y en familia, pero a menudo nos parece difícil participar en ellas porque, bueno, la vida se interpone en el camino. Sin embargo, es posible. Es posible estructurar la vida en torno del arte y descubrir, en ese arte, una especie de amor que crece como el maíz, desde muy abajo hasta muy alto, que cambia, se marcha y regresa.

Henry tenía la boca seca. Él había hecho justo eso, había crecido como un tallo de maíz en el centro de ese grupo, en el centro caliente del cuadro que habían formado en escenarios de madera rubia en todo el país, por todo el mundo. Sintió una ola de gratitud como un tsunami distante, una hinchazón grande y cálida, irrefrenable. Le calentó el codo hasta la muñeca, el músculo frágil y el tendón que se retorcía de dolor en el interior. Se abrió paso hasta la base de su garganta, donde se la tragó y recordó que su primer departamento en San Francisco era tan frío que olía a frío, y que era difícil dormir sin que Jana estuviera ahí, a su lado, quejándose. Y recordó la vez que Brit llegó a su departamento en Manhattan —una noche en que estaba Kimiko—, profundamente deprimida porque Daniel se había casado, que Kim le había preparado sidra caliente y la había dejado llorar y llorar en el suelo, del que se negaba a levantarse. Recordó que Daniel se había enojado mucho cuando lo hizo ir a escalar en el campo australiano, que en la cima Daniel había tenido mucho miedo de rapelear hacia abajo y estaba muy preocupado por sus dedos y sus muñecas (tenía razón en eso), y cómo Henry se rio hasta el llanto y sus disculpas sólo hicieron que Daniel se enojara más. Cuando bajaron de la montaña, Daniel lo obligó a pagar todas las cervezas, y Henry recordaba el rostro de Daniel cuando, entre cervezas, le dijo que Kimiko y él iban a tener otro hijo. Su mirada: sorprendida, triste, respetuosa.

Ahora estaban tocando, como siempre lo habían hecho. No era fácil. Nunca lo había sido. Era una especie de milagro, toda esa música, cada nota era un descubrimiento que ya se había hecho; pero quizá también fuera la cosa más ordinaria del mundo, reunir, componer e interpretar, noche tras noche, una vida.

Después sintió que el brazo se le desmoronaba desde el interior mismo, desde el origen del tejido y el hueso. Una liberación lenta y caliente como el casual derramamiento de lava de un volcán distante. Jana le diría más tarde, con lágrimas en los ojos, que se había sentido como algo repentino —a tres cuartos de la pieza, cómo su brazo se había derrapado sobre dos notas, el fa sostenido bajo al re en la cuerda do—; sin embargo, él lo había sentido desde el comienzo, algo diferente, una ola que no podría remontar. Lo que en ese momento no le dijo a Jana era que ni siquiera había intentado remontarla. Había sentido que se formaba desde la tercera barra y, una vez que se rindió por completo, el dolor se redujo. Eso lo sorprendió. Parte de la tortura había sido la resistencia al dolor. Después hubo páginas de la partitura en las que un oyente muy astuto probablemente habría podido escuchar que se demoraba un milisegundo respecto de los demás. Ya no se anticipaba, sino que seguía. Cuando llegaban al punto de los tres cuartos que Jana recordaba, el salto y el descenso en un intervalo sencillo, ya no se demoraba, sino que no tocaba en absoluto. Nunca, ni siquiera una vez, había cometido un error en un concierto, y ahí estaba. Una ausencia tan notoria como si hubiera tocado la nota equivocada. En la periferia percibió que algunos rostros se giraban y se movían extrañados, y seis tiempos después, encontró su lugar. Pero esta era la cuestión: cuando el pánico se encendió en los demás, él se sintió relajado. El esfuerzo de los meses y años que precedieron su derrumbe físico había sido la parte dura. Esta era la parte buena. No sólo estaba tocando esas notas, esa música. La frase de Julia seguía en sus oídos, y estuvo a punto de sonreír a lo largo del lento desastre. «Lo contenían todo». Así, también, ese concierto y todos los conciertos. No sólo estaba tocando ahora, sino tocando todo lo anterior a ese momento, el milagroso concierto de Esterhazy, la manera como habían tocado en Carnegie Hall la primera vez. El tiempo se desplegó de su brazo en olas cálidas. Y, aunque seguía tocando, miró alrededor (de cualquier manera, ya no estaba ligado al tiempo). Jana, con sus ojos enormes y rasgos angulosos, sólo los labios entreabiertos traicionaban la fragilidad de cristal que él amaba en ella. Brit, de rostro redondo, todavía con pecas, con más pecas después de todos esos años, no lo miraba: le daba su espacio, algo que él agradecía. Y Daniel, que primero lo miró sin expresión y después con la más sutil comprensión, siguió ejecutando su parte sólida como la roca, e incluso conducía un poco más para recoger lo que Henry iba dejando atrás. Buscó a su otra familia, en la tercera fila a la izquierda del escenario, y aunque no podía verla directamente, sintió que Kimiko sabía, aferrada a los brazos de su asiento. Apenas podía esperar a terminar para ir y mostrarle su brazo, ponerlo en hielo, verla abrazar a sus hijos, abrazarlos él mismo. Y más tarde, verla tocar, practicar, interpretar. Ahora sería su turno. Parecía imposible que esa pieza, una pieza pequeña, breve, contuviera todo eso, que él pudiera verlo todo, saber y relajarse en el conocimiento. Nunca antes había estado ahí, pero ahora que había llegado, no podía imaginar volver atrás.

KIMIKO

VIOLÍN

Al ver a Henry tocando en el escenario, a Kimiko le ardieron las yemas de los dedos. Ella también había estudiado la pieza de St. John de arriba abajo. Conocía las transiciones difíciles, las partes que Henry había reescrito con Julia, el sorpresivo penúltimo cambio de notas. Con la mano derecha sostuvo el brazo de su hija, quien estaba sentada a su lado, ocupada con la hija de Jana, Daphne, quien estaba al otro lado de Clara. La mano izquierda de Kimiko descansaba sobre el brazo del asiento y sus dedos curvos puntuaban ligeramente el tiempo de las notas, su digitación, que a Henry, de manos largas y delgadas, le parecía, como decía él, «demasiado arañienta». Ella prefería los cambios de posiciones de la mano izquierda. A él le atraía más la extensión dramática. Se olvidó de su hija a su lado y se olvidó de su hijo, que se había quedado en la cabaña con la niñera de Jana, Rebecca, y siguió tocando el brazo del asiento en silencio. Tocó toda la pieza, perfectamente, sin un obstáculo, y continuó incluso cuando falló su esposo.

Esa mañana, cuando se despertaron, apenas unos minutos antes que los niños, Henry se había vuelto de costado hacia ella y le había preguntado con la lucidez de alguien que ha estado despierto durante horas:

—¿Yo cambié?

Ella le respondió rápidamente, quizá demasiado rápidamente:

—No.

Kimiko quería preguntarle lo mismo: «¿Yo cambié?». Pero ella ya sabía la respuesta. Sí, había cambiado. Ella siempre había sido la que cambiaba. Henry era el que siempre quería las cosas y las adquiría, sin necesidad de cambio de su parte. Esa cualidad suya —la satisfacción fácil— era lo que ella amaba de él, aunque a veces la entristecía.

De hecho, para él, su unión había resultado tan sencilla que durante los primeros dos años Kimiko estaba convencida de que en su vida ella era simplemente una chica que se le había pegado en una fiesta. Una chica que estaba adecuadamente encantada con él, una versión más bonita y talentosa de las admiradoras con aliento a ginebra con las que se codeaba en las fiestas de recaudación de fondos. Él insistía en que no era así, en que le gustaba precisamente porque ella no era así.

«Amor —había dicho—, nadie te confundiría jamás con alguien que me admira». Tenía razón en eso. Adular no estaba en su ADN. Sin embargo, también sabía quién había sido en la privacidad de esas primeras lecciones, en las salas de práctica, en los departamentos de porquería. Ella *se había sentido* así, como una muchacha bajo el hechizo de un muchacho. Y cuando lloró el día del parque, cuando le dijo que estaba embarazada, fue porque tenía miedo. Fue porque ni por un segundo pensó en no conservar al bebé. Porque lo que le ocurría a su cuerpo —con el bebé, pero también con él, la manera como él la había invadido— la estaba convirtiendo en un acto de traición personal.

Lo que el bebé le había hecho a su cuerpo había sido cruel, y también había sido cruel con Henry, y eso era algo que jamás decía nadie. De cualquier modo, no era la primera vez que Kimiko soportaba dolor en su cuerpo para obtener lo que quería. El dolor y la incomodidad no habían sido el problema. Era que algo más tomaba decisiones por ella. Como músico, te entrenas para escuchar a tu cuerpo y después ignorarlo, engañarlo o cambiarlo. Te duele el brazo, refuerzas el sacro y relajas los omoplatos. Te duele la mano izquierda, relajas la muñeca y la mandíbula. Visualizas el intervalo y tu mano da el salto. Un *sforzando* viene del plexo solar; un *forte*, de la garganta. En toda su vida, ella nunca había sido incapaz de desafiar a su cuerpo salvo cuando estuvo embarazada. De repente ya no se pertenecía sí misma.

Y, si era honesta, en realidad nunca había superado la injusticia del embarazo.

Sin embargo, lo que amarlo le había hecho a ella: era como si se hubiera drenado parte de su vieja sangre y la hubiera reemplazado con sangre nueva, con el mismo líquido que circulaba a través del cuerpo de Henry. Así que, cuando se tocaban, era concluir una línea. Ese amor, también, había sido una especie de robo.

De manera que, sí, ella era la que había cambiado. No necesariamente en contra de su voluntad, pero tampoco plenamente a voluntad. Ella extendió una mano para tocarle la cara en la cama.

—¿Qué te hace preguntar eso? —le preguntó.

—No sé —dijo él, suspirando contra su mano—. Parece que todos los demás han cambiado. Jana dice que no sabe si puede ser madre.

Kimiko resopló.

—Ya es un poco tarde.

—Entonces, a lo mejor ella no cambió —dijo Henry—. Quizá sólo lo intentó.

—Cuando uno tiene hijos, imagino que debe cambiar. Pero eso no significa que tenga que gustarle —dijo Kimiko, acostándose boca arriba. Habló hacia el techo—. Uno no tiene que andar por ahí con una sonrisa en la cara, hablando de lo agradecida que está por sus hijos, como hacen algunas personas.

Algunas de las personas que acudirían a la conferencia —los estudiantes más viejos, los que solían asistir a conciertos, los parásitos ricos que tenían suficiente dinero y tiempo para pasar una semana en el bosque con ellos— representaban una nauseabunda mezcla de autosatisfacción y fanatismo. Henry siempre había sido mejor para socializar, incluso con los ridículos. La gente se dejaba llevar fácilmente por él, y él recolectaba datos sobre ellos como regalos que daba a Kimiko más tarde. El hombre con el trasplante de cabello de veinte mil dólares; la mujer hermosa que vivía la mitad del año en Montana, pero la mitad incorrecta; la tramoyista que le recordaba a Brit y Daniel mezclados, que parecía una niña que nunca sería, una niña etérea y taciturna, ligera y magnética. Para él era fácil, y resultaba fácil seguirle el ritmo en las fiestas, aun con todas las risas agudas, las transiciones torpes y el aire encerrado. Incluso con el dolor físico que a veces soportaba, más a menudo que a veces. Aparte del dolor, él siempre había sido así.

En la cama hubo un silencio, un momento cargado entre ellos. ¿Había dicho que no se sentía agradecida por sus hijos? ¿O había dicho que no era feliz por tenerlos? ¿Henry se había sentido asustado por esa declaración? ¿O había estado de acuerdo, sin ningún esfuerzo, de manera que su propia aceptación lo había asustado? Antes de que cualquiera de los dos pudiera abrir la boca para decir algo, escucharon ruido de sus hijos, Jack y Clara: el inicio de una pelea. Era mejor no decir nada, pensó Kimiko, no un día de concierto.

—Voy a preparar el desayuno —dijo, apartando las cobijas—. Tú quédate.

Después de la clase magistral y del concierto, cuando el bosque se volvió azul bajo la luz del ocaso, Kimiko dejó a Jack con una amiga, y a Clara, que tomaba la siesta, con Henry, que también tomaba la siesta, para ir a caminar. Sola. En momentos como ese, momentos que debía orquestar con cuidado y precisión para poder tener su propio espacio, deseaba que hubieran traído una niñera, como Jana. La idea hacía que Kimiko se sonrojara, y odiaba que la hiciera sentirse mal. Sin embargo, ¿con qué propósito habrían traído una niñera? Ella no estaba trabajando, no tocaba ni ensayaba; no había razón para que no pudiera cuidar a los niños.

En la entrada de una senda que desconocía, hizo una pausa para leer el mapa y sintió una mano sobre su hombro. Jana, vestida para un almuerzo en el bosque, pero con un bastón para caminar, le sonrió.

—Gracias a Dios —dijo Kimiko—. Quería estar sola, pero no sola sola.

Jana hizo un gesto hacia su vestido de verano y sus sandalias de gladiador.

—Como puedes ver, yo también mentí al decir que necesitaba salir de casa. Dije que iba a caminar, pero me caería muy bien un Bloody Mary.

Las dos recorrieron lentamente el sendero, dentro del bosque. Decidieron que igualmente podían intentarlo. Kimiko estaba encantada de haberse encontrado con Jana. Aunque las cosas habían estado algo frías entre ellas últimamente, por entonces pasaban tanto tiempo juntas que Jana era más como la cuñada de Kimiko que la compañera de trabajo de Henry. Y cuando, algunos años atrás, el agente del cuarteto se refirió a Jana como la «esposa del trabajo» de Henry, Kimiko ni siquiera parpadeó. Alguna vez había sentido celos de Jana; sus personalidades eran demasiado parecidas para que no ocurriera. Sin embargo, ahora había surgido algo más entre ellas, una comprensión silenciosa que les permitía estar completamente desnudas una con la otra. Una especie de desnudez que nunca había conseguido con Brit o Daniel, quienes eran pozas de emociones que permanecían oscuras para Kimiko.

Mientras caminaban, Kimiko y Jana hablaron de cómo extrañaban Nueva York (en especial, que nadie estuviera completamente obsesionado con caminar), sobre la pieza de St. John, sobre la próxima temporada de giras internacionales y sobre las lecciones de Clara.

—¿Ya sabe lo buena que es? —preguntó Jana.

—No —respondió Kimiko, comprendiendo. En los jóvenes músicos que eran tan buenos como Clara, había un punto en el cual se daban cuenta de que tenían una ventaja, un talento que les confería el respeto de los adultos y que podía separarlos del mundo de los niños normales, y entonces se volvían arrogantes, exigentes e imposibles. Todos habían visto que eso ocurría a otros estudiantes, y Kimiko se despertaba todos los días esperando que de alguna manera Clara pudiera saltarse esa etapa.

—Quizá vaya a ser como Henry —dijo Jana—. No creo que él haya sido así alguna vez.

—Es que su familia nunca lo trató como si fuera un dios. Pero, por el mundo en el que vivimos, eso no le ocurrirá a Clara. Todos esperan encontrar en ella el talento de Henry.

—Es buena niña —dijo Jana—. Rayos, probablemente yo era insufrible entre los doce y los diecisiete años. Y mírame: salí bien.

Kimiko rio, pero pensó que, si Clara salía como Jana —como una reina, con voluntad y determinación—, no sería lo peor del mundo.

Jana se detuvo en un claro y manoteó para alejar una abeja que volaba a su alrededor. Volvió el rostro hacia Kimiko.

—Perdón, no tenemos que hablar de los niños. A mí me choca cuando la gente piensa que es lo único de lo que puede hablar conmigo. Tú ni siquiera me preguntaste dónde estaba Daphne. Esa es la frase inicial de todo el mundo cuando no estoy con ella: ¿dónde está Daphne? Como si no pudiera desear hacer cosas sin una niña pegada a mí.

Kimiko desempolvó una piedra y se sentó. Pasarían unos minutos antes de que las abejas fueran a molestarla, pero no le importaba.

—Justo en eso estaba pensando hoy. Empecé a decírselo a Henry, pero…

—¿En qué?

—En que… amo a mis hijos, pero eso no significa que no sea capaz de imaginar la vida sin ellos. ¿Puedo imaginar la vida sin ellos? Sí, completamente.

Kimiko jamás se lo habría dicho a nadie más en voz alta, quizá ni siquiera a Henry. Se suponía que, como madre, una no debía pensar eso, y mucho menos decirlo. Algunas madres llamarían al Servicio de Protección Infantil si la escuchaban. Sin embargo, con Jana no había problema. Jana se sentó enfrente de Kimiko, con las nalgas sobre la tierra.

—¿Cómo sería esa vida? —preguntó Jana.

—Ay —dijo Kimiko y apartó la mirada. Tenía que apartar la mirada para imaginárselo—. Tocaría mucho, grabaría, viajaría por mi propio trabajo, regresaría mucho más a Asia para ver a mi familia en Japón. Y Henry haría lo mismo que hace ahora, viajaría con ustedes; pero, como estaríamos separados, el tiempo que pasáramos juntos sería… más emocionante. Especial. Como el tipo de matrimonio que Daniel pensó que tendría con Lindsay. Uno que construiríamos nosotros.

Cuando se lo imaginaba, sentía que el corazón se le alzaba en el pecho como un globo y después chocaba contra el muro de su esternón. Sin embargo, por un minuto, la ligereza se sentía bien.

Volvió a ver a Jana, que parecía suspendida en su propia imaginación, con una mirada perpleja en el rostro.

—¿Te acuerdas de Fodorio?

—Sí —respondió Kimiko—. El tipo no dejó en paz a Henry durante un tiempo. Sí. Un poco… desagradable.

Jana tiró la boca hacia abajo.

—No era tan desagradable.

Kimiko sonrió.

—Ah, está bien.

—Bueno. Me acosté con él.

—¿Por qué? —dijo Kimiko con más desagrado del que quería mostrar.

—Durante mucho tiempo me sentí muy mal porque, evidentemente, me acosté con él para que pudiéramos ganar en Esterhazy la primera vez —dijo Jana—. Él era juez y yo, de hecho, *dije* eso en la cama; qué idiota. Pero no ganamos.

—Entonces, no hubo problema —dijo Kimiko.

—Exacto —dijo Jana—. No hubo problema; sólo fingí que era una ricachona en un hotel de lujo durante una noche, y él pensó que yo era única o algo así. Y cuando ahora lo recuerdo no me siento mal. No me siento mal para nada. Me siento nostálgica. Pero nostálgica por la manera como pensaba. No por la vida real. Lo que quiero decir es que está bien anhelar una vida diferente. Eso no significa que realmente la quieras.

Seguía haciendo calor, pero estaba cayendo la tarde. Las sombras azules de los árboles se hicieron largas. A un lado de Kimiko, Jana raspaba la corteza de un árbol distraídamente, tocándola con los dedos poco curiosos de un animal. A Kimiko, el acto le recordó a Henry: cómo era cuando se conocieron, delgado e inconsciente de su estatura. De repente se sintió llena de celos. De Jana. Primero, por la imagen de Jana en la cama con Fodorio, hombre que en ese entonces era mucho más viejo que ella, más rico y más poderoso. La manera como debió sentirse Jana, una llama que obtenía oxígeno dentro de ella y se encendía hacia arriba como un cilindro perfecto y salvaje. Recordaba una carnalidad como esa. Alguna vez ella no lo pensó dos veces antes de acostarse con un hombre al que le daría su cuerpo, sin considerar por qué ni cómo.

Sin embargo, en una segunda oleada, sentía celos de que Jana, ahora como madre, había resistido (Jana siempre resistía) ese peso constante que Kimiko cargaba a sus espaldas. Una correa atada a un saco lleno de una o dos o tres vidas que no viviría, o por lo menos la posibilidad de ellas, todas unidas por la promesa de la ligereza. Tenía que ver con el tiempo. El tiempo se veía diferente cuando eras joven, y cualquier tontería con la que te comprometieras no estaba diluida: siempre existía la posibilidad de que el siguiente momento prometido te llevara a alguna otra parte, siempre existía la posibilidad de más flamas, más latidos, más vida. El tiempo, cuando envejecías, era algo diferente, irregular, pensó Kimiko.

Jana seguía siendo una música exitosa. Si quería, podía salir a tener sexo terrible y maravilloso con un hombre que no significara nada.

Kimiko se lo dijo. Jana la miró reflexivamente.

—Pero tú también podrías hacer todo eso, si quisieras —dijo Jana.

Estaba empezando a hacerse realmente tarde, y seguramente Clara estaría despertándose de su siesta. Necesitaba ir a recoger a Jack de casa de su amiga. ¿Qué tan lejos estaban? No se había fijado. Sólo había seguido a Jana.

—Oye —dijo Kimiko—. Yo hice algo así una vez. Me acosté con mi maestro de Juilliard.

—Qué puta —dijo Jana, sonriéndole.

—Es el mejor error que he cometido —dijo Kimiko.

Dieron media vuelta en lugar de llegar al fin del sendero, ya que no tenían idea de lo lejos que las llevaría, pues ninguna de las dos había estudiado en realidad el mapa de la entrada. Volvieron y no hablaron de música ni de niños. Apenas hablaron. Kimiko sentía que podía escuchar cómo el bosque se hacía más oscuro, la manera como la ausencia de luz hace que otros sentidos, como el oído, se amplifiquen: las ramas que se quebraban bajo sus pies, el rápido rasgueo de aves al escapar, su propia respiración agitada.

Cuando llegaron a la entrada del sendero, después de una colina breve pero empinada, Kimiko se detuvo y dijo:

—Yo sólo… Nunca ha sido tan equitativo como dijimos que sería. O sea, no puede serlo de ninguna manera. Y deberías ver la forma como otras esposas me miran. Como si fuera una persona sufrida como ellas. Odio eso. Pero creo que de alguna manera tienen razón. Sí lo soy.

—¿Una esposa sufrida? —rio Jana—. ¿Tú? Jamás.

—No así, pero… No sé. Nadie me ve como…

—¿Nadie te ve como si fueras tan buena como Henry? Únete al club.

—Pero sí soy tan buena como él —dijo Kimiko, ahora muy seria. El rostro de Henry de hacía años le vino a la mente con claridad. Era delicado y terriblemente suave y casi femenino (Jack será así, pensó), y su voz infantil y todo en él era de un dorado sucio. Su cabello, sus ojos, su piel, su manera de pensar, lo que decía. Se movía con una fluidez que lo hacía más ligero que todos los demás e imposible de decepcionar; pero su sonido seguía siendo denso, rico y auténtico. Se había enamorado de un hombre por primera y única vez en su vida: porque él era como ella quería que fuera.

—Yo sé que lo eres —dijo Jana con tono igualmente serio—. Tú siempre has sido tan buena como él. Mira. Una cosa es ser un músico profesional. Otra cosa es ser alguien que ama a un músico profesional. Desafortunadamente, tú eres ambas cosas.

Kimiko regresó a la colina.

—Creo que tengo que volver a la casa.

—Pero hay buenas noticias —dijo Jana.

—¿Cuáles? —preguntó Kimiko.

—Henry es lo mismo que tú.

En la tarde del concierto, mientras Julia St. John daba su preámbulo, con el cuarteto sentado torpemente detrás de ella, Kimiko se dio cuenta de una cosa: lo difícil que debía ser para Jana decirle que podía hacer lo que quisiera. Porque Kimiko podía hacer lo que quisiera, pero sólo si Henry dejaba el cuarteto y a Jana. Observó a Jana, sentada a la izquierda de Julia durante la charla, mirándose la falda, con el violín asentado sobre el muslo. Kimiko podía recordar con tanta claridad el rostro de Jana cuando se conocieron como podía recordar el de Henry. Mientras el rostro de Henry tenía una sonrisa amplia y la piel joven, Jana era precisa y guapa. Y conforme había envejecido, su cara se había hecho mucho más suave. Claro, estaba cansada y las líneas de su rostro delataban ese cansancio, pero también había una cualidad de (¿qué era?) tranquilidad.

Kimiko se sentó en los asientos reservados con Clara y Daphne. Desde ese ángulo, por encima y a un costado, Clara se parecía a Henry. Sus dos hijos se le parecían. Tenían el cabello oscuro de ella, el rostro redondo y los ojos almendrados, pero todo lo demás —la proyección de la barbilla, los hoyuelos, el desafío astuto en una sola mirada— era de Henry. Daphne se removía en su asiento, todavía demasiado pequeña para sentarse en silencio en un concierto, y Clara la ayudaba a acomodarse el vestido.

—No, así —murmuró Clara mientras arreglaba la falda de Daphne para que estuviera al mismo tiempo lisa y redondeada—. Así pareces adulta.

Kimiko tomó la mano de Clara para acallarla. Julia seguía hablando. La mirada de Henry, sus ojos fijos en algún punto entre sus pies y la parte inferior del atril, parecía más ausente. «Es posible estructurar la vida en torno al arte», estaba diciendo Julia, y todo el cuerpo de Kimiko se inundó con la generosa tristeza urgente que sólo puede preceder al cambio. Sus latidos se aceleraron y la piel se le puso fría y húmeda. Clara apartó su mano de la de Kimiko.

Mientras tocaban, faltaba algo. A Kimiko le tomó varias páginas de la partitura darse cuenta de qué era, pero cuando lo hizo, cuando Henry se inclinó para dar vuelta a su partitura y la parte inferior del papel se arrastró sobre el borde del atril, lo escuchó: una pausa de un microsegundo en una nota. Había entrado tarde después de pasar la página. Pero no era que hubiera pasado la página demasiado rápido y hubiera perturbado la línea, como a menudo ocurría en ese tipo de errores. Era que la había girado demasiado lentamente, como si tocara él solo, sin llevar el tiempo en que el resto tocaba.

Y cuando dejó de tocar —eso era lo que había pasado: una pausa plena donde debió haber una nota—, Kimiko notó que su mirada se movía sobre el grupo y aterrizaba, finalmente, en ella. Había ocurrido en el espacio de un cuarto de nota, pero Kimiko percibió el enorme espacio entero, tridimensional, tan grande que sintió que podía levantarse de su asiento y caminar dentro de ese momento. Nunca lo había escuchado cometer un error en un concierto, ni siquiera cuando el brazo le dolió más, y siempre pensó que ella se llenaría de ansiedad cuando eso ocurriera, cuando lo observara cometer un error como ese en público. Sin embargo, eso no era ansiedad. Lo que había acelerado el motor de su pecho era algo que se movía, no algo que se hundía.

La urgencia era esta: ella *había* cambiado, se había sentido injustamente sobrecargada, y lo había aceptado. Sin embargo, estaba cambiando otra vez. Ya no se sentía cargada. ¿Qué le había impedido sentirse de esa manera? Cuando el cuerpo de Henry empezó a fallarle; cuando la ausencia de tranquilidad lo volvió más aguzado; cuando él la necesitó, cuando aceptó que necesitaba algo, finalmente, físicamente, eso le demostró que él estaba tan comprometido como ella, que los dos se habían robado uno al otro.

Kimiko sintió un cálido deseo creciendo en su interior. Las niñas jugueteaban a su lado, pero ella permaneció inmóvil y mirando intensamente, libre del tiempo y su transcurso. Cuando el cuarteto concluyó, todos se levantaron al mismo tiempo para los aplausos, pero Kimiko vio que Henry miraba hacia ella, hacia Clara y Daphne, y esa era la parte que siempre se le escaparía a ella, la manera como él se veía entonces. Como un momento que desapareciera en el siguiente, y en el siguiente.

HENRY

VIOLA

Agosto de 2009
San Francisco

No hay un buen momento para decirle a alguien que vas a abandonarlo, Henry lo sabía, pero quizás el peor momento sea al estar atrapado en un bote. En especial en ese transbordador, que se veía particularmente viejo, plástico, ese día ventoso y frío de verano, lleno de sus hijos y los hijos de otras personas, y que seguía su camino interminablemente hasta Alcatraz, en una bahía irracionalmente picada. Se dirigían al evento inaugural de un nuevo festival de música que un viejo patrocinador de la sinfónica había querido hacer en Alcatraz; pero por qué alguien iría a esa isla deprimente a escuchar música clásica era algo que rebasaba la comprensión de Henry. Sin embargo, habían dicho que sí —más bien, Jana había dicho que sí a su agente en nombre de todos los demás— y se habían presentado en esa terrible trampa de turistas de Fisher Man's Wharf, como se lo habían pedido, para abordar el transbordador y llegar todos juntos a la isla con un fotógrafo que los retrataba de manera invasiva para los materiales de promoción. Henry, con desagrado por esa obligación, insistió en llevar a Kimiko y a sus hijos para que de alguna manera fuera un día familiar. Últimamente había estado deseando tener más días para su familia.

Kimiko también quería que Henry pasara más tiempo con la familia. Su carrera como solista había sido constante hasta que nació Jack, pero incluso entonces no estaba tan saturada como llegó a estarlo alguna vez. Aunque todavía podía solicitar tarifas altas para los conciertos, ya no era tan joven ni tan nueva como cuando apa-

303

reció por primera vez en la escena de Nueva York, y la industria de la música clásica, como la mayor parte de las industrias, amaba las cosas jóvenes y nuevas.

El deseo de Kimiko de una vida diferente había resultado claro para ella después del concierto del Festival de Redwoods —el último verano de Henry ahí—, dos años antes de que expresara ese deseo.

Esperó hasta que Henry regresó a casa de una temporada particularmente ardua de tres semanas en Inglaterra y Holanda, en una residencia con expectativas de enseñanza implacables. Habían metido a los niños a la cama y se habían ido ellos mismos a la cama, y Henry estaba agradecido de estar de vuelta en casa simplemente porque era un lugar donde no se esperaba que tocara en cualquier momento. Le dolía el brazo. Ella había dejado de preguntarle desde hacía mucho tiempo cómo afectaba sus conciertos el dolor; no quedaba nada que decir después de un error en una interpretación.

—¿Estás cansado? —dijo Kimiko cuando él se estiró para apagar la lámpara.

—Sí —respondió él—. Obviamente.

—Pero yo no estoy cansada.

—¿No?

—Bueno, estoy exhausta. O sea, estaré cansada por el resto de mi vida, pero tú pareces cansado de una manera distinta.

—¿Qué quieres decir? —preguntó Henry.

—Redwoods —dijo ella—. Hace dos años. En el St. John. No eres el mismo desde entonces.

—Me equivoqué una vez hace dos años y tú sigues con eso —dijo, defendiéndose, pero sólo a medias—. No sé. A lo mejor tienes razón.

Henry sabía que ella tenía razón. Estaba cansada y él también estaba cansado, pero de diferente manera, y su cansancio en ocasiones se evidenciaba cuando tocaba. Habían vadeado los últimos años como si fuera algo que tuvieran que superar, sobrevivir —ese periodo de extenuación estándar, cuando apenas se veían uno al otro, él atendía a un niño mientras ella se encargaba del otro—. Sin embargo, él sabía que Kimiko llevaba la peor parte. El calendario de giras de Henry requería que viajara de un país a otro. Durante años pareció imposible acomodar sus horarios —el de él, el de Kimiko, el del cuarteto y ahora el de Clara y Jack— a fin de tener un espacio para respirar, un espacio en el que pudieran ser una familia. Henry veía que él y Kimiko simplemente habían desistido de la idea de tenerlo: tiempo.

Ella habló durante casi una hora. Explicó que había estado pensando que quería algo diferente pero se lo había negado a sí misma durante casi dos años, y lamentaba no habérselo dicho antes. Dijo que le había tomado un tiempo escuchar la verdad. Dijo sentirse agradecida por haber tenido la oportunidad de ser la madre de los niños, pero no quería guardar resentimientos hacia alguien o algo por la vida que había estado a punto de vivir. Le dijo que se sentía atrapada: si no estaba en casa, les fallaría a los niños, y si permanecía en ella, si dejaba de grabar y de hacer giras al igual que Henry, le fallaría a una posibilidad de sí misma. Aseguró que ella en realidad no había cambiado, que aún quería lo mismo que cuando entró a Juillard: una carrera, una vida de música en el escenario, en salas de práctica con orquestas. Tampoco quería tocar en un cuarteto, y con toda seguridad no deseaba estar en el Van Ness. Quería su propia historia. La idea de su existencia se había hecho más grande con Henry y los niños, pero lo que la impulsaba nunca se había desvanecido. Dijo que amaba todos esos años y cómo los habían estructurado, cómo habían viajado con los niños a Bruselas o a Barcelona cuando el calendario de Henry los había llevado ahí. Pero quería ir ahí de manera diferente, dijo, no sólo como madre. También quería ir como músico.

—Te has esforzado mucho —le dijo Henry a Kimiko esa noche, cuando ella se puso a llorar—. En todos los aspectos de tu vida. Nadie pensará que eres un fracaso si cambias la manera como pasas el tiempo. Mucho menos yo.

Ella lloró con más fuerza. Henry sólo había visto llorar a Kimiko tres veces antes: cuando le dijo que estaba embarazada de Clara, y cada vez que dio a luz (un llanto de furia, no lágrimas de felicidad).

Lo que el cuarteto no le creería, de entrada, era que Kimiko no le hubiera pedido que abandonara el grupo. Había sido completamente idea suya. Porque cuando ese día en la cama la vio llorar, por la injusticia de ser madre, por tener una carrera y amar a un hombre que también era padre y tenía una carrera, él vio su vida como una pieza de música, una sonata que progresaba a lo largo de los movimientos, en la que el motivo se hacía cada vez más claro por medio de la repetición y la variación, hasta el tercer movimiento, el *minuet*, cuando el tema se destilaba en una sencilla canción que podía cantarse. La canción era Kimiko. Quería estar con ella más de lo que quería estar en un cuarteto, y quería estar con ella en una vida que no terminara con ella llorando en la cama cada noche. Y ahí era a donde habían llegado.

El plan era que Henry terminara la temporada 2009-2010 y después se quedara en casa, atendiendo alumnos particulares especialmente prometedores de los alrededores que necesitaran más de lo que podían ofrecerles sus universidades públicas. Después de eso aceptaría un puesto de enseñanza permanente en el conservatorio donde Kimiko a veces reemplazaba maestros. El último disco de Kimiko sólo tenía cinco años y ella aún tenía contactos. Le tomaría poco tiempo conseguir algunos compromisos y empezar a rehacer una carrera que se había ido desmantelando como una de las estructuras de Lego de Jack.

Realmente no había sido su intención decirles en el transbordador, pero, como ocurría con la mayor parte de las indiscreciones de ese entonces, podía culpar a los niños.

El transbordador acababa de separarse del muelle y el cuarteto estaba de pie sobre la cubierta, posando contra el cielo gris con su ropa negra de concierto, que el fotógrafo les había pedido que se pusieran. Henry podía sentir que Jana temblaba contra su cuerpo con su vestido de manga larga. Sin embargo, se paraba recta y alta. Daniel se veía un poco verde. El transbordador se sacudía sobre las olas.

—¿Ya terminó? —preguntó Daniel al fotógrafo—. Este clima no es ideal.

—Unas cuantas más —dijo el fotógrafo, y se arrodilló sobre el suelo sucio y húmedo para conseguir quién sabe qué ángulo. Llevaba un suéter grande y pantalones oscuros y parecía calientito.

Kimiko y Jack se hallaban adentro, protegidos del frío, y Jack estaba pegado a la ventana, saludándolos. Sin embargo, Clara se encontraba detrás del fotógrafo; nunca quería perderse nada.

—Mi papá se ve demasiado alto —dijo Clara—. ¡Eres más alto que los demás! —gritó por encima del viento.

Henry se estremeció. Brit se rio un poco y volteó hacia Daniel para besarlo en la mejilla. Que Clara revelara a Paul el beso que había visto en el baño de Maisie Allbright no fue explícitamente la causa de la separación de Brit y Paul, pero sí fue la última sacudida de la alfombra sobre la que habían estado viviendo. Y en realidad el beso de Brit y Daniel había sido el verdadero culpable, si no se consideraba el fracaso espectacular de Brit y Paul para terminar su relación muchos años antes. En cualquier caso, la unión de Brit y Daniel había proporcionado aire nuevo al cuarteto, el relajamiento de una tensión que había crecido en torno a ambos desde que empezaron a tocar juntos. Que se juntaran no fue un hecho ostentoso ni dramático, sino natural y sencillo, y su solidez era una de las razones por las que Henry se sentía bien al abandonar el cuarteto.

—Cuando mi papi se vaya, pueden buscar a alguien de su estatura —dijo Clara, cruzando los brazos y echando un vistazo a la mirilla del fotógrafo para revisar las fotos que llevaba hasta entonces.

Se escuchó un silencio como una puerta de acero que se cerraba, y el golpe de las olas contra el casco del transbordador.

—¿Cuándo se va a ir tu papi? —preguntó Jana por fin.

Clara alzó la mirada, preocupada por el tono de Jana. Se encogió de hombros.

—A tiempo para ayudarme en la audición para el coro el próximo año.

A Henry se le atoró la voz en la garganta fría.

—Iba a decirles algo mañana —dijo, aunque no sabía qué iba a decirles al día siguiente.

Brit se puso una chamarra ligera y bajó la mirada hacia sus pies, encorvando los hombros. Jana le pidió un cigarro al fotógrafo. Daniel se inclinó sobre el bote y observó el agua más blanca de abajo.

—De verdad voy a vomitar —dijo.

—Ay, no —dijo Jana, molesta—. Jesús, qué oportuno, Henry. Como siempre.

—Oye, yo tengo un tiempo *excelente* —dijo Henry, tratando de hacer una broma.

—¿Pueden sacar sus instrumentos? —les preguntó el fotógrafo, ajeno a la conversación que lentamente desperdigaba a sus modelos.

—¿Aquí? —Jana sacudió la mano con el cigarro a su alredededor—. ¿Quiere que nuestros instrumentos se destruyan por el clima?

—Sólo cuatro minutos —dijo el fotógrafo.

—¿Entonces vas a renunciar? —preguntó Brit en voz baja. Con una mano le frotaba la espalda a Daniel.

—Me voy, sí —dijo Henry—. Ya es hora.

—¿Ya es hora? ¿Qué carajos significa eso? —preguntó Daniel.

—Oye —dijo Henry mientras hacía un gesto hacia Clara—. Cuida tu lenguaje.

Jana tuvo que esforzarse para encender el cigarro, pero no podía encontrar la dirección adecuada ni protegerse del viento.

—Significa —dijo con el cigarro colgando entre los labios— que ya llegó lo más lejos que pudo con nosotros.

—No es así —dijo Henry—. Significa que es hora de estar con mis hijos, y Kimiko tiene cosas que hacer. Ha sido divertido.

—¿Divertido? —preguntó Brit —. ¿Ha sido divertido?

—Más que divertido. Ha sido mi vida.

—Dios, como si ya estuviéramos muertos —dijo Jana.

—Les ayudaré a buscar un reemplazo —dijo Henry—. Tengo algunas ideas. Quiero terminar la temporada, así que tendrán hasta el siguiente verano para prepararse.

El fotógrafo intervino:

—¿Tomarán los violines?

—No todos son violines —dijo Daniel con brusquedad.

Fueron a buscar sus instrumentos y regresaron a cubierta.

—Miren —dijo Henry, desesperado porque el momento se disolviera—. Todos sabían que esto ocurriría tarde o temprano. Siempre fue obvio que alguien se iría. Es lo que ocurre. Los grupos evolucionan. Este incluso puede ser mejor con alguien nuevo.

—Genial, pero ¿no sería mejor si no se miraran unos a otros? —sugirió el fotógrafo.

Todos miraron al fotógrafo; nadie sonreía. Clara les hizo un gesto con los pulgares.

—Es que no entiendo —dijo Brit—. ¿Por qué ahora?

—Porque… me parece que es el momento adecuado. Las cosas van a estar bien si me voy. Y es difícil hacer esto con niños. Kimiko y yo nos estamos volviendo locos. No quiero seguir arrastrando a mis hijos por todo el mundo sin pasar tiempo con ellos.

—Yo lo hago —dijo Jana—. Yo llevo a Daphne, quiero decir.

—Porque tiene que ser así —dijo Henry, demasiado rápidamente.

A Jana se le ensombreció el rostro.

—Y tienes un tutor, Rebecca viaja con ustedes y Daphne es hija única. Eso es lo que quiero decir —dijo Henry—. Es diferente.

Nadie dijo nada. La cámara disparó.

—Desde siempre has querido irte —dijo Daniel, hablando prácticamente entre dientes—. Siempre has pensado que eres mejor que nosotros. ¿Qué me dices de la vez que te encontré con Fodorio en Calgary? Nunca te presioné con eso, nunca le conté a Jana porque pensé que era una especie de crisis personal, por tener un bebé, pero siempre has sido así. Tienes un pie afuera.

Henry volteó lentamente hacia Daniel, tomando la viola por el mango. Sólo Daniel podía hacerlo sentir así de furioso. Daniel sabía cómo cortar a una persona por la mitad con sus palabras, y no temía hacerlo. Era cruel y calculador, y todos lo perdonaban siempre. Diablos, Brit lo había perdonado lo suficiente para estar con él.

—Sabes que no es verdad —dijo—. Sólo estás siendo cruel. Así eres. Muy bien, Daniel. Muy bien al común denominador más bajo de nosotros.

—Sí sé qué significa eso —dijo Clara.

—Creo que ya estamos terminando —dijo el fotógrafo.

—Gracias a Dios. Interminable —dijo Jana—. Todo esto.

—En realidad, bastante terminable —dijo Daniel.

—¿Sabes qué, Daniel? —dijo Henry señalándolo con el arco—. ¿Por qué todos están tan enojados? Todo les salió bien. Siempre pensaron que para mí era mucho más fácil que para ustedes, pero mira, mírala a ella: ella está *contigo*, contigo entre todas las personas, después de todo. A lo mejor estás enojado porque ya no me tendrás cerca para culparme por todo lo malo que te ocurre en la vida.

Daniel abrió la boca para responder, pero por un momento se quedó sin palabras. Brit abrió los ojos hacia Henry.

—Basta —dijo—. Por favor.

—¿A mí, basta? —dijo Henry—. ¿A mí? ¿Ves?, todos dejan que te salgas con la tuya. Pero no puedes salirte con la tuya por siempre.

Ahora, Henry esgrimía el arco contra Daniel para puntuar sus oraciones. El transbordador se balanceaba con la marea y muchas veces tuvo que sujetarse del barandal para mantenerse firme. La gente que estaba a su alrededor había empezado a mirarlos. A Henry se le enrojeció la cara mientras Daniel seguía hablando, vituperándolo, revelando una lista de penurias de hacía quince años. Estaban peleando como niños otra vez, como cuando empezaron a conocerse. En realidad no habían vuelto a pelear desde la noche que Daniel golpeó a Henry antes de Esterhazy. Henry siempre pensaba que tenía hijos y una esposa con quienes pelear, así que no valía la pena molestar a Daniel. Y al parecer Daniel se había relajado un poco luego de su divorcio, y después mucho, cuando él y Brit se juntaron, y al fin se había liberado de las malas decisiones tomadas precipitadamente. Sin embargo, era como si hubieran viajado en el tiempo de regreso a San Francisco, a su juventud, cuando estaban ávidos de triunfo, eran ambiciosos, se les calentaba la cabeza y no tenían ninguna atadura y nada podía avergonzarlos.

Daniel tenía el chelo en la mano derecha, la punta se clavaba en el húmedo suelo del transbordador, y el arco en la mano izquierda, y quizá fuera la pelea de hacía años, cuando Daniel lo golpeó, lo que llevó a Henry golpear el arco de Daniel con el suyo, o quizás había sido un accidente, pero el golpe hizo que, a manera de reflejo, Daniel levantara su arco hacia Henry, y ahí estaban, dando una presentación, aunque incorrecta, peleando como esgrimistas con los arcos apuntados uno hacia el otro. Los arcos eran demasiado caros para golpearse con ellos, los dos lo sabían, aunque en esa posición se miraban silenciosamente, retándose entre sí.

—Deténganse —dijo Brit seriamente.

—Yo me voy a detener —dijo Henry—. Me voy a detener cuando él se detenga.

—¿Cuando yo me detenga? —dijo Daniel—. Estás renunciando. Se llama renunciar.

En el momento en que Daniel movía el arco un centímetro más cerca del rostro de Henry, el bote viró y ocasionó que Henry moviera su arco un centímetro más cerca también, quizá más, definitivamente lo suficiente para liberar la mano de Daniel, cuyo arco salió volando contra el viento, sobre la bahía, como un ave en pleno vuelo, hasta que cayó en silencio en el agua espumosa. Alcatraz se alzaba más cerca de lo que Henry pensaba.

A Daniel se le abrió la boca de par en par al observar cómo la espuma se tragaba el arco delgado y ligero, que desaparecía bajo la agitación de los motores del transbordador. En esa ocasión, el silencio fue pleno. Nadie dijo nada durante el resto del viaje.

Cuando el transbordador se detuvo en Alcatraz, Kimiko, que lo había visto todo en el rostro de Henry, dijo:

—Supongo que las cosas no salieron muy bien.

Él miró a Kimiko y pensó que, si ella simplemente tomara su lugar en el cuarteto, todo estaría bien o todo estaría más cerca de estar bien de lo que estaba ahora.

Parecía que estaban en un funeral. Kimiko y los niños fueron a dar una vuelta por las instalaciones mientras llevaban al cuarteto a un camerino improvisado en las viejas oficinas adyacentes a la prisión. Debían tener una vista agradable del faro, pero uno tenía que estar afuera para apreciarla, desde luego. Los dejaron en la habitación con sus instrumentos y Henry se sentía frío y húmedo hasta los huesos por el viaje, y al mismo tiempo enojado y avergonzado. Ahora tenía que disculparse, cuando eso le correspondía a Daniel. Daniel siempre lo hacía así.

—Parece que estamos castigados —dijo Brit abriendo su estuche.

—Traes tu arco extra en la caja, ¿verdad? —preguntó Jana a Daniel.

Él asintió.

—Siempre.

—Mira, te voy a comprar un arco nuevo —dijo Henry.

Daniel suspiró.

—No me compres nada, por favor.

Abrirían con el cuarteto de cuerda «Americano» de Dvořák, que había estado en el programa de su recital de graduación muchos años atrás. Era una pieza relativamente poco desafiante. Los temas principales de cada uno de los movimientos eran las interpretaciones de Dvořák de los clásicos sonidos americanos y la alegría hacía que sonara casi como música pop para los públicos contemporáneos. Aunque algunos críticos pensaban que era fácil de escuchar, la pieza era una de las favoritas de Henry. Las melodías agradaban a las multitudes y el segundo movimiento le sobrecogía el corazón. Todo era divertido. *Divertido*, Brit odió esa palabra cuando la dijo. Pero era verdad: cuando tocaban esa pieza, era divertido, alegre, momentáneamente feliz, y eso era el cuarteto en su mejor expresión. Para él.

Afinaron con actitud taciturna, pero no repasaron ninguna parte del «Americano». El escenario estaba preparado en la exprisión, que habían alumbrado como una sala, con lámparas alrededor de una alfombra ornamentada. La audiencia era escasa y se conformaba en su mayor parte por antiguos estudiantes y viejos patrocinadores; todos habían atestiguado el escándalo del transbordador, cómo Henry había tirado el arco de Daniel a la bahía. Se sentaron entre aplausos modestos y, después de que Jana se ajustó el vestido y Daniel colocó el pie sobre la alfombra, empezaron a tocar.

La pieza comenzó como luz que se desliza sobre el agua, y durante un momento fue un espectáculo. Ahora Jana tocaba más como rusa, pensaba Henry, agresiva, segura y... fuerte. Sin embargo, a él le gustaba. Sonaba madura. Y le encantaba el tema gallardo del primer movimiento, que tenía un equilibrio entre feliz y serio, como la apertura de un *western*. Después, desde luego, hacia el final del movimiento, Daniel tenía un breve solo europeo, tan lechoso y líquido que se sentía elegiaco, sólo unas cuantas medidas, en realidad, subiendo por el arco del chelo, pero lo ejecutó de una manera tan hermosa que Henry se sintió conmovido de repente. Daniel era buen músico; había tenido suerte de tocar con él.

Cuando dio inicio el segundo movimiento triste, Henry se dio cuenta de que la manera como tocaban ahora, en comparación con cómo habían tocado en el concierto de graduación, era diferente y mejor. Habían llegado a alguna parte. Tocar ya no era catártico, esa extraña mezcla de dolor y placer a la que uno se acostumbraba a los veinte o treinta años. Ya no era un medio para llegar a un fin, una manera de pasar de lo tieso a lo expresivo, de lo cautivo a lo libre, del pánico a estar bien. En cambio, tocar era como voltear una hoja para revelar el secreto, los hermosos engranes y las palancas bajo el esfuerzo de vivir: eso era, como permitir que todos participaran de un secreto en lugar de trabajar para escapar uno solo de un secreto. Era una especie diferente de alivio.

¿Cuándo había ocurrido? ¿Cuándo habían comenzado a tocar así? Henry no lo sabía, y una vez que el segundo movimiento dio paso al tercero, vio que definitivamente las cosas estarían bien sin él en el cuarteto. En el camino de regreso se sintió feliz de que Daniel se hubiera molestado tanto; no debió esperar nada menos. Terminaron el tercero y el cuarto movimientos, y Henry se sintió satisfecho de que nada de la angustia y la pelea de la hora anterior se hubiera entrometido en su forma de tocar. Tocaron con firmeza y en conjunto. Cuando terminaron, escuchó que Clara gritaba de alegría entre el público, como si fuera una adulta en un concierto, y el corazón se le elevó un poco.

En la recepción posterior, Clara explicó a Daniel y a Henry la historia de la prisión como la conocía.

—Es un lugar donde guardaban a los prisioneros más malos, así que es una prisión extramala para gente extramala. Y también había niños que vivían aquí, hijos de la gente que trabajaba aquí, pero tenían que ir a la escuela en un bote que los llevaba al embarcadero de la calle Van Ness, como el nombre de su cuarteto. Además había una regla de silencio. Los prisioneros no podían hablar, salvo en las comidas.

Hizo una pausa en su apasionante reporte y escucharon el chocar de copas y las risas que hacían eco en las barras de la prisión. Henry había desistido de tratar de descifrar el sentido de esa extraña participación, excepto que era territorio no explorado, el truco por el que algún rico de San Francisco había obtenido los derechos. En la interpretación también había habido eco, a pesar de la alfombra, las lámparas y la vibra depresiva generalizada, encerrada, que se extendía en la pieza.

—Sí, el silencio puede ser un gran castigo —dijo Henry.

—Regresar en el transbordador será un castigo —dijo Daniel—. Está empezando a llover.

Clara corrió para unirse a Jack y a otros niños en un juego de escondidas, que, en una prisión, parecía una buena forma de meterse en problemas, pero Henry lo ignoró. Volteó hacia Daniel y dijo:

—¿Quieres romper mi arco?

—No quiero hacer nada —aclaró Daniel—. No quiero que te vayas.

—Pero tengo que irme —dijo Henry.

—Entonces, supongo que no importa lo que yo quiera —contestó Daniel, no como si estuviera enojado sino como si hubiera dejado de querer estar enojado.

Henry cruzó los brazos sobre el pecho y elevó la mirada. Había unas luces fluorescentes encima de su cabeza, apagadas, pero por un segundo Henry las confundió con tragaluces. La era en la que se había sentido gobernado por la suma colectiva de los deseos de Daniel, Jana y Brit estaba a punto de terminar, así que dijo:

—No, no hay ninguna diferencia.

DANIEL

CHELO

Mayo de 2010
Norte de California

Después de uno de sus últimos ensayos antes de uno de sus últimos conciertos, Henry anunció que iba a vender sus discos, y Brit se puso a llorar, así que Daniel pensó que era el momento adecuado para mencionar que su madre se estaba muriendo. Amontónalo todo de una vez, pensó, y distribuye la reacción.

—¿Tu madre? —dijo Brit entre lágrimas.

Jana levantó la vista del estuche de su violín y dijo:

—¿Tus discos?

Daniel les explicó. Su padre, que había estado enfermo durante años, lo había llamado por teléfono, lo que para Daniel fue la primera pista de que algo andaba mal. No podía recordar la última vez que él y su padre habían hablado por teléfono; quizás una vez en que Daniel llamó a su madre para contarle que él y Brit se mudarían juntos, y su padre había dicho: «Ah, hola, hijo», como si se recordara a sí mismo los papeles que interpretaban. Su madre tenía cáncer, dijo, y era cáncer de páncreas, aunque ya no importaba porque estaba por todas partes y sólo le daban el nombre por donde había comenzado, y era ahí donde pensaban que había comenzado, en su páncreas (¿su padre sabía siquiera para qué servía el páncreas?); pero no importaba, ahora era sólo cáncer, y el doctor dijo que quizá tuviera tres meses. ¿Tres meses? Como si hubiera una fecha de expiración, un momento predestinado para su ausencia.

La noticia seguía pareciéndole irreal, pero sabía que no tenía que ser tan impresionante. Estaba a cinco años de cumplir cincuenta, y pertenecía a la minoría entre sus compañeros. Ya ninguno tenía padres; más bien, *eran padres*. Él se había enterado esa mañana y no había tenido oportunidad de contarle a nadie, ni siquiera a Brit, en especial cuando se veía tan bonita y feliz a la hora de despertarse. ¿Quién querría arruinar algo así?

El padre de Daniel había terminado la conversación diciendo:

—Espero que reces por tu madre.

—Desde luego —dijo Daniel, y fue la primera vez que se comprometió a rezar por algo o alguien.

Cuando Daniel se encogió de hombros y no dijo nada más, Henry explicó: él y Kimiko pensaban tener otro hijo (por Dios, pensó Daniel, el proceso de envejecimiento de Henry era una banda elástica estirada; nunca envejecería, no como el resto de ellos), y querían criar hijos de ciudad, así que se mudarían a San Francisco —«pero ¿y el traslado que tendrás que hacer al trabajo?», preguntó Jana alzando la voz—, y a pesar del traslado pensaron que sería bueno tener el arte, la cultura y la diversidad a mano para Clara y Jack; además, debido a las empresas independientes, su pequeña ciudad se estaba abarrotando de gente más blanca y más rica, y de cualquier manera habían encontrado una buena oferta por una casa en Russian Hill, justo al lado de Van Ness, de hecho, lo cual no era tan gracioso. Así que la compraron. Ya.

—¿Qué tiene que ver eso con tus discos? —preguntó Jana. Cerró el estuche de su violín y volvió a recargarse en la silla con las manos sobre las piernas.

Henry se rio.

—Ay, pues la nueva casa no tiene el espacio que tenemos aquí, así que no puedo tener una habitación de discos.

Brit había dejado de llorar. Todavía tenía el violín apoyado en la rodilla y paseaba la mirada de Daniel a Henry y de regreso. A Daniel siempre lo hacía sonreír un poco el hecho de que cuando Brit estaba triste las comisuras de su boca se hacían hacia abajo, como una caricatura de carita triste.

—¿Por qué estás tan triste? —le preguntó Daniel desde el otro lado de los atriles.

Ella abrió los ojos de par en par.

—¿Estás bromeando?

—No, quiero decir por Henry.

—*Yo* no me estoy muriendo —dijo Henry. Volteó hacia Daniel—. Sin ofender.

—No me ofendo. Yo tampoco me estoy muriendo.

Brit dejó su arco sobre el atril con un ruido.

—Es que… no sé. Parece que ahora es real. Que te estás yendo.

Todos miraron a Henry. Se estaba yendo. Después de que Henry había tenido a Clara se había sentido agobiado, y después, con Jack, se había sentido completamente enloquecido, y después de que los niños crecieron lo suficiente para caminar por sí mismos, habían llegado a un lugar diferente. O quizá siempre habían estado en algún lugar diferente, y Henry finalmente se había relajado lo suficiente para mostrárselo a todos los demás. Antes estaba obsesionado, la música lo hería de una manera singular. Y aunque no había sido su habilidad lo que se había desvanecido, jamás —seguía siendo un intérprete increíble—, algo en él sí se había debilitado: la forma como era con ellos. La urgencia había desaparecido. Cuando tocaba, ahora era difícil ver el prodigio en sus ojos, la intensidad que acompañaba un talento de diamante como el suyo.

Durante muchos años, Daniel pensó que Henry sólo estaba cansado; sin embargo, quizás era del cuarteto de lo que se había cansado.

—Sólo nos vamos a mudar a una hora en carretera —dijo Henry, pero ahora su voz era más baja—. Y me quedan unos pocos meses con ustedes. Pero todavía no estamos en ese momento. Miren, sólo me voy a mudar a la ciudad. Eso es todo. Así que tengo que deshacerme de algunos discos y, antes de venderlos en línea, quería ver si a alguno de ustedes le interesa uno.

Brit negó con la cabeza, pero no parecía estar respondiendo a su pregunta.

—Bueno —dijo Jana—. Muy bien. ¿Podemos no hablar de eso ahora? Primero, vamos a ensayar el octeto.

En un mes, el cuarteto se fusionaría con el grupo que acababa de ganar la competencia de Esterhazy, el cuarteto de Seúl, una agrupación de coreanos jóvenes, ridículamente talentosos (tan jóvenes que apenas podían beber en Estados Unidos), todos de rostros suaves y cabello brillante, extremadamente agradables, pero músicos bastante feroces. La forma como el primer violinista atacaba las cuerdas más bajas había alarmado a Daniel. Había sonado como un chelo. Tocarían el octeto de Mendelssohn con ese grupo, como una forma de pasarles la antorcha, aunque ninguno de ellos —ni Daniel, ni Jana, ni Brit, ni Henry— pensaba que había terminado su labor con la antorcha. Sin embargo, el concierto lo había planeado la organización de Esterhazy, y tendría lugar en el Memorial de Guerra de San Francisco, un recinto donde siempre les había encantado tocar. Y casi nunca se tenía la oportunidad de tocar el octeto de Mendelssohn.

Un mes después de eso, el cuarteto tocaría su último concierto con Henry en la viola, en el Carnegie. El próximo concierto del octeto les permitía a todos olvidar ese triste acontecimiento.

Daniel manejó y Brit guardó silencio en el asiento del copiloto todo el camino a casa. El auto era un Toyota Corolla totalmente nuevo, con bastante espacio en la cajuela para el chelo y un interior suave que olía a carro nuevo. A veces, cuando Daniel se subía, se sentía extraño en sí mismo. Sin embargo, habían ido juntos a la agencia automotriz y habían comprado el carro, mitad y mitad. Uno podía comprar todos los elementos de una vida adulta, pero Daniel se preguntaba cuándo dejaría de sentirse un poco como un impostor, como un hombre que se observaba a sí mismo manejando su carro nuevo por la ciudad.

Su hogar era una casa real, que les pertenecía, o por lo menos estaban pagando la hipoteca, una casa de mediados de siglo de un piso, típica de la zona, con un patio trasero que compensaba lo que le faltaba en metros construidos. Daniel se sentó a la mesa de la cocina y esperó a que Brit fuera a reunirse con él. Escuchó que ella se ocupaba de varias cosas, que cerraba la tapa de la lavadora, acomodaba las partituras en su oficina, abría la puerta corrediza del jardín y después, diez minutos después, la cerraba, y finalmente entró en la cocina y tomó asiento del otro lado de la mesa.

—Entonces —dijo Brit.

—Entonces, probablemente tengamos que ir a Houston —dijo Daniel—. Para despedirnos.

Ella asintió.

—Después del octeto.

Brit sólo se había hecho más encantadora con la edad, pensó Daniel. Más elegante. Incluso cuando estaba triste, las líneas de la sonrisa alrededor de sus labios permanecían. Daniel incluso había llegado a ver su diente chueco como algo elegante, y ella ya no trataba de esconderlo. Su rostro se había vuelto más abierto, sus pecas ahora eran más oscuras y sólidas, y sus ojos azules lucían asombrados con menos frecuencia, aunque tenían la misma profundidad, como haciendo siempre una pregunta. Y de alguna manera se había vuelto más grande. No más grande, en realidad, sino más presente en su cuerpo. Esta Brit íntima era una absoluta revelación. Respiraba, caminaba, pensaba, hacía el amor y se movía por su hogar de maneras específicas y completamente inesperadas. Él había pasado los últimos dos años asimilándolo. Y ahora sentía que podía pasar cualquier cantidad de años memorizándolo. Y después, probablemente, cambiaría otra vez. No podía esperar. Él la amaba de una manera que a veces lo hacía sentirse mal, es decir, la amaba total y completamente, en la forma más adulta, estable, a veces fea y a veces con una pasión de latigazo, como jamás había amado a nadie, e imaginaba que en algún lugar Lindsay se sentía engañada por no haber tenido un matrimonio real.

Después —así es como Daniel había cambiado— pensó que no. Lindsay se había casado otra vez, vivía en Brooklyn, y de vez en

321

cuando él veía su nombre en Facebook; presentaba sus instalaciones en pequeñas galerías de vecindarios de los que nunca había escuchado. Parecía feliz: probablemente yo sea sólo un pequeño incidente en el gran dibujo a lápiz de su vida zigzagueante.

Y después, como si surgiera de sus pensamientos íntimos, Brit dijo:

—Hay que casarnos.

Él se sintió, no por primera vez en los últimos dos años, agradecido. Como si algo se abriera amablemente en lugar de constreñirse.

—Pero no como las otras personas —dijo, inclinándose sobre la mesa, tocando las manos de ella con las suyas, sin querer decir exactamente como otras personas, sino como las otras personas que él había sido.

—No —respondió ella—. No como las otras personas.

Cuando Brit y Paul rompieron (¿se podía decir así después de diez años: «rompieron»? «Se separaron» parece más adecuado; «desmantelaron», incluso), ella se puso inesperadamente taciturna. Había esperado sentirse triste, dijo. Después de todo, su relación había durado casi un tercio de su vida hasta entonces. Sin embargo, la manera como ocurrió había sido una sorpresa, no les dio tiempo para prepararse.

Unos meses después de la fiesta en casa de Maisie Allbright, todos estaban cenando en el patio trasero de Henry y Kimiko, la última comida al aire libre de la temporada antes de que llegara noviembre con las lluvias de la bahía. Paul había mantenido su promesa y no había vuelto a hablar con Daniel desde que Clara le contó sobre el beso. Daniel sabía del juramento de Paul, pero no lo había acosado ni perturbado. El beso había parecido completamente natural, un retorno físico del uno al otro, que llegaba sin la necesidad urgente de hacer nada más. Él sabía dónde estaba Brit, y que no se separaría mucho de él. Tenían tiempo. Y el hecho de que ni él ni Brit tomaran precauciones para asegurarse de que Clara no le contara a nadie debía significar que, en algún nivel, querían que todos lo supieran. Era extraño para Daniel que Paul se hubiera quedado con Brit después de enterarse del beso, aunque la relación estaba claramente hecha trizas a finales del verano. Y el ímpetu de la partida definitiva de Paul había sido más extraño incluso. En la cena de Henry y Kimiko, Daniel mordió un elote mal cocido y se quebró el incisivo izquierdo. Brit se extendió sobre la mesa, recogió el fragmento de diente y lo colocó en broma en la boca de Daniel. Debió haber sido eso, pensó Daniel, los dedos de Brit en su boca, lo que recordó a Paul que la intimidad era mucho más que el roce físico. Más que una mano en la boca, más que las risas a la suave luz de una vela repelente de mosquitos, más incluso que los callos que hacían que sus dedos se parecieran. Paul se levantó de la mesa, revisó que tuviera la cartera en el bolsillo y se marchó. Brit dijo que, cuando llegó a casa, Paul ya había empacado casi todas sus cosas. Había sido muy civilizado y poco dramático, lo que la había enloquecido. Dijo que había seguido a Paul por todas partes y había insistido en que no era nada, lo que hizo que Daniel hiciera un gesto, así que dejó de hablar por completo sobre la ruptura.

Sin embargo, en medio de su tristeza, Daniel había llegado a su departamento con una copia de la nueva partitura que debían aprenderse para el siguiente recital de la facultad y la había encontrado en cama, en pijama, a mitad de la tarde, con el rostro hinchado de llorar, en silencio y casi irreconocible. No la sacó de la cama, sino que se acostó con ella, sobre la cobija, y se dejó los zapatos puestos. Abrió la partitura y fingió hacer movimientos con el arco, pero más bien se puso a escribir notas graciosas en las esquinas de las hojas para que ella las descubriera más tarde, como «no seas tan mariquita aquí porque Henry te va a ahogar» y «dejaste la estufa encendida en casa» y «Jana se echó un pedo».

Cuando terminó, dejó la partitura sobre su mesa de noche y esperó. Se le ocurrió que probablemente llevaba años esperándola.

Al final, ella volteó hacia él.

—No sé por qué estoy tan triste —dijo Brit.

—¿Porque no es la primera vez que tu vida simplemente desaparece? —dijo, haciendo la señal de una explosión con las manos.

Fue un amigo para ella. Le dijo que Paul era agradable, pero que estar con él debía haber sido como salir con el tipo de la película de guerra que sabes que van a matar muy pronto. Era el símbolo de un hombre, un compañero; había durado más que su destino. Brit asintió. Daniel observó cómo Brit pasaba por las etapas familiares, como alguien que evolucionara a través de las formas, saliendo de la cama, arrastrándose a los ensayos, rindiéndose a ataques espontáneos de llanto mientras manejaba, y después, un estado antiestético y prolongado de odio contra sí misma («soy demasiado vieja para sentirme así», dijo), y luego se instaló en una versión en blanco y negro de su persona hasta que por fin llegó, meses después, a un placer infantil por el vacío de su vida. De repente se llenó de energía, una energía que surgía de adentro, cinética de una manera que Daniel no recordaba haber visto en ella desde los primeros días de San Francisco.

Así que en abril, cuando Patelson's anunció que cerraba, el cuarteto intercambió miradas de sorpresa y Daniel reservó boletos de avión para Nueva York para él y Brit. Hizo arreglos para ver un chelo con un patrocinador de Juillard que pensaba prestárselo, pero el viaje de dos días se organizó en torno a la visita a la tienda de partituras. En el avión, Brit miró todo el tiempo por la ventana, extendiendo la mano para señalar cosas mientras viajaban —el desierto, las montañas, la impresionante nieve—. Conforme se acercaban al JFK, el nerviosismo de Daniel se intensificó, una sensación en la base de su abdomen que se extendió como mancha de tinta. La forma como la luz del mediodía cambiaba tan rápidamente hacia la luz de la tarde sobre su rostro cuando estaban en el aire lo hizo sentir —no había otra palabra— devastado. La cercanía con la que estaban sentados, la manera como ella no lo veía antes de alargarle la mano, las pequeñas arrugas que se extendían desde sus ojos hacia su pálida frente; todo. Todo había estado ahí todo ese tiempo. Todo ese tiempo habían estado sentados uno junto al otro. ¿Qué había hecho él con ese tiempo?

Con Lindsay pensó que había resuelto un problema: había encontrado el modo de estar con alguien que no quería ni necesitaba nada de él. Pero cuando eso fracasó, dejó por completo de lado la idea de estar con alguien. Y con el fin de no volver a permitir una situación como esa, había condimentado su vida con mujeres de las formas más superficiales. Mujeres más jóvenes, mujeres poco serias, mujeres que de ninguna manera podían desear lo que él hacía con el cuarteto.

Sin embargo, Daniel no podía ver que él obtenía del cuarteto lo que otras personas obtenían de sus parejas: estabilidad, obligación, comprensión y falta de comprensión no verbales; una especie de amor deforme, hermoso y feo, un conocimiento de que lo que estaba ahí no cambiaría, para bien o para mal.

Hasta que empezó a sospechar que Henry quería abandonarlos, que quería romper las reglas familiares con las que tácitamente habían estado viviendo. Uno podía irse. Uno podía elegir una familia sobre otra. Y Daniel descubrió entonces que no tenía una segunda familia: no había hecho nada más. Eso era todo. Y la familiaridad de Brit sentada a su lado en el avión le reveló sorpresivamente que era al mismo tiempo parte de su ADN y tan tenaz y frágil como un cabello desprendido de un arco. Todo podía desaparecer, una vez que aterrizaran, en un año, en seis. Mientras el beso en el baño de los Allbright lo había hecho sentir que tenía todo el tiempo del mundo (se conocían uno al otro de una manera que no requería discusión), el viaje en avión y la emoción abierta y estremecedora de Brit de ser libre de algo le transmitían la necesidad urgente de convertirla en su familia, de atarla a él emocionalmente de la manera en que ya estaban atados por la música. Resultaba devastador que ella hubiera estado ahí todo el tiempo y él no lo hubiera hecho, en todos esos años. *Ese* era el momento, y él lo había desperdiciado.

Esa noche, en su habitación individual del hotel Mid Town, él apenas pudo dormir. La necesidad de tenerla era abrumadora, pero el cómo lo hacía enloquecer. ¿Y si ella no sentía lo mismo? ¿Qué pasaría si ella no lo quería? ¿Y si él decía algo incorrecto? La seguridad de sus propios sentimientos era tan grande como la ansiedad de, por primera vez, no conocer los de ella.

Por la mañana fueron a ver el chelo; un nervioso profesor indemnizado se paseaba alrededor de Daniel mientras él lo probaba y lo giraba sobre el pie. Tenía un registro chocolatoso que le gustaba, no tan alegre y brillante, pero estable y hasta un poco rasposo. El registro más bajo era audaz, y el más alto, brillante; el barniz, majestuoso, y el sonido general pasaba a través de una pared de papel, apenas separado del interior del instrumento y la parte de afuera. Al final, lo que lo conquistó fue la variedad del tono y la ferocidad de su declaración. Agradecido, estuvo de acuerdo en tomarlo; el donante lloró y los abrazó a él y a Brit al mismo tiempo.

Dejaron el chelo en el hotel y recorrieron a pie el largo camino al Carnegie Hall. Tomaron una desviación en la Segunda Avenida, el río Este reflejaba el maravilloso sol de primavera entre los edificios.

—Este es el Nueva York que sólo puedes vivir una vez que te vas —dijo Brit.

Cuando la Segunda se acercó a Queensboro, giraron a la izquierda y zigzaguearon enfrente de los capiteles de la catedral de San Patricio, el decoro anticuado de la Quinta Avenida que alguna vez había seducido a Daniel y ahora estaba vacía, detenida en el tiempo, y llegaron a la sala por una rotonda. Entraron al área de conciertos contando el número de veces que habían tocado ahí y mencionando los nombres del director de servicios de eventos, el director de boletería y el director de escena, y una encargada vieja les abrió la puerta del mezanine, los dejó pasar y después les hizo un guiño y se llevó un dedo a los labios antes de cerrar la puerta tras ellos.

—¿Quiere que estemos en silencio? —murmuró Brit—. Aquí no hay nadie.

—¿Por qué no podemos bajar al escenario? —dijo Daniel.

—¿Qué haríamos en el escenario? ¿Qué estamos haciendo aquí arriba?

Daniel se sentó en una de las sillas de terciopelo rojo. El escenario estaba iluminado con luces suaves y en el centro había un piano solitario con la cubierta alzada y el asiento de piel a un lado. Afuera, un cartel anunciaba a un joven pianista chino del que nunca habían oído hablar, y las entradas para el recital se habían agotado. En el lugar reinaba la atmósfera de un ensayo que acabara de terminar.

—Podríamos tocar ese piano —dijo Daniel.

—No confío en los pianistas —aclaró Brit mientras se sentaba a su lado—. De alguna manera, la calidad está predeterminada. Uno tiene la sensación de que en cierto punto simplemente no puede saber qué tan buenos son.

—Sí, como si sólo se tratara de apretar botones o algo así.

—Dios, que nunca nadie nos escuche decir eso.

Daniel señaló la moldura del techo.

—Dios tiene oídos aquí, creo.

Se sentaron en la sala vacía un momento, sin decir nada, escuchando no sabían qué. No lo sabían entonces, pero dos años después tocarían ahí su último concierto con Henry, en ese escenario, y después Daniel lloraría sobre el hombro de Henry por segunda vez en su vida.

No les permitían salir por la puerta trasera, la puerta de los artistas, así que salieron por donde habían entrado y dieron la vuelta a la manzana para llegar a Patelson's. El viento se había hecho más fuerte y la brisa, demasiado cálida, voló el cabello de Brit alrededor de su rostro hacia el rostro de Daniel; él se puso atrás de ella y se lo recogió en una cola de caballo.

—No tengo liga —dijo ella.

—No tienes que disculparte —indicó él.

Patelson's se hallaba delante de ellos, pero parecía como si hubiera sufrido un enorme *diminuendo*. La fachada del edificio lucía gastada y quemada por el sol, y el interior estaba iluminado como la oficina de un médico, con focos fluorescentes poco naturales. Desde afuera pudieron ver con claridad que las secciones de partituras ya habían sido revisadas y lo que quedaba había sido acomodado con pereza por gente poco interesada, hormigas que pasearan en un laberinto. Unos carteles neón oscurecían la vista a través de la gran ventana y anunciaban la última venta de liquidación. Daniel se sintió profundamente triste, con un hueco en el estómago. De repente se moría de hambre.

—No hay que entrar —dijo.

—Ay, pero tenemos que hacerlo —insistió Brit—. A lo mejor quedan algunas joyas.

Ella se dispuso a cruzar la calle de su mano, pero él se mantuvo firme.

—¿No quieres recordarla como era? Esto…, esto es como la venta de un Tower Records que cierra.

Brit ya tenía un pie en la calle y otro en la banqueta con él.

—No seas tan aprensivo. Todavía puedes recordarlo como era antes. Esto… es intrascendente.

Daniel lo dudaba, pero la siguió de todos modos. Cruzaron la calle y, una vez dentro de la tienda, fueron directamente a la sección de música de cámara, que estaba casi vacía y como devastada por la guerra; el lugar olía muchísimo a naftalina, al grado de hacer que Daniel estornudara y enterrara la nariz en el cuello perfumado de Brit mientras ella revisaba publicaciones menores de arreglos para estudiantes de los cuartetos de Mozart. Brit examinó todo lo que quedaba.

Al final no encontraron nada en la tienda ni reconocieron a nadie. Su visita no habría sido memorable de no ser por los recuerdos que pasearon a su alrededor como fotografías viejas en su mente.

Lo que hizo su visita memorable ocurrió más tarde —después de la cena en un restaurante italiano sin nombre y una extenuante caminata de vuelta al hotel, y una conversación demasiado larga en el pasillo del hotel, y el momento exacto en que Daniel le pidió que fuera con él a su habitación—, cuándo él, quizá por primera vez en su vida, se volvió hacia donde lo empujaban sus emociones; no se resistió, no las manipuló ni trató de dirigirse a otro lugar.

Así como separarse de Lindsay se sintió como algo inevitable —algo se había puesto en movimiento desde el momento en que se conocieron—, esto también fue inevitable para Daniel, y esa falta de sorpresa no le quitó, como temía, la emoción. En cambio, añadía una cualidad innata, cierta comodidad segura, como una capa de almohadas pequeñas y suaves que siempre estuvieran en la periferia. Lo que sí lo sorprendió fue que, al tocarla, cuando estuvieron juntos, la ansiedad del tiempo perdido se disipó. Sus cuerpos eran al mismo tiempo familiares y poco familiares uno para el otro, y resultaba emocionante tocarla porque al hacerlo tocaba a dos personas, a la Brit de los pies fríos y avance inseguro bajo sus sábanas de hacía casi veinte años, y la Brit de ahora, redonda y cómoda y, sí, todavía con mala circulación, y también a todas las Brits de en medio e incluso a todos los Daniels de en medio, el pleno rugido de la gente que habían sido o tratado de ser. Estar con ella, a su lado, dentro de ella, era como tener el poder de nunca borrarse, perderse o ausentarse, aunque eso hubiera ocurrido en la vida, el verse borrado, y pudiera seguir ocurriendo. Sin embargo, con ella, ninguna parte de su pasado o del pasado de ella sería desconocido.

Fue vergonzosamente fácil. Daniel se preguntó si todos tenían que esperar hasta los cuarenta para hacerlo bien, hasta que la fruta estuviera madura.

Lo que ella le dijo antes de dormirse: «Aquí estamos otra vez».

En la mañana, en el taxi que los regresó al aeropuerto, Brit se inclinó sobre el chelo entre ellos y le contó lo que él le había dicho mientras se dormía la noche anterior.

—Dijiste: «No te vayas; quiero decirte algo del pastel» —dijo Brit—. ¿Qué querías decirme?

Cuando Daniel pensaba en pastel, pensaba en las molduras del Carnegie Hall, cómo giraban y se contoneaban cual merengue; cómo la luz del escenario semejaba un traste de cocina; cómo los asientos tenían la consistencia de azúcar, harina y agua. El cabello de Brit era como vainilla. Él le había comprado una rebanada de pastel para disculparse por lo que había dicho después de la primera competencia en Estherhazy. Podía decir más. Todavía estaba muy hambriento.

Daniel no recordaba qué había soñado, pero aun así podía terminar el sueño:

—Quería decirte que todavía tenemos tiempo de comérnoslo.

Todo ocurrió muy rápido. El padre de Daniel instaló Skype en su casa, y por primera vez Daniel observó a sus padres a través de la pantalla de una computadora. Se sentaron como si estuvieran posando para un retrato, y Daniel podía ver que contemplaban su propia imagen diminuta en la parte inferior de la pantalla en lugar de ver a la cámara. Su madre estaba sentada en una silla de ruedas en pants —¿alguna vez había visto a su madre en pants?—; su padre se había vestido para la ocasión y sostenía una bebida en la mano. Daniel escuchó que el hielo se derretía y se movía a lo largo de la conversación. Su madre le aseguró que se sentía bien, aunque el olor del huevo y los lácteos le daba náuseas, pero era parecido a cuando estaba embarazada, y que la esposa de su hermano iría a la mañana siguiente a ayudarla con el trabajo doméstico, así que no tenía nada de qué preocuparse. Brit se sumó a la mitad de la conversación e imitaron las posturas de sus padres, las manos sobre las rodillas o cruzadas sobre las piernas, erguidos y nerviosos. Brit les dijo que lamentaba no poder ir a Houston hasta después del concierto del octeto, pero que ya tenían boletos de avión para el día siguiente y que quizá les gustaría casarse en el patio de sus padres, en una ceremonia pequeña, sobre todo, en familia (¿pero qué familia? Sin embargo, Daniel insistió en que lo dijeran de esa manera para que su madre no invitara a todo el código postal), nada muy grande, y ¿haría demasiado calor entonces? Desde luego que haría demasiado calor, pero lo harían de cualquier manera. La madre de Daniel dijo, juntando las manos bajo la barbilla:

—Me siento tan feliz de poder asistir a esta boda.

Daniel iba diciéndole a la gente que se casarían en Houston en la casa de sus padres porque significaba mucho para su madre, porque parecía lo correcto, pero no sabía exactamente para quién. Ir por la vida esperando a que alguien muera es como si a uno le pidieran vivir cada momento como si fuera el último. Resultaba imposible. Era como si a uno le pidieran nunca dejarse a la deriva, nunca perder la concentración u olvidar lo que todo significaba todo el tiempo. Era como tratar de tocar todo *fortissimo*. A veces, Daniel pensaba que se casarían en casa de sus padres para poder decir que habían estado viviendo así, para que cuando se perdieran a sí mismos en preparativos sin importancia —las flores, el vestido, el guion— pudieran saber que era para perpetuar un timbre de amor que no habían podido producir de manera consistente tiempo atrás.

Lo que sí tenía importancia era la música, en específico qué música se tocaría durante la ceremonia. En sus años de adolescente Daniel había tocado en tantas bodas, todas malas, que le parecía cruel pedirle a alguien, extraño o no, que lo hiciera para ellos. ¿Y qué tan significativo podía ser el «Coro nupcial» de Wagner en ese punto? ¿O el «Canon» de Pachelbel? ¿O, ni lo quiera Dios, la triunfante «Marcha nupcial» tan de final de oficio, como si uno terminara un maratón, lo coronaran o hubiera ganado un premio?

Henry resolvió el problema de la música como resolvía todos los problemas, como si no fuera problema.

Un brillante sábado de mayo, antes de que cayera la niebla del verano, Daniel ayudó a Henry a trasladar unos muebles a su nueva casa de Russian Hill, un sofá antiguo y dos roperos rígidos, por dos tramos de escaleras. El departamento era largo, estrecho y soleado, con un pasillo zigzagueante al que daban varias habitaciones —una para cada hijo, incluso el que todavía no habían concebido—, un pequeño estudio de música y una sala con un ventanal que no daba hacia la bahía sino hacia el tranvía, cuyo ruido metálico oían cada hora.

—Ni siquiera sabía que este vecindario existía cuando vivíamos aquí —dijo Daniel limpiándose la cara con la parte inferior de la camiseta.

Henry le ofreció una servilleta doblada.

—Ya sé. Ahora básicamente nos quedamos fuera por los precios. Esta ciudad cambió rápidamente.

El departamento seguía casi vacío, aunque ya habían llevado los colchones, los juguetes y algo de música. Lo suficiente para que Henry y Kimiko pudieran empezar. La mitad de su vida seguía en el norte, pero después del fin de semana estarían ahí definitivamente. Daniel tomó un par de cervezas del refrigerador y las llevó a la sala, aunque ninguno de los dos se sentó en el sillón ornamentado y más bien se recargaron en la pared bajo el ventanal.

—Jana nos habría asesinado si nos hubiéramos lastimado moviendo este sillón —dijo Daniel. Faltaban pocas semanas para el concierto del octeto, lo que significaba que estaban sólo a unas semanas de la boda, después de lo cual Daniel sentía que su madre simplemente se rendiría y moriría, lo que no podía decir a nadie.

Henry sonrió.

—Seguro que sí.

—Vas a extrañar que te esté molestando, ¿verdad?

—Ustedes hablan de mí como si ya me hubiera ido. Sigo aquí. Voy a seguir aquí —dijo Henry, que había empezado a despegar la etiqueta de su botella—. Estoy seguro de que ella nunca dejará de molestarme sin importar dónde esté.

—Todavía tenemos que encontrar a alguien que te reemplace.

Henry se rio.

—Bueno, un verdadero reemplazo es imposible. Sin embargo, hay una chica, Lauren, que acaba de empezar a dar clases en el conservatorio. Una mujer, supongo, no una chica. Pero probablemente pronto estará lista para un grupo.

Daniel se encogió de hombros.

—Convéncela de no tener familia y está adentro.

Henry frunció el ceño, aunque Daniel sonrió por su broma a medias.

—No es completamente justo.

El tranvía pasó delante de ellos sonando la campana, una gaviota emprendió el vuelo, chillando, y por un momento Daniel se sintió transportado de regreso a 1992, cuando acababa de instalarse en la ciudad y vivía en su primer departamento junto a Fisher Man's Wharf, antes de mudarse a East Bay. Por un momento volvió a tener veintiocho años, un carro descompuesto, un chelo de porquería, nunca estaba satisfecho, todo en él era compacto y duro. Deseaba tanto demostrar a su madre que estaba equivocada. Quería mostrarle que se podía hacer una vida fuera de su definición, que podía aplicarse toda su espiritualidad de tres por cuatro a una ciencia exacta.

—¿Por eso nunca tuviste hijos? —dijo Henry—. ¿Por nosotros?

—Por mí, creo.

—¿Pero ahora?

Daniel se rio.

—¿Ahora? Ahora ni siquiera sé. Me gusta lo que tengo. Tengo más de lo que merezco.

—Es terrible, ¿no crees?

—¿Qué?

—Cuando obtienes todo lo que querías.

Daniel no dijo nada. Pero esa era la diferencia, pensó, entre él y Henry. Su yo más joven se habría enfurecido por el sentimiento de Henry. Cómo hablaba de la vida afortunada de Henry, cómo Henry jamás había sabido de la lucha constante de Daniel. Para Daniel no era terrible obtener todo lo que uno quería. Pensaba que era terrible no saber qué era lo que uno quería.

Se terminaron sus cervezas. Kimiko estaba por volver del parque con los niños y tenían que armar una cama antes de que Daniel regresara a donde Brit lo estaba esperando, a una hora de camino, donde harían una ensalada y comerían en el patio en la tranquilidad de los suburbios.

—Hemos pensado que tú podrías casarnos —le dijo Daniel a Henry.

Henry alzó la mano izquierda.

—Ya estoy ordenado.

—Desde luego —dijo Daniel.

La puerta se abrió y Daniel escuchó que Kimiko apresuraba a los niños. Oyó el ruido de unas llaves que caían al suelo. Pequeños pasos, el llanto de Jack que todavía sonaba como el llanto de una niña.

—¡Maldita sea! —dijo Kimiko—. ¿Tenían que dejar la mesita justo enfrente de la puerta?

Henry se levantó de un salto y empezó a hurgar en una caja que estaba detrás del sillón y que simplemente habían dejado en diagonal a mitad de la sala.

—¡Ajá! —Le ofreció un disco a Daniel—. Te guardé este. Se me ocurrió que podían ponerlo en la ceremonia.

Daniel lo tomó. Era la grabación original de un concierto (en ese entonces siempre eran en vivo, ¿verdad?) del cuarteto de cuerdas de Budapest tocando el cuarteto número 1 de Tchaikovsky. Daniel no conocía ninguna de sus grabaciones además del ciclo de Beethoven. La silueta del disco se veía a través de la funda desgastada y un círculo blanco rodeaba la imagen de la portada, una fotografía en sepia de los cuatro hombres en formación de cuarteto pero sin atriles, inclinados hacia delante y escuchando al primer violín, que les decía algo sobre la partitura que sostenía entre ellos. Una música desconocida, una conversación misteriosa. ¿Por qué habían puesto una fotografía de ellos conversando y no tocando? No parecía para nada una pose, sino una actitud tan normal y natural que por un segundo Daniel no pudo distinguir a los cuatro hombres. ¿Quién era Sasha Schneider, el único del que sabía algo? ¿O era Mischa? ¿Y de qué agrupación se trataba? ¿Cuántas veces se habían desintegrado, habían dejado ir a alguien, habían admitido a alguien nuevo? ¿Cuál cuarteto de Budapest era el que le encantaba de todas las agrupaciones?

—El *Andante*, por supuesto —dijo Henry—. No sé si tus padres tienen tocadiscos.

Cuando Kimiko entró en la sala arrastrando a los niños, con una bolsa del supermercado en una muñeca y Jack lloriqueando agarrado a la otra, encontró a su esposo y a Daniel en un abrazo estático con excepción de los ligeros estremecimientos del pecho de Daniel; este apretaba la espalda de Henry a través de un disco viejo y tenía los ojos cerrados de los que se derramaban lágrimas como una llave de agua con una fuga.

Daniel había pasado tanto tiempo de su vida sin querer tener hijos —o sin querer *querer* tener hijos— que se le había oscurecido parte de sus propios recuerdos de infancia. Pensaba que la versión de su madre del origen de su historia con el chelo era falsa, o que tenía tal ilusión de que así fuera como su primera visión de Jesús; pero, aun así, la mayor parte de lo que recordaba de su infancia era tocar. De hecho, no recordaba no saber tocar. De niño había disfrutado que fuera como un juego, que todo su cuerpo funcionara alrededor del chelo y en función de él, la manera como había que levantarlo con el cuerpo y después apartarse de él con esfuerzo. Le gustaba la sensación de la cuerda do vibrando contra su abdomen. Le gustaba cargar el chelo en la espalda en el suave estuche de nylon, cómo era más grande que él y cómo hacía que se viera especial en el autobús, con la riqueza de un objeto.

Y después, un día, él ya era más grande que el chelo, y fue todavía mejor. Alrededor de los catorce años tuvo un pico de crecimiento y un día, mientras practicaba, descubrió que su volumen era más fuerte de lo que había sido antes. Lo supo porque su hermano mayor, Peter, golpeó la pared de la sala diciéndole que se callara; estaban viendo *Granjero último modelo* y el tema de la entrada hacía que Daniel sintiera escalofríos mucho después de cumplir treinta. En su siguiente clase, después de que demostró la facilidad con la que alzaba el arco con firmeza sobre las cuerdas y producía un sonido tan denso que prácticamente podía percibirse la vibración en el aire, su maestro le dijo con acento ruso: «Ahora puedes ver lo que un hombre consigue hacer con un chelo. Es diferente de lo que puede hacer un niño», y Daniel estiró los brazos para medir la extensión de su crecimiento.

Después de eso empezó a notar cómo el instrumento moldeaba su cuerpo. Comenzó a percibir su cuerpo en general, mientras se deslizaba en una extraña fase de la pubertad que del otro lado lo dejaba en carne viva y demasiado grande. Para cuando se marchó a la universidad, se había volcado hacia dentro: las partes internas de sus rodillas se habían volteado una hacia la otra y tenían callos, el espacio entre sus costillas se había endurecido y ahuecado, sus largos brazos se habían hecho más fuertes y se habían extendido, y sus hombros se habían redondeado hacia el chelo, aun cuando no tenía uno enfrente. Tenía que abrazar el chelo para tocarlo, y eso le gustaba. No abrazaba así a nada más en su vida. Llevaba las marcas físicas con orgullo, el mapa corporal de su logro.

Y fue al percibir la manera como su cuerpo se había moldeado en función de la postura de interpretación, cuando Daniel recordaba haber pensado que era un hombre y no un niño, y por qué no había pensado en su infancia durante la mayor parte de su vida. La infancia era la vaga fase de barro húmedo de la vida antes de la etapa en la que era posible conseguir algo grandioso. Pero ¿alguna vez se había vuelto grandioso? ¿Alguna vez había conseguido lo que se le había prometido? Incluso en las cimas del enorme éxito profesional del cuarteto, nunca sintió la euforia que había imaginado sentir. Después de ganar en Esterhazy y antes de aceptar el trabajo en California, había caído en una especie de depresión constante que se le hacía más pesada por las mañanas, cuando contaba las horas antes de poder regresar razonablemente a la cama; una depresión que lo hacía desear que el día terminara para volver a estar inconsciente; una depresión que se sentía como un suave nihilismo, nada amenazante, nada en absoluto. En esa época se había acostado con muchas mujeres, masajistas, profesoras, baristas y estudiantes, pero no había amado a ninguna y ninguna lo había amado a él.

Una tarde en California, de camino de la regadera al clóset, alcanzó a ver su cuerpo desnudo en el enorme espejo del baño al que todavía no se había acostumbrado. Ahí estaba: ya viejo. Por lo menos, más viejo de lo que jamás pensó que sería. Sus músculos cubrían los huesos como si estuvieran cansados, y dos pequeños bolsillos de carne inútil se abultaban alrededor de su cintura. La marca en el centro de su pecho causada por la parte posterior del chelo estaba oscura y sus hombros se encorvaban sobre su pecho uno hacia el otro, como una armadura cerrada; su columna era la parte superior de una espectacular «s». Parecía algo más que un hombre, algo que llevara mucho tiempo ahí tras haber pasado una temporada sin que nadie lo notara, como algo pétreo, en espera. Se enderezó y se puso de costado. Trató de abrir los hombros. Llevaba toda la vida mirando hacia adentro. Con razón no había espacio para nada más.

Y después, Brit. Al estar con ella no sentía como si hubiera hecho espacio para algo más porque siempre había estado ahí, al igual que Jana y Henry. No necesitaba labrarse un espacio nuevo. Sin embargo, una noche, a comienzos de su nueva segunda relación, estaban teniendo sexo y algo cambió. No fue necesariamente físico, aunque había sido importante: ella estaba debajo de él con las piernas enganchadas a su espalda (cuando él se movía, ella también, y cuando ella se movía, él también), y él tenía la cara hundida en el cuello húmedo de ella, y todo había sido tremendamente lento —como si se tomaran su tiempo sólo para demostrar cómo estaban exactamente donde querían estar—, y, tal como la liberación más lenta y densa de una liga en la historia de las ligas, tuvieron un orgasmo al mismo tiempo. No era la primera vez que le ocurría a Daniel, pero con Brit fue la más devastadora. Sí, estaba la parte física, ambos se hallaban encaramados uno contra el otro como insectos, fabricando una red a su alrededor, lanzando las hebras tirantes adelante y atrás, atrás y adelante, pero también había sido la manera como lo físico los atrapó en el acto de lo inefable. En ese espacio —había durado para siempre, aún continuaba— había dos verdades, por lo menos dos: primero, que había espacio, que había un gran espacio, para un hijo, o hijos, o lo que fuera. Era extraño y desconcertante cuánto espacio había de repente. Y segundo, tuvieron la certeza de que nunca habría un hijo. Y la confluencia de ambas cosas, de saber que ambas cosas eran verdaderas, era suficiente. Por primera vez en su vida no quería nada más de lo que era, lo que incluía el deseo de un hijo y su imposibilidad.

Después, la habitación se llenó del aroma acre, parecido al licor y al pastel, del excelente sexo, y un ligero brillo de silencio satisfecho, casi cobrizo, se extendía por el aire a su alrededor. No dijeron nada por un momento y se quedaron desnudos sobre las sábanas. La cabeza de Brit estaba inclinada hacia abajo y de costado, como si viera algo sobre su hombro, y sonreía, pero casi para sí misma. Daniel sentía su rostro completamente abierto y flotante, como un dirigible. ¿Podía decirlo? ¿Y qué podía decir? *Queramos* tener un hijo juntos. No iban a tenerlo: eran un poco demasiado viejos y, si no eran demasiado viejos, ya no tenían la necesidad que habrían podido tener de jóvenes, la necesidad de que de su amor emergiera una nueva y untuosa prueba. Brit se lo había dicho en su primer año juntos. Lo único que ella siempre había querido era una familia, y tenía una familia, con él y el cuarteto. Si nunca tenían hijos, si nunca hacían el intento de tener hijos, todo estaría bien, dijo. Esa felicidad era suficiente, confesó. Demasiada, incluso.

En lugar de decir algo, Daniel extendió la mano sobre la cama para reposar la palma sobre el abdomen de Brit, entre el ombligo y el hueso púbico. Él sintió que los músculos de Brit se estremecían automáticamente, quizá por los rasposos callos de las yemas de sus dedos, pero después ella se relajó y su abdomen se levantó para llenar la mano de Daniel.

—Tu mano es enorme —dijo—. El chelo nunca tuvo oportunidad.

Daniel sonrió. Cuando Brit respiró y habló, él lo sintió a través de su estómago, sus músculos y su piel, y después a través de las paredes de su mano, sus músculos y su piel.

—¿Qué buscas ahí? —le preguntó Brit.

—No sé —dijo. Lo único que podía hacer era escuchar sus vibraciones traducidas en las de él y luego enviar la traducción de vuelta. Todo lo demás era un gran misterio.

Sólo les tomó media hora interpretar el octeto completo, una cantidad de tiempo que no parecía equivalente a la suma del esfuerzo que les había requerido prepararse para tocarlo. El cuarteto de Seúl ensayó con el Van Ness durante cuatro días completos en su sala de ensayos cerca de la universidad, y a Daniel le pareció que durante dos de esos días habían tratado de empatar sus frecuencias, no de sonido, sino de ser. El grupo de Seúl se componía de tres hombres y una violista, y eran callados de una manera juvenil, sin saber cómo participar en una conversación que hubiera iniciado alguno de los del Van Ness, pero también tenían energía, lo que quería decir que estaban entusiasmados y decididos de una forma que Daniel reconocía, pero a la que ya no podía sumarse.

El Van Ness tocó todas las primeras partes y el de Seúl todas las segundas, pero después de que el octeto abriera el recital, el Van

Ness se retiraría y el de Seúl terminaría su debut en San Francisco con un cuarteto de Haydn y una pieza tonal contemporánea china que Daniel nunca había interpretado.

Los ocho podían tocar sus partes, ese no era el problema. El problema era que resultaba especialmente importante que lo hicieran de la misma manera, porque había muchas partes. De lo contrario habría parecido como si ocho personas se hubieran reunido para tener conversaciones por separado. Por eso el octeto de Mendelssohn era tan engañoso y emocionante. Si se interpretaba mal, sonaba como un error enorme y desordenado; pero, si se ejecutaba bien, la profundidad del sonido no tenía paralelo.

La chica, Mary, fue la única que expresó preocupación, y lo hizo en privado, tras bambalinas, veinte minutos antes de que subiera el telón, cuando Daniel se encontró con ella en un pasillo y ella levantó las manos brillantes de sudor.

—No me las puedo secar —le dijo ella.

Daniel giró los ojos.

—Claro que puedes —dijo; la tomó de la mano y la llevó a su camerino. Abrió la llave del agua hasta que salió tibia—. Déjalas bajo el agua tres minutos.

Ella lo miró como si hubiera probado algo echado a perder, pero aun así le hizo caso. Era muy bajita, pero por todo lo demás parecía una Clara más grande, con el cabello negro recogido en lo alto de su cabeza y un rostro desnudo y vulnerable. De todos, parecía la menos segura de lo que hacía. Sin embargo, era una maravillosa violista, con un sonido no muy diferente del de Henry, aunque menos mordaz. Su sonido era más de tenor, quizá por lo mucho más grande que el instrumento parecía en sus manos que en las de Henry. Daniel percibió que su carrera sería una lucha constante de ida y vuelta entre su talento y su inseguridad.

—¿Estás nerviosa? —preguntó Daniel, sentado en el sillón, entretenido.

—¿Tú no? —preguntó ella.

—Bueno, claro —respondió—. Pero no tanto. Y, con toda seguridad, no estaba así de nervioso después de ganar en Esterhazy.

Ella volteó hacia el lavabo y miró a Daniel a través del espejo.

—Entonces, ¿no tenías miedo?

Daniel le devolvió la mirada en el espejo.

—Ah, sí tengo miedo. Todavía tengo miedo.

De pie junto al lavabo, Mary miró a Daniel de una manera semiesperanzada que a él le pareció encantadora. Nunca antes había hecho el truco del agua. No tenía idea de si funcionaría. Tenía la edad para ser su padre. Trató de recordar a qué le temía cuando tenía su edad, pero la lista era abrumadora; era más sencillo enlistar lo que no le daba miedo en ese entonces: su chelo, las arañas, las mujeres que acababa de conocer (pero no las que lo conocían o que lo conocían bastante para saber que al final iba a huir).

—Tener miedo no es lo mismo que estar nervioso —dijo Daniel—. No me siento nervioso porque vaya a tocar las notas equivocadas en el escenario. Si llegaste hasta aquí, tú tampoco deberías estar nerviosa.

—Entonces, ¿qué es el miedo? —Tenía los labios más pequeños del mundo, como un arco nuevo.

Daniel se levantó y cerró la llave del agua.

—El miedo es todo lo demás.

—Estaba escuchando la conferencia previa al concierto —dijo ella—. Y alguien preguntó por qué música de cámara.

—¿Y eso te puso nerviosa?

Mary se encogió de hombros.

—No sé si tengo una respuesta. No es algo que recuerde haber elegido; simplemente lo hago.

Mary se secó las manos con una toalla, las sostuvo frente a su cara y las giró como si fueran esculturas talladas aparte de su cuerpo. Incluso sus manos eran jóvenes, pensó Daniel. En especial sus manos.

—Funcionó —dijo ella.

Daniel asintió y le dio unas palmaditas en la espalda.

—En algún momento conocerás todos mis trucos, cuando seas vieja.

Ella se acomodó el vestido, una cosa color magenta que Daniel sabía que no se volvería a poner después de ver fotografías de ella en el escenario, pues el escándalo de la prenda era una estridente distracción de la interpretación.

—¿Sabes que Mendelssohn escribió esta pieza a los quince? Así que de alguna manera, yo ya soy vieja. —Y después se dio la vuelta y salió del camerino.

La característica del octeto de Mendelssohn era el contrapunto. Mientras tocaban, Daniel se dio cuenta de que el cuarteto nunca había enseñado esa pieza, así que no habían encontrado una manera de hablar de su inteligencia organizativa, pero era completamente a contrapunto. Mendelssohn estaba alardeando, era un chico astuto: miren cómo puedo entretejer no cuatro, sino ocho voces independientes, cómo pueden todas ser parientes armónicos, pero aun así adherirse a formas rítmicas diferentes. Los acordes eran fáciles, pero el contrapunto añadía textura, eso que no se sabía que se estaba escuchando. Jana rasgaba el violín con furia, en realidad se comía vivo al otro violinista (pobre tipo), pero después entraban los segundos violines, con su propio rasgueo, con una dinámica media nota más baja, y separados una triada uno del otro, lanzando dieciseisavos que llenaban los espacios entre las notas de los primeros violines de manera que lo que se producía era una línea completamente nueva, compuesta de cuatro voces que intercambiaban alianzas y compañeros unos tras otros a un ritmo vertiginoso, una apariencia impredecible que se atisbaba desde la firmeza de la base. Los acordes también eran dulces y suntuosos, y Daniel aceptaba amarlos y exprimirlos, ya que había algo casi de Schubert en lo juveniles y puros que eran. Sin embargo, lo que impulsaba la pieza era el contrapunto, que exigía una reacción, que al mismo tiempo llamaba la atención hacia cualquier mínima acción y permitía que esas acciones se sumaran a algo más grande.

Los movimientos eran breves, pero plenos, y llegaban al *scherzo*, y si Mendelssohn no estaba alardeando en el *allegro*, con toda seguridad aquí sí. El movimiento atacaba implacablemente, al punto de ahorcar a los violinistas con carreras que se pasaban a través de cada instrumento como una cascada; los ritmos cambiaban para dar la ilusión de un tiempo que se aceleraba continuamente. Henry y Mary hacían buena pareja; sus sonidos discrepantes se complementaban, hasta que Daniel vio que Mary pasaba una página y… nada. Faltaba una página, tenía que faltar una página, pensó Daniel, pues la pieza no terminaba todavía, pero ya se veía el dorso negro de su atril, y oyó que de sus labios salió un jadeo casi imperceptible.

Ella siguió tocando.

Que es lo que hace cualquier buen músico, confiar en la memoria, permitir que las horas y los años de práctica releven a los músculos, encarar el sonido en lugar de la página, la línea en lugar del atril. Pero después ocurrió algo gracioso: alzó el vuelo. Simplemente, alzó el vuelo. Estaba sentada justo al lado de Daniel y él la vio inclinarse hacia el frente en su asiento y atacar. Era como si estuviera escuchándolo por primera vez, como si descubriera algo nuevo y vigoroso en el movimiento final, y empezó a tocar rápido, más rápido que la pauta rítmica, y después más rápido. Era un logro, admitiría Daniel más tarde, que la segunda viola fuera capaz de conducir a los otros siete músicos a un nuevo tiempo; pero ella lo hizo, con todo y su pequeño cuerpo y sus minúsculos labios. Así que, aun cuando Mary descansó por una barra o dos, y Jana trató de recuperar el tempo, la nueva velocidad ya se había establecido, ya se había implantado la cualidad de estar despiertos, y Jana no lo consiguió.

Daniel contuvo el aliento y tocó más rápido. Cuando podía, dejaba caer la mano izquierda y la sacudía. Vio que escurría sudor por la sien de Jana, que una mueca le alteraba la cara, y Henry, del otro lado de Mary, mantenía el ritmo fácilmente y parecía tranquilo e incluso impresionado por la tormenta de fuego que tenía al lado, y después Brit, que tampoco estaba respirando, sonreía un poco, entretenida con la manera como todo estaba desmoronándose. ¿Estaba desmoronándose? Habría un punto de quiebre, Daniel estaba seguro de ello. No podrían mantener el ritmo mucho tiempo más.

Sin embargo, terminaron. Terminaron donde se suponía que terminaran, donde siempre terminaban, al final de la página, pero habían llegado al final mucho más pronto de lo que Daniel esperaba o de lo que estaba acostumbrado. Llegaron de repente a las últimas cuatro florituras, donde todos se encontraban arriba, con los arcos levantados juntos en el aire, como si dibujaran con puntas de hueso sobre un mapa invisible.

Daniel estaba explicando que necesitaban poner una extensión para el tocadiscos en el patio trasero. Su madre no comprendía por qué no podían usar la bocina que no necesitaba todos esos antiestéticos cables.

—Es un disco, mamá —dijo Daniel—. Tiene que sonar como un disco.

Ella estaba en cama, ya más delgada, en su habitación, que tenía señales de la presencia de su padre: una pila de calzoncillos en el suelo, un cinturón de piel agrietada colgado de la perilla, un manotazo de tierra de construcción en la moldura de la puerta con las huellas de la mano de su padre en el lodo seco. Quizás ahora que ella se estaba muriendo habían revivido una parte de su amor mutuo. Daniel sintió cierta ternura por su padre. Al final, él había sido el verdaderamente solitario. Brit estaba afuera; la escuchaba hablar con Jana en el patio, mientras su padre trataba de aferrar unos fo-

cos a los árboles, pero se estaba yendo el sol y la voz de Jana se volvía aguda y frustrada. También hacía calor. Habían llegado dos
días antes y habían bajado del avión a la sopa de principios de verano en Houston.

—Como caminar en un sauna —dijo Brit.

En realidad no había mucho que hacer, con excepción de las
luces, las sillas y la música, pero todo se antojaba complicado con
el calor y ante la piel caída de su madre y sus ataques repentinos de
náuseas. La madre de Daniel llevaba consigo una cubeta rosa con
forma de riñón cuando se movía, que era en raras ocasiones. Su
padre aún se negaba a pedir ayuda del hospital. Le salían moretones con facilidad. Se sentía fría al tacto, incluso en el calor. Sin embargo, estaba contenta, había dicho su padre. ¿Quién sabía cuáles
órganos estaban a punto de fallarle?

—¿Qué tiene de especial un disco? —preguntó la madre de Daniel—. Yo pensaba que el punto era que uno no tuviera que cargar
con discos, casetes y CD.

—Muy bien —dijo Daniel; fue a buscar el tocadiscos a la sala y
lo llevó a su recámara.

Se tomó su tiempo para acomodarlo sobre el tocador porque
era viejo, y que la aguja se rompiera era lo último que necesitaban.
Sacó de la funda el disco del cuarteto de Budapest y lo puso sobre
la tornamesa.

—Esto te va a cambiar la vida —le dijo.

—Nunca es demasiado tarde —respondió su madre.

Colocó la aguja en el comienzo del segundo movimiento.

—¿Ves? ¿Oyes eso? Es el ruido de… del sonido antes del sonido. El sonido de personas que están a punto de hacer algo. Eso que
llaman ruido blanco. ¿Y ves? No se quita, ni siquiera mientras tocan. Se puede *escuchar* el espacio que los rodea.

—Ay, Danny —dijo, como si estuviera orgullosa de él, como si
acabara de conocerlo, como si fuera él y no el cuarteto de Budapest
lo que se escuchaba en el tocadiscos.

Comenzó el segundo movimiento, suave y triste.

—Puedes oír el ligero ataque del cambio del arco, el movimiento del arco sobre la cuerda, las señales de la respiración. Puedes oír cómo se comparte el aliento, cómo respiran juntos. Personas en una habitación. Ya no se hacen cosas así, mamá.

El cuarteto de Budapest tocaba el dulce movimiento con devoción.

Después de que terminaron, su madre tosió ligeramente, pero Daniel se dio cuenta de que se había estado aguantando.

—Es tan… impreciso —dijo su madre, pero no era un insulto.

—Sí —respondió Daniel—. Justo eso.

Le dijo que se quedaría acompañándola hasta que se durmiera. Sólo dormiría una o dos horas. Eso era lo más que aguantaba en esos días. Daniel dejó que el disco siguiera sonando, hasta el final, y después le dio la vuelta y ella se durmió con el sonido de Beethoven. Él se quedó y ella siguió durmiendo, incluso cuando el disco dejó de sonar, y sólo quedó el ruido blanco que giraba y giraba.

En 1994 costaba tres dólares atravesar el Golden Gate hacia el sur, así que Daniel y Brit se estacionaban del lado sur y caminaban al norte. Durmieron juntos (con torpeza y en silencio) exactamente una vez, se quedaron uno sobre el otro en varios niveles de desnudez un montón de veces, y se sentaron uno junto al otro separados sólo por puestos de música black metal y una densa niebla de calor durante días y días y días. Pero en una ocasión era de noche y había neblina, niebla real que bajaba caóticamente por las colinas del lado norte y a través del puente. Había habido una cena de comida china (que pagaron por separado), rondas de whisky (que pagaron por separado y después, generosamente, ella) y un peligroso paseo en coche sin sentido (en el que ella lo acompañaba descuidadamente y él manejó con emoción), y luego una caminata por el Golden Gate, algo que ninguno de los dos había hecho antes, algo tan obvio y predecible que nunca habían sentido la necesidad de hacerlo realmente. Ninguno de los dos tomó la decisión de ir. Parecía tan inevitable como el destino.

El frío era penetrante y sus abrigos no les bastaban. El viento hacía volar el largo cabello de Brit sobre su cara y, mientras caminaban, Daniel tuvo que resistir el impulso de alcanzarla para acomodar los mechones atrás y poder ver su cara, y después dejó de resistirse. Cada vez que le echaba el cabello hacia atrás, ella sonreía. Se detuvieron en un punto que supusieron que era la mitad, pero no había modo de saberlo. No podían ver el agua que tenían debajo, ni los caminantes a su alrededor, ni las estrellas sobre su cabeza. Daniel pensó que podía oír el viento azotando las cuerdas del puente y miró hacia arriba, pero no vio que nada se moviera; sólo distinguió los cables rojo quemado que desaparecían en la negrura.

—¿Te da miedo que se caiga? —preguntó Brit.

—No —respondió Daniel demasiado rápido y tardó en darse cuenta de que ella estaba bromeando. Daniel no podía verle la cara y quería vérsela.

Brit pasó un brazo por encima del barandal. La gastada manga de su abrigo se estremeció con el viento y, en respuesta, a Daniel le hormiguearon las yemas de los dedos. Ella extendió más el brazo.

—Está bien —dijo él—. No hagas eso.

—Ahí está Alcatraz. —Señaló y se inclinó hacia delante. Puso un pie sobre el barandal y luego el otro.

—De verdad, no hagas eso.

—Ni siquiera estás viendo. Trata de encontrar Angel Island.

En cambio, él miró hacia los carriles y los autos que iban en una u otra dirección.

Ella no movió el brazo, pero volvió a apoyar los pies sobre el concreto.

—¿Por qué me trajiste aquí si te dan miedo las alturas?

—Yo no te traje aquí —contestó él, pero lo dijo en voz baja, y su tono era frío como el que hace que la gente se cierre, como una flor en reversa.

Ella miró su brazo como si perteneciera a alguien más y después volvió a verlo a él. Cuando él dio un paso hacia ella —para abrazarla, diría después, aunque más tarde aún se decía a sí mismo que eso no era lo que iba a hacer—, ella regresó el brazo y avanzó hacia él, así que chocaron uno contra otro de una manera que hizo que Daniel sintiera el concreto duro y helado bajo sus pies tambaleantes y la increíble distancia que los separaba del agua.

—Sólo esto —dijo Brit, y lo abrazó de la cintura para acercarlo al barandal con ella. Sacudió la mano libre en el abismo. Él podía ver que parte de la magia de la noche emanaba de ella y caía hacia quién sabía dónde. En alguna parte gimió un bote, o había sido el puente que gemía al viento o una ballena o un hombre en un faro que Daniel no podía ver; de cualquier manera, era un sonido de advertencia. Daniel se quedó rígido y quieto bajo el brazo de Brit, como si al no moverse pudiera hacer desaparecer ese momento. «No me jales hacia ti», pensó al mismo tiempo que pensó: «No me sueltes».

Y al final, ella lo soltó. Estaban exhaustos por el frío, la razón por la que el puente se hallaba vacío de noche. Ella se apartó primero, de regreso al coche, con las manos en los bolsillos, el cabello entregado al viento. Él aferró el barandal con la mano, con demasiado miedo de soltarlo, pero también petrificado en esa posición. El momento en que ella se había apartado era un espacio físico que él habitaba, mayor que la longitud de un brazo extendido sobre el barandal de un puente en la noche y menor que la longitud de una vida de órbita común. Y mientras más lejos caminaba ella, más fino se hacía el punto de su imagen, resplandeciente y oscura, fundiéndose con la vista negra sin descomponerse, sino lo contrario, hasta que se convirtió en algo tan exacto e imposible como esta pregunta: ¿qué amas? Y otra: ¿cómo? Ella se había marchado, pero no en realidad.

Si lo pensaba demasiado, había muchas cosas por las que estar enojado. Por ejemplo, su padre, que nunca dejó de beber y que había mantenido a Daniel a la distancia de una vara durante toda su vida. Por ejemplo, su hermano, a quien apenas conocía, quien había hecho una familia en otra parte y lo había abandonado para que se valiera por sí mismo. Por ejemplo, el cáncer, la muerte en general, la muerte de los padres, los padres, en realidad. Sin embargo, de pie en el excesivo calor del patio trasero de la casa de su infancia en el atardecer, con un tocadiscos en medio del pasto húmedo, esperando a que Brit apareciera al final del pasillo, con Jana y Henry de testigos, Daniel supo dos cosas. Primero, que no podía culpar a nadie más —pues ¿quién podía conocer a un hombre que se negaba a conocerse a sí mismo?—, y segundo, que hacía mucho que se había perdonado a sí mismo. Resultó ser fácil. No había tenido que pedírselo.

Además, él también había formado una familia.

Brit apareció, con Jana a su lado, y ambas caminaron hacia él. No tuvo los pensamientos que esperaba tener, aunque existían en alguna parte de él («es hermosa, soy afortunado, somos felices»); en cambio, había pensamientos previos al pensamiento. No tenían nombre. Lo que había antes de empezar a nombrar las cosas. Ella era un regalo. Él era un regalo. Nada bastaría.

Cuando llegaron con Daniel, Jana puso las manos de Brit entre las de él, guiñó un ojo y fue a sentarse al lado de Daphne y la madre de Daniel. Henry estaba de pie entre ellos, pero cada vez que Daniel trataba de mirarlo, el sol, que se ponía detrás de él, le ensombrecía la cara. Tenía que apartar la mirada, así que sólo quedó la voz de Henry.

—El amor es inexacto —dijo—. No es una ciencia. Apenas es un sustantivo. Significa una cosa para una persona y otra cosa para otra. Significa una cosa para una persona en un momento y luego otra cosa en otro momento. No tiene sentido. Estamos reunidos hoy para no tener sentido. Estamos aquí reunidos hoy para escuchar lo inefable. Se supone que debo explicarlo, pero no puedo. Te amo; eso es un misterio. Como es un misterio, tenemos que protegerlo. Alimentarlo. Puede desaparecer, pero no podemos atarlo. Sólo podemos atarlo a alguien más. A otras personas. Entonces, el mundo es así: lleno de la geometría de mi cuerda atada a ti, y a ti, y las de ustedes atadas a él, y a ella, y las de ella a alguien más. Te amo; eso es un misterio.

Hubo un momento de silencio.

Cuatro meses después, todos regresarían a Houston para el funeral de la madre de Daniel. Había vivido más tiempo del que cualquiera esperaba, y aunque sus órganos se apagaban uno a uno, lo que se la llevó al final fue una caída en el baño, un desmayo que le destrozó los huesos; o quizás había muerto en el desmayo y el destrozo ocurrió después, Daniel nunca podía recordarlo. No parecía tan importante. Lo que parecía importante era que en el funeral, sentado entre Brit y su padre, se descubrió rezando, quién sabía a qué, pero rezando.

Eso le recordaría su boda, el momento en que los aplausos crecieron a su alrededor como el tiempo, y besó a Brit, y Brit lo besó a él, y después se abrazaron, y el cabello de Brit le llenó la boca, se la llenó por completo y, por un segundo, no pudo respirar. Era como besar el espacio entre el momento en que pensaste algo y el momento en que abriste la boca y lo dijiste en voz alta. Pero entonces, igual de rápido, abandonó ese sentimiento, lo liberó y volvió a unirse al clamor, al canto, a la música.

CODA

Movimiento perpetuo
COMPOSITOR DESCONOCIDO

Diciembre de 1992
San Francisco

Teníamos miedo. Tocar juntos por primera vez fue como desnudarse enfrente de alguien. Aunque, desde luego, de alguna manera ya habíamos estado desnudos frente a los demás. Ya habíamos oído tocar a los demás en eventos del conservatorio o con la orquesta de cámara o con otro grupo. Pero no así. De nosotros, Henry era el mejor músico, una especie de prodigio, se rumoreaba, pero Jana era la que tenía más fuerza. Brit era una cantidad desconocida y la mirábamos de reojo. Daniel era encantador, por lo menos, aunque un poco distante. Afinamos. Notamos el oído absoluto de Jana y Henry. Los que no habíamos nacido con eso nos sentimos avergonzados, pero después nos consolamos pensando que habíamos nacido con algo más, un espíritu de fuego que nos permitía ascender incluso sin una bendición científica. Teníamos montones de música: Haydn, Mozart, Beethoven, Brahms, Arriaga, Saint-Saëns, Schubert, Ravel, Shostakóvich, Dvořák, Strauss, Sibelius, Schoenberg, Ives y más.

¿Qué deberíamos tocar?

Lo que era una pregunta diferente de «¿Qué *vamos* a tocar?».

Henry pensó que sería gracioso que tocáramos una pieza de Suzuki, *Movimiento perpetuo*, una pieza con la que sus alumnos principiantes practicaban para tocar rápido. Sentimos angustia al oír que tenía alumnos, pues seguía pareciendo un adolescente.

Hay que tocarlo lo más rápido que podamos, sugirió Daniel. Usaba unos lentes graciosos cuando tocaba; nos acostumbramos con el tiempo.

Resultó que todos recordábamos esa pieza. Du-du-du-du-da-da-dum-dum, cantó Henry. «Sí —dijimos todos—, esa».

Decidimos que Jana llevara la cuenta de entrada y ella también estuvo de acuerdo. «Tres, cuatro», contó. «¿Tres, cuatro?», pensamos algunos. «¡Esta pieza está en 6/8! ¡Esta pieza es en 3/8!», no dijimos. Más bien, cada quién tocó *Movimientos perpetuos* diferentes, cuatro piezas distintas. Seguimos tocando y no fue sino hasta algún momento de la mitad cuando reconocimos que todos estábamos tocando música distinta de memoria, pero seguimos tocando después de eso y tratamos de que funcionara, tratamos de hacer que las diferentes piezas encajaran, y de una manera extraña que nadie jamás querría oír —pero lo hicimos, por lo menos en ese momento—, encajaron. Algunos inventamos cosas cuando nuestra pieza terminó demasiado pronto. Algunos nos saltamos partes que no pudimos recordar. Algunos sólo tocamos cualquier cosa que nos viniera a la mente.

Después nos carcajeamos, que fue como romper la tensión luego de ver a alguien desnudo, pero de verdad te gustó.

«Fue horrible», dijimos.

«Fue impresionante», dijimos.

«Fue mágico», dijimos.

El otro nos parecía nervioso e insuficiente, pero nos parecía hermoso. No lo dijimos en ese momento, pero unos a otros nos parecíamos deshechos a medias. Nos parecíamos feos del modo adecuado, aunque no estaría bien durante mucho tiempo. Nos parecía que teníamos buenos instrumentos en torno a los cuales podíamos organizarnos. Nos parecía que los otros tenían buenas manos que eran más que simples partes de cuerpos y buenos brazos y hombros, y columnas fuertes y centros estables, cuellos flexibles y barbillas cálidas. Establecimos una propiedad total sobre los otros. Sobre nuestros corazones. Algunos más que otros, algunos de diferentes maneras. Todavía no éramos personas plenas, pero se nos exigía que fingiéramos serlo. Pensamos que juntos podíamos fingir que lo éramos hasta que lo fuéramos. Pensamos que era probable que no funcionara, pero sabíamos que no había manera de saberlo en realidad. Comenzamos a infiltrar espíritus. Comenzamos a alinear horarios. Comenzamos a mejorar, pero primero teníamos que darnos a conocer. Queríamos saber todo, pero sabíamos que podía tomarnos una vida entera. No podíamos saber qué camino tomaríamos, lo que pensamos que significaba que era como enamorarse, que no siempre creíamos que fuera algo bueno. Pensamos que era más sencillo de esa manera, que pensáramos que era como enamorarse, aunque no siempre nos aferráramos a ello. Descubrimos que era más sencillo obsesionarnos con recitales, arcos y el futuro. Descubrimos que Henry era irresponsable y Jana era cruel, que Daniel era tonto, y a Brit la buscábamos, y a veces estaba y a veces no. Descubrimos que era más complicado que eso, las personas a las que estás aferrado. Nos aferramos. Descubrimos que también era parte de la música, lo de aferrarse. Descubrimos que, si no era placentero, era algo vivo. Descubrimos que el otro estaba disponible, dispuesto y demandante, y después insistente, hambriento y atento. Nos descubrimos unos a otros.

AGRADECIMIENTOS

Esta novela no estaría en tus manos sin el entusiasmo y el sabio consejo de Andrea Morrison de Writers House. Estoy profundamente agradecida por su apoyo y su magia. Siento una gratitud igualmente infinita con Laura Perciasepe de Riverhead, cuya pasión por este libro lo hizo mejor, oración por oración, de lo que yo habría imaginado. No quiero preguntarme cómo sería mi vida sin estas dos mujeres.

Debo mucho a las becas, residencias y programas universitarios que apoyaron mi quehacer de escritora a lo largo de los años, incluyendo a la Universidad Wesleyana y la Winchester Fellowship, a todos en la Universidad de Virginia, al departamento de escritura creativa de la Universidad de Houston, a Inprint Houston y sus premios, Alexander y Barthelme, a la Sewanee Writers' Conference, a la Oregon Literary Fellowship, el Virginia Center for the Creative Arts, la Pam Houston's Writing By Writers y la residencia Mill House y la increíble magia del Fine Arts Work Center de Provincetown. Estoy muy agradecida con el National Endowment for the Arts por haberme dado empleo y por enseñarme que el arte también es vida.

Nada se consigue sin maestros. Siento infinita gratitud con quienes me guiaron en la página y fuera de ella: Alexander Chee, Christopher Tilghman, Deborah Eisenberg, Antonya Nelson, Alexander Parsons, J. Kastely, Mat Johnson, Chitra Divakaruni, Sydney Blair, Jeb Livingood, Tom Drury y Anne Greene.

Escribir en sí es un acto solitario, pero reunir el valor y la chispa para sentarse y hacerlo es un esfuerzo comunitario. Soy afortunada por haber encontrado una comunidad de artistas, incluyendo los amigos que en calidad de santos leyeron borradores de esta novela y todos los que me permitieron hablar de estos personajes durante demasiado tiempo mientras bebíamos vino: Michelle Mariano, Jessica Wilbanks, Jacob Reimer, Nathan Graham, David Engelberg, Remi Spector, John Voekel, Kirsten Dahl, Patrick McGinty, Adam Peterson, Austin Tremblay, Danny Wallace, Ashley Wurzbacher, Dickson Lam, Thea Lim, Rebecca Wadlinger, Jesse Donaldson, Matt Sailor, Meagan Morrow, Keya Mitra, Claire Anderson, Erin Mushalla, Hannah Walsh, Katie Bellas, Joshua Rivkin, Erin Beeghly, Katie McBride, Kate Axelrod, Rebecca Calavan, Heather Ryder, Darcie Burrell, Claire Wyckoff, Maggie Shipstead y Celeste Ng.

Estoy agradecida con los campeones tras bambalinas, incluyendo a la inigualable Jynne Dilling Martin, así como a Becky Saletan, Geoffrey Kloske y Geri Thoma.

Gracias a mi familia, en especial a mi mamá y a mi papá por haberme puesto un violín en las manos antes de que pudiera formar oraciones completas, por haberme llevado de un ensayo a otro, incluso cuando preferí el chelo, cuyo tamaño es más incómodo, y por no haberme permitido dudar de que una vida de artista era posible y significativa.

Gracias a mi familia musical, sin quienes mi mundo estaría en silencio: Cassidy English, Stefon Shelton, Ivy Zenobi, Brent Kuhn, Elia Van Lith, Linda Ghidossi-DeLuca y Cory Antipa, y al programa de música de la Sinfónica de Santa Rosa.

Cuando era adolescente toqué en un seminario de música de cámara que dirigía el Cuarteto de Cuerdas St. Lawrence, de donde surgió la idea para esta novela. Su maestría, autenticidad y pasión me enseñaron que cuatro músicos serios pueden crear algo más grande y más audaz que ellos mismos. Estoy agradecida por su existencia y porque me permitieron atestiguar ese misterio.

También estoy agradecida con todos los ciclos de música clásica y de cámara con poco financiamiento (y sus precios para estudiantes) en Santa Rosa, California; San Francisco; Nueva York; Washington, D. C.; Houston, y Portland, Oregón.

Es un hecho que sería una mujer y escritora menor sin los incontables correos y la intensa amistad de Myung Joh Wesner, Sierra Bellows y Erin Saldin. La fortaleza, el lirismo y la gracia de estas tres mujeres me han impulsado a lo largo de los años. Esto es para ellas.